RECONHECIMENTO DE PADRÕES

OUTROS TÍTULOS DE FICÇÃO PUBLICADOS PELA ALEPH

ISAAC ASIMOV
O Fim da Eternidade
Fundação
Fundação e Império
Segunda Fundação

ANTHONY BURGESS
Laranja Mecânica

EDGAR RICE BURROUGHS
Uma Princesa de Marte

ARTHUR C. CLARKE
O Fim da Infância

PHILIP K. DICK
O Homem do Castelo Alto
Os Três Estigmas de Palmer Eldritch
Ubik
VALIS

WILLIAM GIBSON
Reconhecimento de Padrões
Neuromancer
Count Zero
Mona Lisa Overdrive

URSULA K. LE GUIN
A Mão Esquerda da Escuridão

FRANK HERBERT
Duna

KIM NEWMAN
Anno Dracula

NEAL STEPHENSON
Nevasca (Snow Crash)

RECONHECIMENTO DE PADRÕES

WILLIAM GIBSON

TRADUÇÃO
FÁBIO FERNANDES

2ª EDIÇÃO
2ª Reimpressão

ALEPH

TÍTULO ORIGINAL: Pattern Recognition
CAPA: Thiago Ventura e Luiza Franco
REVISÃO DA TRADUÇÃO: Adriano Fromer Piazzi
REVISÃO: Hebe Ester Lucas
PROJETO GRÁFICO: Neide Siqueira
EDITORAÇÃO: Join Bureau
COORDENAÇÃO EDITORIAL: Débora Dutra e Delfin
EDITOR RESPONSÁVEL: Adriano Fromer Piazzi

EDITORA ALEPH LTDA.
Rua Dr. Luiz Migliano, 1110 – Cj. 301
05711-900 – São Paulo – SP – Brasil
Tel: [55 11] 3743-3202
Fax: [55 11] 3743-3263
www.editoraaleph.com.br

Dados Internacionais de Catalogação na Publicação (CIP)
(Câmara Brasileira do Livro, SP, Brasil)

Gibson, William, 1948-
Reconhecimento de padrões® / William Gibson ; tradução Fábio Fernandes. – 2. ed. – São Paulo : Aleph, 2008.

Título original: Pattern recognition.
ISBN 978-85-7675-047-9

1. Ficção norte-americana I. Título.

08-02253 CDD-813

Índices para catálogo sistemático:
1. Ficção : Literatura norte-americana 813

2ª Reimpressão
2011

Para Jack

1.

O WEBSITE DAQUELA NOITE DE HORROR

Cinco horas de jet lag em relação a Nova York e Cayce Pollard acorda em Camden Town como se seu ritmo circadiano interrompido fosse uma matilha de lobos maus trotando ao seu redor.

É aquela não-hora vazia e espectral, encharcada em ondas límbicas, o tronco cerebral reagindo de acordo, piscando exigências reptilianas inadequadas de sexo, comida, sedação, todas as alternativas anteriores, e, falando sério, nenhuma delas uma opção agora.

Nem sequer comida, porque a cozinha nova de Damien está tão despida de conteúdo comestível quanto as vitrines da Camden High Street estão vazias dos displays de seus designers. Muito bonitos, os gabinetes superiores apresentam uma parte dianteira de laminado amarelo-canário, os inferiores de compensado de alta densidade Appleply laqueado e sem manchas. Muito limpa e quase inteiramente vazia, a não ser por uma caixa contendo dois saquinhos ressecados de cereais Weetabix e umas bolsinhas soltas de chá de ervas. Absolutamente nada na geladeira alemã, tão nova que seu interior tem cheiro somente de frio e de monômeros de cadeia longa.

Agora ela sabe, com certeza absoluta, ao ouvir o ruído branco que é Londres, que a teoria de jet lag de Damien está correta: que sua alma mortal ficou a léguas de distância e está sendo rebobinada por algum cordão umbilical fantasma seguindo a trilha já desaparecida do avião que a levou até ali, a centenas de milhares de pés de altura sobre o Atlântico. Almas não conseguem se mover assim tão rápido, são deixadas para trás, e precisam ser aguardadas, no desembarque, como bagagens que se perderam.

Ela se pergunta: isso vai ficando pior com a idade, essa hora sem nome fica mais profunda, mais nula, e seu efeito é ao mesmo tempo mais estranho e menos interessante?

Anestesiada ali na semi-escuridão, no quarto de Damien, debaixo de um negócio prateado da cor daquelas luvinhas de fogão, que seus criadores provavelmente nunca imaginaram que alguém pudesse usar para dormir. Ela estava cansada demais para procurar um cobertor. Os lençóis entre sua pele e o peso daquela colcha industrial são sedosos, feitos com um tipo luxuoso de fibra, e exalam um cheiro suave de, ela deduz, Damien. Mas não é ruim. Na verdade, não é desagradável; qualquer ligação física com um companheiro mamífero parece um bônus a essa altura do campeonato.

Damien é um amigo.

As pecinhas menino-menina do Lego deles não se encaixam, diria ele.

Damien tem trinta anos. Cayce é dois anos mais velha, mas ele tem um certo módulo de imaturidade cuidadosamente fabricado com isolamento, alguma coisa tímida e teimosa que assustava o pessoal do dinheiro. Ambos são muito bons no que fazem, mas parece que nenhum dos dois tem a menor idéia de por que isso ocorre.

Coloque Damien no Google e você encontrará um diretor de videoclipes e comerciais. Coloque Cayce no Google e encontrará "coolhunter", caçadora de tendências, e se você procurar com mais atenção vai encontrar sugestões de que ela é uma "sensitiva" de alguma espécie, uma rabdomante no mundo do marketing global.

Embora a verdade, Damien diria, esteja mais próxima da alergia, uma reatividade mórbida e às vezes violenta à semiótica do mercado.

Agora Damien está na Rússia, evitando renovação e alegando que está rodando um documentário. Cayce sabe que a tênue atmosfera que o local tem hoje de ligeiramente usado é trabalho de um assistente de produção.

Ela rola para fora da cama, abandonando a paródia sem sentido do ato de dormir. Tateia à procura das roupas. Uma camiseta masculina pequena e preta da Fruit of the Loom, completamente amarrotada, um pulôver cinza-clarinho com gola em V adquirido num lote de meia dúzia das mãos de um fornecedor de uniformes para escolas preparatórias na Nova Inglaterra e um par novo e acima de seu tamanho de Levi's 501, cada marca registrada removida cuidadosamente. Até mesmo os botões dessa calça foram limados até ficarem lisos, sem nenhuma marca, por um chaveiro coreano intrigado, no Village, há uma semana.

O interruptor da luminária de chão italiana de Damien parece alienígena: um clique diferente, projetado para conter uma voltagem diferente, uma eletricidade britânica estrangeira.

Agora em pé, depois de vestir os jeans, ela endireita o corpo e estremece.

Mundo-espelho. As tomadas dos aparelhos eletrodomésticos são enormes, com três pólos, para uma espécie de corrente que nos Estados Unidos só alimenta cadeiras elétricas. Os carros são ao contrário do lado de dentro: a esquerda fica à direita; os aparelhos telefônicos têm um peso diferente, um equilíbrio diferente; as capas dos paperbacks parecem dinheiro australiano.

Pupilas dolorosamente contraídas pelo brilho solar da luz halógena, ela aperta os olhos para se enxergar em um espelho de verdade, encostado em uma parede cinza, esperando que o pendurem, onde ela vê um boneco desconjuntado de pernas pretas, cabelo dormido espetado para cima igual a uma escova de vaso sanitário. Ela faz uma careta para ele, pensando por algum motivo em um namorado que insistia em compará-la à foto de Jane Birkin nua tirada por Helmut Newton.

Na cozinha, ela abre uma torneira que deixa a água passar por um filtro alemão e cair dentro de uma chaleira elétrica italiana. Brinca com os interruptores, um na chaleira, um na tomada do aparelho, outro na tomada de parede. Inspeciona com neutralidade a vastidão amarelo-canário de gabinetes laminados enquanto deixa a água ferver. Um saquinho de algum substituto para chá californiano importado em uma caneca branca grande. Derrama água fervendo.

Na sala principal do flat, ela descobre que o fiel Cube de Damien está ligado, mas no modo *sleep*, o brilho de luz noturna de seus interruptores estáticos pulsando suavemente. A ambivalência de Damien para com o design se revela aqui: ele não admite que decoradores passem daquela porta a menos que basicamente concordem em não fazer aquilo que eles fazem, mas ele se agarra a este Mac pela maneira como se pode virá-lo de cabeça para baixo e remover suas entranhas com um pequeno puxador de alumínio mágico. Como o sexo de uma das garotas-robô em seu vídeo, agora que ela parou para pensar no assunto.

Ela se senta na cadeira de espaldar alto da estação de trabalho dele e clica no mouse transparente. Infravermelho piscando na madeira clara da longa mesa armada sobre cavaletes. O browser aparece. Ela digita Fetiche:Filme:Forum, que Damien, determinado a evitar contaminação, jamais colocará entre seus bookmarks.

A página da frente se abre, familiar como a sala de estar de um amigo. Um fragmento de frame do Nº 48 serve de fundo, escuro e quase monocromático, sem personagens à vista. Esta é uma das seqüências que gera comparações com Tarkovski. Na verdade, ela só conhece Tarkovski de stills, embora uma vez tivesse caído no sono durante uma exibição de *Stalker*, descendo em uma panorâmica infinita, a câmera apontada direto para baixo, em close, em uma poça de água enlameada sobre um piso de mosaicos arruinado. Mas ela não é uma daquelas pessoas que acham que vão ganhar muita coisa analisando as pretensas influências do cineasta. O culto ao filme está fervilhando com subcultos, cada qual alegando uma influência possível.

Truffaut, Peckinpah... O pessoal do Peckinpah, que se encaixa na categoria dos mais improváveis, ainda está esperando alguém sacar alguma arma.

Então ela entra no fórum propriamente dito, automaticamente escaneando com os olhos os títulos dos posts e os nomes dos que postaram nos tópicos mais novos, procurando amigos, inimigos, novidades. Mas uma coisa está clara: não apareceu nenhum filme novo. Nada desde aquela panorâmica da praia, e ela não é partidária da teoria de que aquilo é Cannes no inverno. Fãs franceses do filme foram incapazes de traçar uma correspondência com o local, apesar das incontáveis horas gravando panorâmicas em cenários aproximadamente semelhantes.

Ela também vê que seu amigo Parkaboy está de volta a Chicago, após férias viajando de trem pela Amtrak até a Califórnia, mas quando abre o post dele, vê que ele está apenas dizendo oi, literalmente.

Ela clica em Responder, declarando-se como CayceP.

Oi Parkaboy. Boa noite.

Quando volta à página do fórum, seu post já está lá.

Agora isso é uma maneira, aproximadamente, de estar em casa. O fórum se tornou um dos lugares mais consistentes em sua vida, como um café familiar que existe em algum lugar fora da geografia e além das zonas de tempo.

Existem talvez umas vinte pessoas que postam regularmente no F:F:F, e um número muito maior, não contabilizado, de lurkers. E neste exato instante existem três pessoas no chat, mas não há como saber exatamente quem são até você entrar, e ela não acha a sala de chat assim tão confortável. É estranho até mesmo com amigos, como se você estivesse sentado em um porão escuro como breu conversando com pessoas a cinco metros de distância. A velocidade louca e a brevidade das linhas no tópico, além da sensação de que está todo mundo falando ao mesmo tempo, com objetivos contrários uns aos outros, a deixam travada.

O Cube exala um suspiro suave e faz sons subliminares com seu drive, como um carro esporte vintage mudando de marcha em uma rodovia distante. Ela experimenta um gole do substituto de chá, mas ainda está muito quente. Uma luz cinza e indeterminada está começando a preencher o aposento no qual ela está, revelando uma coleção de Damieniana que sobreviveu ao recente remake.

Robôs parcialmente desmontados estão encostados numa das paredes, dois deles, torsos e cabeças, como elfos, decididamente bonecos de testes de impacto. Aquelas são unidades de efeitos de um dos vídeos de Damien, e ela se pergunta, dado seu humor naquele momento, por que ela as acha tão reconfortantes. Provavelmente porque são genuinamente bonitas, ela deduz. Expressões otimistas do feminino. Nada de sci-fi kitsch para Damien. Coisas oníricas à meia-luz do amanhecer, os peitinhos delas brilhando, o plástico branco reluzindo de leve como mármore antigo. Mas de um fetiche personalizado; ela sabe que ele mandou fazê-las a partir do molde do corpo de sua antepenúltima namorada.

O Hotmail baixa mais quatro mensagens, nenhuma das quais ela tem vontade de abrir. Uma de sua mãe, três spams. O aumentador de pênis ainda está atrás dela, duas vezes, e também Aumente Drasticamente o Tamanho de Seus Seios.

Deleta os spams. Toma um gole do substituto de chá. Observa a luz cinza ficando aos poucos com mais cara de dia claro.

Depois de algum tempo, ela vai ao banheiro recém-renovado de Damien. Tem a sensação de que é o lugar onde ela poderia tomar uma ducha antes de visitar uma sonda esterilizada da NASA, ou como se estivesse saindo de algum cenário de Chernobyl para ter seu traje de chumbo removido por dois técnicos soviéticos com trajes de borracha, que então esfregariam seu corpo com escovas de cabos longos.

As torneiras do chuveiro podem ser ajustadas com os cotovelos, preservando a esterilidade das mãos limpas.

Ela tira o suéter e a camiseta e, usando as mãos, não os cotovelos, abre o chuveiro e ajusta a temperatura.

QUATRO horas depois ela está em um reformer num estúdio de Pilates em um beco de classe alta chamado Neal's Yard, o carro e o motorista da Blue Ant esperando na rua, seja lá qual for o nome dela. O reformer é uma peça de mobiliário cheia de molas muito comprida e muito baixa, ligeiramente sombria e com cara de móvel tipo República de Weimar, sobre a qual ela se reclina agora, fazendo a posição em V contra a barra para os pés na ponta. A plataforma acolchoada sobre a qual ela repousa roda para a frente e para trás ao longo de trilhos de cantoneiras de ferro dentro da estrutura, as molas rangendo suavemente. Dez assim, dez com os dedos dos pés, dez a partir dos calcanhares... Em Nova York ela faz isso numa academia freqüentada por profissionais de dança, mas ali em Neal's Yard, naquela manhã, ela parece ser a única cliente. O lugar aparentemente acabou de ser inaugurado, e talvez esse tipo de coisa ainda não seja tão popular aqui. Tem também aquela ingestão de substâncias arcaicas do mundo-espelho, ela pensa: as pessoas fumam e bebem como se isso fosse bom para elas, e parece que ainda estão em algum tipo de lua-de-mel com a cocaína. Ela leu que a heroína aqui está mais barata do que nunca, o mercado ainda está empanturrado com o dumping inicial de carregamentos de ópio do Afeganistão.

Assim que termina nos dedos dos pés, ela passa para os calcanhares, virando o pescoço para conferir se os pés estão alinhados corretamente. Ela gosta de Pilates porque não é meditativo da maneira que ela acha que o yoga é. Aqui, você precisa manter os olhos abertos e prestar atenção.

Essa concentração contrabalança a ansiedade que ela está sentindo agora, o nervosismo pré-trabalho que ela não vivenciava já havia algum tempo.

Ela está ali por conta da Blue Ant. Relativamente pequena em termos de equipe permanente, distribuída globalmente, mais pós-geográfica do que multinacional, a agência desde o começo se anunciou como uma forma de vida de grande agilidade em uma ecologia publicitária de herbívoros lentos e desajeitados. Ou talvez como alguma forma de vida não baseada em carbono, que saltou totalmente pronta da cabeça sem rugas e irônica de seu fundador, Hubertus Bigend, um suposto belga que parece Tom Cruise depois de uma dieta à base de sangue de virgens e chocolates com trufas.

A única coisa que Cayce gosta em Bigend é que ele parece não ter a menor noção de que seu nome parece ridículo para todo mundo, sempre. Caso contrário, ela o teria achado ainda mais insuportável do que já acha.

É inteiramente pessoal, embora num grau apenas superficial.

Ainda nos calcanhares, ela dá uma olhada no relógio de pulso, um clone coreano de um Casio G-Shock antigo, a caixinha plástica sem nenhum logotipo com uma raspagem feita por um microabrasivo japonês. Ela tem que estar nos escritórios da Blue Ant no Soho em cinqüenta minutos.

Ela joga um par de almofadinhas de espuma verde moles sobre a barra e posiciona os pés cuidadosamente, levanta-os sobre sapatos de salto agulha invisíveis e começa seu elever.

2.

PIRANHA

As CPUs para a reunião, refletidas na janela de um especialista em parafernália mod no Soho, são uma nova camiseta Fruit of the Loom, sua Buzz Rickson MA-1 preta, uma anônima saia preta de um brechó de Tulsa, os leggings pretos que ela havia usado para praticar Pilates, sapatos pretos de estudante de Harajuku. Seu equivalente de bolsa é um envelope de plástico laminado preto da Alemanha Oriental, comprado no eBay – se não for material original da Stasi, pelo menos convence.

Ela vê seus próprios olhos acinzentados, pálidos na vidraça, e além deles camisas Ben Sherman e parkas de pescador, abotoaduras com formato do medalhão da RAF que marcava as asas dos Spitfires.

CPUs. Cayce Pollard Units, Unidades Cayce Pollard. É assim que Damien chama as roupas que ela veste. As CPUs são pretas, brancas ou cinzas, e o ideal é que elas pareçam ter vindo ao mundo sem intervenção humana.

O que as pessoas interpretam como minimalismo irredutível é o efeito colateral de um excesso de exposição aos núcleos reatores da moda. Isso resultou em uma redução implacável do que ela pode e vai vestir. Ela é, literalmente, alérgica à moda. Só consegue tolerar coisas que poderiam ter sido usadas durante qualquer ano entre 1945 e 2000, sem que qualquer pessoa conseguisse especificar com exatidão a época. Ela é uma zona neutra de design, uma antiescola de uma mulher só cuja própria austeridade periodicamente ameaça criar seu próprio culto.

Ao redor dela, o burburinho do Soho, um prédio na manhã de sexta na direção de almoços regados a cerveja e um bate-papo cauteloso em todos esses restaurantes. A um dos quais, Charlie Don't Surf, ela irá para uma refeição pós-reunião obrigatória. Mas ela se sente caindo para trás em um rastro de quilômetros de extensão de jet lag, e sabe que é nisso que deve surfar agora: sua falta de serotonina, a demora na chegada de sua alma.

Ela dá uma olhada no relógio e desce a rua na direção da Blue Ant, cujas instalações eram até pouco tempo as de um tipo mais linear de agência.

O céu é uma cúpula cinza brilhante, entrecruzada por rastros de condensação esfiapados, e quando aperta o botão para se anunciar na Blue Ant, ela pensa que gostaria de ter trazido seus óculos de sol.

SENTADA agora em frente a Bernard Stonestreet, que ela já conhece das operações da Blue Ant em Nova York, repara que ele está muito branco e sardento como sempre, com cabelos cor-de-cenoura penteados para cima num esquisitíssimo estilo Aubrey Beardsley que poderia ser o resultado de ele ter acordado sem penteá-los, mas é mais provavelmente obra de algum cabeleireiro exclusivo. Ele veste o que Cayce supõe que seja um terno Paul Smith, mais especificamente o paletó 118 e a calça 11T, cortados a partir de algum tipo de material preto. Em Londres, ele tem o tipo de look de alguém que gastou milhares de libras em roupas que pareciam nunca ter sido usadas até ele ter dormido com elas na véspera. Em Nova York, ele prefere um visual do tipo que acabou de ser preparado nos mínimos detalhes por um batalhão de especialistas. Parâmetros culturais diferentes.

À esquerda dele está Dorotea Benedetti, os cabelos muito repuxados para trás e expondo a testa com uma intensidade haute nerd que

Cayce suspeita que significa ao mesmo tempo negócios e problemas. Dorotea, que Cayce conhece de vista de trabalhos menores anteriores em Nova York, tem um cargo razoavelmente alto na sociedade de design gráfico Heinzi & Pfaff. Ela tomou um avião esta manhã de Frankfurt para apresentar a proposta inicial da H&P para um novo logotipo para um dos dois maiores fabricantes mundiais de calçados esportivos. Bigend definiu uma necessidade para esse fabricante de se reidentificar, de uma maneira profunda, mas até agora não especificada. As vendas de calçados esportivos, "tênis" no mundo-espelho, estão despencando em grande estilo, e os calçados de skate que já haviam começado a empurrá-los ladeira abaixo também não estão indo lá muito bem. A própria Cayce já andou rastreando a emergência nas ruas do que ela pensa como footwear de "sobrevivência urbana", e embora isto esteja muito distante no nível de adaptação do consumidor, ela não tem dúvidas de que a comodificação logo acompanhará a identificação.

O novo logotipo será o pivô dessa nova firma para o novo século, e Cayce, com sua alergia de mercado, foi trazida para fazer em pessoa o que ela sabe fazer melhor. Para ela isso parece estranho, ou, se não estranho, arcaico. Por que não teleconferência? Pode haver tanto em jogo, ela supõe, que a segurança seja uma questão fundamental, mas já fazia algum tempo que os negócios não exigiam que ela saísse de Nova York.

Fosse o que fosse, Dorotea dava a impressão de estar levando aquilo muito a sério. Mais sério do que câncer. Na mesa à sua frente, com um alinhamento talvez milimétrico demais, está um elegante envelope de cartolina cinza, cerca de quarenta centímetros de comprimento, com o logotipo austero porém extravagante da Heinzi & Pfaff. Ele está fechado com um daqueles prendedores arcaicos e caros que consiste de uma extensão de barbante e dois pequenos botões de cartolina marrom.

Cayce desvia o olhar de Dorotea e do envelope, reparando que uma boa quantidade de libras dos anos noventa foi gasta um dia naquela sala de reuniões do terceiro andar, com suas paredes convexas de madeira sugerindo o lounge de primeira classe de um zepelim transatlântico. Ela nota conjuntos de âncoras e cordas expostos sobre o verniz claro da parede convexa, onde era exibido o logo da agência que antes ocupava aquele lugar, e os primeiros sinais de aviso da renovação da Blue Ant também são visíveis: andaimes erguidos em um dos corredores, onde alguém andou examinando encanamentos, e rolos de novos carpetes empilhados como troncos de madeira enrolados em plástico, saídos de uma floresta de poliéster.

Dorotea pode ter tentado ganhá-la em termos de minimalismo naquela manhã, Cayce deduz. Se foi isso, ela não conseguiu. O vestido preto de Dorotea, apesar de toda a simplicidade aparente, ainda está tentando dizer várias coisas ao mesmo tempo, provavelmente em pelo menos três idiomas. Cayce pendurou sua Buzz Rickson nas costas da cadeira, e agora flagrou Dorotea olhando para ela.

A Rickson é uma réplica com qualidade de objeto de museu, feita para fãs, de um casaco de aviador MA-1 dos Estados Unidos, um traje tão puramente funcional e icônico quanto o que o século anterior havia produzido. O slow burn de Dorotea está começando a acelerar, Cayce suspeita, por sua percepção de que a MA-1 bate qualquer tentativa de minimalismo, pois fora criada por japoneses obcecados por paixões que não têm nada a ver com qualquer coisa que lembre remotamente a moda.

Cayce sabe, por exemplo, que as costuras caracteristicamente enrugadas que descem pelos braços eram originalmente o resultado de costura feita com máquinas industriais de antes da guerra que se rebelavam contra aquele novo material escorregadio, o náilon. Os criadores da Rickson exageraram nessa parte, mas só de leve, e fizeram mil outras coisas, coisinhas também pequenas, de forma que o produto deles se tornou, de alguma maneira muito japonesa, o resultado de um ato de veneração. É uma imitação mais real, de algum modo, do que aquilo que ela emula. É tranqüilamente a roupa mais cara que Cayce possui, e seria praticamente impossível de substituir.

– Você não se importa? – Stonestreet pega um maço de cigarros chamado Silk Cut, que Cayce, que nunca fumou, pensa como sendo de algum modo o equivalente britânico do japonês Mild Seven. Duas marcas-padrão de pessoal de criação.

– Não – diz Cayce. – Por favor, pode fumar.

Existe na verdade um cinzeiro sobre a mesa, um cinzeiro pequeno, redondo e perfeitamente branco. Um acessório tão arcaico nos Estados Unidos, no contexto de uma reunião de negócios, como seria uma daquelas colheres achatadas e cheias de filigranas usadas para absinto. (Mas em Londres, ela sabia que você também podia encontrar dessas, embora ainda não tivesse visto nenhuma durante reuniões.) – Dorotea? – oferecendo o maço, mas não para Cayce. Dorotea declinando. Stonestreet coloca a ponta com filtro entre seus lábios perfeitamente móveis e tira do bolso uma caixa de fósforos que Cayce supõe ter sido adquirida em algum restaurante na noite anterior. A caixa de fósforos parece quase tão cara quanto o envelope cinza de Dorotea. Ele acende o cigarro. – Desculpe termos de trazer você até aqui por isto, Cayce – ele diz. O fósforo usado faz um minúsculo som cerâmico quando ele o deixa cair no cinzeiro.

– É o meu trabalho, Bernard – diz Cayce.

– Você parece cansada – diz Dorotea.

– Quatro horas de diferença. – Sorrindo apenas com os cantos da boca.

– Já experimentou aquelas pílulas da Nova Zelândia? – Stonestreet pergunta. Cayce lembra que sua esposa americana, que trabalhou certa vez como a ingênua em um clone de *Arquivo X* que não durou muito tempo, é a criadora de uma linha aparentemente bem-sucedida de produtos de beleza vagamente homeopáticos.

– Jacques Cousteau dizia que jet lag era sua droga favorita.

– Então? – Dorotea olha diretamente para o envelope da H&P.

Stonestreet sopra uma baforada de fumaça.

– Ora, sim, acho que agora já podemos.

Ambos olham para Cayce. Cayce olha nos olhos de Dorotea.

– Se você estiver pronta, eu estou.

Dorotea desenrola o cordão debaixo do botão de cartolina mais próximo de Cayce. Levanta a aba do envelope. Enfia polegar e indicador dentro.

Silêncio.

– Então? – diz Stonestreet, apagando seu Silk Cut no cinzeiro.

Dorotea retira uma prancha de layout quadrada de onze polegadas do envelope. Segurando-a pelos cantos superiores, entre as pontas de indicadores com uma manicure perfeita, ela a exibe para Cayce.

Há um desenho ali, uma espécie de rabisco feito com pincel grosso japonês e tinta preta espessa, uma mídia que ela sabe que é a marca registrada interna do próprio Herr Heinzi. Para Cayce, aquilo lembra mais um esperma sincopado, como se tivesse sido desenhado pelo cartunista underground americano Rick Griffin, por volta de 1967. Ela sabe imediatamente que, pelos padrões opacos de seu radar interior, não funciona. Ela não tem como explicar por que sabe que é assim.

Mas, por um breve instante, ela imagina os incontáveis trabalhadores asiáticos que poderiam, caso ela dissesse sim, passar anos de suas vidas aplicando versões desse símbolo a uma enxurrada infinita e incontrolável de footwear. O que aquele esperma saltitante significaria para eles? Será que aquilo acabaria por invadir seus sonhos? Será que seus filhos desenhariam aquilo a giz nas portas antes mesmo de conhecer seu significado como uma marca registrada?

– Não – ela diz.

Stonestreet suspira. Não é um suspiro profundo. Dorotea devolve o desenho ao envelope, mas não se dá ao trabalho de fechá-lo.

O contrato de Cayce para uma consulta desse tipo especifica que ela não deve ser em absoluto pedida para criticar nada, nem fornecer input criativo de qualquer espécie. Ela só está ali para servir como um pedaço muito especializado de papel tornassol humano.

Dorotea pega um dos cigarros de Stonestreet e o acende, deixando cair o fósforo de madeira na mesa ao lado do cinzeiro.

– E como está o tempo em Nova York?

– Frio – responde Cayce.

– E triste? Ainda está triste?

Cayce não diz nada.

– Você está disponível para ficar aqui – pergunta Dorotea – enquanto voltamos à prancheta de trabalho?

Cayce se pergunta se Dorotea conhece o clichê.

– Vou ficar aqui por duas semanas – ela diz. – Estou tomando conta de um apartamento para um amigo.

– Ah, então está de férias.

– Não se eu estiver trabalhando nisto.

Dorotea não diz nada.

– Deve ser difícil – diz Stonestreet, entre dedos inclinados e sardentos, seu telhado vermelho acima deles como chamas em uma catedral incendiada – quando você não gosta de alguma coisa. Emocionalmente, quero dizer.

Cayce vê Dorotea se levantar e, com seu Silk Cut na mão, ir até um aparador, onde coloca um pouco de Perrier num copo.

– A questão não é gostar de alguma coisa, Bernard – diz Cayce, dando as costas para Stonestreet. – É como aquele rolo de carpete ali; ou é azul ou não é. Se é ou não azul, não tenho nenhum investimento emocional nisso.

Ela sente uma energia ruim passar quando Dorotea volta à sua cadeira.

Dorotea coloca seu copo com água ao lado do envelope da H&P e dá uma grande demonstração de inexperiência de como apagar um cigarro.

– Vou falar com Heinzi esta tarde. Eu ligaria para ele agora, mas sei que ele está em Estocolmo, numa reunião com a Volvo.

O ar parece muito espesso de fumaça agora, e Cayce sente vontade de tossir.

– Não há pressa, Dorotea – diz Stonestreet, e Cayce torce para que isso signifique que na verdade a pressa é muita.

O CHARLIE Don't Surf está cheio, a comida uma fusão de vietnamita de sotaque californiano com uma dose mais do que a costumeira de francês colonial. As paredes brancas são decoradas com reproduções impressas enormes de fotos em preto-e-branco de closes de isqueiros Zippo da era do Vietnã, com símbolos militares americanos gravados de modo tosco, motivos sexuais ainda mais toscos e slogans feitos com estêncil. Estes últimos lembram a Cayce as fotos de lápides tumulares em cemitérios confederados, à exceção do conteúdo gráfico e da natureza dos slogans, e o tema do Vietnã sugere a ela que o lugar já está ali há algum tempo.

SE EU TIVESSE UMA FAZENDA NO INFERNO E UMA CASA NO VIETNÃ VENDIA AS DUAS

Os isqueiros das fotos estão tão velhos, tão cheios de marcas e corroídos pelo suor que Cayce bem poderia ter sido a primeira pessoa a comer ali que decifrou aqueles textos.

ME ENTERRA DE BRUÇOS PRO MUNDO BEIJAR MEU RABO

– O sobrenome dele é Heinzi mesmo, sabia? – Stonestreet está comentando, enquanto serve a si mesmo uma segunda taça de cabernet californiano que Cayce, embora saiba que não devesse beber, está bebendo. – Parece só um apelido. Mas essa história de nomes inventados já acabou há muito tempo.

– Ibiza – sugere Cayce.

– Ahn?

– Desculpe, Bernard. Estou cansada.

– Aquelas pílulas. Da Nova Zelândia.

NÃO HÁ GRAVIDADE O MUNDO É UMA MERDA

– Vou melhorar. – Um gole de vinho.

– Ela é uma peça, não é?

– Dorotea?

Stonestreet revira os olhos, que são de um castanho peculiar, com tons que lembram mercurocromo; têm algo de iridescente, um tom verde-acobreado.

DIVISÃO AÉREA 173

Ela pergunta sobre a esposa americana. Stonetreet reconta obedientemente o lançamento de uma máscara à base de pepino, a ponta-de-lança de uma nova linha de produtos, tocando na política envolvida no ponto-de-vendas. O almoço chega. Cayce se concentra em rolinhos primavera fritos bem pequenos, preparando-se para entrar em modo de concordância automática erguendo periódica, porém simpaticamente, as sobrancelhas, feliz por ele estar encarregado da conversa. Ela já está muito no fim da linha a essa altura, com a meia taça de cabernet começando a exercer sua própria influência colateral, e ela sabe que seu melhor curso de ação aqui é ser bacana, colocar um pouco de comida no estômago e se mandar.

Mas as lápides de Zippos, com suas elegias existenciais, não param de cutucá-la.

PHU CAT

Arte de restaurantes em que os freqüentadores realmente reparam é uma idéia de qualidade duvidosa, particularmente para alguém com as sensibilidades peculiares, viscerais mas ainda um tanto indefinidas de Cayce.

– Então, quando parecia que as Harvey Knickers não iam aparecer...

Faz que sim com a cabeça, levanta sobrancelhas, mastiga rolinho primavera. Está funcionando. Ela tampa a taça com a mão quando ele vai lhe servir mais vinho.

E assim ela atravessa com tranqüilidade suficiente o almoço com Bernard Stonestreet, recebendo sinais ocasionais desses nomes de lugares emblemáticos do cemitério de Zippos (CU CHIN, QUI NHON) enfileirando as paredes, até que finalmente ele pagou a conta e eles estão se levantando para ir embora.

Estendendo a mão para apanhar sua Rickson, onde a havia deixado pendurada nas costas da cadeira, ela vê um furo redondo e recém-feito, ombro esquerdo, costas, do tamanho de uma ponta acesa de cigarro. Suas bordas são continhas minúsculas, marrons, com náilon derretido. Através disso, fica visível um fundo cinza, sem dúvida para alguma especificação militar da Guerra Fria pesquisada pelos criadores otakus da jaqueta.

– Algo errado?

– Não – diz Cayce. – Nada. – Veste sua Rickson arruinada.

Perto da porta, no caminho para fora, ela registra anestesiada um gabinete de lucite raso exibindo uma fileira de Zippos Vietnã de verdade, talvez uma dúzia, e automaticamente se inclina para ver melhor.

CAGA NO MEU PAU OU SANGRA NA MINHA ESPADA

Que é algo muito próximo do que ela sente em relação a Dorotea neste exato instante, embora duvide de que possa fazer algo a respeito, e isso só irá fazer com que sua raiva se volte contra ela própria.

3.

O ANEXO

Ela foi à Harvey Nichols e passou mal.

Devia ter pensado melhor.

O jeito como ela reage às etiquetas.

Na seção de roupas masculinas, torcendo contra todas as expectativas realistas que, se alguém pudesse ter uma Buzz Rickson, esse alguém seria a Harvey Nichols, com seu prédio vitoriano ornamentado erguendo-se como um recife de coral em frente à estação Knightsbridge do metrô. Em algum lugar no piso térreo, na seção de cosméticos, eles têm até mesmo a máscara de pepino de Helena Stonestreet; Bernard já havia explicado a ela como demonstrara seus consideráveis poderes de persuasão aos compradores da HN.

Mas ali embaixo, ao lado de um display da Tommy Hilfiger, tudo começou a despencar sobre ela, aquela coisa da marca registrada. Uma aura de alerta menor que o normal. Algumas pessoas ingerem um único amendoim e a cabeça incha como uma bola de basquete. Com Cayce, o problema está na psique.

Tommy Hilfiger faz isso sempre, embora àquela altura ela já se considerasse a salvo. Diziam que o auge dele fora em Nova York. Assim como a Benetton, o nome estaria circulando por aí, mas o veneno de verdade, para ela, já teria sido extraído. Ali, tem alguma coisa a ver com contexto, com o fato de não estar esperando aquilo em Londres. Quando começa, é pura reação, como se ela tivesse mordido com força uma chapa de metal.

Uma olhadela para a direita e a avalanche desaba. Um contraforte montanhoso de Tommy cai na cabeça dela.

Meu Deus, será que eles não têm noção? Esse negócio é o simulacro do simulacro do simulacro. Uma tintura diluída de Ralph Lauren, que por sua vez já era uma diluição dos dias de glória da Brooks Brothers, que haviam invadido os produtos da Jermyn Street e de Savile Row, dando à moda ready-to-wear deles doses generosas de pólo e listras de uniformes militares. Mas Tommy certamente é o ponto nulo, o buraco negro. Deve existir algum horizonte de eventos da Tommy Hilfiger, além do qual é impossível ser mais derivativo, mais afastado da fonte, mais vazio de alma. Ou assim ela espera, e não sabe, mas suspeita no fundo do coração que seja isto o que de fato sustenta a longa onipresença dessa marca.

Ela precisa desesperadamente sair daquele labirinto de logomarcas. Mas a escada rolante que leva até o nível da rua irá deixá-la novamente em Knightsbridge, o que àquela altura não ia fazer a menor diferença, e ela se lembra de que a rua desce, assim como sua energia, até a Sloane Square, outro nexo de seja lá o que for a que ela tem essas reações. No andar de baixo, Laura Ashley, o que pode tornar as coisas ainda piores.

Lembrando-se do quinto andar, ali: uma espécie de mercado californiano, Dean & Deluca light, com um restaurante, um sushi bar separado e estranhamente modular e robótico zumbindo estranhamente no meio do ambiente, e um bar onde serviam um café excelente.

Ela estava poupando a cafeína como uma reserva hoje, uma bala de prata contra a falta de serotonina e sensações grandes e esquisitas. Até lá ela consegue ir. Há um elevador. Sim, um elevador: um elevador do tamanho de um armário, pequeno mas com um acabamento perfeito. Ela irá encontrá-lo e usá-lo. Agora.

E é o que ela faz. O elevador chega, milagrosamente vazio, e ela entra, apertando o 5. "Ai, estou tão excitada", uma mulher diz ofegante quando a porta se fecha. Cayce sabe que está sozinha naquele caixão vertical de espelhos e aço escovado. Felizmente ela já esteve ali antes, e sabe que essas vozes desencarnadas estão ali para o divertimento do comprador. "Mmmmmm", o macho da espécie ronrona. O único ambiente de áudio equivalente de que ela consegue se lembrar estava no banheiro de uma lanchonete sofisticada em Rodeo Drive, anos atrás: uma inexplicável trilha sonora de insetos zumbindo. Pareciam moscas, embora certamente não pudesse ter sido essa a intenção.

Seja o que for que os fantasmas de design estão dizendo, ela bloqueia, e o elevador ascende milagrosamente, sem paradas intermediárias, até o quinto andar.

Cayce dá de cara com uma luz fraca entrando enviesada através de muito vidro. Menos compradores comendo do que ela se lembrava. Mas nada de roupas neste andar, a não ser nas costas das pessoas e em suas sacolas de compras reluzentes. Ali, o inchaço pode ceder.

Ela pára ao lado de um balcão de carnes, vendo com o rabo do olho pedaços de rosbife iluminados como personalidades recém-criadas pela mídia, e provavelmente de uma pureza biológica que ela própria jamais poderia esperar ter: animais criados à base de uma dieta mais rígida do que aquela proposta em entrevistas pela mulher de Stonestreet.

No bar, alguns euromachos de ternos escuros fumam em pé seus eternos cigarros.

Ela encosta a barriga no balcão, atraindo a atenção do barman.

– *Time Out*? – ele pergunta, franzindo ligeiramente a testa. Os cabelos brutalmente aparados rente, ele a observa por trás das profundezas de óculos italianos imensos, que lembram uma máscara. Os óculos de moldura preta a fazem pensar em emoticons, aqueles fragmentos de código emocional de escola primária montados a partir de símbolos de teclado para produzir rostos de desenho animado virados de lado. Os óculos eram um 8, o nariz um hífen, a boca uma barra invertida.

– Perdão?

– *Time Out*. A revista semanal. Você estava num painel ICA.

Institute of Contemporary Arts, da última vez em que ela estivera ali. Com uma mulher de uma universidade de província, dando uma palestra sobre a taxonomia das marcas registradas. Chuva caindo fininha no Mall. A platéia tinha cheiro de lã molhada e cigarros. Ela havia aceitado porque poderia ficar alguns dias com Damien. Ele havia comprado a casa na qual vivera de aluguel por anos, fruto de uma série de comerciais de carro escandinavos. Ela havia esquecido do comentário na *Time Out*, uma daquelas coisas de caçador de tendências.

– Você acompanha o filme. – Os olhos dele se estreitando dentro dos parênteses de plástico preto italiano.

Damien sustenta, meio a sério, que os seguidores do filme formam a primeira maçonaria verdadeira do novo século.

– Você estava lá? – Cayce pergunta, sacudida para fora de si mesma por aquela brusca violação de contexto. Ela não é de modo algum uma celebridade; ser reconhecida por estranhos não faz parte de sua experiência cotidiana. Mas o filme tem um jeito todo especial de eliminar fronteiras, transgredir a ordem costumeira das coisas.

– Um amigo meu estava lá. – Ele olha para baixo e passa um pano branco impecável de tão limpo no tampo do bar. Unhas ruídas até a cutícula e um anel grande demais. – Ele me contou que cruzou com você depois, num site. Você estava discutindo com alguém sobre *O Enviado Chinês*. – Ele torna a olhar para cima. – Você não acredita mesmo que seja ele, acredita?

Ele é Kim Hee Park, o jovem autor coreano responsável pelo filme em questão, um interminável queridinho das galerias de arte cujas pessoas comparam ao filme, outros a ponto de sugerir que Kim Park seja na verdade o criador do filme. Sugerir isso a Cayce é a mesma coisa que perguntar ao Papa se ele aceita numa boa aquela heresia dos cátaros.

– Não – ela diz, com segurança. – Claro que não.

– Saiu segmento novo. – Ele fala rápido, a voz abafada.

– Quando?

– Hoje cedo. Quarenta e oito segundos. São eles.

Agora é como se os dois estivessem dentro de uma bolha, Cayce e o barman. Nenhum som penetra.

– Eles falam? – ela pergunta.

– Não.

– Você já viu?

– Não. Me mandaram uma mensagem, no meu telefone móvel.

– Não me conte spoilers – avisa Cayce, tentando se controlar.

Ele torna a dobrar o paninho branco. Uma nuvem azul de Gitanes passa, vinda da direção dos euromachos. – Uma bebida? – a bolha se rompe e o som volta a entrar.

– Um expresso duplo. – Ela abre seu envelope da Alemanha Oriental, enfiando a mão ali dentro para pegar as moedas pesadas do troco do mundo-espelho.

Ele tira o café expresso de uma máquina preta do outro lado do bar. Um som de vapor escapando sob pressão. O fórum vai ficar maluco, os primeiros posts dependendo das zonas de tempo, histórico de proliferação, onde o segmento surgiu pela primeira vez. Vão descobrir que ele é impossível de rastrear, porque sofreu upload ou de um endereço de e-mail temporário ou de um IP emprestado, às vezes através de um celular temporário, ou por intermédio de algum anonymizer. Terá sido descoberto por fãs do filme que vasculham incansáveis a Rede, achado em algum lugar onde é possível fazer upload de um arquivo de vídeo e simplesmente deixá-lo lá.

Ele volta com o café dela em uma xícara branca sobre um pires branco, e a coloca à sua frente sobre o balcão preto reluzente. Posiciona uma cestinha de aço ao lado, cujas divisões contêm uma série de tipos diferentes de açúcar britânico, pelo menos três tipos. Outro aspecto do mundo-espelho: açúcar. Ali existe mais açúcar, e não apenas nas coisas que naturalmente se espera que sejam doces.

Ela empilhou seis moedas grandes de uma libra.

– Por conta da casa.

– Obrigada.

Os euromachos estão sinalizando uma necessidade de novos drinques. O barman vai até lá e os atende. Ele parece um Michael Stipe anabolizado. Ela pega de volta quatro moedas e enfia o restante na sombra da cestinha de açúcar. Engole rapidinho seu duplo sem açúcar e vira as costas para ir embora. Olha para trás e ele está lá, olhando com seriedade, das profundezas de parênteses pretos.

TÁXI preto para o metrô de Camden.

Seu ataque de Tommy-fobia passou tranqüilo, mas o peso do atraso da alma se descortinou em latitudes estreitas e sem horizontes.

Ela tem medo de que possa se acalmar inteiramente antes de comprar suprimentos. Ligada no automático, ela entra num supermercado da High Street e enche uma cesta. Frutas do mundo-espelho. Café colombiano, torrado e moído na hora. Leite com dois por cento de gordura.

Numa papelaria próxima, especializada em suprimentos de arte, ela compra um rolo de fita isolante preta.

Subindo a Parkway para a casa de Damien, ela repara num flyer grudado em um poste. Num tom monocromático esmaecido pela chuva, um frame congelado do filme.

Ele olha para diante. Parece sair das profundezas.

Trabalha na Cantor Fitzgerald. Aliança de casamento de ouro.

O E-MAIL do Parkaboy não tem texto. Apenas o anexo.

Sentada diante do Cube de Damien, com a máquina de café francesa para duas xícaras que comprou no Parkway. Uma fragrância suave de café colombiano fortíssimo. Ela não devia beber aquilo: não só vai lhe impedir o sono como garantir pesadelos, e ela sabe que vai acordar novamente naquela hora pavorosa, toda vibrante. Mas precisa estar presente para o próximo segmento. Com os sentidos aguçados.

Sempre, agora, a abertura de um anexo contendo cenas inéditas do filme é profundamente liminar. Um estado de limiar.

Parkaboy nomeou o anexo como Nº 135. Cento e trinta e quatro fragmentos anteriormente conhecidos... mas de quê? De um trabalho em andamento? De alguma coisa finalizada anos atrás e liberada agora, por alguma razão, nesses fragmentos?

Ela não entrou no fórum. Spoilers. Ela quer que cada novo fragmento tenha o impacto mais puro possível.

Parkaboy diz que você deveria ver cada novo filme como se nunca tivesse visto outro fragmento antes, por um instante escapando do filme ou filmes que você tem assimilado, de forma consciente ou inconsciente, desde a primeira exposição.

Homo sapiens é reconhecimento de padrões, ele diz. O que é ao mesmo tempo um dom e uma armadilha.

Ela pressiona devagar o botão da cafeteira.

Despeja café numa caneca.

Ela pendurou sua jaqueta como uma capa nos ombros arredondados de uma ninfa robótica. Equilibrado sobre seu púbis inoxidável, o torso branco está encostado na parede cinza. Postura neutra. Serenidade sem olhos.

Cinco da tarde e ela mal consegue ficar de olhos abertos.

Levanta a xícara de café preto amargo. Clica no mouse.

Quantas vezes ela já fez isso?

Quanto tempo desde que ela se entregou ao sonho? Essa é a expressão de Maurice que traduz a essência de ser um fã do filme.

O Studio Display de Damien escurece absolutamente. É como se ela participasse do próprio nascimento do cinema, aquele momento Lumière, a locomotiva a vapor prestes a emergir da tela, fazendo a platéia fugir para dentro da noite parisiense.

Luz e sombra. Rostos de amantes no prelúdio de um abraço.

Cayce estremece.

Tanto tempo agora, e ninguém ainda os viu se tocarem.

Ao redor deles, a escuridão absoluta é aliviada pela textura. Concreto?

Estão vestidos como sempre estiveram, em roupas sobre as quais Cayce publicou intermináveis posts, fascinada por sua atemporalidade, uma coisa que ela conhece e da qual entende. A dificuldade de definir isso. E os penteados também.

Ele poderia ser um marinheiro, saindo de dentro de um submarino em 1914, ou um músico de jazz entrando numa casa noturna em 1957. Há uma ausência de evidências, uma ausência de pistas estilísticas, que Cayce compreende como sendo uma coisa profundamente primorosa. O casaco preto dele é normalmente lido como sendo de couro, embora pudesse ser vinil fosco, ou borracha. Ele o veste com a gola virada para cima.

A garota veste um casaco mais longo, igualmente escuro mas aparentemente de tecido; as ombreiras são o assunto de centenas de posts. A arquitetura das ombreiras num casaco de mulher deveria determinar períodos possíveis, décadas específicas, mas não se chegou a nenhuma concordância, apenas controvérsia.

Ela não usa chapéu, o que foi considerado como o mais evidente dos sinais de que isto não é um filme de época, ou simplesmente uma indicação de que ela é um espírito livre, sem se deixar prender até mesmo pelas convenções mais simples de sua época. Seus cabelos foram tema de um escrutínio semelhante, mas jamais se chegou a alguma conclusão definitiva.

Os cento e trinta e quatro fragmentos descobertos anteriormente, depois de terem sido infinitamente cotejados, quebrados, remontados, por exércitos inteiros dos investigadores mais fanáticos, não revelaram nenhum período e nenhuma direção narrativa em especial.

Zapeada para dentro de dimensões surreais da mais pura especulação, narrativas fantasmas emergiram e assumiram vidas próprias sombrias, porém determinadas, mas Cayce as conhece todas, e se afasta delas.

E ali, no flat de Damien, vendo os lábios deles se moverem, ela só sabe que nada sabe, mas não quer nada além de ver o filme do qual aquilo deve ser uma parte. Deve ser.

Acima deles, em algum lugar, alguma coisa estoura, branca, lançando uma garra de sombra caligariana, e depois a tela fica escura.

Ela clica em Replay. Torna a ver o filme.

Ela abre o site e rola a tela, uma página inteira de posts. Várias páginas se acumularam no decorrer do dia, na esteira do surgimento do Nº 135, mas ela não tem apetite para lê-las agora.

Para ela, não faz a menor diferença.

Uma onda bate forte, de pura exaustão, contra a qual o café colombiano não oferece defesa.

Ela tira a roupa, escova os dentes, os braços e as pernas pesados de exaustão e vibrando de cafeína, apaga as luzes e se arrasta literalmente para debaixo da coberta prateada dura sobre a cama de Damien.

Para se curvar ali em posição fetal, e se maravilhar por um instante, enquanto uma última onda bate em cima dela, na extensão perfeita e agora perfeitamente revelada de sua solidão atual.

4.

GRANADAS MATEMÁTICAS

De algum modo ela consegue dormir, ou chega perto disso, passando pela famosa hora ruim e adentrando mais uma manhã no mundo-espelho.

Despertando de um flash interior de luz metálica de enxaqueca, como se fosse a luz refletida das asas de um sonho que se afasta lentamente.

Retira sua cabeça debaixo da gigantesca luva de forno igualzinho a uma tartaruga e força a vista para olhar na direção das janelas. Luz do dia. Um pouco mais da sua alma foi rebobinada para cá nesse meio tempo, ao que parece. Apreendendo o "eu" e o mundo-espelho agora em uma modalidade diferente, acompanhada por um surto inesperado de energia que a faz sair da cama, entrar no chuveiro e regular a cabeça cromada italiana da torneira para receber novas alfinetadas focais de jatos de água. A renovação do apartamento de Damien envolveu água quente, muita água quente, e ela agradece por isso.

É como se ela estivesse sendo habitada agora por alguma coisa com uma mente guiada por um simples e único objetivo, mas que não tem idéia do que planeja ou do que deseja. Mas, no momento, ela se contenta simplesmente em seguir de carona nesse passeio.

Secador de cabelos. As CPUs incluem o jeans preto.

Leite do mundo-espelho (que é diferente, embora ela não saiba dizer de que jeito) no Weetabix, com uma banana cortada em rodelas. Aquela outra parte dela, aquele outro "eu", se movendo bem ao lado.

Observando enquanto aquela parte tapa a queimadura de cigarro com fita isolante, as pontas cortadas com os dentes, uma espécie de floreio punk arcaico. Veste a Rickson, verifica se está com as chaves e com dinheiro, e desce a ainda não renovada escadaria de Damien, passando pela mountain bike de um inquilino e pilhas de revistas do ano passado que vão até sua cintura.

Na rua iluminada de sol, tudo está quieto; nada se move, a não ser o borrão cor-de-canela de um gato, que agora está ali, e depois já sumiu. Ela apura o ouvido. O zumbido de Londres, se acumulando em algum lugar.

Sentindo uma inexplicável felicidade, ela desce pela Parkway na direção da Camden High Street, e encontra um russo em um minitáxi. Na verdade não chega a ser um táxi, é apenas um Jetta azul empoeirado do mundo-espelho, mas ele a levará a Notting Hill, e ele parece muito velho, muito vivido, muito enojado pelo próprio fato de vê-la, para lhe causar algum problema.

Assim que saem de Camden Town, ela deixa de saber ao certo onde estão. Ela não tem internalizado um mapa da superfície desta cidade, apenas do metrô e de caminhos pessoais a pé selecionados a partir das estações do metrô.

Os retornos estonteantes são pivôs em um labirinto que somente habitantes e taxistas se atrevem a percorrer. Restaurantes e lojas de antiguidades passam por ela aos rodopios, pontuadas a intervalos regulares por pubs.

Maravilha-se com as pernas resplandecentes de um homem de cabelos pretos usando um camisolão com jeito de ser bastante caro e que se abaixa para pegar o leite e o jornal matinais na sua porta.

Um veículo militar, a silhueta não familiar, com a frente bem ampla, a lona cobrindo apertada e bem amarrada a carroceria. A boina do motorista.

Mobiliário de rua do mundo-espelho: fragmentos de infra-estrutura urbana cuja função ela não consegue identificar. Equivalentes locais da misteriosa Estação de Testes de Água em seu quarteirão ao norte da cidade, que um amigo havia afirmado que não continha nada além de uma xícara e um copinho para um teste de potabilidade – o que já foi para Cayce uma das suas fantasias favoritas de emprego alternativo, passear por Manhattan como uma sommelier itinerante, presenteando o palato com as diversas águas de torneira da cidade. Não que ela particularmente desejasse isso, mas só o fato de acreditar que alguém pudesse fazer isso para viver lhe dava, de certo modo, um pouco de conforto.

Quando chegaram a Notting Hill, qualquer aspecto deslocado de personalidade que estava conduzindo aquela expedição matinal parece ter levantado acampamento, fazendo com que ela se sentisse inútil e confusa. Ela paga ao russo, sai do lado oposto da Portobello Road e desce as escadas até uma passagem de pedestres que fede a urina de sexta à noite. Latas de cerveja lager extragrandes do mundo-espelho estão esmagadas ali como baratas.

Metafísica de corredor. Ela quer café.

Mas o Starbucks do outro lado, subindo as escadas e dobrando a esquina, ainda não está aberto. Do lado de dentro, um garoto se atraca com bandejas enormes de plástico cheias de doces embrulhados em celofane.

Sem saber ao certo o que deveria fazer em seguida, ela continua caminhando, na direção do mercado de sábado. Agora são sete e meia. Ela não consegue se lembrar de quando as barracas de antiguidades abrem, mas sabe que a rua estará lotada às nove. Por que ela está ali? Ela nunca compra antiguidades.

Ela está em uma rua do que, acha, são chamadas de mews houses, lugarzinhos pequenos, assustadoramente bonitos, ainda na direção da Portobello Road e do mercado, quando os vê: três homens, com jaquetas de cores diferentes, colarinhos virados para cima, olhando muito sérios para dentro do porta-malas aberto de um pequeno e nada característico carro do mundo-espelho. É mais um carro inglês que um carro do mundo-espelho, porque não existe equivalente do lado do Atlântico ao qual Cayce pertence, não há reflexo. Vauxhall Wyvern, ela pensa, com sua memória compulsiva para nomes de marcas, embora ela duvide que seja exatamente aquele, seja lá qual for o visual daquela marca. Mais tarde, ela não será capaz de dizer o motivo que a faz reparar naqueles três agora.

Ninguém mais na rua, e existe alguma coisa inexplicável na seriedade com que eles analisam o que quer que estejam olhando. O maior deles, embora não o mais alto, um negro de cabeça raspada, está enfiado como uma salsicha em alguma coisa brilhante, preta e vagamente semelhante a couro. Ao lado dele está um homem mais alto, rosto cinzento, curvado dentro das dobras engorduradas de um antigo impermeável Barbour, o algodão encerado agora com o brilho e a coloração de estrume velho de cavalo. O terceiro, mais novo, tem cabelos louros cortados rente e está metido em shorts de skatista baggy pretos e uma jaqueta jeans esfiapada. Está usando uma coisa parecida com uma sacola de carteiro atravessada e pendurada no peito. Shorts, ela pensa, passando ao largo do trio, de algum modo estão sempre errados em Londres.

Ela não consegue resistir à tentação de dar uma espiadela no porta-malas.

Granadas.

Pretas, compactas, cilíndricas. Seis ao todo, dispostas sobre um velho suéter cinza no meio de uma bagunça de caixas de papelão marrom.

– Senhorita? – O de shorts.

– Olá? – O homem de rosto cinzento, rude, impaciente.

Ela diz a si mesma para correr, mas não consegue.

– Sim?

– As Curtas. – O louro, dando um passo na direção dela.

– Não é ela, idiota. Ela não vem, porra. – O cinzento novamente, com uma irritação cada vez maior.

O louro pestaneja.

– Você não veio por causa das Curtas?

– As o quê?

– As calculadoras.

Aí é que ela não consegue mais resistir e chega perto do carro, para ver.

– Elas são o quê?

– Calculadoras. – O material justíssimo da jaqueta do negro range quando ele se curva para pegar uma das granadas. Vira-se para entregá-la a ela. E ela a segura: pesada, densa, com protuberâncias que lembram uma carretilha, para facilitar o manuseio. Abas ou lingüetas que parecem feitas para se mover dentro de fendas. Janelinhas redondas mostrando números brancos. No alto, uma coisa que parece a manivela de um moedor de pimenta que tivesse sido projetado por um fabricante de armas de pequeno porte.

– Não estou entendendo – diz ela, e imagina que irá acordar, nesse exato instante, na cama de Damien, porque a coisa toda assumiu agora um ar onírico. Automaticamente procurando uma marca registrada, ela vira a coisa de cabeça para baixo. E vê que é feita em Liechtenstein.

Liechtenstein?

– O que é isto?

– É um instrumento de precisão – diz o negro – que executa cálculos de forma mecânica, sem empregar nem eletricidade nem componentes eletrônicos. A sensação de sua operação é comparada de forma mais adequada ao manuseio de uma boa câmera de trinta e cinco milímetros. É a menor máquina de calcular mecânica já construída. – Voz grave e melíflua. – Foi inventada por Curt Herzstark, um austríaco, que a desenvolveu enquanto foi prisioneiro em Buchenwald. As autoridades do campo até incentivavam o trabalho dele, sabia? O título dele lá era "escravo do serviço de informações". Eles queriam que a calculadora dele fosse entregue ao Führer no fim da guerra. Mas

Buchenwald foi libertada em 1945 pelos americanos. Herzstark havia sobrevivido. – Ele tira gentilmente a coisa das mãos dela. Mãos enormes. – Ele ficou com seus desenhos. – Dedos grandes se movendo com precisão e gentileza, encaixando as abas pretas numa configuração diferente. Ele segura o cilindro carretilhado na mão esquerda, gira uma vez o cabo no topo. Extraindo suavemente de seu interior o cálculo de uma soma. Ele a levanta para ver a cifra resultante numa janelinha. – Oitocentas libras. Excelente estado. – Fechando um dos olhos de leve, esperando a resposta dela.

– É linda – a oferta dele finalmente lhe dando um contexto para aquela conversa intrigante: aqueles homens são negociantes, e vieram até ali para negociar aquelas coisas. – Mas eu não saberia o que fazer com ela.

– Você me fez sair por nada, babaca – o homem cinzento resfolega, arrancando a coisa das mãos do negro, mas Cayce sabe que isso no fundo é para o negro, não para ela. Naquele instante, ele é a cara de um retrato assustador de Samuel Beckett em um livro que ela tinha na época da faculdade. As unhas dele são pretas e as pontas de seus dedos compridos têm aquelas manchas marrom-alaranjadas fundas de nicotina. Ele lhes dá as costas com a calculadora nas mãos e se curva sobre o porta-malas aberto, para reembrulhar furiosamente as máquinas pretas tão parecidas com granadas.

– Hobbs – diz o negro, suspirando –, você não tem paciência nenhuma. Ela vai chegar. Por favor, espere.

– Viado – diz Hobbs, se é que esse é o seu nome, fechando uma caixa de papelão e cobrindo-a com o suéter velho com um gesto rápido, ensaiado, estranhamente maternal, como uma mãe ajeitando o cobertor sobre uma criança adormecida. Fecha o porta-malas com um estrondo e força o puxador para se certificar de que fechou mesmo. – Me faz perder um puta tempo... – Abre a porta do motorista com um ranger de assustar.

Ela vislumbra um estofamento da cor de rato sujo e um cinzeiro transbordante que se destaca do console como uma gavetinha.

– Ela está vindo, Hobbs – protesta o negro, mas sem muita convicção.

O sujeito chamado Hobbs se dobra dentro do banco do motorista, fecha a porta com violência e olha fuzilando para eles pelo vidro lateral sujo. O motor do carro dá a partida com um estremecimento antigo e asmático, ele o coloca em movimento, ainda fuzilando, e sai, na direção da Portobello. Na esquina seguinte, o carro cinza vira à direita e desaparece.

– Esse sujeito é uma praga – diz o negro. – Agora ela vai vir, e o que é que eu digo a ela? – Vira-se para Cayce. – Você o decepcionou. Ele achou que você era ela.

– Quem?

– A compradora. Agente de um colecionador japonês – o garoto louro diz para Cayce. – É não culpa sua. – Ele tem as maçãs do rosto altas e atravessadas que ela classifica como eslavas, o olhar aberto que as acompanha, e o tipo de sotaque característico de quem aprendeu inglês ali mas não tão completamente. – Ngemi – indicando o negro – só está chateado.

– Bom, então – Cayce arrisca – tchau. – E sai na direção da Portobello. Uma mulher de meia-idade abre uma porta pintada de verde e sai vestida com calças jeans de couro preto, seu cachorro enorme num cabresto. O aparecimento dessa matrona de Notting Hill dá a Cayce a sensação de estar sendo libertada de um feitiço. Ela apressa o passo.

Mas ouve passos atrás. E se vira para ver o garoto louro com a bolsa de tiracolo, correndo para alcançá-la.

Ela não vê o negro em parte alguma.

– Eu ando com você, por favor – ele diz, acertando o passo com o dela e sorrindo, como se estivesse encantado em prestar a ela esse favor. – Meu nome é Voytek Biroshak.

– Chamai-me Ismael – ela disse, sem parar de andar.

– Isso é nome de garota? – Ansioso feito um cachorro ao lado dela. Alguma espécie de inocência nerd esquisita que de algum modo ela aceita.

– Não. É Cayce.

– Case?

– Na verdade – quando se dá conta, já está explicando –, a pronúncia certa deveria ser "Casey", como o sobrenome do homem com o qual minha mãe me batizou. Mas eu não pronuncio assim.

– Quem é Casey?

– Edgar Cayce, o Profeta Adormecido de Virginia Beach.

– Por que ela fez isso, sua mãe?

– Porque ela é uma excêntrica da Virgínia. Na verdade, ela sempre se recusou a falar a respeito disso. – O que é verdade.

– E você está fazendo o que aqui?

– O mercado. Você? – ainda andando.

– Idem.

– Quem eram aqueles homens?

– Ngemi me vende ZX 81.

– E isso é o quê?

– Sinclair ZX 81. Computador pessoal, feito por volta de 1980. Na América, era Timex 1000, a mesma coisa.

– Ngemi é o grandão?

– Trabalha com computador arcaico, calculadora histórica, desde 1997. Tem loja em Bermondsey.

– Seu sócio?

– Não. Arranjei reunião. – Dá um tapinha de leve na bolsa que leva a tiracolo e ela ouve um chocalhar de plástico. – ZX 81.

– Mas ele estava aqui para vender aquelas calculadoras?

– A Curta. Maravilhosa, sim? Ngemi e Hobbs estão esperando uma venda já combinada, colecionador japonês. Difícil, Hobbs. Sempre.

– Outro negociante?

– Matemático. Homem genial e triste. Louco por Curta, mas não pode comprar. Compra e vende.

– Não me pareceu muito agradável. – Cayce atribui sua facilidade com conversações que utilizam inteiramente o lado esquerdo do cérebro à sua carreira de caçadora de tendências nas ruas pra valer, como tem sido até agora, por mais que ela deteste classificar isso desse jeito. Ela também já fez isso. Foi jogada em vizinhanças como Dogtown, berço do skateboarding, para explorar raízes na esperança de encontrar qual poderia ser a próxima tendência. E ela aprendeu que isso consiste, em grande parte, de ter a disposição de fazer a próxima pergunta. Foi fazendo a próxima pergunta que ela conheceu em pessoa o mexicano que foi o primeiro a usar o boné de beisebol virado para trás. Isso mostra o quanto ela é boa. – Como é a cara desse ZX 81?

Ele pára, vasculha sua bolsa e retira de dentro um retângulo de aspecto um tanto trágico, feito de plástico preto todo arranhado, com aproximadamente o tamanho de uma fita de vídeo. Ele possui um daqueles teclados tipo membrana que de algum modo realmente funcionam, uma coisa que Cayce conhece das caixas de TV a cabo que existem no tipo de motel onde os convidados meio que são convidados a roubá-los.

– Isso é um computador?

– Um K de RAM!

– Um?

Entraram numa rua chamada Westbourne Grove, com um punhadinho de lojas de varejo fashion, e ela vê uma multidão lá embaixo, no cruzamento com a Portobello.

– O que você faz com eles?

– É complicado.

– Quantos você tem?

– Muitos.

– Por que você gosta deles?

– De importância histórica para a computação pessoal – ele diz sério – e para o Reino Unido. Por isso tem tantos programadores, aqui.

– Por que isso?

Mas ele pede licença e entra num beco estreito onde uma van depauperada está sendo descarregada. Uma conversa rápida com uma mulher gorducha metida num impermeável azul-turquesa e ele retorna, enfiando mais duas dessas coisas na bolsa.

Continuando a caminhada, ele explica a ela que Sinclair, o inventor inglês, tinha um jeito de fazer as coisas do jeito certo, mas que ao mesmo tempo era exatamente errado. Prevendo o mercado para computadores pessoais acessíveis financeiramente, Sinclair decidira que o que as pessoas iriam querer fazer com eles seria aprender programação. O ZX 81, comercializado nos Estados Unidos como Timex 1000, custava menos que o equivalente a cem dólares, mas exigia que o usuário inserisse programa, digitando naquele teclado de adesivos de pressão de motel. Isso havia resultado tanto na vida curta de mercado do produto quanto, na opinião de Voytek, vinte anos depois, na relativa hegemonia de programadores competentes no Reino Unido. Aquelas caixinhas viraram a cabeça deles, ele acredita, e a necessidade de programá-las também. – Como os hackers na Bulgária – ele acrescenta, obscuramente.

– Mas se o Timex foi vendido nos Estados Unidos – ela pergunta –, por que nós também não tivemos os programadores?

– Vocês têm programadores, mas a América é diferente. A América queria Nintendo. A Nintendo não te dá programadores. Além disso, no lançamento do produto na América, a unidade de expansão RAM levou três meses para ser lançada. Pessoas compram computador, levam pra casa, descobrem que não faz quase nada. Um desastre.

Cayce tem certeza quase absoluta de que a Inglaterra também queria Nintendo, e conseguiu, e provavelmente não devia estar assim tão ansiosa por outra safra de programadores, se a teoria de Voytek estiver correta. – Preciso de café – diz ela.

Ele a conduz até uma galeria decrépita na esquina da Portobello com a Westbourne Grove. Passam por barraquinhas onde russos estão colocando seus estoques de relógios velhos e sujos, e descem um lance de escadas para comprar uma xícara do que ela descobre ser o café "branco" de suas visitas à Inglaterra na infância, uma bebida do mundo-espelho pré-Starbucks que lembra um café instantâneo fraco, mas encorpado com leite condensado e uma dose industrial de açúcar. Isso a faz pensar em seu pai, levando-a ao Zoológico de Londres quando ela tinha dez anos.

Sentam-se em cadeiras de madeira dobráveis que parecem datar dos tempos dos bombardeios alemães na Segunda Guerra, tomando golinhos experimentais do café branco escaldante.

Mas ela vê que existe um boneco da Michelin no seu campo de visão, sua forma branca, inchada, semelhante à de uma larva, empoleirada na beirada do balcão de um comerciante, a cerca de dez metros de distância. Ele tem cerca de sessenta centímetros de altura e provavelmente foi feito para ser iluminado por dentro.

O boneco da Michelin foi a primeira marca registrada à qual ela exibiu uma reação fóbica. Ela tinha seis anos de idade.

– Ele levou um pato na cara a duzentos e cinqüenta nós – ela recita baixinho.

Voytek pestaneja.

– Que disse?

– Desculpe – diz Cayce.

É um mantra.

Um amigo de seu pai, piloto de linha aérea, havia lhe contado, quando ela era adolescente, a história de um colega que havia sofrido um impacto com um pato, pouco depois de decolar em Sioux City. A vidraça da frente se estilhaçou e o interior da cabine se tornou um furacão. O avião pousou em segurança, o piloto havia sobrevivido e voltou a voar com lascas de vidro alojadas permanentemente no olho esquerdo. A história havia fascinado Cayce e ela acabou, com o tempo, descobrindo que aquela frase, repetida suficientemente, acalmaria o início do pânico que ela invariavelmente sentia ao ver o pior de seus gatilhos. – É um tique verbal.

– Dique?

– Difícil de explicar. – Ela olha para outra direção, descobrindo uma barraca que vende o que parecem ser instrumentos cirúrgicos vitorianos.

O guardião desse estoque é um homem muito velho com uma testa alta e sarapintada e sobrancelhas brancas com aspecto de sujas, a cabeça afundada como a de um urubu entre os ombros estreitos. Ele está em pé atrás de um balcão com a frente e a parte superior de vidro, coisas reluzindo dentro dele. A maioria delas parece estar sendo exibida em caixas com nichos forrados com veludo desbotado. Considerando esse homem uma distração, tanto para si mesma quanto para Voytek, para que ele não lhe peça para explicar a coisa do pato, Cayce toma seu café e atravessa o corredor, cujo chão está coberto por tábuas lascadas.

– Poderia me dizer o que é isto, por favor? – ela pergunta, apontando para uma coisa aleatoriamente. Ele olha para ela, para o objeto indicado, e depois novamente para ela. – Um conjunto de trepanação, feito por Evans de Londres, circa 1780, em caixa original de escamas desidratadas de peixe.

– E isto?

– Um conjunto francês de litotomia do início do século dezenove, com furadeira, de Grangeret. Caixa de mogno com alças de bronze. – Ele olha para ela firmemente com seus olhos rosados, de bordas vermelhas e afundados, como se a medisse para uma pequena utilização do Grangeret, um equipamento de aspecto assustador dividido em suas peças componentes em seus nichos de veludo comido por traças.

– Obrigada – diz Cayce, decidindo que aquele não é realmente o tipo de distração de que ela precisa naquele momento. Ela se vira para Voytek. – Vamos tomar um pouco de ar. – Ele se levanta alegremente de sua cadeira, colocando no ombro a bolsa agora estufada de Sinclairs, e a segue subindo as escadas e saindo à rua.

Turistas, fãs de antiguidades e pessoas que gostam de ver pessoas estão chegando sem parar de estações em ambas as direções, muitos deles seus compatriotas, ou então japoneses. Uma multidão densa como a de um show em um estádio está lutando para se mover em ambas as direções ao longo da Portobello, na rua propriamente dita, porque as calçadas foram ocupadas por vendedores temporários com cavaletes e mesas de papelão, e pelos compradores aglomerados ao redor deles. O sol surgiu inteira e inesperadamente, e entre o sol e a multidão e o desconcertante efeito residual do atraso da alma, ela subitamente se sente tonta.

– Agora não bom para encontrar – diz Voytek, agarrando a bolsa protetoramente embaixo do braço. Toma o último gole de seu café. – Eu preciso estar indo. Tenho trabalho.

– O que você faz? – ela pergunta, em grande parte para disfarçar a tontura.

Mas ele só acena com a cabeça para a bolsa. – Preciso avaliar condição. Tenho prazer em conhecer você. – Tira uma coisa de um dos bolsos superiores de sua jaqueta jeans e entrega a ela. É um pedaço de cartolina branca com um endereço de e-mail carimbado.

Cayce nunca teve cartões, e sempre relutou em dar seus dados particulares.

– Não tenho cartão – diz ela, mas num impulso lhe dá seu endereço atual do Hotmail, porque é claro que ele vai esquecer. Ele sorri, meio pateta e de algum modo com a franqueza de um campeão sobre suas maçãs do rosto eslavas desenhadas a régua, e se volta para a multidão.

Cayce queima a língua com o café ainda escaldante. Livra-se dele em uma lixeira que já está transbordando.

Decide caminhar de volta até o Starbucks perto do metrô de Notting Hill, tomar um café com leite feito com leite do mundo-espelho, e pegar o trem para Camden.

Agora ela está começando a sentir que está realmente ali.

– Ele levou um pato na cara a duzentos e cinqüenta nós – desta vez como uma expressão de gratidão, e começa a voltar na direção da estação de Notting Hill.

5.

O QUE ELAS MERECEM

Ela encontra a Cruzada das Crianças do jeitinho como lembrava.

A expressão de Damien para o que acontece em Camden Town num sábado, aquele engarrafamento rastejante de lemingues composto de gente jovem, entupindo a artéria da High Street desde a estação abaixo até Camden Lock.

À medida que ela vai saindo das profundezas tremelicantes e suspirantes da estação, subindo por vertiginosas escadas rolantes com bordas de degraus cortadas a partir de um tipo de madeira de cerne esbranquiçada e suja que parece praticamente indestrutível, a multidão parece se adensar e reafirmar sua presença.

Na calçada do lado de fora, ela está subitamente dentro dela, a multidão se esticando High Street acima como alguma ilustração vitoriana de um enforcamento público ou de um dia de corrida.

As fachadas dos modestos prédios de varejo de cada um dos lados estão incrustadas com representações distorcidas e exageradamente grandes de aviões vintage, botas de caubói, uma enorme bota Dr. Martens com seis ilhoses. Todos esses objetos possuem uma qualidade artesanal ligeiramente desconfortante, como se tivessem sido feitos a partir de vastas quantidades de massa para escultor Fimo por filhos de gigantes.

Cayce já passou horas ali, escoltando os executivos de criação das maiores empresas de calçados esportivos do mundo através da floresta ambulante dos pés que fizeram as fortunas deles, e mais horas ainda sozinha, procurando pequenas explosões de pura moda de rua para enviar para casa por e-mail.

Nem um pouco parecida com a multidão da Portobello; esta aqui tem uma motivação diferente, um sabor de feromônios e o cheiro de cigarros de cravo e haxixe.

Traçando um curso para o marco conveniente da Virgin Megastore, ela fica se perguntando se não deveria seguir com o fluxo e tentar se colocar em outro tipo de caminhada profissional hoje. Ali há tendências cool para serem caçadas, e ela ainda tem clientes em Nova York dispostos a pagar por um relatório de Cayce Pollard sobre o que os primeiros adaptadores nesta confusão estão fazendo, vestindo ou ouvindo. Ela decide que não. Tecnicamente, ainda está sob contrato com a Blue Ant, e de qualquer maneira está se sentindo menos do que motivada. O flat de Damien parece uma idéia melhor, e ela pode chegar lá, com um mínimo de cotoveladas, através das barracas de frutas e legumes da Aberdeen Street, onde ela pode comprar suprimentos adicionais.

E é o que ela faz, encontrando produtos mais frescos do que o supermercado local oferece, e andando para casa com uma sacola rosa transparente de laranjas da Espanha ou do Marrocos.

O flat de Damien não tem sistema de segurança, e ela fica feliz por isso, porque disparar o alarme de alguém, seja ele silencioso ou não, é uma coisa que ela já fez no passado e não deseja fazer novamente. As chaves de Damien são tão grandes, sólidas e quase tão lindamente acabadas quanto as moedas grandonas de uma libra: uma para a porta da rua, duas para a porta do flat.

Quando torna a entrar no apartamento, ela tira um instante para tomar consciência da extensão de sua melhora. A maior parte de sua alma já deve ter chegado, pensa ela, lembrando-se de seus horrores antes do amanhecer; agora aquilo é apenas a casa de Damien, ou uma versão recém-decorada da casa de Damien, e só faz com que ela sinta saudades dele. Se ele não estivesse fora pesquisando para um documentário na Rússia, eles poderiam navegar pela multidão de Camden e subir a Primrose Hill.

O encontro dela com Voytek, seus amigos e as pequenas calculadoras pretas de Buchenwald, fossem o que fossem, parece com o sonho da noite anterior.

Ela tranca a porta e vai até o Cube, que está em seu lugar com a tela escura, seus botões eletrostáticos iluminados pulsando suavemente. Damien tem cabo, e por isso sua conexão nunca está fora do ar, ou nunca deveria estar. Está na hora de checar o Fetiche:Filme: Forum e ver o que o Parkaboy, o Filmy e a Mama Anarchia e seus outros colegas obsessivos interpretaram daquele beijo. Ela vai ter muito que ler para se atualizar, a começar do alto, para entrar no fluxo da coisa.

Parkaboy é o seu favorito no F:F:F. Eles trocam e-mails quando o fórum começa a deslanchar, e às vezes quando ele está morto também. Ela não conhece quase nada a respeito dele, além do fato de que ele vive em Chicago e, supõe ela, é gay. Mas ambos sabem de suas paixões pelo filme, conhecem suas dúvidas e teorias provisórias, assim como todo o resto do mundo.

Em vez de redigitar a URL do fórum que não está nos bookmarks, ela clica no histórico do browser.

VEJA AS PUTAS ASIÁTICAS LEVAREM O QUE MERECEM

FETICHE:FILME:FORUM

A mão no mouse, ela congela, olhando o último site conectado.

Então começa a sentir aquele folclórico e literal arrepio na espinha.

E não consegue, por meio de um puro esforço mental, reverter a ordem das Putas Asiáticas e do F:F:F na tela. Ela deseja desesperadamente que as Putas Asiáticas estejam abaixo do F:F:F, mas elas permanecem onde estão. Fica ali sentada, sem se mexer, olhando o histórico do browser da maneira que um dia ficou olhando uma aranha marrom reclusa em um roseiral em Portland, uma coisinha desenxabida que o anfitrião dela informou com toda a certeza que continha neurotoxina suficiente para matar os dois, e de um modo horrível.

O flat de Damien subitamente não é um lugar amigável, e nem um pouco familiar. Ele se tornou um território hermeticamente fechado e sem ar, onde coisas muito ruins podem acontecer. E ele possui, ela agora se lembra, um segundo andar, ao qual, nesta viagem, ela ainda nem sequer subiu.

Ela olha para o teto.

E, quando se dá conta, está lembrando da experiência de ficar deitada mais ou menos feliz, ou pelo menos em um nível de abstração agradável, embaixo de um namorado chamado Donny.

Donny fora mais problemático que outros namorados de Cayce Pollard, e ela acreditava que tudo isso havia sido sinalizado em primeiro lugar pelo fato de que ele se chamava Donny. Donny não era um nome típico, uma amiga havia ressaltado isso para ela, entre o tipo de homens com quem elas saíam. Donny era de extração irlandesa e italiana, de East Lansing, e tinha um problema com bebida e nenhum meio visível de subsistência. Mas Donny também era lindo, e às vezes muito engraçado, embora nem sempre intencionalmente, e Cayce estava passando na época por um período de autodescoberta, embora na verdade nunca tivesse planejado isso, embaixo de Donny, e do sorriso enorme de Donny, na cama de lençóis não tão limpos do apartamento dele na Clinton Street, entre a Rivington e a Delancey.

Mas aquela última vez em particular, vendo-o mudar de fase para o que ela aprendera a reconhecer como a aproximação de um de seus sempre confiáveis orgasmos, ela por algum motivo esticara os braços acima da cabeça, talvez até de modo exuberante, a mão esquerda se enfiando acidentalmente para baixo do verniz cor-de-barata da cabeceira. Onde achou alguma coisa dura, fria e feita com muita precisão. O que ela traduziu em braile, rapidamente, como sendo a coronha de uma pistola automática – presa ali, provavelmente, com um tipo de fita muito semelhante ao que ela havia usado ali, naquela manhã, para esconder o buraco em sua Buzz Rickson.

Ela sabia que Donny era canhoto, e por isso havia posicionado a arma para que pudesse apanhá-la de modo conveniente quando estivesse na cama.

Algum módulo computacional muito básico instantaneamente completou a mais simples das equações: se namorado dorme com arma, Cayce não divide cama (ou corpo) com (agora abruptamente ex) namorado.

E assim ela havia ficado deitada ali, a ponta do dedo encostada no que ela supunha ser o cabo de madeira de lei em padrão axadrezado da arma, e viu Donny fazer sua última cavalgada naquele pônei em particular.

Mas ali, em Camden Town, no flat de Damien, subindo um lance estreito de escadas, há um quarto. É o quarto onde ela dormiu em visitas anteriores, e ela sabe que Damien o converteu agora em um estúdio caseiro, onde ele se permite satisfazer sua paixão pela mixagem.

Lá em cima, ela se pergunta, agora, será que há alguém?

O alguém que de algum modo entrou ali na ausência dela e deu uma olhada despreocupada naquelas putas asiáticas? Parece bizarro, e impossível, e ainda assim horrivelmente possível, ainda que por pouco. Ou seria tudo isso tão possível assim?

Ela faz a si mesma olhar ao redor do aposento mais uma vez, e repara no rolo de fita preta no carpete. Ele está caído em pé, como se tivesse rolado até ali. E ela se lembra muito claramente de tê-lo colocado, ao terminar de usá-lo, deitado de lado, para que não rolasse, na beira da mesa de cavaletes.

Alguma coisa a leva até a cozinha, então, e quando ela se dá conta está olhando para uma gaveta que contém as facas de cozinha de Damien. Que são novas, e não muito usadas, e provavelmente bastante afiadas. E, embora ela não tenha certeza de que pudesse se defender com uma dessas se fosse necessário, a idéia de introduzir pontas afiadas na equação não parece inteiramente boa. Ela experimenta outra gaveta e encontra uma caixa quadrada de papelão de peças de máquina, com aspecto pesado e preciso e ligeiramente oleosas, o que ela supõe serem sobras das garotas-robô. Uma delas, um cilindro grosso, se encaixa sólida e perfeitamente em sua mão, as bordas quadradas despontando para fora de cada lado de seu punho fechado. Ela se lembra do que você pode fazer com um rolo de moedas de vinte e cinco centavos; Donny até que veio a calhar afinal.

Ela leva essa peça consigo e sobe os degraus até o estúdio caseiro de gravação de Damien. Que prova que é apenas isso, e desocupado, sem nenhum esconderijo em parte alguma. Um futon, estreito e novo, que seria a cama dela se Damien estivesse ali.

Desce as escadas novamente.

Ela atravessa cuidadosamente o espaço, prendendo a respiração enquanto abre os dois armários. Onde não há muita coisa, porque Damien não é uma pessoa de comprar muitas roupas.

Ela olha em cada um dos gabinetes inferiores da cozinha renovada, e no espaço embaixo da pia. Onde não há nenhum assaltante agachado à espreita, mas o pessoal da reforma deixou uma grande fita métrica amarela.

Ela passa a corrente na porta trancada que dá para o corredor de fora. Não é lá grande coisa pelos padrões nova-iorquinos, e ela já viveu tempo suficiente em Nova York para confiar muito pouco em correntes, mesmo assim. Mas enfim.

Ela examina as janelas, todas as quais estão fechadas, e todas menos uma estão fechadas tão completamente com excesso de tinta que ela estima que um carpinteiro levaria três horas muito caras e um bom número de ferramentas para abrir uma delas. A que fora aberta, sem dúvida pelo mesmo carpinteiro careiro, está neste momento presa por um par de trancas de guilhotina do mundo-espelho, cujas línguas ocultas podem ser expandidas e retraídas por uma espécie de chave de boca ou de fenda, com uma cabeça de formato muito estranho.

Ela já viu esse tipo de ferramenta sendo usado em Londres antes, e não faz idéia de onde Damien guarda a dele. Como isso só pode ser feito do lado de dentro, e aquele vidro está intacto, ela exclui as janelas como pontos de entrada.

Volta a olhar para a porta.

Alguém tem uma chave. Duas chaves, ela se lembra, para aquela porta, e possivelmente uma terceira para a porta da rua.

Damien deve estar com namorada nova, alguém que ele não mencionou. Ou então uma antiga, alguém que conservou as chaves. Ou talvez uma faxineira, alguém que esqueceu alguma coisa e voltou para apanhá-la enquanto Cayce estava fora.

Aí ela se lembra de que as chaves são novas, as fechaduras foram trocadas ao final da reforma, fazendo com que a dela tivesse de ser enviada pela FedEx para Nova York na véspera da partida dela. Isso fora feito pela assistente de Damien, aquela que viera arrumar o lugar. E ela se lembra dessa mulher ao telefone com ela em Nova York, preocupada porque a chave que ela havia acabado de enviar era o único molho que ela tinha, e pedindo desculpas porque Damien no momento estava sem faxineira.

Ela vai até o quarto e examina suas coisas. Nada parece ter sido perturbado. Ela se lembra de um Sean Connery assustadoramente jovem, naquele primeiro filme de James Bond, usando um bom e cristalino cuspe escocês para colar um de seus belos fios de cabelo preto no espaço entre a maçaneta e a porta do seu quarto de hotel. Ele saberá, ao retornar do cassino para onde está indo, se seu espaço foi violado ou não.

Tarde demais para isso.

Ela entra no outro aposento e olha para o Cube, que voltou a dormir, e para o rolo de fita no carpete. A sala está limpa e simples, semioticamente neutra; Damien cobrou de seus decoradores, sob ameaça de demissão, que evitassem absolutamente qualquer estilo tipo refúgio, desses que se vê em revistas.

O que mais poderia haver ali que pudesse reter informações?

O telefone.

Na mesa ao lado do computador.

É um telefone do mundo-espelho anormalmente simples, sem nenhum dos apetrechos comuns. Não tem sequer visor para exibir ligações, porque Damien vê essas coisas como perdas de tempo e recomplicações desnecessárias.

Mas tem um botão de rediscagem.

Ela pega o fone e olha para ele, como se esperasse que ele falasse.

Aperta o botão redial. Ouve uma seqüência de toques do mundo-espelho. Ela está esperando que o correio de voz da Blue Ant atenda, ou quem sabe uma recepcionista de fim de semana, porque ela não usa esse telefone desde que ligou para eles, na manhã de sexta, para confirmar que o carro deles estava a caminho.

"Lasciate um messagio, risponderò appena possibile."

Uma voz de mulher, ríspida e impaciente.

O sinal.

Ela quase dá um grito. Desliga no susto.

Deixe uma mensagem. Responderei assim que possível.

Dorotea.

6.

A FÁBRICA DE FÓSFOROS

– Primeira prioridade – Cayce diz para o flat de Damien, ouvindo a voz de seu pai – garantir a segurança do perímetro.

Win Pollard, que trabalhou vinte e cinco anos avaliando e aperfeiçoando a segurança física das embaixadas americanas em todo o mundo, havia se aposentado para desenvolver e patentear barreiras para controle de multidões humanas em concertos de rock. A idéia que ele tinha de uma boa história para dormir era recitar baixinho, de forma sistemática e incrivelmente detalhada, como ele finalmente conseguiu tornar seguras as conexões dos esgotos da embaixada em Moscou.

Ela olha para a porta pintada de branco e acha que ela é feita de carvalho. Como tantas coisas vitorianas, construída com muito mais solidez do que jamais seria necessário. As dobradiças ficam do lado de dentro, como deveriam estar mesmo, e isso significa que ela abre para dentro, para uma parte vazia de parede. Ela analisa a distância entre porta e parede, e depois olha para a mesa.

Ela pega a fita amarela que havia reparado antes embaixo da pia, usando-a para medir a extensão da mesa, e depois a distância entre a porta fechada e presa com corrente e a parede. Oito centímetros de folga, e com a mesa na posição, no sentido do comprimento, entre porta e parede, seria necessário um machado ou explosivos para entrar no flat.

Ela transfere o telefone, o cable modem, o teclado, alto-falantes e o monitor Studio Display para o carpete, sem desconectá -los ou desligar o Cube. A tela acorda conforme ela faz isso e ela torna a ver as Putas Asiáticas ainda ali, na mesma posição. Quando ela move o Cube propriamente dito, sua mão acidentalmente cobre o interruptor estático. Ele desliga. Ela toca o ponto para reinicializar e se vira para a mesa, cujo tampo sai facilmente dos dois cavaletes. É pesado e sólido, mas Cayce é uma daquelas mulheres de aspecto frágil que combinam uma força considerável com pouco peso corporal. Isso fez dela, na faculdade, uma alpinista muito melhor que seu namorado psicólogo, para a constante e cada vez maior irritação da parte dele. Ela invariavelmente chegava primeiro ao topo, nunca intencionalmente, e sempre por uma rota que oferecesse mais desafios.

Ela encosta o tampo da mesa contra a parede, ao lado da porta, e volta para pegar os cavaletes. Voltando com eles, um em cada mão, ela os posiciona, depois apanha o tampo da mesa e o abaixa, tomando cuidado para não raspar a parede recém-pintada de Damien. Tira a corrente da porta e a destranca, abrindo-a os oito centímetros que a porta agora permite. Isso prova não ser nem de longe o bastante para produzir uma fresta para se olhar através. Perímetro protegido, ela fecha a porta, retrancando-a e passando a corrente.

Ela vê que o Cube está mostrando a ela que não foi desligado adequadamente, então ela se ajoelha ao lado dele e clica em OK. Quando volta para a área de trabalho, reabre o browser e torna a olhar para a memória, vendo que as Putas Asiáticas ainda não saíram do lugar.

Ver aquilo ali, daquela vez, provoca nela um arrepio na espinha residual, mas ela passa batido, forçando-se a abrir o site. Para seu considerável e inesperado alívio, não é nada que envolva morte, tortura ou mesmo alguma coisa particularmente desagradável. O que aquelas mulheres merecem, evidentemente, é a atenção ativa de pênis eretos. Que estão, à maneira tradicional da pornografia visual feita para homens, estranhamente desincorporados, como se fosse para o espectador imaginar que eles tivessem chegado à porta de um orifício específico sem nenhuma intervenção humana de qualquer espécie.

Quando ela sai, precisa passar, através de cliques do mouse, por um enxame oportunista de sites linkados, e alguns deles, em olhares de frações de segundo, parecem bem piores do que as Putas Asiáticas.

Agora, na memória do browser, F:F:F está seguido duas vezes pelas Putas Asiáticas, como se para provar alguma teoria.

Ela está tentando lembrar do que teria de acontecer após a proteção do perímetro, nas histórias para dormir que Win contava. Provavelmente manter a rotina do posto. Profilaxia psicológica, era assim que ela acha que ele chamava. Continue o trabalho cotidiano. Mantenha o moral alto. Quantas vezes ela recorreu a isso no último ano?

É difícil saber do que isso consistiria, aqui e agora, mas aí ela pensa no F:F:F e no frenesi de posts que o novo filme deve ter gerado. Ela vai fazer um bule de substituto de chá, cortar uma laranja, sentar de pernas cruzadas no carpete de Damien e ver o que está rolando. Depois ela vai decidir o que fazer a respeito das Putas Asiáticas e de Dorotea Benedetti.

Não é a primeira vez que ela usa o F:F:F assim. Na verdade, ela se pergunta se algum dia já o utilizou de outro modo. É o dom do "OT", Off-Topic. Qualquer coisa que não seja o filme é Off-Topic. O mundo, na verdade. As notícias. Off-Topic.

Na cozinha, colocando água para ferver, ela viaja de volta às descrições de seu pai na hora de dormir sobre aquele serviço de contenção de perímetro em Moscou.

Secretamente, ela sempre quis que os dispositivos de espionagem da KGB furassem o bloqueio, porque ela só fora capaz de visualizá-los como pequenos submarinos mecânicos de bronze, tão intrincados à sua maneira como ovos Fabergé. Ela os imaginara escapando de cada uma das armadilhas de Win, uma a uma, e vindo à tona nas privadas de banheiros do pessoal, suas pequenas engrenagens zumbindo. Mas isso a fizera sentir culpa, porque o trabalho de Win, sua paixão, era evitar que eles fizessem aquilo. E ela nunca fora capaz de imaginar exatamente o que é que eles iriam fazer ali, ou o que precisariam fazer para ir adiante com aquilo.

A chaleira de Damien começa a apitar. Ela a retira do fogão elétrico e enche o bule.

Acomodada em modo piquenique em frente ao Cube, ela abre o F:F:F e vê que houve realmente uma explosão de posts. Mas também, até um certo ponto, que a merda bateu no ventilador.

Parkaboy e Mama Anarchia se meteram novamente numa flame war.

Parkaboy é o porta-voz extra-oficial dos Progressivos, que partem do pressuposto de que o filme consiste de fragmentos de um trabalho em andamento, uma coisa inacabada e que ainda está sendo gerada pelo seu criador.

Os Completistas, por outro lado, uma minoria relativa porém bem articulada, estão convencidos de que o filme é composto de trechinhos de uma obra acabada, cujo criador escolheu expor aos poucos e em ordem não seqüencial. Mama Anarchia é a Completista quintessencial.

A implicação disso, para alguns freqüentadores regulares do F:F:F, beira o teológico, mas para Cayce é muito simples. Se o filme consiste em clipes de um filme acabado, seja de que tamanho for, cada fã do filme, seja por que motivo for, está sendo manipulado, provocado de forma impiedosa, de uma das maneiras mais irritantes já imaginadas.

Os fãs primordiais do filme que descobriram e conectaram os primeiros fragmentos conhecidos tiveram, claro, de pensar na possibilidade Completista. Quando havia cinco fragmentos, ou dez, parecia mais fácil e possível que eles pudessem fazer parte de alguma obra relativamente curta, talvez o exercício de um estudante, por mais que parecesse estranhamente bem acabado e bizarramente atraente. Mas, à medida que o número de downloads começou a aumentar e o mistério da origem comum a todos começou a se aprofundar, muitos preferiram acreditar que um trabalho em andamento estava sendo exibido para eles, e possivelmente na ordem em que os fragmentos estavam sendo completados. E, independentemente de você defender a hipótese de que o filme era principalmente com atores de verdade ou em grande parte gerado por computador, os valores evidentes de produção começaram cada vez mais a servir de argumentação contra a idéia de um esforço estudantil, ou até mesmo de qualquer coisa que significasse produção amadora da maneira usual. O filme era simplesmente notável demais.

Fora Parkaboy, pouco depois que Ivy começara o site de seu apartamento em Seul, que pela primeira vez levantara a possibilidade do que ele chamava de "Kubrick de garagem". Não era um conceito que pedisse necessariamente uma posição Completista ou Progressiva, e até Mama Anarchia se contentava tranqüilamente em usar o termo hoje em dia, muito embora ela saiba que ele foi criado por Parkaboy. É simplesmente parte do discurso, e uma parte central: o fato de que seja possível que aquele filme seja gerado por algum autor trabalhando sozinho, com ferramentas tecnológicas sofisticadas, algum criador de guerrilha lá fora, sozinho na noite da Internet. O fato de que pudesse estar sendo gerado via alguma espécie de CGI, atores, cenários e tudo o mais, e inteiramente pela mão virtual de algum gênio secreto e quem sabe desconhecido, tornou-se uma obsessão amplamente disseminada com uma grande facção de Progressivos, e com muitos Completistas também, embora os Completistas necessariamente coloquem isso no tempo pretérito.

Mas aqui está Parkaboy criticando a tendência de Mama Anarchia a citar Baudrillard e os outros franceses que o irritam tão profundamente, e Cayce automaticamente aperta Responder e transmite a ele sua mensagem-padrão com farta distribuição de puxões de orelha:

Isso sempre acontece quando nos esquecemos de que este site só está aqui porque Ivy está disposta a gastar tempo e energia

para mantê-lo aqui, e nem Ivy nem a maioria do resto de nós gosta quando você ou qualquer outra pessoa começa a gritar. Ivy é nossa host, nós deveríamos tentar manter este lugar agradável para ela, e não deveríamos ficar tranqüilos demais supondo que o F:F:F estará sempre aqui.

Ela clica primeiro e vê seu nome e o título da mensagem aparecerem abaixo do dele:

Segure sua onda. CayceP.

Como Parkaboy é seu amigo, ela pode fazer isso, ao passo que outros ali não poderiam. Ela se tornou uma espécie de juíza ritual encarregada especificamente de baixar a bola de Parkaboy sempre que ele dispara sobre alguém, como ele está definitivamente inclinado a fazer. Ivy pode lhe dar umas chicotadas e colocá-lo na linha num instante, mas Ivy é policial em Seul, trabalha por longos turnos e nem sempre pode estar no site para moderação.

Ela clica automaticamente em Atualizar e a resposta dele já está lá:

Cadê você? Boa noite.

Londres. Trabalhando. Boa noite.

E tudo isso é imensamente reconfortante. Profilaxia psicológica, evidentemente.

O telefone toca, ao lado do Cube, toques do mundo-espelho que ela acha enervantes na melhor das hipóteses. Hesita, mas depois atende.

– Alô?

– Cayce, minha cara. É Bernard. – Stonestreet. – Helena e eu queríamos saber se você não gostaria de jantar conosco.

– Obrigada, Bernard – olhando para a mesa de cavaletes que está bloqueando a porta. – Mas não estou me sentindo bem.

– Jet lag. Você pode experimentar as pilulazinhas da Helena.

– É muito gentil da sua parte, Bernard, mas...

– Hubertus estará aqui. Ele ficará terrivelmente decepcionado se não tiver a chance de ver você.

– Não íamos nos encontrar na segunda?

– Ele estará em Nova York amanhã à noite. Não pode estar aqui para a nossa reunião. Diga que você vem.

Esta é uma daquelas conversas em que Cayce sente que os britânicos evoluíram o poder de influência passivo-agressivo tanto quanto os americanos evoluíram o senso de ironia. Ela não tem como proteger o perímetro aqui, assim que deixar o flat, mas esse contrato com a Blue Ant representa uns bons vinte e cinco por cento da renda bruta antecipada do ano inteiro.

– TPM, Bernard. Não tenho como ser mais delicada do que isso.

– Então você tem que vir de qualquer maneira. Helena tem uma coisa completamente maravilhosa para isso.

– Você já experimentou?

– Experimentei o quê?

Ela desiste. Companhia, de qualquer espécie, não parece de todo uma má idéia. – Onde vocês estão?

– Docklands. Às sete. É casual. Vou mandar um carro. Que bom que você pode vir. Tchau. – Stonestreet desliga com uma brusquidão que Cayce suspeita que exigiu um certo aprendizado em Nova York. Existe normalmente uma cantilena, uma cadência quase carinhosa de finalização de conversas telefônicas no mundo-espelho, um chamado e resposta de despedida que ela jamais conseguiu dominar.

A profilaxia psicológica acabou de ir para o inferno.

Três minutos depois, depois de colocar "chaveiro Norte Londres" no Google, ela está ao telefone com um homem de um lugar chamado Judge Advocate Locks.

– Você não trabalha aos sábados – ela inicia a conversa, esperançosa.

– Sete dias por semana, vinte e quatro horas por dia.

– Mas você não conseguiria chegar aqui até o começo da noite, conseguiria?

– Onde você está?

Ela diz.

– Quinze minutos – ele diz.

– Vocês não aceitam Visa.

– Aceitamos sim.

Quando ela desliga, percebe que perdeu o número de telefone de Dorotea fazendo aquela ligação. Não que ela necessariamente tivesse sido capaz de extraí-lo do telefone, mas era a coisa mais próxima que ela tinha como prova de todo aquele episódio, além das Putas Asiáticas na memória do browser. Ela aperta Redial, só para checar, e o homem da Judge Advocate atende. – Desculpe – diz ela – apertei Redial por engano.

– Quatorze minutos – ele diz, agora na defensiva, e o caminhão chega mais ou menos em doze.

Uma hora depois, a porta de Damien tem duas inteiramente novas e bastante caras fechaduras alemãs, com chaves que parecem algo que você poderia encontrar se desmontasse uma pistola automática recém-fabricada. O Cube está de volta à mesa em seu lugar de costume. Ela não mudou a fechadura da porta da rua porque não conhece os inquilinos de Damien, ou sequer quantos são.

Jantar com Bigend. Ela solta um gemido e vai se trocar.

■ ■ ■

O CARRO e o motorista da Blue Ant estão esperando quando ela sai pela porta da rua, as duas novas chaves em um cadarço de sapato preto no seu pescoço. Ela escondeu o molho de chaves de reserva atrás de um dos consoles de mixagem de Damien na sala do andar de cima.

Agora é começo de noite, e uma garoa começa a cair.

Ela pensa que essa chuva torna a Cruzada das Crianças ainda mais fininha, sob as botas Fimo gigantes, os aviões e os postes de luz da rua com câmeras de vigilância montadas.

Acomodada no banco de trás do carro, ela pergunta ao motorista, um africano esbelto e imaculadamente vestido, o nome da estação de metrô mais próxima do destino deles.

– Bow Road – ele diz, mas ela não conhece.

Olha para a parte de trás da cabeça meticulosamente raspada dele, para o botão de nióbio na curva superior de sua orelha direita e depois para as vitrines passantes de lojas e restaurantes.

O "casual" de Stonestreet pode ser traduzido como relativamente formal, pelos padrões dela, portanto ela optou pela CPU que Damien chama de Coisa-Saia, um tubinho comprido, estreito e anônimo de jérsei preto, com o mínimo necessário de barra em ambas as extremidades. Apertado porém confortável, tem um bom caimento nos quadris e é infinitamente ajustável em termos de comprimento. Por baixo disso, meia-calça preta; por cima, um cardigã preto DKNY sem a etiqueta, cortada com um par de tesourinhas de unha. Sapatos novos com aspecto de velhos de uma loja vintage em Paris.

E percebe que está pensando ansiosa em passear no Métro e no modo impossivelmente fantástico como as parisienses usam lenços no pescoço. Ela deduz que isso ou é outro sinal de normalização da serotonina, sonhar acordada com outro lugar, ou uma reação de fuga às Putas Asiáticas no browser.

Essa questão cada vez maior e totalmente não resolvida que ela tem agora com Dorotea, alguém que ela mal sabia que existia. Ela vasculhou a memória para procurar algo que pudesse ter feito antes para ganhar a inimizade dessa mulher, mas não encontrou nada.

Ela não é muito de fazer inimigos, embora o lado mais silencioso de sua profissão, a espécie de avaliação sim-ou-não pela qual a Blue Ant lhe está pagando atualmente, possa ser problemática. Um não pode custar um contrato a uma empresa, ou um emprego a um funcionário (certa vez, foi um departamento inteiro). O resto, o dado factual de rodar a terra da moda de rua, as palestras ocasionais para pelotões concentradíssimos de executivos, gera uma notavelmente pouca má vontade.

Um ônibus de dois andares de verdade passa gemendo, e na sua cabeça isso registra menos como mundo-espelho e mais como alguma espécie de alegoria feita pela Disney para Londonland.

Em um muro ela vê cópias recém-coladas de um still do novo fragmento. É o beijo. Já.

Certa vez, em Nova York, em um trem que ia para o norte da cidade na hora do rush, durante o pânico do antraz, enquanto ela recitava mentalmente o mantra do pato, percebeu que estava olhando para um still menor que um cartão de visita, um único frame preso com um alfinete de segurança, de um fragmento que ela ainda não tinha visto, no blazer do uniforme de poliéster verde de uma mulher negra de aspecto cansado. Cayce usava o mantra naquela época para afastar de si uma fantasia recorrente: a de que jogassem lâmpadas cheias daquela substância em seu estado mais puro nos trilhos do metrô, onde, como ela se lembrava bem demais do que Win lhe dissera, só levariam algumas horas, como o Exército havia evidentemente comprovado em experiências na década de 1960, para viajar da Rua 14 para a Rua 59.

A mulher negra, vendo-a reparar no pequeno still, havia feito um sinal afirmativo com a cabeça, reconhecendo uma colega seguidora, e Cayce havia sido resgatada da escuridão interior por aquela sugestão de quantas pessoas poderiam estar seguindo o filme, e como esse fenômeno era estranhamente invisível.

Agora existem muitos mais, apesar de uma falta geral e em sua opinião totalmente bem-vinda de atenção da grande mídia. Sempre que a mídia tenta capturar isso, escorrega como um fio único de macarrão dos pauzinhos deles. Ele aparece como uma mariposa, sob um radar desenvolvido para detectar coisas com estruturas aéreas maciças: uma espécie de fantasma, ou "convidado negro" talvez (como Damien um dia lhe explicara que os hackers e suas criações mais autônomas são conhecidos na China).

Programas de televisão que falam de estilos de vida e cultura popular, ou de pequenos mistérios feitos para parecerem maiores do que são, chegaram a exibir a história na televisão, mas eles não provocaram nenhuma reação dos telespectadores (a não ser no F:F:F, claro, em que as montagens são rasgadas em pedacinhos entre protestos extensos e apaixonados de como é sem noção colocar, digamos, o nº 23 antes do nº 58). Fãs do filme parecem se propagar basicamente pelo boca-a-boca, ou, como ocorre com Cayce, por meio de exposição aleatória, a um fragmento de vídeo ou a um simples frame de still.

O primeiro filme que Cayce viu estava esperando por ela quando ela saiu do banheiro multigênero lotado numa festa na galeria NoLiTa, no último mês de novembro. Imaginando o que ela poderia fazer para esterilizar as solas de seus sapatos, e lembrando-se de nunca mais voltar a tocá-las, ela notara duas pessoas curvadas sobre uma terceira, um homem com gola rulê e um DVD player portátil, que segurava à sua frente do mesmo jeito que as figuras dos três Reis Magos nos presépios seguram seus presentes.

E, ao passar por aqueles três, ela vira um rosto ali, na tela do cibório dele. Ela parou sem pensar e fez aquela dança imbecil do pato, tentando alinhar melhor a retina ao pixel.

– O que é isso? – ela perguntara. Um olhar de esguelha de uma garota com olhos caídos, um nariz afilado que parecia um bico de pássaro, um piercing redondo de aço brilhando embaixo do lábio superior. – Filme – ela disse, e para Cayce foi ali que tudo começou.

Ela saiu da galeria com a URL de um site que oferecia todos os fragmentos do filme acumulados até aquele ponto.

Adiante, agora, na luz úmida da noite, um pulso azul rodopiante, como se fosse algo que simbolizasse um alerta contra redemoinhos, vórtices...

Eles estão em uma avenida maior, o tráfego em múltiplas vias à beira de um engarrafamento. O carro da Blue Ant reduzindo a velocidade, parando, bloqueado na traseira, e então avançando aos poucos, driblando os carros.

Quando passam pela cena do acidente, Cayce vê uma motocicleta amarela brilhante ao lado, os garfos dianteiros retorcidos de um modo estranho. A luz azul rodopiante está instalada em cima de um mastro fino, que desponta de uma motocicleta maior, obviamente oficial, estacionada ali perto, e ela vê que aquele é um veículo de emergência médica, um conceito inteiramente pertencente ao mundo-espelho, capaz de driblar o tráfego mais denso para o local de um acidente.

O médico da moto, com um casaco Belstaff com faixas refletoras imensas, está se ajoelhando ao lado do motociclista caído, cujo capacete está no asfalto ao lado dele e cujo pescoço está imobilizado com um colar cervical. O médico está dando ao homem oxigênio com uma máscara e uma garrafa, e agora Cayce percebe que pode ouvir o uivo insistente, vindo de algum lugar lá atrás, de uma ambulância do mundo-espelho. E por um instante ela vê aquele rosto inconsciente e sem marcas semi-obscurecido pela máscara transparente, a chuva da noite caindo sobre olhos fechados. E sabe que esse estranho pode agora habitar o lugar mais liminar de todos, postado talvez à beira da não-existência, ou prestes a penetrar em alguma existência inimaginável.

Ela não consegue ver o que foi que o atingiu, ou o que ele poderia ter atingido. Ou então a própria rua subiu para atingi-lo. Não são apenas as coisas que mais tememos que fazem isso, ela lembra a si mesma.

■ ■ ■

– **ERA** uma fábrica de cigarros – diz Stonestreet, depois de cumprimentá-la e conduzi-la através de dois andares de espaço aberto de loft, madeira de cerne escura e reluzente se estendendo até uma parede de vidro que se abre para uma varanda que percorre todo o perímetro externo. – Estamos procurando outro lugar. – Ele está usando uma camisa preta de algodão, os punhos franceses desabotoados e soltos. A versão caseira desse novo ar de quem dormiu com a roupa, ela supõe. – Não é Tribeca.

Não, não é, ela pensa, nem em metragem quadrada nem em volume de espaço.

– Hub está no deck. Acabou de chegar. Bebida?

– Hub?

– Estava em Houston. – Stonestreet pisca para ela.

– Aposto que seria "Hube" se eles tivessem alguma noção. – Hube Bigend. Lombard.

O desprezo de Cayce por Bigend é de fato pessoal, ainda que indireto, porque uma amiga se envolvera com o sujeito em Nova York, lá na época, como os garotos pararam de dizer recentemente, daquele dia. Margot, a amiga, que era de Melbourne, sempre se referia a ele como "um Lombard", que Cayce no começo pensara ser uma referência ao fato de ele ser belga, até que um dia, depois que finalmente perguntou, descobrir que era a sigla que Margot usava para "Loads of money but a real dickhead". Dinheiro aos montes mas um grande babaca. Depois disso, bastava dizer Lombard e ela entendia.

Stonestreet, no bar esculpido em um canto da ilha de granito da cozinha, passa para ela, a seu pedido, um copo alto com gelo e água com gás, enfeitado com uma casquinha de limão.

Na parede à sua esquerda, há um tríptico de um artista japonês cujo nome ela esqueceu, três painéis de quatro-por-oito de compensado pendurados lado a lado. Sobre esses painéis, logotipos e garotas de olhos grandes de mangá foram aplicados em camadas de silk- screen, mas cada camada sucessiva de tinta fora lixada até adquirir uma translucidez fantasmagórica, depois disposta com outras, que por sua vez foram lixadas, envernizadas... Para Cayce, o resultado é muito suave e profundo, quase calmante, mas com a desconfortável sugestão alucinatória de pânico prestes a irromper.

Ela se vira e vê Bigend através do vidro que leva a uma varanda, as mãos na balaustrada escorregadia de chuva, de costas para ela, usando uma espécie de capa de chuva e o que parece um chapéu de caubói.

– **COMO** você acha que o futuro nos vê? – pergunta Bigend. Ele parece, apesar dos pratos estrita e inteligentemente vegetarianos da noite, ter tomado uma injeção de extrato de carne. Ele é exuberante, reluzente, os olhos brilham, muito provavelmente tem uma cauda peluda também. A conversa do jantar transcorreu, felizmente, sem incidentes, sem nenhuma menção à Blue Ant, e Cayce agradece por isso.

Helena, a esposa de Stonestreet, lhes deu uma palestra sobre os usos, ainda nos dias de hoje, no mundo dos cosméticos, de material neurológico bovino reprocessado, tendo chegado ali por uma discussão, durante a berinjela recheada, de encefalopatia espongiforme como o preço a forçar herbívoros a um canibalismo antinatural e apocalíptico.

Bigend tem um jeito de injetar essas perguntas no meio das conversas quando fica cansado delas. Pregos jogados no meio da rodovia conversacional; você pode se desviar ou pode atingi-los em cheio, furar os pneus, torcer para conseguir continuar rodando apenas sobre os aros. Ele ficou fazendo isso durante o jantar e as bebidas antes do jantar, e Cayce supõe que ele faz isso porque é o chefe, e talvez porque ele realmente se aborreça mais facilmente. É como observar alguém mudar inquieto de canais, com a mesma falta de misericórdia.

– Eles não vão pensar em nós – diz Cayce, escolhendo passar direto por cima dos pregos. – Não mais do que pensamos nos vitorianos. Não estou me referindo aos ícones, mas às almas vivas comuns mesmo.

– Eu acho que eles vão nos odiar – diz Helena, apenas seus belos olhos visíveis agora acima de seus pesadelos da doença da vaca louca e um futuro espongiforme. Ela parece, somente naquele instante, que ainda está na pele da personagem da desprogramadora de abduzidos com conflitos emocionais da única temporada de *Ark/Hive 7*, série da qual Cayce vira apenas um episódio para ver o namorado ator de uma amiga fazer uma aparição relâmpago como funcionário de um necrotério.

– Almas – Bigend repete, evidentemente sem ter ouvido Helena, arregalando os olhos azuis para benefício de Cayce. Ele tem menos sotaque de qualquer espécie do que ela pode se lembrar de ter ouvido antes em qualquer falante de inglês. É incômodo. Faz com que ele soe de algum modo sem direção, como um alto-falante em uma loja de departamentos, embora isso não tenha nada a ver com volume. – Almas?

Cayce olha para ele e mastiga cuidadosamente um pedaço de berinjela recheada.

– Claro – ele diz – Não temos idéia, agora, de quem ou o quê poderão ser os habitantes do nosso futuro. Nesse sentido, não temos futuro. Não no sentido do futuro que os nossos avós tinham, ou achavam que tinham. Futuros culturais completamente imaginários eram o luxo de outra época, na qual o "agora" tinha uma duração maior. Para nós, claro, as coisas podem mudar de modo tão abrupto, tão violento, tão profundo, que futuros como o dos nossos avós possuem um "agora" insuficiente para se manter de pé. Não temos futuro porque o nosso presente é volátil demais. – Ele sorri, uma versão de Tom Cruise com dentes demais, e mais compridos, mas ainda assim muito brancos. – Temos apenas gerenciamento de riscos. O desdobramento dos cenários de um momento determinado. Reconhecimento de padrões.

Cayce pestaneja.

– Então nós temos um passado? – pergunta Stonestreet.

– A História é uma narrativa de boas suspeitas sobre o que aconteceu e quando – diz Bigend, estreitando os olhos. – Quem fez o que a quem. Com o quê. Quem venceu. Quem perdeu. Quem se adaptou. Quem se extinguiu.

– O futuro está lá – Cayce ouve a si mesma dizer – olhando para nós. Tentando entender a ficção em que teremos nos tornado. E de onde eles estão, o passado atrás de nós não parecerá nem um pouco com o passado que imaginamos atrás de nós agora.

– Você parece oracular. – Dentes brancos.

– Só sei que a única constante na história é a mudança: o passado muda. Nossa versão do passado irá interessar ao futuro na medida em que estivermos interessados no tipo de passado em que os vitorianos acreditavam. Isso simplesmente não irá parecer muito relevante. – O que ela está realmente fazendo ali é canalizando Parkaboy de memória, um tópico com Filmy e Maurice, discutindo se o filme tinha ou não a intenção de transmitir algum senso de época em particular, ou se a aparente falta de cuidado de marcadores de época poderia sugerir alguma atitude, da parte do criador, com relação ao tempo e à história, e se isso fosse verdade, o que seria?

Agora é a vez de Bigend mastigar em silêncio, olhando muito sério para ela.

ELE dirige um Hummer marrom com placa da Bélgica e volante à esquerda. Não o superveículo completo que parece um jipe com problemas glandulares, mas uma versão mais nova e menor que ainda consegue ter o mesmo aspecto rude e bronco. Ele é quase tão desconfortável quanto os maiores, embora os bancos sejam estofados com pelica. O que ela gostava, aliás só o que ela gostava, dos grandões, era a grande divisória do câmbio, larga como o pescoço de um cavalo, que separava motorista e carona, mas evidentemente o efeito disso havia mudado completamente, uma vez que o Humvee original real havia se tornado um acessório nas ruas de Nova York.

Nunca fora o seu ideal de um veículo para namorar, o Hummer civil da velha guarda, e aquela versão pequena a aproxima mais de Bigend, que colocou seu Stetson cor-de-chocolate na divisão em escala reduzida entre os dois. O tráfego do mundo-espelho faz com que o pé dela fique a todo instante pisando num freio fantasma, como se ela, sentada no lado do motorista britânico, é que tivesse de estar dirigindo. Ela segura firme seu envelope da Alemanha Oriental no colo, e tenta não fazer isso.

Bigend deixou claro que não queria que ela pegasse um táxi (embora aparentemente ele também não pensasse em chamar de volta o carro da Blue Ant e seu motorista elegante), nem aceitaria a sugestão dela de pegar o metrô na estação Bow Street. Trens não vão a Camden Town a esta hora num sábado, ele explica; eles só partem, para reduzir mais as fileiras da Cruzada das Crianças. Ela se lembra agora de que tinha uma vaga noção disso também, embora imaginar a logística disso agora, depois de uma ou duas taças a mais do que deveria do vinho de Stonestreet, seja demais para ela. Como podem os trens partirem sem terem antes chegado?

A chuva parou, o ar límpido como vidro.

Ela avista um aglomerado de placas de sinalização denotando coisas de Smithfield quando eles fazem um retorno, e acha que estão chegando perto do mercado.

– Vamos beber alguma coisa – diz Hubertus Bigend – em Clerkenwell.

7.

A PROPOSTA

Ele estaciona o Hummer em uma passagem bem iluminada no que aparenta ser Clerkenwell, mas que não tem nada que a distingua muito de qualquer outra vizinhança específica para Cayce. O nível da rua é o varejo e os serviços normais de Londres, mas os prédios propriamente ditos têm o aspecto de residências reformadas, possivelmente de um tipo mais Tribeca do que a fábrica de fósforos de Stonestreet.

Ele abre o porta-luvas e retira de lá uma folha retangular de plástico grosso e brilhante que se desdobra para assumir o tamanho aproximado de uma placa de carro do mundo-espelho. Ela lê a sigla EU, um leão britânico e o que parece um número de credencial, e ele coloca o plástico, aberto e com a parte escrita voltada para cima, sobre o console.

– Permissão para estacionar – ele explica, e quando ela sai vê que estão estacionados em um meio-fio de linha dupla pintado de amarelo. Qual é exatamente a qualidade das conexões que Bigend tem aqui?, ela se pergunta.

Colocando seu Stetson marrom-escuro, ele pressiona sua chave e os faróis do Hummer piscam, escurecem e piscam novamente, e um som baixo, breve e truncado se faz ouvir quando o alarme total do veículo é acionado. Ela se pergunta se as pessoas costumam colocar as mãos nele com freqüência, por parecer tanto com um gigantesco carrinho de brinquedo Matchbox. Será que ele permite isso?

Então, caminhando com ele na direção do que obviamente é o destino deles, um bar-restaurante reformado para se parecer o mínimo possível com um pub, e cuja iluminação a lembra, à medida que eles vão se aproximando de suas janelas e da batida do baixo eletrônico, da cor de lâmpada queimada, palha de aço frita através de vidro fumê.

– Bernard sempre disse que você era muito boa. – A voz dele a faz recordar uma visita a um museu com aqueles fones de ouvido. Estranhamente atraente.

– Obrigada. – Quando entram no lugar, a avaliação instantânea que ela faz das pessoas ali tem a ver com pó branco, do velho tipo.

Mas sim, ela se lembra daqueles sorrisos brilhantes demais, olhos piscando duros como vidro.

Bigend consegue uma mesa na hora, uma coisa que ela supõe que nem todo mundo conseguiria fazer naquelas circunstâncias, e ela se lembra que sua amiga em Nova York havia inicialmente citado isso como uma das coisas que contrabalançavam a Lombardice dele: nada de esperas. Cayce supõe que isso não ocorre porque ele é conhecido aqui, mas por causa de alguma tatuagem de atitude, alguma coisa que as pessoas podem ler. Ele está usando um chapéu de caubói, um impermeável arcaico de estilo caçador, calças de flanela cinza e um par de botas Tony Lama – então eles provavelmente não estão reagindo a uma mensagem da moda.

Uma garçonete registra os pedidos deles. O de Cayce é uma Holsten Pils, o de Bigend um kir. Cayce olha para ele por sobre sessenta centímetros de mesa circular e um pequeno lampião a óleo com pavio flutuante. Ele tira o chapéu e naquele instante parece súbita e notavelmente belga, como se o Stetson fosse um fedora de alguma espécie.

Suas bebidas chegam e ele paga com uma nota de vinte libras novíssima, extraída de uma carteira grande recheada em sua maior parte com notas de euro de alto valor e aspecto irreal.

A garçonete serve a cerveja de Cayce e Bigend deixa o troco na mesa.

– Cansada? – ele pergunta.

– Jet lag. – Devolvendo automaticamente o brinde de Bigend, a caneca de cerveja lager fazendo tim-tim na taça de kir.

– Encolhe os lobos frontais. Fisicamente. Sabia disso? É possível ver com clareza numa tomografia.

Cayce dá um gole na cerveja e faz uma careta.

– Não – responde. – É porque a alma viaja mais devagar, e chega com atraso.

– Você mencionou almas antes.

– Mencionei? – ela não lembra.

– Sim. Acredita nelas?

– Não sei.

– Nem eu – ele toma um gole do kir. – Você não se dá bem com Dorotea?

– Quem lhe disse isso?

– Bernard achou que não. Às vezes ela é muito difícil.

Subitamente Cayce se dá conta de seu envelope plástico da Alemanha Oriental, que está embaixo da mesa, entre as coxas dela; o peso com o qual ela não está acostumada, e irregular, porque ela enfiou sua pecinha defensiva da garota-robô dentro dele, contra qual tipo de possibilidade ela não sabe.

– Sério?

– Claro. Se ela achar que você está para conseguir algo que ela deseja há muito tempo. – Os dentes de Bigend parecem ter se multiplicado, ou talvez sofrido uma metástase. Os lábios dele, molhados de kir, estão muito vermelhos nessa luz. Ele balança o cacho preto de cabelo para longe dos olhos. Ela aciona seu alerta sexual total agora, porque a ambigüidade de Bigend finalmente a atingiu. Então é disso que se trata? Será que Dorotea a vê como uma concorrente sexual? Será que ela está na mira do desejo de Bigend agora, que ela sabe, pelas histórias de sua amiga Margot em Nova York, é ao mesmo tempo constante e sempre mutável?

– Acho que não estou entendendo você, Hubertus.

– O escritório de Londres. Ela acha que eu vou contratar você para dirigir o escritório de Londres.

– Que absurdo. – E é mesmo, para o imenso alívio de Cayce, porque ela não é alguém que se contrate para dirigir uma agência de publicidade em Londres. Não é alguém que se contrate para dirigir nada. Ela é hiperespecializada, uma free-lancer, alguém contratado para fazer um trabalho muito específico. Raramente ganha um salário fixo. É inteiramente uma criatura de jobs, radicalmente de curto período, sem qualquer competência empresarial. Mas ela está principalmente aliviada pelo fato de não ser nada sexual. Ou pelo menos que ele aparentou ter indicado que não é. Ela se sente presa por aqueles olhos, contra toda a sua vontade consciente. Progressivamente presa dentro de alguma coisa.

A mão de Bigend se ergue junto com seu copo, e ele termina o kir.

– Ela sabe que eu estou muito interessado em você. Ela quer trabalhar para a Blue Ant e cobiça o cargo de Bernard. Ela está planejando deixar a H&P muito antes que eles a escolhessem para ser nosso contato.

– Estou entendendo – diz Cayce, referindo-se aí à substituição de Stonestreet por Dorotea. – Ela não é exatamente uma pessoa que goste de lidar com pessoas. – Uma piranha maluca, na verdade. Que queima jaquetas e invade apartamentos.

– Não, claro que não. Ela seria um completo desastre. E eu adoro Bernard desde o dia em que o contratei. Dorotea pode ser uma daquelas pessoas que não conseguirão sobreviver.

– A quê?

– Este nosso negócio está ficando cada vez menor. Assim como muitos outros. Haverá menos players genuínos. Não basta mais apenas parecer que você está fazendo sua parte e cultivar uma atitude.

Cayce também havia imaginado algo do tipo, e de fato tem se perguntado ultimamente se ela também conseguirá sobreviver a essa redução, para o que quer que esteja esperando do outro lado.

– Você é bem inteligente – diz ele. – Não há dúvida.

Ela vai entrar na dele, então. Hora de jogar sua armadilha.

– Por que você está fazendo o reposicionamento de marca do segundo maior fabricante de calçados esportivos do mundo? Foi idéia sua ou deles?

– Não é assim que eu trabalho. O cliente e eu começamos um diálogo. Um caminho emerge. Não se trata da imposição da vontade criativa. – Ele está olhando muito sério para ela agora, e para o embaraço dela, ela se sente estremecer. Torce para que ele não tenha reparado. Se Bigend consegue convencer a si mesmo de que não impõe sua vontade aos outros, ele deve ser capaz de se convencer de qualquer coisa. – É uma questão de contingência. Eu ajudo o cliente a ir até onde as coisas já estão indo. Você quer saber qual a coisa mais interessante em Dorotea?

– O quê?

– Ela já trabalhou para uma consultoria muito especializada, em Paris. Fundada por uma figura aposentada e muito antiga da inteligência francesa que havia feito muito daquele tipo de trabalho por conta de seu governo, na Alemanha e nos Estados Unidos.

– Ela é... uma espiã?

– "Espionagem industrial", embora isso esteja soando cada vez mais arcaico, não é? Suponho que ela ainda possa saber a quem contatar, para que façam determinadas coisas, mas eu não a chamaria de espiã. Mas o que me interessou é como aquele negócio parece de algumas maneiras ser o inverso do nosso.

– Da publicidade?

– Sim. Eu quero tornar o público consciente de alguma coisa que eles ainda não sabem que sabem... ou fazer com que eles se sintam assim. Porque eles irão começar a se movimentar a partir disso, entende? Eles irão achar que foram os primeiros a pensar nisso. Trata-se de transferência da informação, mas ao mesmo tempo de uma certa falta de especificidade.

Cayce tenta juntar essas peças com o que viu nas campanhas da Blue Ant. Até certo ponto, faz sentido.

– Eu imaginei – ele continua – que o tipo de negócio no qual Dorotea havia se envolvido seria absolutamente de informações específicas.

– E foi?

– Às vezes sim, mas na maioria das vezes era simplesmente "operações subterrâneas de RP". Pintar a concorrência com as cores mais feias. Não era muito interessante, na verdade.

– Mas você pensou num cargo para ela?

– Sim, mas não o que ela teria escolhido para si própria. Mas agora deixamos claro que não estamos interessados. Se ela está achando que você pode obter o cargo que ela queria, ela pode ficar muito zangada.

O que ele está tentando lhe dizer? Será que ela deveria lhe contar a respeito da jaqueta e das Putas Asiáticas? Não. Ela não confia nem um pouco nele.

Dorotea como capanga corporativa? Bigend como alguém que pudesse estar interessado em alguém como ela? Ou que afirme ter estado interessado. Ou que afirme que não estava mais interessado. Nada disso poderia ser verdade.

– Bem – diz Bigend, inclinando-se ligeiramente para a frente. – Vamos ouvir a sua opinião.

– Sobre o quê?

– O beijo. O que você achou.

Cayce sabe na hora de que beijo ele está falando, mas a mudança de contexto exigida para redefinir Bigend como fã do filme é tão peculiar, uma rotação tão grande, que ela só consegue ficar sentada ali, sentindo o diafragma responder suavemente ao final da música – que até um instante atrás ela havia cessado inteiramente de estar consciente. Alguém, uma mulher, dá uma risada alta em outra mesa.

– Que beijo? – Por reflexo.

Bigend responde enfiando a mão dentro da capa de chuva que não tirou e puxando uma cigarreira prateada fosca, que, quando coloca sobre a mesa, se torna um DVD player de titânio que abre sozinho, um toque da ponta de seu dedo chamando o segmento nº 135. Ela vê o beijo, olha para Bigend. – Este beijo – diz ele.

– Qual é exatamente a sua pergunta? – ganhando tempo.

– Eu quero saber o quanto você acha que isto aqui é significativo, em termos de uploads anteriores.

– Já que só podemos especular sua posição em uma narrativa hipotética, como é que podemos julgar sua significação relativa?

Ele desliga o player e o fecha.

– Não foi isso o que eu perguntei. Não estou falando de segmentos vis-à-vis de uma narrativa, mas em termos da ordem seqüencial real de segmentos uploadados.

Cayce não está acostumada a pensar no filme nesses termos, embora os reconheça. Ela acha que sabe onde Bigend está provavelmente querendo chegar com isso, mas decide se fazer de boba. – Mas eles obviamente não estão em uma seqüência narrativa lógica. Ou eles são uploadados de forma aleatória...

– Ou muito cuidadosamente, com a intenção de fornecer a ilusão da aleatoriedade. Independentemente, e independentemente de tudo o mais, o filme já se tornou a peça de marketing de guerrilha mais eficiente de todos os tempos. Rastreei a taxa de cliques nos sites de entusiastas e procurei menções a ele em toda parte. Os números são incríveis. Sua amiga na Coréia...

– Como é que você sabe disso?

– Mandei pessoas olharem os sites. Na verdade, nós os monitoramos constantemente. As suas colaborações são um dos materiais mais úteis que encontramos. "CayceP", quando começamos a conhecer os players, obviamente é você. Seu interesse no filme é portanto uma questão de registro público, e estar interessada, neste caso, é estar envolvida até algum ponto em uma subcultura.

A idéia de que Bigend, ou seus empregados, estiveram no F:F:F como lurkers vai levar algum tempo até entrar de vez na cabeça dela. O site se tornou uma espécie de segundo lar para ela, mas ela sempre soube que também era um aquário; parecia a sala de estar de um amigo, mas era uma espécie de transmissão baseada em texto, inteiramente disponível para quem quisesse acessá-la.

– Hubertus – com cuidado – qual é exatamente a natureza do seu interesse nisso?

Bigend sorri. Ele devia aprender a não fazer isso, ela pensa, porque tirando isso ele era inegavelmente bonito. Ou quem sabe não existiam cirurgiões-dentistas capazes de um downsizing artisticamente executado?

– Se eu sou um crente fiel? Esta é a sua primeira pergunta. Porque você é. Você tem paixão por esse negócio. Está completamente evidente nos seus posts. É isso o que torna você tão valiosa. Isso e seus talentos, suas patologias controladas, as coisas que tornam você uma lenda secreta no mundo do marketing. Mas se eu acredito nisso? Minha paixão é o marketing, a publicidade, as estratégias de mídia, e quando descobri o filme, foi isso o que reagiu em mim. Eu vi a atenção concentrada diariamente em um produto que pode nem mesmo existir. Você acha que isso não iria atrair minha atenção? A jogada de marketing mais brilhante deste século tão jovem. E novo. Uma coisa inteiramente nova.

Ela se concentra nas bolhas que sobem até a superfície de sua quase intocada Pils. Tentando se lembrar de tudo o que já ouviu ou achou no Google sobre as origens de Bigend, a ascensão da Blue Ant: o pai industrial em Bruxelas, verões na villa da família em Cannes, o colégio interno britânico arcaico porém com boas conexões, Harvard, a tentativa de trabalhar com produção independente em Hollywood, algum tipo de breve hiato de autodescoberta no Brasil, a emergência da Blue Ant, primeiro na Europa, depois no Reino Unido e em Nova York.

O material perfeito para artigos sobre estilo de vida, muitos das quais ela leu. E a experiência de Margot, que Cayce havia compartilhado, indiretamente mas em tempo real, tudo isso tendo que lidar agora com o conhecimento de que o próprio Bigend é uma espécie de seguidor do filme, sendo que o motivo disso ela só pode tentar adivinhar. Embora ache que está começando a adivinhar, e não gosta.

Ela levanta a cabeça.

– Você acha que isso vale muito dinheiro.

Bigend olha para ela com absoluta seriedade. – Eu não conto coisas pelo seu valor em dinheiro. Conto as coisas pelo seu valor em excelência.

E de algum modo ela acredita nele, embora isso não a console.

– Hubertus, onde você está querendo chegar? Fui contratada pela Blue Ant para avaliar um design de logotipo. Não para discutir o filme.

– Estamos sendo sociáveis. – E isto é uma ordem.

– Não estamos não. Nem sei se você é sociável em algum momento.

Então Bigend sorri, um sorriso que ela não viu antes, menos dentes e talvez mais genuíno. É um sorriso que, suspeita ela, indica que ela conseguiu atravessar pelo menos a primeira camada da persona dele, se tornou até certo ponto uma insider. O fato de que ela conhece um Bigend mais real: um rebento do pensamento lateral do perverso menino-prodígio de trinta e poucos anos, que busca a verdade (ou pelo menos a funcionalidade) nos mercados deste jovem século. Este é o Bigend que invariavelmente emerge nos artigos, sem dúvida depois que ele chegou até o jornalista com este sorriso e suas outras ferramentas. – Eu quero que você descubra esse homem.

– Esse homem?

– O criador.

– Mulher? Homens?

– O criador. O que você precisar será colocado à sua disposição. Você não estará trabalhando para a Blue Ant. Nós seremos parceiros.

– Por quê?

– Porque eu quero saber. Você não quer?

Sim.

– Você já parou para pensar que se nós encontrarmos "esse homem", poderíamos interromper o processo?

– Não precisamos dizer a ela que ela foi encontrada, precisamos?

Ela começa a falar, mas percebe que não tem idéia do que iria dizer.

– Você imagina que não há mais ninguém procurando? Há muito mais criatividade hoje entrando no marketing de produtos do que nos produtos propriamente ditos, sejam calçados atléticos ou filmes. Por isso fundei a Blue Ant: esse único e simples reconhecimento. Somente por esse aspecto, o filme já é a obra de um gênio comprovado.

BIGEND a leva de volta a Camden Town, ou pelo menos naquela direção, porque em um determinado ponto ela percebe que ele passou por Parkway e está fazendo o retorno subindo as ruas do que ela reconhece como Primrose Hill, a coisa mais próxima que Londres tem de uma montanha. Território da placa azul, embora o único nome que ela lembre das caminhadas até ali com Damien seja o de Sylvia Plath. Uma área mais top do que Camden. Ela teve amigos que moraram ali um dia, e que haviam vendido o flat deles num sótão por dinheiro suficiente para comprar um Arts and Crafts em Santa Mônica, a poucas quadras de Frank Geary.

Ela não está se sentindo à vontade com nada disso. Não sabe ao certo o que fazer com a proposta de Bigend, que a colocou aos pontapés num daqueles modos que sua terapeuta, da última vez em que ela teve uma, arquivaria sob o rótulo de "velhos comportamentos". Consistia em dizer não, mas de algum modo não com força suficiente, e depois continuar a ouvir. Com o resultado que o "não" dela poderia ser gradualmente minado, e transformado em um "sim" antes que ela própria tivesse consciência de que aquilo estava acontecendo. Ela pensava que havia melhorado bastante nesse aspecto, mas agora percebe que está acontecendo outra vez.

Bigend, um formidável praticante do outro lado dessa dança, parece verdadeiramente incapaz de imaginar que outros não fossem querer fazer o que quer que ele queira que eles façam. Margot havia citado esse aspecto como ao mesmo tempo o mais problemático e, admitia ela, o mais eficiente de sua sexualidade: ele se aproximava de cada parceiro como se já tivessem dormido juntos. Assim como, Cayce estava descobrindo agora, cada negócio de Bigend era tratado como um negócio fechado, assinado e homologado. Se você não tinha assinado nada com Bigend, ele fazia você sentir que tinha, mas de algum modo havia esquecido disso.

Havia algo de amorfo, nebuloso, na força de vontade dele: ela se espalhava ao redor da pessoa, tênue, quase invisível; quando dava por si, você já estava se movendo, misteriosamente, em direções diferentes da que tomaria normalmente.

– Você já viu a reedição de guerrilha do mais recente Lucas? – O Hummer vira uma esquina onde há um pub cuja qualidade de pub é tão quintessencial que ela supõe que tem apenas algumas semanas de idade, ou então foi reconfigurado recentemente para atrair uma clientela que seus construtores originais dificilmente teriam compreendido. Um simulacro assustadoramente perfeito, suas vidraças em forma de alvo limpadas de modo a adquirir uma clareza óptica. Vendo de relance, lá dentro, uma ruiva de suéter verde, a boca aberta, erguendo um copo num aparente brinde animado. Então ela some, o Hummer galopando por um trecho residencial curto e mais escuro, e depois outra esquina. – Eles parecem particularmente gostar de implicar com ele. Um dia vamos precisar de arqueólogos para nos ajudar a adivinhar até mesmo como eram os filmes clássicos. – Outra esquina, curva fechada. – Músicos, hoje, se forem espertos, colocam novas composições na Web, como tortas colocadas para esfriar no alpendre de uma janela, e esperam que outras pessoas as retrabalhem de forma anônima. Dez estarão errados, mas o décimo primeiro poderá ser um gênio. E de graça. É como se o processo criativo não estivesse mais contido num crânio individual, se é que de fato um dia esteve. Tudo, hoje, é até certo ponto o reflexo de alguma outra coisa.

– É o filme? – Ela não consegue se segurar.

– Esta é a questão, não é? O criador se posicionou, por meio da estratégia, fora disso. Você pode reunir os segmentos, mas não pode remontá-los.

– Não a esta altura. Mas se ele algum dia os reunir, então eles poderão ser montados.

– Ele?

– O criador. – Ela deu de ombros.

– Você acredita que os segmentos sejam partes de um todo?

– Sim. – Hesitação zero.

– Por quê?

– Não parece um salto de fé, mas alguma coisa que eu sei aqui dentro, no fundo do coração. – Estranho ouvir a si mesma dizer isso, mas é a verdade.

– O coração é um músculo – Bigend corrige. – Você "sabe" no seu cérebro límbico. O berço do instinto. O cérebro mamífero. Mais profundo, maior, além da lógica. É aí que a publicidade funciona, e não no córtex superior. O que pensamos como sendo a "mente" é apenas uma espécie de glândula anabolizada, se alimentando do tronco cerebral reptiliano e da velha mente mamífera, mas nossa cultura nos engana fazendo reconhecer isso tudo como consciência. O mamífero se espalha por baixo disso como todo um continente, mudo e musculoso, realizando seus objetivos ancestrais. E nos faz comprar coisas.

Cayce olha para ele, um olhar de esguelha. No silêncio daquele momento, vendo-o sem sorrir, e talvez revelando muito de quem realmente é.

– Quando fundei a Blue Ant, essa não era minha característica central, a de que toda publicidade realmente viável está endereçada a essa mente mais antiga e profunda, além da linguagem e da lógica. Eu contrato talentos com base na habilidade de reconhecer isso, seja conscientemente ou não. E funciona.

Ela tem de admitir para si mesma que evidentemente funciona, quando ele estaciona o Hummer na beira de uma vaga em diagonal. Grama de aspecto macio sob postes de luz do mundo-espelho. A lenda que Damien lhe contou, que ela não consegue lembrar agora: uma espécie de Ícaro inglês, que voou a partir daqui, ou caiu aqui, muito antes da cidade romana. A colina era um lugar de adoração, de sacrifício, de execuções: Greenberry, antes de Primrose. Aquela coisa de druidas.

Bigend não se dá ao trabalho de desdobrar a permissão de estacionamento, que é certamente o mais verdadeiro equivalente moderno da liberdade da cidade, mas desce do carro, colocando seu Stetson na cabeça daquele mesmo jeito desarrumado, e vai marchando na direção da crista invisível da colina. Perdida por um instante na escuridão entre postes de luz, Cayce o acompanha, ouvindo o gemido de segurança interrompido do Hummer quando ele aperta o botão em sua chave. Não há outro caminho para Bigend a não ser direto em frente, subindo, com Cayce na rabeira, correndo para alcançá-lo, xingando a si mesma mentalmente por deixar que ele brinque com ela desse jeito. Idiota: sair pela noite, descendo o canal e ao longo das eclusas. Passando por homens sem-teto bebendo cidra sentados em bancos de madeira. Mas não. A grama, mais alta do que parece, molha seus tornozelos. Ela não se sente na cidade.

Há um banco mais adiante, no alto da colina, e Bigend já está sentado nele, com cara de cão sem dono, olhando para o vale do Tâmisa, uma Londres iluminada por fadas piscando através de uma lente de clima em grande parte gerada pela própria povoação.

– Diga-me "não" – ele diz.

– O quê?

– Diga-me que você não vai fazer isso. Tire isso do caminho.

– Não vou fazer isso.

– Você precisa tirar uma noite de sono para pensar a respeito.

Ela tenta franzir a testa, mas subitamente o acha inesperadamente cômico. Ele sabe exatamente o quanto pode ser sacal, e alguma coisa na sua conversa faz com que ela se dê conta disso; uma técnica para desarmar as pessoas, mas que funciona.

– Se eu o achasse para você, Hubertus, o que você faria?

– Não sei.

– Você se tornaria o produtor?

– Acho que não. Acho que ainda não existe um nome para se fazer o que quer que seja exigido num caso desses. Defensor, talvez? Facilitador? – Ele parece lançar um olhar sobre Londres, curvado com atenção em sua capa de chuva bege, mas aí ela vê o DVD player na mão dele. O beijo começa de novo.

– Você vai ter que fazer isso sem mim.

Ele não levanta a cabeça.

– Tire uma noite de sono para pensar a respeito. De manhã as coisas parecem diferentes. Tem uma pessoa com a qual eu gostaria que você conversasse.

– Aqui – ela diz, tirando o chapéu de caubói dele. Ela o pega na mão esquerda, permitindo que as fendas na frente de sua mão alinhem polegar e dedos, o primeiro e o segundo dedos ao longo da depressão central, e o coloca na própria cabeça. Ela o deixa ali mesmo, mas usa o indicador para abaixar a aba com um único toque bem calculado. – Assim. – Ela olha para ele por baixo da aba. – Tire-o da cabeça assim. – Com um toque do dedo. Ela o recoloca na cabeça dele. – Você faz de um jeito tão esquisito que parece que precisa de uma escada para subir no cavalo.

Ele inclina a cabeça para trás, para vê-la por baixo da aba.

– Obrigado – diz.

Cayce dá uma última olhada na direção da cidade das fadas.

– Agora me leve pra casa. Estou cansada.

E NO hall de entrada de Damien, ela entra na ponta dos pés e vê que seu único fio de cabelo de Cayce Pollard ainda está ali, colado com cuspe na fenda entre porta e caixilho, e em seguida retira sua raramente usada caixinha de pó compacto do envelope, os dedos roçando o cilindro duro e suave da garota-robô. Ajoelha-se então e usa o espelhinho para verificar que o pó que ela havia passado na parte de baixo da maçaneta ainda estava lá, intocado.

Obrigada, Comandante Bond.

8.

MARCA D'ÁGUA

Depois de verificar cuidadosamente que uma série de outras armadilhas-submarino miniatura, foliculares ou não, estão intactas do jeito que ela as deixou, ela checa seu e-mail.

Um de Damien, outro de Parkaboy.

Abre o de Damien.

Oi e saudações de seis palmos abaixo nos atualmente descongelados pântanos depois de Stalingrado. Estou que é só picada de inseto e barba por fazer mas ainda não me encaixei, porque não estou ficando bêbado o suficiente nem com tanta constância, mas estou me esforçando pra chegar lá. Este cenário aqui é incrível, nem tive tempo de te dizer antes de ir embora. É sobre a escavação, o que talvez seja a minha versão do filme agora. A escavação é um ritual de verão pós-soviético envolvendo destemidos rapazes russos vindos de todas as partes, embora a maioria seja de Leningrado, que vieram para estas florestas infestadas de pinheiros para escavar o sítio de um dos maiores, mais longos e mais discutidos combates da Segunda Guerra Mundial. Coisa de trincheiras, e a linha de frente avançando e recuando a todo instante, com uma perda inimaginável de vidas, de modo que quando alguém acha uma trincheira e cava, está cavando através de, bem, estratos de alemães, russos, alemães. Que são

todos agora de um peculiar cinza-escuro, porque ficou tudo enterrado numa lama cinzenta gosmenta e cheia de pedrinhas, que no inverno fica sólida de tão congelada. A lama é, acho que o termo é esse, anaeróbica. A carne se foi há muito tempo, fico feliz em dizer, mas os ossos permanecem, e também os artefatos, em condições perfeitas depois que você tira a lama deles, e é isso que traz os cavadores. Armas de todos os tipos, relógios, um garoto encontrou uma garrafa fechada de vodca ontem, mas o pessoal aqui achou que ela podia ter sido envenenada e deixada ali como uma armadilha. Muito estranho. Mas, visualmente, putz! Tudo isso: cavadores bêbados de cabeça raspada, as coisas que eles trazem à superfície, e por toda parte as pirâmides cada vez maiores de ossos cinzas. E estamos registrando a maior parte disso em vídeo, embora o truque seja o seguinte: a gente tem que beber até se sentir parte disto, desse clima de festa, você sabe, mas também não o bastante para sair trocando as pernas e esquecer de trocar as baterias da câmera. E é por isso que você não tem notícias minhas, vinte e quatro horas por dia, sete dias por semana na escavação. Eu havia pensado, claro, que esta seria uma exploração escavatória preliminar, para uma filmagem completa no próximo verão, mas (1) não consigo imaginar que este nível de estranheza possa se repetir, mesmo na Rússia, e (2) tenho certeza absoluta de que eu nunca mais vou querer ver este lugar ou estas pessoas em particular novamente, assim que sair daqui. Mick, o câmera irlandês, começou a apresentar uma tosse persistente que ele está convencido de que é uma tuberculose resistente a medicamentos, e Brian, o câmera australiano, desmaiou de tanto beber com os garotos da escavação e acordou com um símbolo de teia de aranha ensangüentado, muito feio e com cara de tatuagem de prisão escavado no ombro esquerdo com algo que tinha mais jeito de faca do que instrumento de ta-

tuagem. Mas, por ter sobrevivido a isso – vá ser resistente assim lá na casa do cacete – Brian agora desfruta do maior status com os cavadores (parece que ele também quebrou o maxilar de alguém depois disso) e tanto ele quanto eu achamos que Mick está cheio de frescura com esse negócio de TB, viadinho chorão, mas por via das dúvidas também não chegamos perto dele. E como vai você? Está regando minhas plantas e dando comida ao peixinho dourado? Aqueles publicitários picaretas do Soho estão tratando você como um ser humano, para variar? Eu daria tudo por um banho agora. Acho que estou com chatos, e isso depois de raspar minha maldita cabeça para não pegar piolhos. Brian tem pintado o saco toda noite com esmalte incolor, diz que isso mata eles (os chatos), mas eu acho que ele faz isso porque é uma bichona tremendamente enrustida e um australiano caipira masoquista, e também acha que fica bonito.

Bjos,

Damien

PS Caso não tenha ficado claro até agora, estou me divertindo muitíssimo e não poderia estar mais feliz.

Ela abre o do Parkaboy.

Enquanto todos os outros ainda estão tremendo na base com O Beijo, como certamente o Nº 135 para sempre será conhecido, Musashi e eu partimos para explorar os territórios. Não sei se você tem acompanhado o F:F:F ou ganhando o seu pão de cada dia, mas está todo mundo maluco com o Nº 135, sem hora para terminar, e acho que você já sabe sobre a CNN, não sabe?

Ela não sabe.

Caso você tenha estado em coma (sortuda!), eles exibiram uma versão ligeiramente compactada ontem e agora todos os sites do planeta estão entupidos com os newbies sem noção do tipo mais desesperado, incluindo os nossos.

Cayce faz uma pausa para recomputar sua noite com Bigend. Se o Nº 135 passou na CNN, Bigend sabia, e o fato de ele não ter mencionado isso foi proposital, mas com que objetivo? Talvez, deduz, ele queira que ela descubra isso depois do fato consumado, supondo que o aumento do interesse global irá incliná-la na direção da proposta. E ela descobre, para sua irritação, que é verdade. A idéia de acordar e encontrar a identidade do criador revelada na primeira página de um jornal a irrita profundamente.

De qualquer maneira, et desagradável cetera, aproveitei o ensejo para sair do F:F:F, que ficou ainda mais insuportável graças aos gritos pornográficos da vaca gorda A., e me reuni na Web com Darryl, para me aprofundar mais no resultado de alguns estudos de kanji que fizemos quando estive na Califórnia.

Darryl, também conhecido como Musashi, é um fã do filme da Califórnia que fala japonês fluentemente. Os sites japoneses dedicados ao filme, resistentes aos softwares de tradução, são uma área que fascina Parkaboy. Com Musashi servindo de tradutor, Parkaboy já fez diversas incursões, postando os resultados de sua pesquisa no F:F:F. Cayce deu uma olhada nesses sites, mas, além de serem incompreensíveis, o texto, que aparece em telas não configuradas para kanji como uma salada frenética de símbolos românicos, a lembra demais da convenção arcaica de xingamento das histórias em quadrinhos: parece uma raiva fervente e apoplética.

Darryl e eu, mergulhando fundo em posts antigos em uma lista de discussão de Osaka de um tédio singular, demos de cara com o que parece uma referência ao Nº 78 ter uma marca d'água. (Arquivei tudo isso para você, caso queira acompanhar cada passo dessa emocionante aventura.)

Marcas d'água digitais são coisas que Cayce conhece apenas de leve, mas nenhum dos fragmentos do filme que ela viu até agora tinham marcas d'água. Se estivessem com marcas d'água, ela pensa, como ficariam, ou com o quê?

Este segmento, agora posso lhe revelar na mais estrita confiança, provavelmente possui uma marca d'água invisível. Será que isso quer dizer que os outros segmentos também possuem isso? Não sabemos. A marca d'água foi feita esteganograficamente, e esta palavra, Deus que nos perdoe, é digna de um exorcismo. Esta, caso você tenha tido um derrame ou um trauma na cabeça nesse meio tempo, é a maior descoberta desde que o filme apareceu pela primeira vez na Web. E você ouviu aqui primeiro. De mim. E do Musashi também, embora, antes que eu deixe o rapaz agradecer os aplausos, precisamos fazer alguma coisa a respeito dessas camisetas todas enfeitadas com pedaços de comida seca.

Cayce toma um gole deliberadamente lento do substituto do chá, desviando o olhar da tela ao fazê-lo. Por mais longo e flagrantemente estranho que seu dia tenha sido, ela sente que o que está para ler provavelmente será mais estranho ainda, e talvez bem mais significativo. Parkaboy não brinca com essas coisas, e o mistério do filme propriamente dito freqüentemente parece algo mais próximo do centro de sua vida do que Bigend, a Blue Ant, Dorotea, até mesmo do que a sua carreira. Ela não entende por que, só sabe que é assim. É uma coisa que ela acredita ter em comum com Parkaboy e Ivy, e muitos dos outros. É alguma coisa no filme. É a sensação que ele provoca. O mistério. Você não consegue explicar isso para quem não está lá. Eles apenas olham para você. Mas isso é importante, é importante de alguma maneira única.

Esteganografia é ocultar informações espalhando-as no meio de outras informações. Neste momento, sei pouco mais do que isso. Entretanto, para continuar com a narrativa de Parkaboy e Musashi nas profundezas do kanjispaço, voltamos ao presente, e ao nosso próprio idioma, com esta referência de relance e altamente críptica – o que no começo eu estava convencido de que não poderia ser nada além de um produto da tradução de Darryl. Então voltei a Chicago, e Darryl e eu, curiosos que só, começamos a gerar carinhosamente uma persona japonesa, a saber, uma certa Keiko, que começou a postar, em japonês, nesse mesmo site de Osaka. Colocando um pouquinho de sua beleza. Muito amiga. Muito bonita, nossa Keiko. Você iria adorá-la. Nada como uma isca sexista para nerds, como tenho certeza de que você sabe muito bem. Ela posta do IP do Musashi, mas isso é porque ela está em San Francisco aprendendo inglês. Em pouco tempo, conseguimos colocar um tal de Takayuchi comendo na palminha da nossa mão de florzinha. Taki, como ele prefere que o chamemos, afirma orbi-

tar um certo antro de otakus em Tóquio, um grupo que se intitula "Místicos", embora seus membros jamais se refiram a ele assim em público, na verdade não se referem a ele de qualquer maneira nunca. São esses Místicos malucos, segundo Taki, que craquearam a marca d'água do Nº 78. Este segmento, segundo Taki, está marcado com um número de alguma espécie, que ele afirma ter visto, e conhece. Sem dúvida motivado por fantasias solitárias de levantar a nossa sainha xadrez deliciosamente curta, que descrevemos para ele de passagem, ele agora fez a promessa de mostrar isso para nós quando voltarmos a Tóquio. Claro que estou encantado com o fato de meu brilhante ego (juntamente com o auxílio luxuoso de meu confiável kanji-man todo incrustado de comida a domicílio) ter sido o primeiro a trazer este emocionante novo conhecimento (se não for um papel higiênico cheio da mais pura merda de otaku) às nossas plagas virtuais. La Anarchia vai ficar muito puta caso minha (ou melhor, nossa, já que Darryl teve a parte dele) descoberta se torne pública no F:F:F. Mas será que devo? E, pra dizer a verdade, o que exatamente vamos fazer agora? Taki (que envia fotos de si mesmo para Keiko: que sujeitinho brega) não vai oferecer o número dos Místicos, caso realmente exista algum, para não correr o risco de ver sua florzinha desaparecer da tela. Ele é fácil de enganar em algumas coisas, mas irritantemente inteligente em outras. Ele quer ver Keiko pessoalmente, e eu me despeço, seu frustrado Parkaboy.
PS Então, o que fazer?

Ela fica ali sentada, pensando nisso, e então decide verificar mais uma vez a porta e as janelas, levando a mão às novas chaves no seu pescoço.

Vai até o banheiro para escovar os dentes e lavar o rosto. O rosto no espelho, contra os azulejos brancos da parede atrás dela. Os azulejos são quadrados, e ela parece alguma coisa recortada de uma revista e colocada numa folha de papel de gráfico. Não fizeram um trabalho muito bom com a tesoura.

Imagens invocadas pelo e-mail de Damien. Pilhas de ossos. Os dezessete primeiros andares de metal retorcido pelo impacto. Cinzas funerais. Aquele gosto no fundo da garganta.

E ela está ali, naquele apartamento, recém-invadido por alguma figura (ou figuras) sombria. Dorotea como capanga corporativa? A mulher no espelho, os lábios espumando com pasta de dentes, balança a cabeça. Hidrofobia.

Bigend aconselhando-a a dormir antes de tomar uma decisão. E ela tem certeza de que vai fazer isso, embora não queira.

Ela remove e dobra o descobertor prateado, duro como uma lona novinha de caminhão, e o substitui por um duvet de algodão cinza, novo e nunca utilizado, que ela acha no closet.

– Ele levou um pato na cara a duzentos e cinqüenta nós. – Sua oração nas trevas.

Olhos fechados, ela percebe que está imaginando um símbolo, alguma coisa que faz uma marca d'água no canto inferior direito de sua existência. Está logo ali, logo além de alguma periferia, além do físico, além da visão, e isso a marca como... o quê?

9.

TRANS

Ela acorda com o brilho do sol pelas janelas de Damien.

Quadrados de céu azul, pedaços decorativos de nuvens.

Estende os dedos dos pés embaixo do duvet. Então se lembra das complicações de sua situação atual.

Decide com determinação a se levantar e sair pensando o mínimo possível. Café da manhã.

Faz uso do chuveiro cirúrgico, jeans e camiseta, e sai, trancando e usando a estratégia Bond com um fio novo de cabelo e cuspe sabor menta – selando o flat de Damien contra qualquer energia negativa que possa existir.

Descendo a Parkway e indo até a pequena Aberdeen, a rua do mercado que desemboca em seu único quarteirão no bairro de Camden. Ela conhece um café ali, um lugar francês. Lembra-se de ter tomado café ali com Damien.

Passando por lojas de discos e revistas em quadrinhos, as vidraças decoradas com flyers (nos quais ela meio que procura, mas não acha, o beijo).

Ali está: estilo francês fake com mesas genuinamente francesas. Garotada do outro lado do Canal da Mancha, trabalhadores convidados.

A primeira coisa que ela vê, entrando, é Voytek, sentado em uma mesa com os cabelos prateados de Billy Prion, ex-vocalista de uma banda chamada BSE.

Há muito tempo ela acompanha certas figuras pop obscuras do mundo-espelho, não porque elas lhe interessem por si mesmas, mas porque suas carreiras podem ser tão compactadas, tão assustadoramente breves como um quantum, como partículas cuja existência pode apenas ser comprovada, depois do fato, por rastros detectados em placas especialmente sensibilizadas no fundo de minas de sal desativadas.

O rastro de Billy Prion é o fato de ele ter deliberadamente paralisado o lado esquerdo da boca com Botox para os primeiros trabalhos da BSE, e porque, quando Margot estava fazendo seu curso de extensão na NYU sobre a doença como metáfora, Cayce havia sugerido que ela fizesse algo sobre a boca dele. Margot, que pelejava para esboçar um artigo no qual Bigend fosse a doença de que ela precisava para encontrar uma metáfora, não se interessou.

Tendo automaticamente registrado hits midiáticos de Prion desde então, ela sabe que a BSE acabou, e que houve rápidos rumores de que ele teria se envolvido com aquela garota finlandesa, aquela cuja banda se chamava Velcro Kitty até a entrada em cena dos advogados de marcas registradas.

Quando ela passa pela mesa deles, vê que Voytek está com um tarô rabiscado de bloquinhos de espiral espalhados pelo que restou de seu café da manhã, tudo executado em esferográfica vermelha. Diagramas, com um bocado de retângulos ligados por traços. Do que ela consegue ver da boca de Prion, os resíduos da toxina cosmética parecem ter desaparecido há muito tempo. Ele não está sorrindo, mas se estivesse, o sorriso provavelmente seria simétrico. Voytek está explicando alguma coisa em voz baixa, a testa franzida em concentração.

Uma garota de cara irritada com olhos vermelhos e um batom muito vermelho abana um menu no rosto, fazendo um gesto brusco na direção de uma mesa mais ao fundo. Sentada, sem se incomodar em ler o menu, Cayce pede café, ovos e salsichas, tudo no seu melhor francês ruim.

A garota olha para ela com revolta e surpresa, como se Cayce fosse um gato que tivesse acabado de vomitar uma bola de pêlo particularmente repelente.

– Tudo bem – diz Cayce baixinho, quando a garota lhe dá as costas. – Seja francesa.

Mas o café chega, e está excelente, bem como os ovos e a salsicha, muito bons também, e quando ela acaba, levanta a cabeça e vê Voytek olhando para ela. Prion foi embora.

– Casey – ele diz, lembrando o nome mas errando a pronúncia.

– Aquele era o Billy Prion, não era?

– Sento com você?

– Por favor.

Ele pega os bloquinhos de espiral, fechando um por um e os enfiando na bolsa de tiracolo, e vai até a mesa onde ela está.

– Billy Prion é seu amigo?

– Dono de galeria. Preciso de espaço para exibir projeto ZX 81.

– Você acabou?

– Ainda estou coletando ZX 81.

– De quantos você precisa?

– Muitos. E também patrocínio.

– Billy também está no negócio de patrocínio?

– Não. Você trabalha para grande corporação? Eles querem aprender meu projeto?

– Sou frila.

– Mas você está aqui pra trabalhar?

– Estou. Para uma agência de publicidade.

Ele ajusta a bolsa no colo.

– Saatchi?

– Não. Voytek, você entende alguma coisa sobre marcas d'água?

Ele faz que sim com a cabeça. – Sim?

– Esteganografia?

– Sim?

– O que significa se alguma coisa, digamos, um segmento de vídeo digitalizado, estiver com uma marca d'água de um número?

– É visível?

– Normalmente não, acho que não. Oculta?

– Isso é a esteganografia, o ocultamento. Número multidígito?

– Talvez.

– Pode ser um código fornecido pela firma de marcas d'água. Firma vende marca d'água encriptada com estego pro cliente e faz esconder. Verifica o número na Web. Se a imagem ou o vídeo do cliente foi pirateado, a busca revela.

– Quer dizer que você pode usar a marca d'água para seguir a disseminação de uma determinada imagem ou videoclipe?

Ele assente.

– Quem faz isso, a marca d'água real?

– Existem empresas.

– Será que uma marca d'água poderia ser rastreada e ligada a uma empresa em particular, pelo número?

– Não seria tão bom para a segurança dos clientes.

– Seria possível que alguém detectasse, ou extraísse, uma marca d'água secreta? Sem conhecer o código, ou sem saber quem o colocou ali, ou sem sequer ter certeza de que ele está ali, para começo de conversa?

Voytek pensa antes de responder.

– Difícil, mas pode ser feito. Hobbs conhece essas coisas.

– Quem é Hobbs?

– Você conheceu. Homem com Curtas.

Cayce se lembra do rosto mau de Beckett, as unhas sujas das mãos.

– É mesmo? Por quê?

– Matemática. Trinity, Cambridge, depois trabalha para os Estados Unidos. NSA. Muito difícil.

– O trabalho?

– Hobbs.

■ ■ ■

A CRUZADA das Crianças está se remontando com força nesta manhã de sol.

Ela está parada na Aberdeen com Voytek, vendo a turba passar marchando, com aspecto empoeirado naquela luz do sol e medieval, arrastando-se na direção não da Bethlehem, mas de Camden Lock.

Voytek colocou um par de óculos de sol com lentes redondas pequenas. Isso faz Cayce pensar em moedas nos olhos de um cadáver.

– Preciso encontrar Magda – ele anuncia.

– Quem?

– Irmã. Está vendendo chapéus em Camden Lock. – Voytek abre caminho na corrente de corpos, na direção do relógio – Vende sábados na Portobello, o mercado da moda. Domingo, aqui. – Cayce segue, pensando, formulando questões sobre marcas d'água.

O sol naquele tumulto é calmante, e eles chegam num instante na eclusa, levados por uma corrente de pés responsáveis por todos aqueles bilhões em vendas de calçados atléticos.

Voytek deu a entender que Magda, além de desenhar e fazer chapéus, faz alguma coisa ela própria em publicidade, embora Cayce não possa definir exatamente o que seja.

O mercado está montado em um labirinto de tijolos vitorianos.

Armazéns, ela supõe, e estábulos subterrâneos para os cavalos que levavam as balsas até os canais. Ela não tem certeza de algum dia ter chegado ao final do labirinto, embora já tenha estado aqui muitas vezes. Voytek vai na frente, passando por barracas com balcões forrados com panos, exibindo roupas de gente morta, cartazes de filmes, gravações em vinil, relógios despertadores russos, artigos para fumantes de tudo menos tabaco.

Mais ao fundo dos cofres de tijolos, iluminados por lâmpadas de Lava e fluorescentes em cores fora do padrão, eles encontram Magda, que, tirando as maçãs do rosto, não lembra em nada o irmão. Baixinha, bonita, cabelos com henna, usando um corpete-projétil que parece ter sido remodelado a partir de algum tipo de equipamento de vôo pressurizado, ela está feliz da vida embalando seus artigos e se preparando para fechar sua barraca.

Voytek pergunta a ela alguma coisa em sua língua nativa, seja ela qual for. Ela responde, rindo.

– Ela diz que os homens franceses compram por atacado – explica Voytek.

– Ela fala um bom inglês – Madga diz a Cayce. – Eu sou Magda.

– Cayce Pollard. – Apertam as mãos.

– Casey faz publicidade também.

– Provavelmente não do jeito que eu faço, mas nem me lembre – diz Magda, embrulhando outro chapéu em papel e colocando-o em uma caixa de papelão com o resto.

Cayce começa a ajudá-la. Os chapéus de Magda são chapéus que Cayce até usaria, se ela usasse chapéus. Cinzas ou pretos apenas, feitos de tricô ou crochê, ou costurados com uma agulha de marinheiro em feltro industrial grosso, eles não têm indicações de período nem etiquetas. – São muito bonitos.

– Obrigada.

– Você trabalha com propaganda? O que é que você faz?

– Me arrumo, vou a casas noturnas e bares e converso com as pessoas. No meio do papo, menciono o produto de um cliente, de modo favorável, claro. Tento atrair a atenção enquanto estou fazendo isso, mas atenção de um tipo favorável. Não faço isso há algum tempo, e acho que não gosto muito.

Magda realmente fala um bom inglês, e Cayce estranha a diferença na fluência dos dois. Mas não diz nada.

Magda ri.

– Eu sou irmã dele mesmo – ela diz –, mas nossa mãe me trouxe pra cá quando eu tinha cinco anos, graças a Deus. – Colocando de lado o último chapéu, ela fecha a caixa e o entrega a Voytek.

– Você é paga para ir a casas noturnas e mencionar produtos?

– A empresa se chama Trans. Aparentemente está indo muito bem. Sou estudante de design, preciso de uma grana para me virar, mas está sendo um pouco demais da conta. – Ela está abaixando uma película de plástico transparente para indicar que sua barraca improvisada está fechada. – Mas acabei de vender vinte chapéus! Está na hora de uma bebida!

– **VOCÊ** está num bar, bebendo – diz Magda, os três enfiados num canto bem escuro de um pub de Camden que já está lotado, bebendo cerveja lager.

– Eu sei – diz Voytek, na defensiva.

– Não! O que eu quero dizer é que você está num bar, tomando um drinque, e alguém do seu lado puxa um papo. Alguém cujo aspecto te agrada. Tudo muito agradável, e aí vocês estão conversando, e ela, ou ele, também trabalhamos com homens, menciona aquela ótima marca nova de streetwear, ou aquele filme fantástico que acabaram de ver. Não tem nada de conversa de vendedor, sabe, é só uma pequena menção favorável. E sabe o que você faz? É isso o que eu não consigo suportar: sabe o que você faz?

– Não – responde Cayce.

– Você diz que gostou também! Você mente! No começo eu achava que só os homens faziam isso, mas as mulheres fazem também! Elas mentem!

Cayce já tinha ouvido falar nesse tipo de publicidade em Nova York, mas nunca havia encontrado ninguém que realmente estivesse envolvido com ela.

– E aí eles levam isso com eles – ela sugere – essa menção favorável, associada a um membro atraente do sexo oposto. Alguém que mostrou um certo grau de interesse neles, para quem eles mentiram numa tentativa de causar uma boa impressão.

– Mas eles compram jeans? – pergunta Voytek. – Eles vêem filme? Não!

– Exato – diz Cayce –, mas é por isso que funciona. Eles não compram o produto: eles reciclam a informação. Eles a utilizam para tentar impressionar a próxima pessoa que encontrarem.

– Modo eficiente de disseminar informação? Não creio.

– Mas é – insiste Cayce. – O modelo é viral. "Nicho profundo". Os lugares seriam selecionados muito cuidadosamente...

– Incrivelmente brilhante! Aí é que está. Estou indo toda noite nesses lugares da moda, com táxi pago e dinheiro vivo para comida e bebida. – Ela toma um longo gole de seu half pint. – Mas isso está começando a provocar alguma coisa em mim. Quando não estou trabalhando, saio com meus amigos e encontro alguém, e aí a gente conversa, e eles mencionam alguma coisa.

– E?

– Alguma coisa que eles gostam. Um filme. Um designer. E alguma coisa em mim fica paralisada. – Ela olha para Cayce. – Está entendendo onde eu quero chegar?

– Acho que sim.

– Eu estou desvalorizando alguma coisa. Nos outros. Em mim mesma. E estou começando a ficar desconfiada até das conversas mais casuais. – Magda faz uma cara amarga. – Que tipo de publicidade você faz?

– Consultoria em design. – Então, porque isso não é exatamente assunto para conversas interessantes: – E eu caço tendências "cool", embora não goste de descrevê-las desse jeito. Os fabricantes me usam para saber como anda a moda das ruas.

Magda levanta as sobrancelhas.

– E você gostou dos meus chapéus?

– Gostei mesmo dos seus chapéus, Magda. Se eu usasse chapéus, eu os usaria.

Magda concorda com a cabeça, empolgada.

– Mas a parte do "cool" – e eu não sei por que esse termo arcaico pegou, a propósito – não é uma qualidade inerente. É como uma árvore caindo no meio da floresta.

– Não pode escutar – Voytek declara solene.

– O que eu quero dizer é que, sem clientes, não há cool. É como um padrão de comportamento de grupo ao redor de uma classe particular de objetos. O que eu faço é reconhecimento de padrões. Tento reconhecer um padrão antes que outros o façam.

– E depois?

– Aponto um "marcador de commodity" nele.

– E?

– Ele é produzido. Transformado em unidades. Comercializado no mercado. – Ela toma um gole de cerveja. Olha ao redor do pub. O pessoal que está ali não é da Cruzada das Crianças. Ela supõe que sejam pessoas que moram ali perto, provavelmente atrás deste lado da rua, uma vizinhança menos culta do que a de Damien. A madeira do bar está gasta do mesmo jeito que as madeiras de barcos velhos, praticamente em lascas, agregadas por milhões de camadas de verniz cor-de-caixão.

– Então – diz Magda – eu estou sendo usada para estabelecer um padrão? Para falsificar isso? Para pular uma etapa do processo.

– Isso – diz Cayce.

– Então por que eles estão tentando fazer isso com esses malditos vídeos da Internet? Aquele casal se beijando numa porta? Aquilo é um produto? Eles nem sequer explicam isso pra gente.

E Cayce só consegue ficar olhando para ela.

– HELENA? É Cayce. Obrigada pelo jantar. Estava uma delícia.

– Como estava Hubertus? Bernard achou que ele podia estar com tesão em você, para ser bem franca.

Aprecio a franqueza, Helena, mas acho que não é por aí. Nós fomos tomar um drinque. Eu nunca tinha tido uma conversa pessoal com ele antes.

– Ele é incrível, não é? – Alguma coisa no tom da voz dela. Uma espécie de resignação?

– É sim. Bernard está aí, Helena? Detesto perturbá-lo, mas tenho uma dúvida de trabalho.

– Desculpe, mas ele saiu. Quer deixar recado?

– Você sabe se existe um ramo, uma subsidiária de algum tipo, da Blue Ant, chamada Trans? Trans de translação, ou de transgressivo?

Silêncio.

– Existe sim. Laura Dawes-Trumbull é a responsável por ela. Vive com um primo de Bernard, por incrível que pareça. Cuidados com grama.

– Perdão? – Alguma advertência?

– O primo. Cuidados com grama. Trabalha com produtos de jardinagem. Mas Laura chefia a Trans, isso eu sei. É um dos projetos de estimação de Hubertus.

– Obrigada, Helena. Preciso correr.

– Tchau, querida.

– Tchau.

Cayce retira o cartão do telefone público e desliga; o fone é apanhado imediatamente por um morador da Cruzada com dreadlocks que estava esperando na calçada ao lado dela.

A luz do sol não parece tão agradável agora. Ela deu suas desculpas, foi até ali, comprou um cartão telefônico, esperou na fila. E agora parece que Magda é de fato empregada de uma subunidade da Blue Ant, para incentivar o interesse no filme. O que é que Bigend está fazendo?

Ela atravessa a vau a corrente da Cruzada, conseguindo chegar à margem oposta e avançando na direção da Parkway. A enchente de crianças do tamanho da rua parece estranhamente distante, como se eles próprios fossem filme.

A luz traz consigo uma sugestão de outono agora, e ela se pergunta onde estará quando o inverno chegar. Ela estará aqui? Em Nova York? Ela não sabe. O que é isso, ter mais de trinta e não saber onde você vai estar daqui a um mês ou dois?

Ela chega a um ponto onde a Cruzada flui ao redor de um nó estacionário e beberrão de alcoólatras residentes e renitentes de Camden. Foi por isso que Damien conseguiu pagar o aluguel ali, anos antes de ter ganho qualquer dinheiro ou comprado sua casa. Em algum lugar ali perto fica um abrigo vitoriano, uma imensa pilha de tijolos vermelhos que funciona como albergue para os sem-teto, de construção utilitária e muito feio, e seus habitantes, por mais que sejam transitórios individualmente, têm se congregado na High Street desde o dia em que o albergue foi aberto pela primeira vez. Damien havia mostrado isso a ela numa noite de lua cheia, quando saíram para caminhar. Ele resistia como um baluarte contra a favelização, ele havia explicado. Os reformadores, os criadores dos espaços de lofts, viram os habitantes, aquelas unidades dedicadas ao consumo constante de lagers fortificadas e cidras açucaradas, e foram embora. E aqueles defensores ali estavam agora, bebendo, no meio da Cruzada das Crianças, pedras no meio de um rio de juventude.

Um pessoal tranqüilo em sua maior parte, quando não estavam tão de porre, mas agora um deles, talvez mais jovem que os outros, olha para ela com seus olhos azuis que queimam, tochas de acetileno, sem idade definida, das profundezas de seu vício, e ela estremece e se apressa, imaginando o que ele poderia ter visto.

Em Aberdeen, os homens do mercado estão trancando portas corrediças pintadas de verde em suas barracas, fechando cedo, e o lugar onde ela tomara café da manhã está em pleno modo bistrô, risos se derramando para fora, crianças bebendo na calçada.

Ela continua caminhando, sentindo-se não estrangeira, mas alienígena, assim transformada por esse último advento de alguma coisa que parece estar infectando tudo. Hubertus, e a Trans...

Você não está exatamente me jogando eles de volta, está? O que você está fazendo aí, afinal? Sabia que o Papa é um fã do filme? Bom, talvez não o Papa, mas tem alguém no Vaticano que está exibindo os segmentos. Acontece que lá no Brasil, onde as pessoas não fazem muita distinção entre TV, Internet e outras coisas, existe uma espécie de culto ao filme. Ou não exatamente um culto, mas um desejo de queimá-lo, já que aquele pessoal analfabeto mas que consome vídeo em quantidades industriais acredita que o nosso autor é o Diabo em pessoa. Muito estranho, e aparentemente foi emitida uma declaração, para esses brasileiros, de Roma, dizendo que cabe ao Vaticano e ninguém mais dizer quais trabalhos são os trabalhos de Satã, que a questão do filme está sendo examinada, e nesse meio tempo não mexam com a franquia. Eu queria ter pensado num negócio desses, só pra irritar La Anarchia.

Ela fecha o último e-mail do Parkaboy, levanta-se e entra na cozinha amarela. Coloca a chaleira no fogo. Café ou chá? "Odeio a domesticação", Donny lhe confidenciara um dia, até onde era capaz de fazer confidências.

Ela se pergunta se o flat de um amigo ausente em Londres é talvez preferível ao dela própria, lá em Nova York, tão cuidadosamente limpo de objetos extemporâneos quanto ela consegue, e por quê? Será que ela odeia a domesticação? Ela tem menos coisas em seu apartamento do que qualquer pessoa, segundo sua amiga Margot.

Ela sente as coisas que possui como uma espécie de pressão. Os objetos de outras pessoas não oferecem pressão. Margot acha que

Cayce se libertou do materialismo, é sobrenaturalmente adulta e não exige nenhum símbolo externo do "eu".

Esperando a chaleira ferver, ela olha para trás, para a sala de estar de Damien, e vê as garotas-robôs, sem olhos. Nada de velharias na casa de Damien. Ele conseguiu evitar que seus decoradores decorassem, o que resultou em uma neutralidade semiótica que Cayce está começando a apreciar mais, quanto mais fica ali. Seu próprio apartamento, em Nova York, é uma caverna caiada, pouquíssimo mais demonstrativa do "eu", seus pisos irregulares de casa de cômodos pintados num tom de azul que ela descobriu no norte da Espanha. Uma tintura antiga, feita à base de arsênico. Os camponeses da região a haviam usado por séculos em paredes de interiores, e diziam que ela afastava as moscas. Cayce mandou misturá-la a verniz plástico, sem arsênico, a partir de uma polaróide que tirou. Assim como o verniz do bar em Camden High Street, ela selou as lascas cabeludas do desgaste pelo uso. Textura. Ela gosta de uma textura adquirida, prova de uma longa habitação, mas nada pessoal demais.

A chaleira apita. Ela faz uma xícara de café colombiano e a leva de volta ao Cube. O F:F:F está aberto ali, e ela navega para a frente e para trás entre posts, para obter uma sensação do que andou rolando. Não muita coisa, tirando a análise ainda vigente do Nº 135, o que é normal, e uma discussão daquela história do Vaticano sobre o Brasil. Maurice, num post interessante, aponta que tanto a história quanto o alegado interesse papal parecem ter vindo do Brasil e que aparentemente não houve confirmação independente de nenhum outro lugar. Ele se pergunta se isso é verdade, ou se é um hoax.

Cayce franze a testa. A história de Madga. Mostraram a ela o 135 antes do trabalho da noite, e lhe deram um script pequeno: é aparentemente um filme convencional, de origem desconhecida, muito interessante de algum modo, intrigante, e será que aquele com quem ela está falando já ouviu falar disso? E depois é debrifada em busca de respostas, o que ela disse que nunca aconteceu antes em sua experiência naquele trabalho. E onde, Cayce havia perguntado, Magda fora enviada para espalhar aquilo? Uma casa noturna particular no Covent Garden: pessoal de mídia. Ela fora levada por um membro, alguém a quem ela fora apresentada após o briefing, e deixada ali para trabalhar no ambiente por conta própria.

Trans. Blue Ant. Bigend.

E amanhã ela tem uma nova reunião com Stonestreet. E Dorotea.

10.

LANCES DE JACK, CARINHAS DE JANE

Ela vai fazer um lance de jack.

Pensa isso no estúdio de Pilates em Neal's Yard, fazendo o Short Spine Stretch, seus pés descalços em argolas de couro que ainda não foram amaciadas pelo uso. Esta é a medida de como aquele lugar é novo. Eles deviam arrumar um pouco de óleo de mink. As solas dos pés dela estão ficando lanhadas.

Ela nunca teve exatamente certeza do que Donny queria dizer quando dizia isso; dizia quando estava zangado, ou frustrado, e ela está sentindo ambas as coisas. Dorotea de sacanagem com ela e ela não faz nada a respeito. Ela poderia dizer a Bernard ou Bigend, mas não confia neles. Não faz a menor idéia do que está acontecendo com Bigend, do que ele é capaz. O mais sensato a fazer seria terminar o trabalho, pegar o dinheiro e deixar tudo como está.

Mas ainda assim haveria Dorotea. Dorotea e as suas conexões assustadoras. Dorotea, a piranha maluca, que faz essas coisas porque decidiu odiar Cayce, ou, quem sabe, idéia de Bigend, porque ela acha que Cayce está sendo sondada para dirigir o escritório da Blue Ant em Londres. Tudo parece igualmente possível, mas um pequeno nó no núcleo de Cayce continua esquentando, tentando atingir o ponto de fusão nuclear: o buraco na Buzz Rickson, a invasão das Putas Asiáticas, sua menstruação chegando, ela gostaria mesmo era de pular no pescoço de Dorotea e estrangulá-la até o cérebro dela começar a chacoalhar, caralho.

Lances de jack. Com Donny, o contexto parecia indicar que esses movimentos eram deliberados mas extremamente laterais, pegando assim a concorrência ou o oponente de surpresa, ou, mais provavelmente no caso de Donny, uma coisa simplesmente maluca, gerando o mesmo resultado. Ele nunca disse qual lance de jack, exatamente, em uma situação determinada, ele estava contemplando, e talvez não dissesse porque não sabia. Talvez o movimento tivesse que ser improvisado e completamente de momento. Zen de East Lansing. Fosse o que fosse, ela tinha a sensação de que ele jamais conseguira fazer isso. Na sua memória agora, ela associa a expressão à única tentativa dele de comunicar verbalmente uma preferência sexual: – Será que dava para você fazer mais, assim, aquelas carinhas de jane?

Carinhas de jane, significando, ela descobriu depois, na gíria de strippers, algo do tipo expressões ritualizadas que transmitem um certo transporte de êxtase, ou pelo menos seu potencial.

Mas um lance de jack, ela imagina agora, seria simplesmente algo ligado a dinheiro? Jack no sentido de dinheiro? Os lances de jack de Donny tinham a tendência a estar envolvidos com situações de relativa insegurança econômica. A situação constante de Donny era essa, mas em graus maiores ou menores. Resolvida com mais freqüência pedindo um empréstimo a Cayce, mas somente depois de invocar o lance de jack. Se isso significava um movimento relacionado a dinheiro, ela supõe que não pode usar a expressão, porque o que está tentada a fazer simplesmente lhe custaria caro demais.

O que ela está tentada a fazer, ela sabe, é loucura. Ela solta o ar, vendo suas pernas esticadas subirem num ângulo de noventa graus nas correias, e em seguida inspira ao dobrá-las, mantendo a tensão nas correias contra o empuxo da plataforma com molas na qual ela está reclinada. Exala, como dizem, por nada, e depois inala ao esticá-los horizontalmente, empurrando as molas até elas ficarem bem comprimidas. Repetindo isso seis vezes mais para um total de dez.

Ela não devia estar pensando em nada a não ser fazer isso direito, e em parte é por isso que ela faz. Faz com que ela pare de pensar, se ela se concentrar o suficiente. Ela é cada vez mais da opinião de que se preocupar com problemas não ajuda a resolvê-los, mas não chegou realmente a encontrar uma alternativa. Você não pode simplesmente deixá-los ali. E aquela manhã ela tem um dos grandes, ou vários, porque dali a pouco terá a reunião com Stonestreet e Dorotea, para ver a última tentativa da Heinzi no logotipo. Para dizer a eles se funciona ou não. Pelo seu contrato.

Ela quer entrar lá, aquele pequeno nó de raiva no seu núcleo está lhe dizendo, usando a Buzz Rickson com a fita no ombro (que está começando a enrolar nas bordas) para que Dorotea saiba que ela não deixou de reparar no estrago. Mas não dirá nada. Então, quando Dorotea retirar o logo repensado (que Cayce imagina que irá quase com certeza funcionar para ela, porque a Heinzi é muito, muito boa), ela vai esperar um segundo ou dois e balançar a cabeça negativamente. E então Dorotea saberá que Cayce está mentindo, mas não será capaz de fazer nada a respeito.

E aí Cayce irá embora, e voltará para a casa de Damien, fará as malas, irá para Heathrow e entrará no próximo vôo em classe executiva com sua passagem de volta para Nova York.

E provavelmente porá o contrato a perder, um dos grandes, e terá que lutar muito em Nova York, encontrando trabalho novo, mas estará livre de Bigend e Dorotea, e Stonestreet também, e de toda aquela bagagem estranha que parece acompanhá-los. O mundo-espelho então será colocado de volta à sua caixa até a próxima vez, se tudo der certo nas férias, e quando Damien estiver aqui, e ela nunca mais terá que se preocupar com Dorotea, Putas Asiáticas ou coisas do gênero, nunca mais.

Só que isso iria significar que ela havia mentido para um cliente, e ela não quer mesmo fazer isso, além de saber que é um plano ridículo e infantil, de qualquer maneira. Ela perderá o contrato, provavelmente se prejudicará bastante profissionalmente, e tudo para irritar Dorotea. E que prazer isso seria.

A não ser pelo nó, isso não faz o menor sentido.

Agora ela está sentada de pernas cruzadas, fazendo a Esfinge, as molas afrouxadas. Vira as mãos com as palmas para cima, fazendo o Beseech. Não pensa. Você não chega lá pensando em não pensar, mas concentrando-se em cada repetição.

Ao ruído suave das molas.

ELA faz com que o motorista a leve cedo para a Blue Ant.

Quer seu próprio tempo livre na rua, seu próprio copinho de papel com café. O Soho numa manhã de segunda possui sua própria energia peculiar. Ela quer acessar essa energia por alguns minutos. Compra seu café e sai, afastando-se da Blue Ant, tentando acertar o passo com o passo das pessoas que andam a caminho do trabalho, com os quais em sua maioria ela sente que tem alguma afinidade passageira. Eles ganham seu pão de cada dia distinguindo graus e direções de atratividade, e ela sente inveja da juventude e da determinação com os quais todos parecem estar chegando. Será que ela foi assim algum dia? Não exatamente, ela pensa. Ela começou, logo ao sair da faculdade, trabalhando com a equipe de design de um fabricante de mountain bikes baseado em Seattle, e havia seguido o ramo do skatewear, depois calçados. Seus talentos, que Bigend chama de patologias domadas, a conduziram, e aos poucos ela os deixou definir a natureza do que ela fazia. Ela havia pensado que isso significava seguir com a correnteza, mas talvez, ela pensa agora, isso realmente tenha sido o caminho de menor resistência. E se aquele fluxo tendesse naturalmente ao caminho de menor resistência? Onde isso a levaria?

– Descendo pelo ralo – ela diz em voz alta, fazendo com que um rapaz asiático muito bonito, andando paralelo a ela, se assuste, e olhe para ela com um ligeiro alarme. Ela sorri para dar conforto, mas ele franze a testa e caminha mais rápido. Ela reduz o passo, para deixá-lo seguir adiante. Ele está vestindo um casaco preto de couro de cavalo, os pespontos cinzas de tanto uso, como uma peça de bagagem vintage, e ele está realmente levando consigo, ela vê agora, uma peça de bagagem vintage. Uma maleta muito pequena, couro de boi marrom, que alguém encerou até adquirir um brilho ruço, que a faz lembrar dos calçados dos velhos na casa em que seu avô, o pai de Win, havia morrido. Ela olha para ele, sentindo uma onda de desejo e solidão. Não particularmente sexual, mas que tem a ver com a natureza das cidades, os milhares de estranhos pelos quais você passa em um dia, e que provavelmente nunca mais verá outra vez. É uma emoção que ela experimentou pela primeira vez há muito tempo, e ela supõe que esteja voltando agora porque está à beira de alguma coisa, algum ponto de virada, e ela se sente perdida.

Até mesmo sua relação com o filme está mudando. Margot chamava o filme de o hobby de Cayce, mas Cayce nunca foi pessoa de ter hobbies. Obsessões, sim. Mundos. Lugares aos quais se retirar. "Mas isso não tem nome", dissera Margot a respeito do filme. "É por isso que você gosta, não é? Porque é igual a esse seu negócio com marcas registradas." Margot havia descoberto que a maioria dos produtos na cozinha de Cayce eram genéricos, sem rótulo, e Cayce havia admitido que não era uma questão de economia, mas de sua sensibilidade a marcas registradas. Agora ela olha para a frente para ver se o asiático ainda está por ali, mas não o vê mais. Dá uma olhada no seu clone de Casio.

Está na hora da Blue Ant. Está na hora de Dorotea.

A recepcionista a manda para o terceiro andar novamente, onde ela encontra Stonestreet em um de seus ternos exoticamente dormidos, sendo este cinza, os cabelos ruivos apontando para o alto em diversas direções novas. Está fumando um cigarro e folheando um documento em uma pasta rosa da Blue Ant.

– Bom dia, querida. Adorei te ver no sábado. Como foi sua viagem para casa com Hubertus?

– Fomos tomar uma bebida. Em Clerkenwell.

– Aquela é a verdadeira versão do lugar em que estamos agora. Tem uns ambientes maravilhosos lá. O que ele disse?

– Nada de loja. Conversamos sobre o filme. – Observando-o cuidadosamente.

– Que filme? – ele levanta a cabeça, como se preocupado por ter de algum modo perdido o fio da trama.

– Na Web. O filme anônimo que está sendo liberado aos pouquinhos. Sabe qual é?

– Ah. Esse filme. – O que será que ele sabe? – Helena disse que você me ligou e perguntou sobre a Trans.

– Sim.

– É uma coisa de memes, boca a boca. Não sabemos exatamente o que isso faz ainda. Se é que faz alguma coisa, na verdade. Onde você ouviu falar nisso?

– Alguém num pub.

– Eu não tive nada a ver com isso. Uma prima minha dirige a empresa, por acaso. Eu poderia acertar uma reunião para você conhecê-la.

– Eu só estava curiosa, Bernard. Onde está Dorotea?

– Está para chegar agora mesmo, imagino. Ela às vezes é bem difícil, não é?

– Mal cheguei a conhecê-la. – Ela verifica seus cabelos em um painel espelhado e se senta sem tirar o casaco. – Hubertus está em Nova York?

– Está. No Mercer.

– Eu o vi lá uma vez, no bar do lobby. Estava conversando com o cachorro do Kevin Bacon.

– O cachorro dele?

– Kevin Bacon estava lá com o cachorro. Hubertus estava falando com ele.

– Não sabia que ele gostava de bichos.

– O cão de uma celebridade. Mas ele não parecia estar falando com Kevin Bacon.

– O que você acha dele?

– Kevin Bacon?

– Hubertus.

– Está falando sério?

Stonestreet levanta a cabeça dos faxes. – Moderadamente.

– Estou feliz por ser frila, Bernard, e não assalariada.

– Hm – diz Stonestreet, e parece aliviado quando Dorotea entra num terninho Armani sério, desconstruído em preto. Cayce sente que aquilo é, para Dorotea, praticamente uma declaração antimoda. Um look que não estaria deslocado em uma execução em escala maior. – Bom dia – diz ela. Para Cayce: – Está se sentindo melhor hoje?

– Estou, obrigada. E você?

– Estive em Frankfurt com Heinzi, claro. – E a culpa é sua. – Mas acho que Heinzi fez sua mágica. Ele só tem elogios para a Blue Ant, Bernard. – "Um fôlego novo", é assim que ele chama vocês. – Ela olha para Cayce. Vá se foder.

Cayce sorri para ela.

Dorotea se senta ao lado de Stonestreet, retirando outro daqueles envelopes de aspecto caro. – Eu estava no estúdio com Heinzi quando ele fez este. É um grande privilégio vê-lo trabalhar.

– Mostre para mim.

– Claro. – Dorotea abre devagar o envelope. Ela enfia a mão dentro dele. Retira uma prancha de layout quadrada do tamanho da anterior. Nela está o boneco da Michelin, em uma de suas manifestações mais antigas, mais assustadoras e que mais reviram o estômago, não a Tartaruga Ninja com jeito de verme inchado de hoje em dia, mas aquela estranha criatura mais velha, fumando charuto, com cara de doidona, que sugeria uma múmia com elefantíase. – Bibendum – Dorotea diz baixinho.

– O restaurante? – Stonestreet pergunta, intrigado. – Em Fulham Road? – Ele está sentado ao lado de Dorotea e não consegue ver o que está no quadrado de arte.

Cayce está prestes a gritar.

– Ah – diz Dorotea – que estupidez a minha. É outro projeto.

Bibendum, porque Cayce sabe que esse é o nome dele, volta para dentro do envelope.

Dorotea retira o design revisado de Heinzi, que ela mostra para Cayce, e depois, quase casualmente, para Stonestreet.

O esperma anos sessenta que Dorotea havia mostrado na sexta sofreu uma mutação e virou uma espécie de cometa em loop, uma versão mais solta e turbinada do logotipo do fabricante da última década.

Cayce tenta abrir a boca, para dizer alguma coisa. Como é que Dorotea sabia? Como é que ela sabe?

O silêncio fica maior.

Ela vê as sobrancelhas ruivas de Stonestreet se erguerem, um milímetro de cada vez, sem uma palavra e cada vez mais interrogativo. Elas chegam a um ponto de tensão máxima. – Então?

Bibendum. Esse é o nome dele. E também é o nome de um restaurante reformado na Michelin House, onde, evidentemente, Cayce jamais foi.

– Cayce? Está se sentindo bem? Quer um copo d'água?

A primeira vez em que ela viu Bibendum fora numa revista, uma revista francesa. Ela tinha seis anos de idade. Vomitou. – Ele levou um pato na cara a duzentos e cinqüenta nós.

– O quê? – um tom de alarme na voz de Stonestreet. Ele começa a se levantar.

– OK, Bernard. – Ela está agarrando a borda da mesa.

– Não quer água?

– Não. Quero dizer, o design está bom. Funciona.

– Parecia que você tinha visto um fantasma.

Dorotea dá um sorrisinho irônico.

– Foi... foi o design da Heinzi. Ele... me afetou. – Ela consegue fazer uma careta mecânica, algo que lembra um sorriso.

– É mesmo? Isso é maravilhoso!

– É – diz Cayce. – Mas agora nós acabamos, não é? Dorotea pode voltar para Frankfurt, e eu posso voltar a Nova York. – Ela se levanta de sua cadeira, sentindo-se zonza. – Vou precisar do carro, por favor. – Ela não quer olhar para Dorotea. Foi Dorotea quem fez o lance de jack esta manhã. Dorotea venceu. Cayce está apavorada agora, até a medula, e a sensação que ela sentiu na invasão do apartamento e diante das Putas Asiáticas não é nada perto disso. Isto é muito pior. Muito poucas pessoas têm qualquer idéia da extensão de suas fobias mais problemáticas com marcas registradas, e menos ainda conhecem os gatilhos específicos. Seus pais, alguns médicos, terapeutas de diversos tipos, ao longo dos anos uns pouquíssimos amigos, não mais do que três de seus ex-namorados.

Mas Dorotea sabe.

Ela sente as pernas pesadas como chumbo. De algum modo, consegue chegar até a porta.

– Adeus, Bernard. Adeus, Dorotea.

Stonestreet parece intrigado.

Dorotea está radiante.

E AGORA todas aquelas pessoas ansiosas e apressadas desapareceram nas ruas do Soho, e graças a Deus o carro está esperando.

Em Parkway ela começa a pagar o motorista, e então se lembra que é o carro da Blue Ant. Destrava a porta da rua com a chave grande de bronze de Damien, sobe dois degraus de cada vez, as duas chaves alemãs pretas de prontidão.

E encontra um boneco da Michelin, seus rolos brancos trabalhados em feltro, amarrado à maçaneta com um cordão preto grosso.

Ela ameaça gritar, mas se segura a tempo.

Respire fundo.

– Ele levou um pato na cara a duzentos e cinqüenta nós.

Ela verifica o fio de cabelo. Ainda está lá. O pó compacto que ela havia espalhado ao redor da maçaneta vai desaparecer, mas o perímetro ainda está seguro.

Ela evita olhar a coisa amarrada na maçaneta. É só um boneco. Um boneco. Ela usa as chaves alemãs.

Está dentro. Tranca e passa a corrente na porta.

O telefone toca.

Ela grita.

Responde no terceiro toque. – Alô?

– É Hubertus.

– Hubertus...

– Sim. Claro. E?

– E o quê?

– Você dormiu e pensou a respeito.

Ela abre a boca, mas não sai nada.

– Você deu OK no logo da Heinzi – diz ele. – Missão cumprida, então. Meus parabéns.

Ela consegue ouvir um piano ao fundo. Coisa de lounge. Que horas são em Nova York?

– Estou fazendo as malas, Hubertus. Vou pegar um carro para Heathrow e o primeiro avião para casa. – Exatamente o que ela mais quer fazer agora, agora que ela ouve a si mesma dizer isso.

– Muito bom. Podemos discutir isso quando você chegar.

– Na verdade eu estava pensando em Paris.

– Então encontro você lá amanhã. Estou com a posse do jatinho Gulfstream de um cliente. Ainda não fiz uso dele.

– Na verdade, não há o que discutir. Eu lhe disse isso na noite de sábado.

– Você superou suas dificuldades com Dorotea? – Ele está mudando de assunto.

– Você está mudando de assunto, Hubertus.

– Bernard disse que você parecia doente quando ela mostrou o design a você pela primeira vez.

– Você está mudando de assunto outra vez. Se eu vou trabalhar para você para determinar a fonte do filme, a identidade do criador ou criadores? Não. Não vou.

– Por que não?

Isso a detém. Seria porque ela tem uma antipatia adquirida e altamente generalizada a respeito dele? Seria porque ela não confia de modo nenhum nele? Seria porque ela não quer saber o que é o filme, do que trata, para onde vai e quem está por trás disso? Esta última é um exagero, porque ela realmente quer saber essas coisas todas, e gastou muito tempo discutindo isso com outros fãs do filme. Não, a verdade é que associar o filme a Bigend parece simplesmente uma idéia ruim demais. Não o homem Bigend, usando seu chapéu de caubói errado, mas Bigend, a força por trás da Blue Ant. Bigend, o gênio no que faz, nessas novas maneiras de fazer isso. Qualquer fusão das duas parece terrível para ela.

– Quero que você conheça uma pessoa – ele diz. – Eu o mandei ao escritório esta manhã, e Bernard estava providenciando almoço para vocês dois, mas você foi embora tão depressa.

– Quem? Para quê?

– Ele é americano. O nome é Boone Chu.

– Bunchu?

– Boone. De Daniel Boone. Chu. C-h-u. Acho que vocês podiam fazer algo juntos. Quero facilitar isso.

– Hubertus, por favor. Isso não faz sentido. Eu já disse a você que não estou interessada.

– Estou com ele na outra linha. Boone? Onde você disse que estava mesmo?

– Do lado de fora da estação Camden do metrô – diz uma voz masculina, animada, americana – olhando para a loja da Virgin.

– Está vendo? – disse Bigend. – Ele está bem aí.

Desligue, Cayce diz a si mesma. Não consegue.

– Parkway, certo? – a voz americana. – Seguindo reto a partir da estação.

– Hubertus, isso não faz sentido mesmo...

– Por favor – diz Bigend –, encontre o Boone. Não vai doer. Se não rolar química, você pode ir para Paris.

– Química?

– Férias. Por conta da Blue Ant. Vou mandar o escritório arrumar o hotel. Um bônus por ter vetado o job da H&P. Sabíamos que poderíamos confiar em você. O cliente vai precisar do novo logo para a linha de primavera. Nessa fase nós iremos precisar de você, para verificar cada implementação pretendida.

Ele está fazendo aquilo outra vez. Ela percebe que na verdade poderia ser bem mais fácil encontrar-se com aquele homem, aquele Boone, e depois ir para o aeroporto. Ela sempre poderá evitar Bigend em Nova York. Assim ela espera.

– Ele ainda está na linha, Hubertus?

– Bem aqui – diz a voz americana. – Subindo a Parkway.

– Toque a campainha duas vezes – ela diz, e lhe dá os números do prédio e do apartamento. Desliga.

Vai até a cozinha e pega a faca alemã de descascar legumes novinha em folha de Damien e um saco preto de forração de lixeira, que é o nome que dão a eles aqui. Destranca a porta. Aquilo ainda está ali, na maçaneta. Ela range os dentes e envolve aquilo com o plástico preto, escondendo-o. Usa a faca para cortar o cordão preto. A coisa cai no saco. Ela coloca o saco no chão, bem do lado de fora, fecha a porta, devolve a faca à cozinha. De volta à porta. Respira fundo e sai. Pega as chaves pretas que estão penduradas no pescoço e tranca a porta com cuidado. Pega desajeitada o saco preto, a coisa bem lá no fundo dele agora, como um rato morto mas não tão pesada, e desce até o patamar, onde ela o enfia atrás da pilha de revistas de moda que estão esperando para ser recolhidas.

Ela se senta encostada na parede e abraça os joelhos. Aquele nó está de volta, e agora, ela percebe, com uma dose considerável de irritação, que sua menstruação chegou.

Sobe correndo para cuidar disso, e as coisas estão começando a ficar sob controle quando ela ouve a campainha da porta tocar duas vezes. – Merda. Merda. Caralho...

Esquecendo de retrancar a porta, ela desce.

Isso só vai levar um minuto, se tanto. Ela pedirá desculpas a ele por Bigend ter forçado a reunião dos dois, mas será firme. Não vai embarcar em nenhuma busca financiada por Bigend pelo criador do filme. Simples e pronto.

A porta da rua é de carvalho pintado de branco, mas o esmalte está amarelado, lascado e encardido, de antes da reforma. O olho mágico não é limpo o suficiente para se enxergar por ele desde a Segunda Guerra Mundial.

Ela destranca a porta e a abre.

– Cayce? Sou Boone Chu. Prazer em conhecê-la. – Estendendo a mão.

Ele ainda está usando o casaco de couro de pespontos esmaecidos. A mão direita estendida, a esquerda fechada sobre a alça de couro de sua pastinha, inchada e amassada, na qual ela havia reparado algumas horas antes, no Soho.

– Oi – diz ela, e aperta a mão dele.

11.

BOONE CHU

Boone Chu se acomoda em estilo caubói, pernas cruzadas, no sofá marrom novo de Damien.

– Você já havia trabalhado para a Blue Ant antes? – Os olhos dele parecem um pouco mais fechados e reluzentes, embora talvez ela esteja interpretando errado alguma coisa nerd sino-americana, uma intensidade de foco inamovível.

– Alguns trabalhos em Nova York. – Ela está empoleirada na cadeira da estação de trabalho.

– Frila?

– Isso.

– Eu também.

– Você faz o quê?

– Sistemas. – Ele espera um segundo. – Universidade do Texas, Harvard, depois abri uma start-up. Que afundou.

Ele não parece amargo ao dizer isso, embora as pessoas que dizem isso raramente soem assim, o que ela acha um pouco assustador. Eles geralmente têm noção. Ela espera que ele não seja um desses. – Se eu colocar o seu nome no Google, o que é que eu vou encontrar?

– O som de uma start-up relativamente grande afundando com muito barulho. Uma certa quantidade de cobertura de hackers, antes disso, mas isso é mídia. – Ele olha as garotas-robô encostadas na parede, mas não faz nenhuma pergunta.

– Sua start-up era de quê?

– Segurança.

– Onde você mora?

– No Estado de Washington. Moro à beira de um penhasco em Orças, em um trailer Airstream de 1951 escorado com trilhos ferroviários. Ele está todo em pé graças a uma liga feita com húmus, e uma coisa que come alumínio. Eu ia construir uma casa, mas não consigo mais estragar aquela vista.

– Você está baseado lá?

– Estou baseado nisto aqui – ele toca com o dedão do pé a maleta antiga tamanho infantil. – Onde você mora, Cayce?

– 111 Oeste.

– Eu já sabia que você morava em Nova York.

– Sabia?

– Pesquisei você no Google.

Ela ouve a chaleira começar a ferver. Ela deixou o apito desligado. Levanta-se. Ele também se levanta e a acompanha até a cozinha. – Amarelo bonito – ele diz.

– Damien Pease.

– Perdão?

– Pease. O diretor de vídeos. Conhece o trabalho dele?

– Não diretamente.

– Este apartamento é dele. O que foi que o Bigend ofereceu exatamente a você, Boone?

– Sociedade, disse ele.

Ela o vê observando sua expressão enquanto fala.

– Com ele – ele continua. – Seja lá o que for isso. Ele quer que eu trabalhe com você. Para encontrar a pessoa ou as pessoas que estão fazendo upload dos videoclipes. Vamos ter o que precisarmos para as despesas, mas não sei bem qual será o pagamento final. – Ele tem um daqueles cortes de cabelo escovinha de homem chinês, altos e impossivelmente densos, e um rosto comprido que poderia parecer feminino se não fosse temperado, ela acha, por ele ter crescido em Tulsa tendo que lidar com o fato de ser um sino-americano chamado Boone.

– Ele disse a você por que quer que trabalhemos juntos? Ou por que é que ele me quer, afinal? – Ela joga substituto de chá no bule e derrama água sobre os saquinhos. – Desculpe. Esqueci de perguntar se você queria café.

– Chá está ótimo. – Ele vai até a pia e começa a enxaguar duas canecas que ela havia deixado ali. Alguma coisa nos movimentos dele a lembra de um chef que ela namorou. A maneira como ele rapidamente redobra a toalha de chá antes de usá-la para secar as canecas. – Ele disse que você não precisa reinventar a roda. – Ele coloca as canecas na pia, lado a lado. – Ele disse que se alguém puder descobrir de onde vem aquele negócio, esse alguém é você.

– E você?

– Minha função, supostamente, é a de facilitar. Você tem uma idéia, eu faço com que ela aconteça.

Ela olha para ele. – Você pode fazer isso?

– Não sou mágico, mas levo jeito para as coisas. Sou um generalista faz-tudo, pode-se dizer.

Ela serve o chá. – Quer fazer isso?

Ele pega o substituto de chá. Cheira. – O que é isto?

– Não sei. É de Damien. Mas não tem cafeína.

Ele sopra para esfriar, e depois toma um gole. Faz uma careta. – Quente.

– E aí, você quer? Quer mesmo fazer isso?

Ele olha para ela, o vapor erguendo-se da xícara que ele ainda segura perto da boca. – Tenho duas opiniões a respeito. – Ele abaixa a xícara. – É um problema interessante do ponto de vista teórico, e até onde sabemos ninguém ainda o resolveu. Eu estou disponível, e Bigend tem muito dinheiro para jogar fora nisso.

– Este é o lado bom?

Ele faz que sim, dá mais um gole no substituto do chá. Faz outra careta. – O lado ruim é o Bigend. Difícil de quantificar isso, não é? – Ele vai até a janela da cozinha e parece estar olhando para fora, mas então aponta para o ventilador redondo transparente embutido num buraco de quinze centímetros em um painel de vidro. – Não temos essas coisas. Aqui elas estão por toda parte. Sempre estiveram. Nem sei direito o que é que elas fazem.

– Elas fazem parte do mundo-espelho – diz Cayce.

– Mundo-espelho?

– A diferença.

– Minha idéia de um mundo-espelho é Bangkok. Algum lugar da Ásia. Isto é apenas mais do mesmo que a gente tem.

– Não – ela diz. – É diferente. Foi por isso que você notou o exaustor. Isso eles provavelmente inventaram aqui, e construíram aqui. Esta era uma nação industrial. Compre um par de tesouras e você recebe tesouras britânicas. Eles fazem todas as coisas que possuem. Mantêm as importações caras. No Japão é a mesma coisa. Todas as pecinhas que eles constroem são diferentes, desde a base.

– Entendi o que você quer dizer, mas acho que a coisa não vai continuar assim por muito tempo. Não se os Bigends do mundo continuarem trabalhando nisso: sem fronteiras, muito em breve não haverá espelho do outro lado. Não em termos das pecinhas, pelo menos. – Os olhos dele se encontram com os dela.

Cada um deles leva uma xícara de substituto do chá de volta e voltam a se sentar.

– E quanto a você – ele pergunta. – O que você sente por Bigend?

E por que será, ela se pergunta, que está sequer tendo esta conversa? O quanto isso tem a ver com os olhares que eles trocaram na rua naquela manhã, e que ele não mostra sinal de lembrar? O senso que ela tem de desconexão urbana então: vendo-o como um estranho de passagem que ela jamais verá novamente, e agora fazendo com que ele apareça assim.

– Hubertus Bigend é um homem muito esperto – ela diz. – E eu não gosto muito dele.

– Por que não?

– Acho que tenho um problema com o modo como ele opera como ser humano. Não tenho tanto problema com isso para recusar trabalhar para a empresa dele, mas a idéia de trabalhar com ele numa base mais pessoal me deixa pouco à vontade. – Pensando imediatamente: Por que contei isso a ele, eu nem conheço esse cara, e se ele voltar direto para o Bigend e contar a ele o que eu acabei de dizer?

Ele fica ali sentado, seus dedos longos envolvendo a caneca de substituto de chá, olhando para ela por cima.

– Ele pode se dar ao luxo de comprar pessoas – diz. – Não quero acabar como um brinquedinho no chaveiro dele. Não sou exatamente imune ao tipo de dinheiro que Bigend tem para brincar. Quando a start-up estava subindo no telhado, quase caindo, eu acabei fazendo algumas coisas das quais depois me arrependi.

Ela olha para ele. Isso é a verdade ou autopropaganda?

Ele franze a testa. – Por que você acha que ele quer isso?

– Ele acha que pode fabricar isso.

– E depois monetizar – ele coloca a xícara no carpete.

– Ele diz que a questão é excelência, não dinheiro.

– Claro – diz Boone Chu –, o dinheiro é apenas uma espécie de efeito colateral. E isso faz com que ele nos dê informações vagas.

– Mas se ele pusesse um preço nisso, seria menos interessante, não seria? Se ele colocasse uma etiqueta com preço fixo para nós, seria apenas mais um job. Ele está nos atraindo para alguma coisa mais profunda.

– E tratando isso como se já fosse um trato feito.

– Eu reparei. – Ela observa os olhos dele. – Mas você quer lhe dar essa satisfação?

– Se eu não fizer, pode ser que nunca venha a ter a satisfação de chegar ao fundo disso – ele diz. – E eu já tentei.

– Tentou?

– Às vezes eu posso fazer isso sentado num quarto de hotel, brincando com isto. – Ele empurra de leve a maleta com o pé. – Eu não podia ir a lugar nenhum, mas quando vejo já estou motivado.

– O que é que você tem aí dentro?

Ele pega a maleta e abre os fechos. Ela é forrada com cubos de espuma cinza, ordenados para formarem um nicho para um retângulo amorfo de metal cinza. Ele levanta isso, um laptop de titânio, e ela vê mais nichos, cabos enrolados sortidos, três telefones celulares e uma daquelas chaves de fenda grandes e especializadas. Um dos celulares tem um envoltório em forma de manga.

– O que é isso? – ela pergunta, apontando para o telefone-manga.

– Japão.

– E você sabe usar uma chave de fenda também?

– Não saio de casa sem uma.

E de algum modo ela acredita completamente nisso.

ELES acabam comendo macarrão juntos naquele lugar pan-asiático na Parkway, com madeira lixada e tigelas de raku, e agora ele está mergulhado naquele negócio da resolução. Ele respeita a veterana do F:F:F, mas tem uma abordagem nova e clara do assunto.

– Cada um dos segmentos tem a mesma resolução, o suficiente para permitir projeção cinematográfica. A informação visual, o grão daquelas imagens, está tudo ali. Filmes de uma resolução mais baixa não poderiam ser ampliados e preservar a clareza. Se for gerado por computador, alguém teve que colocar aquilo ali. – Ele levanta os pauzinhos na direção da boca. – Fazendas de renderização. Já viu uma dessas?

– Não.

Ele engole e abaixa os pauzinhos. – Sala grande, um monte de estações de trabalho, renderizadores trabalhando seu filme um frame de cada vez. Trabalho intensivo. Os macacos de Shakespeare, mas trabalhando com um objetivo. A renderização é cara, exige muito trabalho humano, envolve muita gente e provavelmente seria impossível guardar segredo, por muito tempo, numa situação dessas. Alguém contaria, a menos que as restrições impostas fossem incomuns. Essas pessoas sentam ali e massageiam suas imagens, um pixel de cada vez. Aguçam essas imagens. Adicionam detalhes. Fazem os cabelos. Os cabelos são um pesadelo. E eles não ganham muito.

– Então a hipótese do Kubrick de garagem é apenas um sonho?

– A menos que o criador tenha acesso a níveis de tecnologia que, até onde sabemos, ainda não existem. Supor que o filme seja inteiramente gerado por computador significa que seu criador praticou engenharia reversa no sistema de CGI de Roswell ou possui uma operação de renderização completamente protegida. Se você excluir a tecnologia alienígena, onde é que pode encontrar isso?

– Hollywood.

– Sim, mas possivelmente no sentido de uma distribuição mais global. Você está fazendo CGI em Hollywood, mas sua renderização poderia estar sendo feita na Nova Zelândia, digamos. Ou no norte da Irlanda. Ou quem sabe até mesmo em Hollywood. A questão é: isso ainda faz parte da indústria. As pessoas falam. Com o interesse que essa coisa tem gerado, você precisaria de uma cultura patológica de sigilo para evitar que ela se espalhasse.

– Então você não acredita no "Kubrick de garagem" – ela diz. – Você defende a teoria do "Armário de Spielberg": a suposição de que o filme esteja sendo produzido por alguém que já tem os recursos de produção de um deus. Alguém que, por algum motivo, está optando por produzir e liberar um material bastante fora do convencional de forma muito fora do convencional. Alguém com o poder de manter tudo em sigilo.

– Você engole essa?

– Não.

– Por que não?

– Quanto tempo você tem passado com o filme? No duro?

– Não muito tempo.

– O que você sente quando o vê?

Ele olha para seu macarrão e depois para ela. – Sozinho?

– A maioria das pessoas acha que isso se aprofunda. Torna-se como que polifônico. Então há uma sensação de que ele está indo a algum lugar, que algo irá acontecer. Irá mudar. – Ela dá de ombros. – É impossível descrever, mas se você conviver com ele por algum tempo, ele começa a mexer com você. É um efeito tão forte, induzido pelo que na verdade é um tempo de tela tão pequeno. Jamais me convenci de que há algum cineasta reconhecido por aí que possa fazer isso, mas, se você ler os fóruns do filme, verá vários diretores sendo citados constantemente.

– Ou talvez seja a repetição. Talvez você esteja olhando esse negócio há tanto tempo que tenha acabado por interpretar as coisas desse jeito. E conversando com outras pessoas que estejam fazendo a mesma coisa.

– Eu tentei me convencer disso. Queria acreditar nisso, simplesmente para deixar a coisa rolar. Mas aí eu volto e olho novamente para ele, e tenho aquela sensação de... não sei. De estar abrindo alguma coisa. Um universo? Uma narrativa?

– Coma seu macarrão. Depois a gente conversa.

E É O que eles fazem, caminhando. Subindo até Camden Lock ao longo da High Street – os cruzados do fim de semana já foram todos embora –, passando pela vitrine dos designers dos gabinetes de cozinha de Damien, Boone mencionando sua infância em Oklahoma, os altos e baixos de sua experiência com a start-up, as vicissitudes da indústria e a economia mais ampla desde o setembro passado. Ele parece estar fazendo um certo esforço para dizer a ela quem é. Cayce, por sua vez, conta a ele um pouco de seu trabalho e nada de sua base em suas sensibilidades peculiares.

Até darem no caminho em ruínas ao lado do canal, embaixo de um céu que lembra uma foto Cibachrome de uma gravura de Turner em escala de cinza, com uma iluminação traseira forte demais. Esse ponto a lembra agora de uma visita à Disneylândia com Win e sua mãe, quando ela tinha doze anos. Os Piratas do Caribe havia quebrado e eles foram resgatados por membros da equipe vestindo macacões impermeáveis por cima dos trajes de pirata, para serem levados por um corredor que entrava em um reino subterrâneo com aspecto de velho, paredes de concreto e manchas de óleo, de maquinaria e cabos, habitado por mecânicos sombrios, operários dos bastidores que fizeram Cayce se lembrar dos morlocks em *A Máquina do Tempo*.

Fora uma viagem difícil para ela porque ela não podia dizer a seus pais que havia começado a tentar evitar colocar o Mickey no seu campo de visão, e na quarta e última vez ela desenvolveu uma alergia na pele. Depois disso, Mickey deixou de ser um problema, mas ela ainda o evitava assim mesmo, por sentir que havia sido por pouco.

Agora Boone se desculpa, mas precisa verificar seu e-mail; diz que pode ter recebido alguma coisa que gostaria que ela visse. Senta-se em um banco e tira seu laptop de lá. Ela vai para a beira do canal e olha para baixo. Uma camisinha cinza, flutuando como uma água-viva, uma lata de cerveja semiflutuante, e mais no fundo alguma coisa turbilhonando que ela não consegue identificar, envolvido em uma placenta pálida e esvoaçante de plástico de construção rasgado. Ela sente um calafrio e sai de perto.

– Olhe só isto aqui – ele diz, levantando a cabeça da tela, o laptop aberto no colo. Ela atravessa o caminho e se senta ao lado dele. Ele passa o laptop para ela. Banhada pela luz da tarde, ela vê uma mensagem aberta.

Tem alguma coisa encriptada em cada um destes, mas é só o que eu sei te dizer. Seja lá o que for, não são muitos dados, e isso é uniforme de um segmento para outro. Se fosse maior, talvez – mas do jeito que está é o melhor que posso fazer: definitivamente uma agulha no seu palheiro.

– De quem é?

– Um amigo meu na Rice University. Pedi que ele desse uma olhada em todos os cento e trinta e cinco segmentos.

– O que ele faz?

– Matemática. Nunca consegui entender, nem de longe. Entrevista anjos para trabalharem na cabeça de um alfinete. Trabalhou com a gente na start-up. Questões de encriptação, mas isso é só um produto colateral do que ele faz teoricamente. Ele parece achar profundamente cômico que haja qualquer aplicação prática.

E ela ouve a si mesma dizer: – É uma marca d'água.

Então ele está olhando para ela. Ela não consegue ler o olhar dele. – Como é que você sabe?

– Tem alguém em Tóquio que afirma ter um número que outra pessoa extraiu do segmento setenta e oito.

– Quem extraiu?

– Fãs do filme. Otakus.

– Você tem esse número?

– Não. Nem sei se isso é mesmo verdade. Ele pode estar inventando.

– Por quê?

– Para impressionar uma garota. Mas ela também não existe.

Ele fica olhando fixo para ela. – O que seria necessário para descobrir se isso é verdade?

– Um aeroporto – ela diz, tendo de admitir para si mesma agora que já havia pensado em tudo, já havia passado por isso – uma passagem. E uma mentira.

Ele pega o laptop de volta, desliga-o, fecha-o, deixando as mãos repousarem sobre o metal cinza informe. Olhando para ele, ele poderia estar rezando. Então ele olha para ela. – Você é quem manda. Se for real, e você puder obtê-lo, então isso poderá nos levar a algum lugar.

– Eu sei – ela diz, e isso é realmente tudo o que ela pode dizer, então simplesmente fica ali sentada, imaginando o que pode ter provocado, para onde isso poderá ir e por quê.

12.

APOFENIA

Subindo as escadas, ela percebe que esqueceu de aplicar o método Bond, mas descobre que os acontecimentos recentes aparentemente quebraram o encanto das Putas Asiáticas.

Ela nem sequer se incomoda por saber o que está enfiado atrás da pilha de revistas no patamar da escadaria. Desde que não pare para pensar nisso.

Está mais preocupada com aquilo em que pode ter acabado de se meter. Ao caminhar com ele até a estação do metrô, afirmou que estava dentro: eles vão trabalhar para Bigend, ela irá a Tóquio encontrar Taki. Tentar, com a ajuda de Parkaboy e Musashi, obter o número. E depois ver o que acontece.

Não há motivo, ele diz, para considerar isso uma barganha fáustica com Bigend. Eles estarão livres para romper a parceria a qualquer momento, e serem honestos um com o outro.

Mas essa argumentação é de algum modo familiar de contextos passados, barganhas passadas, em que as coisas não saíram realmente assim tão bem.

Mas agora ela sabe que está indo, e está com as duas chaves muito pretas e muito estranhas penduradas no pescoço, e naquele exato minuto ela não está preocupada com o perímetro.

Que se foda a Dorotea.

Neste exato instante ela acredita implicitamente na tecnologia alemã.

O que vai criar um problema, ela percebe, quando abre aquelas ótimas fechaduras.

Ela não sabe onde poderá deixar as chaves novas, ou a quem confiá-las. Damien vai querer conseguir abrir a porta de seu apartamento, caso volte, e ela não estará aqui. Ele não tem escritório, nenhuma afiliação com alguma agência até onde ela sabe, e ela não conhece nenhum de seus conhecidos mútuos aqui bem o bastante para confiar-lhes o equipamento de produção musical valioso e altamente portátil no quarto de cima. Ela não sabe a quantas anda a constância da conexão de e-mail de Damien na escavação na Rússia. Se ela enviar um e-mail a ele pedindo conselho, será que ela vai receber a mensagem a tempo e dizer a ela onde deverá deixar as chaves?

Então ela pensa em Voytek e Magda, que não fazem idéia de onde fica aquele lugar. Ela pode deixar um molho com eles, dizendo a Damien como contatá-los, e levar o outro.

E, sim, ao entrar, percebe que tudo parece normal ali, até mesmo a almofada do sofá, invertida onde Boone sentou.

Toca o telefone.

– Alô?

– Pamela Mainwaring, Cayce. Organizo as viagens para Hubertus. Marquei para você British Airways, Heathrow-Narita, dez e cinqüenta e cinco, primeira classe, amanhã. Serve?

Cayce fica olhando fixo para as garotas-robô. – Serve. Obrigada.

– Excelente. Vou passar aí agora e deixar a passagem. Também estou levando um laptop para você, e um telefone.

Ela sempre conseguiu não adquirir nenhum dos dois, pelo menos em termos de viajar com eles. Tem um laptop em casa, mas ela o utiliza, com um teclado comum e um monitor, apenas, como um computador de mesa. E o mundo-espelho sempre representou férias deliberadas dos celulares. Mas agora ela lembra da falta de sinalização em inglês em Tóquio, e da falta que ela sente de não falar japonês.

– Estarei aí às dez. Estou ligando do carro. Tchau. – Clique.

Ela localiza o cartão com o endereço de Voytek e lhe manda um e-mail, dando-lhe o número dali e pedindo que ele ligue o mais rápido possível, que ela tem um favor a pedir e que vale alguns ZX 81s. Então envia um e-mail para Parkaboy e diz a ele que estará em Tóquio depois de amanhã, e diz para ele começar a pensar no que ela vai precisar fazer para lidar com Taki.

Ela faz uma pausa, vai abrir o último e-mail de sua mãe, e se lembra que ainda não respondeu aos dois anteriores.

O e-mail de sua mãe é cynthia@roseoftheworld.com, sendo que Rose of The World é uma espécie de comunidade intencional, lá longe na terra vermelha de Mauí.

Cayce nunca esteve lá, mas Cynthia lhe enviou fotos. Um rancho grande e estranhamente prosaico ao estilo dos anos sessenta aos pés de uma colina vermelha com longos trechos esparsos de grama, o vermelho aparecendo no meio como alguma espécie de doença capilar. Lá em cima eles examinam quilômetros de fitas de áudio, algumas delas recém-abertas de suas embalagens de fábrica, não utilizadas, à procura de vozes dos mortos: malucos por FVE dos quais a mãe de Cayce faz parte desde muito tempo atrás. Costumava colocar o gravador de rolo Uher de Win no primeiro microondas que tiveram. Dizia que isso bloqueava interferência de transmissões de rádio.

Há muito tempo Cayce conseguiu ter o mínimo de contato possível com o pendor de sua mãe por Fenômenos de Voz Eletrônica, e essa também fora a estratégia de seu pai. Apofenia, Win havia concluído, depois de dar a isso a devida consideração e de sua maneira cautelosa: a percepção espontânea de conexões e significações em coisas não relacionadas. E jamais, até onde Cayce sabe, disse outra palavra a esse respeito.

Cayce hesita, a um clique de mouse de abrir a mensagem de sua mãe, intitulada ALÔ???.

Não, ela não está preparada.

Vai à geladeira e se pergunta o que vai comer antes de partir, e o que ela vai jogar fora.

Apofenia. Ela olha neutra para o interior frio e lindamente iluminado da geladeira alemã de Damien. E se a sensação de significado nascente que eles todos percebem no filme é simplesmente isso: uma ilusão de sentido, um reconhecimento de padrões defeituoso? Ela já conversou sobre isso com Parkaboy, e ele fez algumas suposições (a neuromecânica da alucinação, o relato pessoal que August Strindberg fez de seu surto psicótico e uma experiência de drogas no limite durante sua própria adolescência na qual ele, Parkaboy, se sentira "canalizando uma espécie de linguagem de máquina angelical Linear B"), nenhuma das quais ajudou, para falar a verdade.

Ela dá um suspiro e fecha a geladeira.

A campainha da porta da frente toca. Ela desce para deixar Pamela Mainwaring entrar, uma loura de vinte e tantos anos usando uma minissaia preta e collant com padrão de tartan, uma maleta de náilon preto balístico em cada mão. Cayce vê um carro da Blue Ant esperando na rua. Seu motorista está em pé ao lado dele, fumando um cigarro, o ouvido com um plugue de plástico, conversando com o ar.

Tudo em Pamela Mainwaring é rápido, eficiente e intimidantemente claro. Ela não é uma mulher que precise se repetir com freqüência. Elas ainda nem entraram no apartamento e ela já pediu que Cayce assinasse uma suíte no Park Hyatt, Shinjuku, com vista para o Palácio Imperial. – Parte de um dos telhados, pelo menos – diz Pamela, colocando as maletas no chão lado a lado, sobre a mesa de cavaletes.

– Tom bonito de amarelo – ela olha de relance para a cozinha.

Ela abre o zíper de uma das valises, expondo um laptop e uma impressora.

– Só vou checar isto novamente – ela diz, inicializando o laptop. – Você pode usar a passagem de volta quando quiser, e em qualquer companhia. Mas também pode ir a qualquer lugar que quiser, a qualquer momento. Meu e-mail e o telefone estão em seu laptop aqui. Eu cuido de todas as viagens de Hubertus, por isso estou disponível vinte e quatro horas por dia, sete dias por semana. – A tela se enche com uma tabela maciça cheia de horários de vôos. – Sim. Você está confirmada. – Ela tira passagens de avião em branco de um envelope e os coloca na bandeja de alimentação da impressora retangular. Ela emite zumbidos baixos e energéticos quando as passagens emergem do lado oposto. – Mínimo de duas horas de antecedência para o check-in. – Colocando com destreza os envelopes recém-impressos em uma pasta da British Airways. – Temos um iBook para você, carregado, com modem celular. E um telefone. Funciona bem aqui, em qualquer lugar da Europa, do Japão e dos Estados Unidos. Alguém da Blue Ant Tokyo vai encontrar você em Narita. O escritório de Tóquio está à sua completa disposição. Os melhores tradutores, motoristas, tudo o que você achar que precisa. Literalmente tudo.

– Não quero que me encontrem no aeroporto.

– Então não haverá ninguém.

– Hubertus ainda está em Nova York, Pamela?

Pamela consulta um Oakley Timebomb, ligeiramente mais largo que seu pulso esquerdo.

– Hubertus está a caminho de Houston, mas estará no Mercer esta noite. Seu e-mail e todos os números de telefone dele estão em seu iBook. – Ela abre a segunda maleta, expondo um Mac fininho, um telefone celular cinza grande o bastante para parecer ou démodé ou anormalmente poderoso, diversos cabos e pequenos gadgets ainda fechados no plástico do fabricante e o costumeiro manualzinho de instruções em papel couché. Há um envelope da Blue Ant sobre o computador. Pamela fecha seu próprio computador, fecha o zíper da maleta. Pega o envelope, rasga a extremidade e retira um cartão de crédito. – Assine isto, por favor.

Cayce pega o cartão. CAYCE POLLARD EXP. Platinum Visa customizado com o hierático logo da Blue Ant, que é, naturalmente, criação da Heinzi, robótico e egipcianado. Pamela Mainwaring lhe entrega uma caríssima esferográfica alemã. Cayce coloca o cartão sobre a mesa de cavalete com o verso para cima e assina sua superfície virgem. Alguma coisa parece cair pesadamente nos bastidores de seu universo ético.

– Foi um prazer conhecê-la – diz Pamela. – Tenha uma excelente viagem, muito boa sorte e me ligue ou mande um e-mail se precisar de alguma coisa. Absolutamente qualquer coisa. – Aperta com firmeza a mão de Cayce. – Não precisa me acompanhar até a porta, obrigada.

E vai embora. Cayce fecha e tranca a porta atrás dela. Volta para a mesa e pega o celular. Ela vê que o aparelho está ligado. Depois de algumas tentativas, consegue desligá-lo. Recoloca-o na caixa, que ela fecha e empurra para a parte de trás da mesa.

Respira fundo, duas vezes, e depois faz uma curvatura de espinha de Pilates, rolando vértebra por vértebra em uma espécie de posição fetal vertical. Volta à posição anterior o mais devagar e tranqüilamente que pode.

O telefone de Damien toca.

– Alô?

– É Voytek.

– Preciso de sua ajuda com uma coisa, Voytek. Gostaria que você guardasse um molho de chaves para dá-las a um amigo meu se ele aparecer. Vou lhe dar vinte libras.

– Não é necessário pagar, Casey.

– É uma doação para o seu projeto de ZX 81. Estou com um emprego novo e estou gastando por conta – diz ela, achando que está mentindo, mas então percebendo que não está necessariamente mentindo. – Pode me encontrar daqui a duas horas, naquele lugar onde tomamos café?

– Sim?

– Ótimo. Até lá. – Desliga.

E se pergunta, pela primeira vez, e de fato pela primeira vez em sua vida, se o telefone está com alguma escuta. Será que foi isso o que o invasor das Putas Asiáticas veio fazer ali em primeiro lugar? Dorotea é uma piranha de uma espiã industrial, ou foi, então provavelmente isso não é de todo improvável. Eles fazem coisas assim. Escutas. Coisas de laboratórios de espionagem. Ela revê mentalmente suas ligações desde as Putas Asiáticas. A única que teve alguma substância, a pergunta que fizera a Helena sobre a Trans, ela fizera de um telefone na Camden High Street. Agora, aquela para Voytek, mas a menos que um ouvinte saiba onde ela encontrara com ele no café da manhã... Mas será que eles não poderiam rastrear o número dele, onde quer que esteja?

Ela entra no aposento onde guarda a bagagem e começa o yoga pré-viagem de dobrar e colocar CPUs na mala, o que de algum modo diz a seu corpo que ela em breve estará livre de vigiar aquele perímetro em particular.

Completando essas tarefas, ela se deita no duvet cinza e adormece, forçando-se a acordar em uma hora, a tempo de encontrar Voytek no bistrô da Aberdeen Street. E sabe que o fará.

E sonha, embora ela raramente sonhe, ou raramente se lembre de seus sonhos, que está sozinha no banco de trás de um táxi preto, em Londres, a transitoriedade das folhas de fim de verão acentuando a idade da cidade, a profundidade de sua história, a simples e teimosa vastidão dela. Fachadas de casas altas, impassíveis e impenetráveis. Ela estremece, embora a noite esteja quente, o ar abafado no táxi, e a imagem do e-mail de Damien vem a ela, pirâmides cinzentas úmidas de ossos se erguendo ao lado de escavações em um pântano russo. O que foi aquilo, fazer aquilo com os mortos, com a história? Ela ouve alguém atendendo um telefone, risos bêbados, e ela está no táxi, passando mal, e na floresta de pinheiros, o pântano no verão, testemunha que ela sabe de um tipo de canibalização além de qualquer expressão, algo sobre comer os mortos, e ela se lembra de dizer a Bigend que o passado também é mutável, tão mutável quanto o futuro, mas agora ela precisa dizer a ele que ele não deveria ser escavado, saqueado, jogado fora. Ela precisa lhe dizer, mas não consegue falar, muito embora ela agora veja que é Bigend quem está dirigindo aquele táxi, usando seu chapéu de caubói, e mesmo que ela fale, se conseguir quebrar aquela coisa que impede tão dolorosamente a fala, ele está separado da voz dela por uma repartição de vidro ou plástico, inteiramente concentrado em dirigir, dirigir para sabe-se lá onde.

E acorda com as batidas aceleradas de seu coração.

Levanta-se, joga água gelada no rosto e sobe as escadas altas e estreitas para chegar onde escondeu o segundo molho de chaves.

E ela tomará cuidado, na rua, a caminho do encontro com Voytek. Ela nunca antes havia se determinado em descobrir se poderia ou não estar sendo seguida, mas agora está, e o fará.

Em algum lugar, bem no fundo dela, um minúsculo submarino mecânico vem à tona.

Há momentos em que você só pode dar um passo de cada vez. E depois o seguinte.

13.

BARQUINHO

Sua poltrona no nível superior daquele 747 da British Airways se transforma numa cama que a faz pensar num barquinho, um barquinho de couro ancestral só que feito de Hexcel e laminado com acabamento de teca. Ela é a mais próxima do nariz do avião, nenhuma outra poltrona em sua linha de visão.

A cabine é como uma fazenda de cubos idealmente confortável, um aglomerado de estações de trabalho autocontidas, automatizadas e supremamente ergonômicas. Ela sente como se, com um pouquinho mais de engenharia, eles pudessem simultaneamente alimentar você por tubo e eliminar direitinho os dejetos resultantes.

Por mais horas que estejam no ar agora, o relógio dela ritualmente enfiado em algum lugar longe de sua vista, jantar servido, luzes diminuídas, ela imagina sua alma flutuando imbecilmente, em algum lugar sobre o concreto de Heathrow, seu cabo invisível desbobinando-se para longe dela. Assim como um certo nível de medo, ela percebe, agora que sabe que devem estar bem no meio de um oceano, onde nenhum agente humano pode ameaçá-los. Pela maior parte de sua vida, ao voar, era ali que ela se sentira mais vulnerável, suspensa sobre um vazio, sobre água sem vestígios, mas agora seus temores conscientes de voar são sobre coisas que poderiam ser arranjadas para acontecer sobre aglomerações humanas populosas, temores de terra-ar, de momentos do tipo daquelas que passam na CNN.

Mas linhas aéreas comerciais sempre foram problemáticas para Cayce de outra maneira, com sua repetição infinita e claustrofóbica do logotipo do avião. A BA nunca fora particularmente difícil, mas a Virgin, com suas múltiplas associações de produtos, é completamente impossível.

Seu maior problema com a BA agora, ela se recorda, é de uma natureza mais corriqueira: sem nenhum filme cuja possibilidade de assistir no DVD do descanso da poltrona ela sequer considere, ela está sob uma proibição auto-imposta de noticiários de vídeo que já está em vigor há algum tempo, esqueceu de trazer alguma coisa para ler e o sono se recusa a chegar. Com Londres ficando cada vez mais longe e Tóquio ainda em grande parte impossível de imaginar, de se lembrar, ela se senta com as pernas cruzadas no centro de sua caminha estreita e esfrega os olhos, sentindo-se como uma criança de castigo na cama, apenas bem o bastante para estar profundamente inquieta.

Então ela se lembra do iBook de Bigend, com seu adesivo recente de segurança de Heathrow.

Ela levanta a maleta de náilon do chão e a abre. Havia passado vinte minutos, na noite anterior, explorando a área de trabalho, mas agora pela primeira vez ela repara em um CD-ROM sem etiqueta que prova, ao ser inserido, ser um banco de dados de todo o F:F:F, com mecanismo de busca. Quem quer que faça essas coisas para Bigend também forneceu, no disco rígido, uma coleção completa do filme e das três edições favoritas delas, uma delas feita por Filmy e Maurice.

Ainda sentada de pernas cruzadas, ela escreve numa etiqueta Stickie: COPIAR CD PARA IVY.

Ivy andava querendo um banco de dados do fórum com busca desde a sua criação, porque o software livre que permite que ela mantenha o site não possui mecanismo de busca, e ela não conseguiu encontrar ninguém capaz ou disposto a fazer a compilação de dados. Participantes ativos do fórum fizeram bookmarks de seus tópicos favoritos, e os trocaram uns com os outros, mas não havia como rastrear um tópico ou tema particular ao longo da evolução do site.

Ou melhor, agora há.

Cayce não tem idéia de quantas páginas de posts se acumularam desde o primeiro dia do site. Ela jamais voltou para olhar isso, no site original, nos primeiros dias, mas agora ela entra e busca CayceP.

Pelo contrário, como eu estava dizendo ontem...

Ah. Não é seu primeiro post. No começo ela não era CayceP. Redigita apenas Cayce.

Oi. Quantos segmentos são no total? Acabei de baixar aquele onde ele está no telhado. Alguém já conseguiu fazer alguma coisa com aqueles canos de chaminés (é assim que vocês chamam aquelas coisas?)

Ela acrescentara o P mais tarde, porque, por um breve período, houve outro Cayce, sobrenome, um tal de Marvin, em Wichita, cuja pronúncia também era Cayce, e não Casey.

Ela se sente um pouco como poderia ter se sentido caso tivesse aberto seu anuário dos tempos do segundo grau.

Aqui está o primeiro post de Parkaboy:

Ora, ora, ora, caralhos me fodam! Eu achava que era o único aqui obcecado com as belezas peculiares dessa passagem particularmente sarapintada de pradaria cinematográfica anômala. Alguém aí gosta de poesia de caubói? Porque eu não gosto.

Isto acontecera antes da chegada de La Anarchia, e três dias depois disso Parkaboy fizera a primeira de suas saídas estrepitosas do site.

Ela mexe nos botões metálicos pretos sobre seu descanso de braço, convertendo sua cama num sofá. O movimento traz uma sensação boa: motores poderosos dedicados ao conforto dela. Ela se acomoda em seu jogging preto (recusou a oferta de um macacão da BA) e puxa o cobertor de tartan para cobrir as pernas, colocando o iBook em cima da barriga. Ajusta a lâmpada de leitura de fibra óptica que lembra uma cobra, com a cabeça imitando a lanterna de mão de um policial americano.

Sai do CD-ROM e clica sobre a edição de Filmy e Maurice.

Ela abre naquele telhado, contra as chaminés de formato estranho. Ele está lá. Caminha até o parapeito baixo. Olha na direção de uma cidade que nunca aparece nitidamente. Um vestígio de frame do que ele vê revelaria apenas um tênue arranjo de linhas verticais e horizontais. Sem foco. Definitivamente uma linha de horizonte, mas não é informação suficiente para fornecer nenhum tipo de identificação. Outros dizem para excluir a possibilidade de Manhattan; existem listas argumentando os locais que essa cidade não pode, ou não deve ser.

Maurice corta para aquele segmento que consiste inteiramente de tomadas longas, a garota no parque formal.

Às vezes, quando ela vê uma boa edição, e esta é uma das melhores, é como se fosse tudo novo; ela afunda naquilo com alegria e expectativa, e quando a edição termina, ela fica chocada. É isso. Tudo o que há. Como pode ser?

Este é um daqueles momentos. A edição termina.

Ela adormece com o iBook no colo.

Quando acorda, a cabine está mais escura, e ela precisa fazer xixi.

Feliz por não estar vestindo um macacão da BA, ela fecha o iBook, enfia-o na lateral do assento, desafivela o cinto, calça chinelos da BA e se encaminha para os toaletes.

E passa pelo que só pode ser a forma adormecida de Billy Prion, roncando baixinho, sua boca ainda não paralisada ligeiramente aberta. O cobertor tartan está sobre seus ombros como um velho sentado numa cadeira de praia, o rosto macilento e inerte. Ela pisca, tentando se convencer de que aquele não pode ser o ex-vocalista da BSE, mas obviamente é ele mesmo, todo vestido no que parece ser a estação mais recente da Agnes B Homme.

No nicho mais perto de Prion dorme uma loura vendada; um par de modestas argolas é claramente visível em relevo pelo material preto justíssimo de seu top.

Aquela ali, deduz Cayce, confirmando mais ainda sua identificação de Prion, é a cantora da extinta banda Velcro Kitty, aquela que a imprensa musical supunha que não estava mais com Prion.

Ela se força a continuar em frente, arrastando os pés enfiados em seus chinelos azul-marinho, até a segurança quase espaçosa de um toalete de primeira classe, com suas flores frescas e produtos faciais Molton Brown, onde ela tranca a porta e se senta, incapaz de juntar as peças: Prion, em cuja galeria Voytek espera mostrar seu projeto de ZX 81, está no mesmo vôo que ela para Tóquio. Por quê? Se o mundo é tão pequeno assim, isso tudo está começando a cheirar mal.

Dá a descarga e vê o fluido muito azul descer rodopiando por pressão.

Voltando ao seu assento, ela vê a cantora das argolas nos seios acordada, sentada reta, sem a venda nos olhos, estudando uma revista de moda reluzente sob um feixe bem concentrado de fibra óptica. Prion ainda está roncando.

De volta ao seu próprio barquinho, ela aceita uma toalhinha de rosto branca morna que a aeromoça lhe oferece na ponta de pinças.

Por que eles estão ali, naquele vôo, Prion e a garota Velcro Kitty?

Ela se lembra da opinião de seu pai sobre paranóia.

Win, o especialista em segurança na Guerra Fria, sempre alerta, tratava a paranóia como se fosse alguma coisa a ser domesticada e treinada. Assim como alguém que havia aprendido a melhor maneira de lidar com uma doença crônica, ele jamais se permitira pensar em sua paranóia como um aspecto de si mesmo. Ela estava ali, íntima e constante, e ele confiava nela profissionalmente, mas não permitia que ela se espalhasse e se tornasse uma selva. Ele a cultivava em seu pedacinho de terra particular, e ia lá verificar diariamente em busca de notícias que ela pudesse lhe dar: suspeitas, lateralismos, anomalias explícitas.

A presença de Prion naquele avião seria uma anomalia explícita?

Apenas, deduz ela, se ela pensar em si mesma como o centro, o ponto focal de alguma coisa que ela não compreende nem consegue compreender. Esta sempre foi a primeira linha de defesa de Win, dentro de si mesmo: reconhecer que ele era apenas parte de uma coisa maior. A paranóia, dizia ele, era algo fundamentalmente egocêntrico, e toda teoria da conspiração servia de alguma maneira para engrandecer aquele que acreditava nela.

Mas ele também gostava de dizer, em outras ocasiões, que até mesmo os esquizofrênicos paranóicos têm inimigos.

O perigo, ela supõe, é uma espécie de apofenia.

A toalha úmida esfriou em sua mão.

Ela a coloca sobre o braço da poltrona e fecha os olhos.

14.

O ROSTO GAIJIN DA BIKKLE

Crepúsculo elétrico agora, e um sabor diferente de hidrocarbonos para saudá-la quando ela sai da Estação de Shinjuku, puxando atrás de si a mala preta com rodinhas.

Ela havia apanhado o Expresso JR em Narita, sabendo que aquilo evitaria o horror de pegar um engarrafamento na hora do rush na rodovia e uma das viagens de ônibus mais chatas do mundo. O carro de Pamela Mainwaring teria sido igualmente lento, e teria significado contato com pessoal da Blue Ant, uma coisa que ela espera manter ao mínimo essencial.

Depois de perder Billy Prion e sua namorada de vista pouco após o desembarque, ela torce para que eles agora estejam presos no tráfego que ela conseguiu evitar, seja qual for o propósito da ida deles até ali.

Olhando agora para cima, vendo a animação maníaca da floresta de sinais, ela vê o logotipo da Coca-Cola pulsando em uma tela imensa, bem no alto de um prédio, seguido pelo slogan "NO REASON!" Isso desaparece, seguido por um clipe de notícias, homens de pele escura e roupas brilhantes. Ela pisca, imaginando as torres queimando ali, emolduradas no meio de flashes de imagens e redemoinhos.

O ar está quente e ligeiramente úmido.

Ela faz sinal para um táxi, cuja porta traseira se abre para ela com um estalo daquele misterioso jeito japonês. Ela levanta a mala e a coloca no banco de trás, entrando em seguida, acomodando-se no assento de estofamento de algodão branco impecável e quase se esquecendo de não fechar a porta.

O motorista de luvas brancas a fecha com a alavanca sob seu banco, depois se vira para ela.

– Park Hyatt Tokyo.

Ele faz que sim com a cabeça.

Eles saem para o tráfego denso, lento e incrivelmente silencioso.

Ela retira seu novo fone e o liga. A tela se acende em kanji. Quase imediatamente, ele toca.

– Sim?

– Cayce Pollard, por favor.

– É ela.

– Bem-vinda a Tóquio, Cayce. Jennifer Brossard, Blue Ant. – Americana. – Onde você está?

– Shinjuku, a caminho do hotel.

– Precisa de alguma coisa?

– De sono, eu acho. – É mais complicado que isso, claro, porque aqui o atraso da alma assume um ângulo novo. Ela não consegue se lembrar de como havia lidado com o jet lag da última vez em que esteve ali, mas isso foi há dez anos. Dançar e muita bebida, possivelmente. Ela era muito mais jovem, e aquilo havia sido no apogeu da Bolha.

– Você tem o nosso número.

– Obrigada.

– Boa noite.

– Boa noite.

Subitamente, sozinha mais uma vez, na calma crepuscular de um táxi de Tóquio.

Ela olha pela janela, admitindo relutante mais daquela cultura de marketing alienígena mas semifamiliar, as incontáveis deixas e pistas provando ser demais para ela agora. Ela fecha os olhos.

Mais luvas brancas no Park Hyatt, sua mala levantada e colocada no alto de um carrinho de bagagem, e depois envolvida por uma espécie de rede de pesca grande e sedosa, as pontas com pesos, um gesto ritual que a intriga: algo que teria sobrevivido de uma era de mais grandeza nos hotéis europeus?

Luvas brancas no vasto elevador Hitachi, apertando o botão do saguão. Uma subida assustadoramente suave, a velocidade tamanha que tira sangue da sua cabeça, passando por andares sem marcação e sem conta, e então a porta se abre silenciosamente para uma floresta grande de bambus vivos, crescendo em uma piscina retangular do tamanho de uma quadra de squash.

Passando pelo registro, apresentando o cartão da Blue Ant, assinando e depois subindo, desta vez muito mais andares, talvez cinqüenta no total.

Até chegar àquele quarto, muito grande, com sua mobília preta enorme, onde o carregador lhe mostra brevemente as diversas comodidades, depois faz uma mesura e desaparece, sem esperar gorjeta.

Ela pestaneja. Um cenário de James Bond, mas Brosnan, e não Connery.

Ela usa o controle remoto conforme demonstrado, as cortinas deslizando silenciosas para o lado e revelando uma linha horizontal de aspecto incrivelmente virtual, uma selva flutuante de bloquinhos Lego elétricos, aglomerados com formatos estranhos que de algum modo você não veria em nenhum outro lugar, como se precisasse de add-ons especiais de Tóquio para fazer aquilo em casa. Logotipos de corporações que ela nem sequer reconhece: um luxo estranho, e por si só quase vale a viagem. Agora ela se lembra desse detalhe de visitas anteriores, e também da maneira como certas marcas são misteriosamente recontextualizadas ali: oceanos inteiros de Burberry não fazem nenhum efeito sobre ela, nem Mont Blanc nem Gucci. Talvez desta vez nem mesmo Prada funcione.

Ela fecha as cortinas com o polegar e começa a desfazer as malas e pendurar e guardar as CPUs. Quando acaba, não há sinal de que o quarto esteja ocupado por alguém, a não ser por seu envelope preto da Alemanha Oriental e a maleta preta do iBook, ambos repousando agora na vastidão de linho cru da cama imensa.

Ela examina as instruções da conexão de Internet do quarto, retira o iBook e acessa o Hotmail.

Parkaboy, com dois anexos.

Ela havia lhe enviado um e-mail da casa da Damien contando que estava a caminho dali, mas não sob qual patrocínio. Parkaboy é um dos poucos membros do F:F:F que ela tem certeza de que saberia exatamente quem é Bigend e do que trata a Blue Ant.

Ela pediu o melhor conselho que ele e Musashi pudessem lhe dar sobre como entrar em contato com Taki e obter o número misterioso. É quase certo que esse e-mail seja sobre isso.

O Assunto é KEIKO. Ela abre a mensagem.

Como é que você está se saindo em Tóquio? Mas deixa pra lá, porque o Sash e eu temos virado as noites trabalhando para você nesse meio tempo. Bom, em grande parte quem está fazendo isso é o Sash, porque ele é quem teve que encontrar uma Keiko para nós. Só que ela não se chama Keiko, mas Judy...

Cayce abre o primeiro anexo.

– Parkaboy, você é muito louco.

Um trabalho multicamada, mensagem dentro de mensagem, e todas elas tendo Taki como alvo, ou Taki como Parkaboy e Musashi o imaginam.

Keiko/Judy é ao mesmo tempo pubescente e agressivamente feminina, as pernas bem torneadas mas magras saindo de uma sainha xadrez de estudante, para desaparecerem, no meio das panturrilhas, em meias três-quartos de algodão dobradas de um tecido anormalmente grosso. O módulo-cool de Cayce, onde quer que esteja localizado, já provou ser incrivelmente bom em registrar os parâmetros salientes de fetiches sexuais que ela nunca encontrou antes, e aos quais nem sequer responde. Ela só sabe agora que essas Meias Grandes são um desses parâmetros, e provavelmente são especificidades culturais. Ela tem certeza de que deve existir uma revista para rapazes japoneses só sobre meias grandes. As meias grandes entram em tênis All-Star fake retrô, mas com saltos plataforma para equilibrar a massa enorme de meias engruvinhadas ao redor dos tornozelos, dando a Keiko/Judy um aspecto meio anão que lembra um pônei Clydesdale.

Keiko/Judy tem trancinhas no cabelo, olhos pretos enormes, um agasalho de jogging de tamanho grande que torna o tamanho de seus seios um mistério, e alguma coisa tão determinadamente carnal na expressão de seu rosto que Cayce acha isso irritante. Bigend reconheceria o gatilho imagético no mesmo instante, uma inocência típica das crianças e uma sedução agressiva se alternando em alguma freqüência além da percepção.

Ela volta ao e-mail de Parkaboy.

Judy Tsuzuki, um metro e setenta e tão japonesa quanto você, tirando o DNA. Texas. Vinte e sete anos. Garçonete num lugar descendo a rua de Musashi. O que fizemos para aumentar a voltagem para Taki, com o objetivo de maximizar a perturbação libidinal, foi tirar uma foto desta Judy grande e alta e depois reduzi-la em um terço no Photoshop. Cortamos e colamos ela no quarto do dormitório da irmã caçula de Musashi na Universidade da Califórnia. Darryl fez a roupa, e depois decidimos tentar aumentar os olhos dela por alguns cliques. Isso fez toda a diferença. As dobras epi-

cânticas de Judy já desapareceram há muito tempo, bem como o busto modesto que a natureza quis lhe dar (na verdade, nós a enrolamos com bandagens Ace para a foto, mas não apertamos demais) e os olhos redondos resultantes são pura Magia Anime. Esta é a garota que Taki andou procurando a vida toda, muito embora a natureza nunca tenha feito uma assim, e ele saberá assim que puser os olhos nessa imagem. O outro anexo...

Ela o abre. Alguma coisa em kanji escrito com caneta de ponta de feltro, com vários pontos de exclamação.

Esta é a dedicatória de Keiko. Você vai precisar pegar um japonês, de preferência uma garota, e pedir que escreva isso na foto impressa. Vou lhe poupar da tradução. Quanto a colocar você em contato com Taki, trabalhei nisso enquanto Musashi fazia a fotografia glamurosa. Está dando certo, mas eu não queria ir muito depressa porque o nosso garoto parece um pouco errático. Keiko acabou de enviar a ele a notícia de que uma amiga dela estará chegando em Tóquio e tem uma surpresa para ele. Falo com você quando a resposta dele chegar. Você está aí a trabalho? Ouvi dizer que eles comem peixe cru de verdade.

Ela se levanta, anda para trás até as coxas esbarrarem na beira da cama, abre os braços e cai para trás como uma criança que faz um anjo na neve, olhando para o teto branco.

Por que ela foi até ali? Será que agora existe algum nó novo e permanentemente impossível de desfazer no cabo que está puxando a alma dela de volta?

Ela fecha os olhos, mas isso não tem nada a ver com sono. Só a faz ficar consciente de que, neste momento, seus olhos parecem ter um tamanho a mais do que as cavidades das órbitas.

OS PORTEIROS são cuidadosamente neutros quando ela deixa o Hyatt vestindo sua calça 501 e a Buzz Rickson, recusando a oferta que fazem de um carro.

Alguns quarteirões depois, ela compra uma boina de crochê preta e um par de óculos de sol chineses de um vendedor de rua israelense, balançando a cabeça para recusar a sugestão de um Rolex Daytona para completar o visual. Com a boina bem enfiada na cabeça, os cabelos metidos dentro dela, o zíper da Rickson totalmente puxado para cima e andando ligeiramente encurvada, ela se sente numa relativa neutralidade de gênero.

Não que ali ela não se sinta tão segura quanto se lembra de ter se sentido da última vez, mas leva um tempo para se acostumar com isso. Na verdade, ela ouviu dizer que o número de crimes violentos aumentou, mas ela vai se portar como se não tivesse aumentado. Porque ela não pode ficar lá em cima em sua caixa branca suspensa sobre a cidade. Não agora. Ela sente como se algo além de sua alma tivesse sido deixado para trás, daquela vez, e ela precisa andar para tirar essa impressão.

Win. Ela havia começado a projetar Win naquelas paredes brancas, e isso não é bom. A imagem ainda não foi chorada.

Não. Pisando firme no chão enquanto caminha. Ande feito homem. Eu desafiei a lei. Mãos nos bolsos, a direita segurando os óculos de sol.

E a lei venceu.

Ela passa por uma daquelas assustadoramente eficientes equipes de manutenção de estradas da madrugada, que montaram cones de tráfego auto-iluminados mais bonitos do que qualquer abajur que ela jamais teve, e estão fatiando o asfalto com um disco de aço resfriado com água. Tóquio não dorme, apenas faz pausas para permitir reparos essenciais em sua infra-estrutura. Ela jamais viu nenhum pedaço de solo emergir de nenhuma incisão que eles pudessem fazer na rua ali; é como se não houvesse nada abaixo do pavimento a não ser um substrato limpo e uniformemente denso de tubos e fiações.

Ela continua caminhando, mais ou menos aleatoriamente, reagindo a algum senso semi-esquecido de direção, até perceber que está chegando perto de Kabukicho, a zona 24 horas que eles chamam de Castelo Insone, as ruas brilhantes como o dia, onde muito poucas superfícies deixam de ter pelo menos uma fonte ativa de iluminação.

Ela já esteve ali antes, embora nunca sozinha, e sabe que ali é a terra dos salões de jogos de mahjong, pequenos bares com clientelas altamente especializadas, sex shops, vídeos pornôs e provavelmente muitas outras coisas, mas tudo isso gerenciado com uma sobriedade de intenção ao estilo Vegas que a faz se perguntar se algum desses lugares poderia ser realmente divertido, mesmo para o entusiasta comprometido.

Nada de mais sério provavelmente irá acontecer a ela ali, ela confia, do que ser abordada pelo proverbial salaryman bêbado, nenhum dos quais até hoje provou ser insistente, ou sequer seriamente capaz de se locomover.

O nível de ruído, à medida que ela prossegue em sua caminhada, vai se tornando fenomenal, industrial: música, canções, tons médios sexuais do volume de um Godzilla.

Faça de conta que é o mar.

Os prédios individuais são incrivelmente estreitos, suas fachadas incansáveis ao nível da rua parecem formar uma única superfície ininterrupta de excesso de carnaval de néon, mas no alto existem pequenos sinais bem organizados, identicamente retangulares, arrumados nas fachadas de cada um, nomeando os serviços ou produtos a serem consumidos em cada pequeno andar superior.

FABULOSO BUMBUM CABEÇA LINDA

Este a faz parar, no meio da subida da rua, em letras vermelhas em itálico sobre fundo amarelo. Ela está encarando direto quando alguém dá um encontrão nela, diz alguma coisa grosseira em japonês e sai cambaleando. Subitamente ela percebe que está em pé no meio da rua, em frente a um palácio pornô com o som no máximo, um par de aliciadores de fregueses ou seguranças com ar cansado em cada lado da entrada aberta. Ela vê um relance nada bem-vindo de uma trepada definitivamente estrangeira, clínica e violenta ao mesmo tempo, em uma tela grande de alta definição, e se afasta dali rapidamente.

Ela fica virando esquinas até estar escuro o bastante para tirar os óculos. O rugido do mar diminuiu um tanto.

Aqui vem a onda. Seus joelhos cedem.

Eles têm um problema sério de jet lag aqui. Faz o tipo de Londres parecer a manhã depois de uma noite sem muito sono.

– Cabeça linda – ela diz para a rua estreita e perfeitamente deserta – melhor levar seu fabuloso bumbum para casa.

Mas para que lado exatamente fica isso?

Ela olha para trás, para a direção da qual veio, descendo aquela rua estreita, sem distinção entre calçada e rua.

E ouve o murmúrio de um motorzinho que se aproxima.

Um motoqueiro numa scooter aparece no cruzamento com a rua anterior, uma figura de capacete iluminada por um brilho residual que vem de trás, e pára. O capacete se vira, parecendo encará-la. O visor é escuro e espelhado.

Então o motoqueiro aciona o motorzinho, dá meia-volta e vai embora, com a objetividade de uma alucinação.

Ela fica ali em pé, olhando a interseção vazia, iluminada, parece agora, como um palco.

Várias esquinas depois, ela volta a encontrar o caminho, passando o mais distante possível de um anúncio da Gap.

■ ■ ■

A TELEVISÃO resolve o mistério de Billy Prion.

Tentando abrir as cortinas para dar mais uma olhada no Lego elétrico, depois de tomar um banho e se enrolar num roupão branco atoalhado, o controle remoto universal ativa em vez disso a imensa TV do aposento. E lá está ele, com o uniforme completo neopunk da BSE, metade da boca morta e a outra retorcida com um prazer demente, oferecendo uma garrafinha de Bikkle, um refrigerante da Suntory à base de iogurte de que a própria Cayce gosta. É um favorito dela na terra de Pocari Sweat e Calpis Water.

O sabor é de cubos de gelo derretendo, ela lembra, e sente instantaneamente a vontade de tomar uma garrafa.

Então, Billy Prion, ela pensa quando o anúncio termina, é atualmente o rosto gaijin da Bikkle, e sua completa falta de exposição recente no Ocidente não provoca absolutamente o menor problema aqui.

Quando ela descobre como desligar a televisão, deixa as cortinas fechadas e apaga as luzes do quarto, uma depois da outra, manualmente.

Ainda usando o roupão, ela se enrosca entre os lençóis da grande cama branca e reza para que a onda chegue, e a leve pelo máximo de tempo que puder.

Ela vem, mas em algum lugar dentro dela está seu pai. E a figura no scooter. O visor cromado vazio.

15.

SINGULARIDADE

Win Pollard desapareceu em Nova York na manhã de 11 de setembro de 2001. O porteiro do Mayflower chamou um táxi bem cedo para ele, mas não conseguia se lembrar de um destino específico. Uma gorjeta de um dólar do homem que usava um sobretudo cinza.

Ela consegue pensar nisso agora porque a luz do sol japonesa, com as cortinas robóticas inteiramente abertas, parece vir de uma direção completamente diferente.

Enrolada numa caverna corporal quentinha de algodão e tecido atoãlhado de roupão, o controle remoto na mão, ela desesquece a ausência do pai.

Nem ela nem sua mãe sabiam na época que Win estava na cidade, e o motivo ou os motivos para a presença dele ali continuavam um mistério. Ele morava no Tennessee, em uma fazenda desativada e comprada uma década antes. Ele estava trabalhando com segurança de barricadas para controle de multidões para concertos em estádios. Na época de seu desaparecimento, estava no processo de obtenção de uma série de patentes relacionadas ao seu trabalho, e essas patentes, se tivessem sido concedidas, se tornariam agora parte de seu espólio. A empresa para a qual ele estava trabalhando ficava na Quinta Avenida, mas seus contatos ali não sabiam de sua presença na cidade.

Ninguém ficara sabendo que ele se hospedara no Mayflower, mas havia chegado ali na noite anterior, depois de fazer reservas via Web. Ele havia subido direto para o seu quarto, e até onde todo mundo sabia, lá havia ficado. Pedira um sanduíche de atum e uma cerveja Tuborg ao serviço de quarto. Não fizera nenhuma ligação telefônica.

Como não existia razão conhecida para sua presença em Nova York naquela manhã em particular, não havia motivo para supor que ele tivesse estado na vizinhança do World Trade Center. Mas Cynthia, a mãe de Cayce, orientada por vozes, tinha certeza desde o começo de que ele havia sido uma das vítimas. Posteriormente, quando foi revelado que a CIA tinha uma espécie de filial em um dos prédios menores adjacentes, ela se convencera de que Win havia ido até lá para visitar algum velho amigo ou colega de trabalho.

A própria Cayce estava no SoHo naquela manhã, na hora do impacto do primeiro avião, e havia testemunhado um microevento que parecia em retrospecto ter anunciado, ainda que de forma particular e secreta, que o mundo inteiro havia, naquele exato instante, levado um pato no meio da cara.

Ela havia visto uma única pétala cair, de uma rosa morta, na minúscula vitrine de um excêntrico comerciante de antiguidades da Spring Street.

Ela estava fazendo hora ali, antes de uma reunião às nove da manhã para o café, com quinze minutos de sobra e o tempo uma beleza. Olhando neutra e provavelmente até feliz para três cofrinhos de brinquedo de metal forjado e enferrujado, cada qual de uma altura diferente, mas todos representando o Empire State Building. Ela havia acabado de ouvir um avião, incrivelmente barulhento e, ela supusera então, voando baixo. Achou que havia vislumbrado algo de relance, sobre a West Broadway, mas quando olhou não havia nada lá. Deviam estar fazendo um filme.

As rosas mortas, arranjadas em um vaso Fiestaware off-white, pareciam estar ali há meses. Teriam sido brancas quando estavam frescas, mas agora pareciam pergaminhos. Aquela vitrine era muito misteriosa, com um fundo de compensado pintado de preto que não revelava nada do estabelecimento atrás dela. Ela jamais vira o que mais havia lá, mas os objetos da vitrine pareciam mudar de acordo com uma poesia própria peculiar, e ela tinha o hábito, normalmente, de parar para olhar, quando passava por ali.

A queda da pétala, e um som de batida em algum lugar, interpretado talvez como o choque entre dois caminhões, um daqueles acontecimentos inexplicados no pano de fundo sonoro da baixa Manhattan, deixaram-na como a única testemunha daquela queda momentânea.

Talvez tivesse ouvido uma sirene, ou várias, mas em Nova York há sempre alguma sirene tocando.

À medida que se encaminhava para a West Broadway, ela ia ouvindo mais sirenes.

Atravessando a West Broadway, vê uma multidão se formando. Pessoas estão parando, virando-se para olhar alguma coisa na direção sul. Apontando. Para a fumaça contra o céu azul.

Há um incêndio, lá no alto do World Trade Center.

Caminhando mais rápido agora, na direção da Canal, ela passa por pessoas que estão ajoelhadas ao lado de uma mulher que parece ter desmaiado.

As torres na linha de visão dela. Anomalia de fumaça. Sirenes.

Ainda concentrada em sua reunião com um designer estrelinha de um fabricante alemão de acessórios de moda, ela entra no SoHo Grand e sobe depressa as escadas feitas de um material que parece falsas estruturas de pontes. São nove horas em ponto. A luz do saguão possui uma estranha qualidade subaquática. Ela se sente dentro de um sonho.

Há um incêndio no World Trade Center.

Ela encontra um telefone da casa e pede para falar com o designer. Ele responde em alemão, a voz rouca e empolgada. Ele parece não se lembrar de que eles vão tomar café juntos.

– Por favor, suba – em inglês. E depois: – Teve um avião. – Então uma coisa urgente, estrangulada, dita em alemão. Ele desliga.

Alguma mudança de planos? Ele está no oitavo andar. Será que ele quer tomar café no quarto?

Quando as portas do elevador se fecham atrás dela, ela fecha os olhos e vê a pétala seca, caindo. A solidão dos objetos. Suas vidas secretas. Como quem vê algo se mover dentro de uma caixa de Cornell.

A porta do designer se abre quando ela levanta a mão para bater. Ele é pálido, jovem e não fez a barba. Usa óculos com armação preta grossa. Ela vê que ele está apenas de meias, a camisa recém-lavada abotoada nas casas erradas. A braguilha está aberta e ele olha para ela como se fosse algo que ele nunca havia visto antes. A televisão está ligada, CNN, o volume alto, e quando ela passa por ele, sem ter sido convidada a entrar mas sentindo a necessidade de fazer alguma coisa, ela vê, na tela abaixo do balde de gelo revestido de couro que não foi usado, o impacto do segundo avião.

E olha para cima, para a janela que emoldura as torres. E o que ela guardará na memória é que o combustível que explodiu queima com um tom de verde que ela jamais ouvirá ou verá alguém descrever.

Cayce e o designer alemão ficarão vendo as torres queimarem, e depois desabarem, e embora ela saiba que deve ter visto gente pulando e caindo, não se lembrará disso depois.

Será como ver um de seus próprios sonhos na televisão. Um enorme insulto pessoal a qualquer idéia comum de interioridade.

Uma experiência situada fora da cultura.

ELA encontra o botão certo no controle remoto e as cortinas se abrem sozinhas nos seus trilhos. Ela engatinha para fora de sua caverna branca, o roupão atoalhado pendurado ao redor dela todo amarrotado, e vai até a janela.

Céu azul. Um azul mais claro do que ela se lembrava em Tóquio. Agora eles usam combustível sem chumbo.

Ela olha para baixo e vê a floresta que circunda o Palácio Imperial e vê as poucas seções visíveis de telhados que a garota de viagens de Bigend prometera.

Deve haver caminhos através dessa floresta, caminhos de um charme tremendamente inimaginável, que ela jamais verá.

Ela tenta julgar seu grau de atraso da alma, mas não sente nada.

Ela está sozinha ali, apenas com o zumbido de fundo do ar-condicionado.

Ela pega o telefone e pede o café.

16.

NO MODO CELULAR

Nas semanas posteriores, ela ainda sentira um cheiro de limpa-fornos quente pegando no fundo da garganta. Será que algum dia esse cheiro havia desaparecido inteiramente?

Ela se concentra em seu desjejum, ovos pochê perfeitos e uma torrada fatiada de um pão de dimensões ligeiramente alienígenas. As duas tiras de bacon estão crocantes e muito retas, como se tivessem sido passadas a ferro. Hotéis japoneses de alta classe interpretam os desjejuns ocidentais do jeito que os fabricantes da Rickson interpretam a MA-1.

Ela faz uma pausa, o garfo a meio caminho do prato, olhando na direção do closet onde havia pendurado a jaqueta na noite anterior.

A Blue Ant Tokyo recebera a incumbência de ajudá-la de todos os modos possíveis.

Quando ela acabou de comer, limpando o prato com o último canto da última fatia de torrada, serviu-se de uma segunda xícara de café e olhou para o número local da Blue Ant em seu laptop. Ela o tecla em seu celular e ouve alguém dizer "moshi moshi", o que a faz sorrir. Ela pede Jennifer Brossard, e diz a ela, sem nenhum prefácio além de "alô", que precisa de uma reprodução da jaqueta preta de aviador MA-1 da Buzz Rickson, no equivalente japonês do tamanho 38 masculino americano.

– Mais alguma coisa?

– Elas são impossíveis de encontrar. As pessoas costumam encomendá-las com um ano de antecedência.

– É tudo de que você precisa?

– Sim, obrigada.

– Devemos enviá-la para o hotel?

– Sim. Obrigada.

– Então tchau – Jennifer Brossard desliga.

Cayce aperta a tecla End e fica olhando por um tempo o céu azul e as torres de formatos estranhos.

As solicitações dela não precisam fazer o menor sentido, ela conclui, o que é interessante.

Quando o limpa-fornos psicossomático ameaça voltar, está na hora de fazer mais coisas, de preferência coisas com objetivos, para se deslembrar. Ela toma um banho, se veste e envia um e-mail para Parkaboy.

Moshi moshi. Espero que você tenha conseguido tirar Judy daquelas bandagens elásticas. Ela dá uma excelente Keiko. Vou imprimir a foto e providenciar a inscrição, e depois disso fica por sua conta. Recebi um laptop que vira celular, mas ainda não sei como usar essa função. Mas estou levando a máquina comigo hoje e vou aprender. Vou ficar checando meu e-mail, e este aqui é o número do meu celular aqui, se você precisar falar comigo.

Ela verifica o número de seu telefone e o digita.

Só me resta agora esperar que você me ponha em contato com Taki.

Ela já falou duas vezes com Parkaboy antes, e das duas vezes foi esquisito, como costumam ser as primeiras conversas telefônicas com pessoas que você passou a conhecer bem na Rede, mas nunca encontrou pessoalmente.

Ela pensa se abre ou não a última mensagem de sua mãe, mas decide que isso poderia ser demais, depois daquele devaneio. Freqüentemente é demais mesmo.

Lá embaixo, no business center, uma garota exótica vestida com alguma coisa que parece a versão Miyake de um uniforme feminino para escritório imprime a imagem de Keiko em jato de tinta usando uma folha de papel superglossy de alta gramatura medindo 8,5 x 11 polegadas.

A imagem deixa Cayce envergonhada, mas a bela moça-de-escritório não exibe qualquer reação. Sentindo-se incentivada por isso, Cayce manda que ela imprima também o kanji de Darryl, pede uma caneta marca-texto preta e que a garota copie para ela os caracteres numa inscrição na fotografia.

– Precisamos disso para uma sessão de fotos – ela mente à guisa de explicação. Desnecessariamente, porque a garota examina o que quer que esteja escrito ali, avalia com calma o espaço disponível na foto e executa uma versão muito cheia de vida, completa com pontos de exclamação. Então ela pára, o marca-texto ainda sobre a foto.

– Sim? – pergunta Cayce.

– Perdão, mas seria bom com Cara Feliz?

– Por favor.

A garota adiciona rapidamente um *smiley*, tampa a caneta marca-texto, entrega a fotografia para Cayce com ambas as mãos e se curva.

– Muitíssimo obrigada.

– Por nada. – E torna a se curvar.

Passando de volta pela floresta de bambus no saguão da altura do céu, ela vê de relance seus cabelos em uma parede espelhada.

Aperta a tecla de discagem rápida para falar com Jennifer Brossard.

– É Cayce. Preciso cortar meu cabelo.

– Quando?

– Agora.

– Tem uma caneta?

Vinte minutos depois, em Shibuya, ela está fazendo uma massagem com pedras quentes que não pediu, em um aposento com iluminação crepuscular no décimo quinto andar de um edifício cilíndrico que lembra vagamente parte de uma jukebox Wurlitzer. Nenhuma dessas mulheres fala inglês, mas ela decidiu seguir o programa, seja ele qual for, e torcer para que seu cabelo seja cortado em algum ponto do processo.

O que acaba acontecendo, com luxo e esplendor alienígenas e uma duração aproximada de quatro horas, embora isso também tenha envolvido bandagens com algas, um trabalho facial completo, com direito a múltiplos pelinhos cortados e arrancados, manicure, pedicure, depilação das pernas até a altura do joelho e por pouco uma depilação na virilha.

Quando ela tenta pagar com o cartão da Blue Ant, elas dão risadinhas e dispensam o cartão com gestos. Ela tenta novamente, e uma delas aponta para o logotipo da Blue Ant. Ou a Blue Ant tem conta ali, ela deduz, ou então eles cuidam das modelos da Blue Ant e aquele foi um serviço de cortesia.

Voltando para a luz do sol de Shibuya, ela se sente ao mesmo tempo mais leve e menos inteligente, como se tivesse deixado muitos neurônios lá atrás com o resto do cabelo. Ela está usando mais maquiagem do que normalmente aplicaria em um mês, mas foi aplicada por profissionais com uma calma zen, o que a transformou numa espécie de equivalente japonês de Enya.

O primeiro espelho em que ela se vê a faz parar. Seu cabelo, ela tem que admitir, está realmente demais, algum estado paradoxal entre arrumadinho e desgrenhado. Cabelo de anime, renderizado em alta resolução.

Mas o resto da imagem não está funcionando. As CPUs-padrão não se sustentam a este nível sushi-chef de apresentação cosmética.

Ela abre e fecha a boca com medo de passar a língua nos lábios. Está com o kit de reparos deles na bolsa junto com o laptop, que provavelmente vale quase tanto quanto aquele outro tipo de produto Mac, mas ela sabe que nunca mais terá uma chance dessas.

Mas ali, logo descendo o quarteirão, está outra filial da Parco, e qualquer uma delas abriga um número suficiente de microbutiques para fazer a Fred Segal na Melrose parecer um outlet em Montana.

Menos de uma hora depois, ela emerge da Parco vestindo a Rickson com fita isolante, uma saia de tricô preta, um suéter de algodão preto, leggings pretos Fogal que ela suspeita que custem metade de um mês de aluguel de seu apartamento em Nova York, e um par de botas de camurça francesas pretas obscuramente retrô que definitivamente custam isso. Ela enfiou as CPUs que estava vestindo antes numa sacola Parco enorme, e o laptop em uma peça ergonômica de bagagem cor grafite e de tiracolo, com uma única faixa que passa diagonalmente entre seus seios, dando, portanto, uma ajudinha ao suéter.

A conversão para o status de CPU foi realizada com a ajuda de um abridor de casas de botão da seção de miudezas de uma filial da Muji, localizada no oitavo piso, deixando todas as etiquetas para trás. Todas menos a minúscula etiqueta da bolsa de tiracolo, que simplesmente diz LUGGAGE LABEL, etiqueta de bagagem. Pode até ser que ela consiga viver com isso. Vai ter de ver se consegue.

Tudo isso no cartão de Bigend. Ela não sabe muito bem como está se sentindo com relação a isso, mas supõe que vai descobrir.

Existe uma cafeteria bem do outro lado da rua, um clone da Starbucks de dois andares em que todo mundo parece estar fumando um cigarro atrás do outro sem parar. Ela compra um copo de chá gelado, olha espantada para pequenos recipientes de açúcar líquido e suco de limão (por que nós não pensamos nisso?) e se dirige para o segundo andar, onde há menos gente fumando.

Ela se acomoda em um balcão de aspecto escandinavo, de madeira clara, que percorre a largura de uma janela que dá para a rua e a entrada da Parco, e tira da bolsa o laptop, o telefone e os manuais. Ela não é uma dessas pessoas que nunca lêem manuais, embora prefira não ler se puder. Dez minutos de atenção concentrada e está com o F:F:F na tela, o sistema wireless totalmente funcional, de modo que adoça seu chá com limão e vai checar o que está rolando. Ela conhece esse estágio, depois que um novo segmento aparece. Todos já tiveram a chance de vê-lo repetidas vezes, e fazer brainstorms, e agora as interpretações mais pessoais e mais profundas estão emergindo.

Ela olha para a rua abaixo, onde veículos de tamanhos estranhos rompem o fluxo de carros impecáveis, mas tirando isso, com um aspecto não estrangeiro (pois há tantos carros japoneses em toda parte) e vê uma scooter prateada passar, seu piloto usando um capacete prateado combinando com o visor espelhado e o que ela reconhece como uma parka de pescador do Exército dos Estados Unidos M-1951, um medalhão azul e branco da RAF costurado nas costas, como um alvo. O que a faz ter um flashback para aquela manhã no Soho, a vitrine da loja mod, antes de sua reunião na Blue Ant.

De algum modo é a natureza dela, ela pensa, captar aquele detalhe único, aquele meme errante: um símbolo militar britânico reposicionado por guerreiros do estilo do pós-guerra e recontextualizado novamente, ali, via eco de cruzamento cultural. Mas o piloto entendeu direitinho: a parka de pescador 51 é a correta.

Ela verifica seu e-mail. Parkaboy.

Ouço e obedeço, Ó Senhora Muji.

Ela leva um susto, porque foi da Muji que acabou de sair, mas aí se lembra de que Parkaboy sabe que ela gosta da Muji porque nada ali tem logotipo. Ela contou a ele sobre o problema com logotipos.

Onde você está exatamente? Até onde consegui entender, o trabalho de Taki fica em Shinjuku. Ele está propondo encontrar você em Roppongi, no começo da noite. Eu já disse a ele que você vai transmitir saudações de Keiko, e lhe dar uma coisa que ela enviou especialmente para ele. Você é uma professora, embora não seja professora dela, uma amiga recente, e tem dado uma ajuda a ela com seu inglês. E, claro, é uma fã do filme, o que ele sabe, pois Keiko também é fã do filme. Keiko deu a entender que, se você conseguir o filme, isso poderia, de alguma maneira não especificada, ajudá-la academicamente. Ele sabe que você não fala japonês, mas afirma saber inglês suficiente para um encontro desse tipo. Putz. Eu digo putz porque temos trabalhado muito, Darryl e eu, sendo Keiko. Acho que conseguimos convencê-lo de que ele realmente deveria dar a você aquele número, se ele quer incentivar mais interações com ela. Estou supondo que você vai topar isso, mesmo estando aí a trabalho, mas fique com seu celular ligado. Vou te ligar assim que tivermos hora e lugar, e te envio por e-mail um mapa que Taki diz que ele vai enviar por e-mail para Keiko.

Ela desliga o laptop, fecha-o, desconecta o telefone e torna a guardar tudo. A fumaça está começando a irritá-la. Ela olha ao redor. Todos os homens ali, obviamente, estavam olhando fixo para ela, mas imediatamente desviam os olhares.

Ela toma um último gole de chá gelado doce e desce da banqueta, fechando as tiras de velcro da Luggage Label sobre seu ombro, apanhando a sacola da Parco e descendo as escadas que dão para a rua.

O ATRASO da alma prega peças com o tempo subjetivo, expandindo-o ou aumentando-o de forma aparentemente randômica. Aquela boa sessão de cabeça linda em Shibuya, tudo aquilo de fazer seu bumbum fabuloso e as compras na Parco logo em seguida haviam realmente levado as cinco horas inteiras que tinham aparentado, mas o resto, flutuando de um marcador geográfico pessoal para o seguinte, por táxi e a pé, parecem agora, na seção Hello Kitty da loja Kiddyland, ter colapsado e se tornado único e indistinto momento de Coisas Japonesas.

E por que, ela se pergunta, olhando sem expressão para mais produtos Hello Kitty do que parece possível existir, que franquias japonesas como Hello Kitty não deflagram avalanches interiores, ataques de pânico, a necessidade de invocar o pato na cara?

Ela não sabe. Simplesmente não sabe. O mesmo vale para Kogepan, o homúnculo com cara de sem-noção, cujo nome, ela se lembra vagamente, significa "torrada queimada". Os itens de Kogepan estão enfileirados atrás da Hello Kitty, uma franquia que nunca decolou globalmente como a Hello Kitty. De Kogepan você pode comprar bolsas, imãs de geladeira, canetas, isqueiros, escovas para cabelo, grampeadores, caixas de lápis, mochilas, relógios, fantasias. Depois do Kogepan fica a franquia daquela deprimente panda desossada e seus filhotes. E nenhuma dessas coisas, o mais puro marketing sem conteúdo, mexe minimamente com Cayce.

Mas alguma coisa está fazendo um som estranho e irritante, acima mesmo do rugido eletrônico de baixa intensidade da Kiddyland, e ela acaba percebendo que é seu telefone.

– Alô?

– Cayce? Parkaboy. – Ele parece um pouco diferente do que "soa" na tela, seja lá o que isso for. Mais velho? Diferente.

– Como é que você está?

– Ainda acordado – ele diz.

– Que horas são aí?

– Que dia, você quer dizer – ele a corrige. – Prefiro não lhe dizer. Pode ser que eu comece a chorar. Mas deixa pra lá. Você conseguiu. Ele quer encontrar você em um bar em Roppongi. Acho que é um bar. Ele diz que não há nome em inglês, apenas lanternas vermelhas.

– Um nomiya.

– Este cara está me dando a sensação de que eu vivo lá, e eu já estou cansado. Darryl e eu estamos parecendo aqueles jóqueis do Mars Rover: sofrendo de jet lag virtual. Estamos na hora de Tóquio e tentando segurar empregos em duas diferentes zonas de tempo aqui. Então Taki enviou um mapa para Keiko, certo? E eu enviei o mapa para você, e ele diz seis e meia.

– Será que vou reconhecê-lo?

– Pelo que já vimos dele, ele não é nenhum Ryuichi Sakamoto. Mas veja bem, não é o que Keiko acha. Ela praticamente lhe disse que vai dar tudinho para ele assim que voltar à terrinha.

Ela faz uma careta. Esse aspecto do que ela tem de fazer ali a faz se sentir extremamente desconfortável.

– Mas ele vai me dar o número?

– Acho que sim. Se não der, nada de foto de Keiko.

– Você, quero dizer, ela disse isso a ele? – Ela gosta menos ainda dessa parte.

– Não, é claro que não. Esta é uma oferta de amor, alguma coisa para prendê-lo até que ela retorne a Tóquio. Mas você tem que conseguir esse número. Deixe isso claro.

– Como?

– Improvise.

– Obrigada.

– Você quer chegar ao fundo dessa questãozinha do filme, não quer?

– Você é implacável.

– Você também. É por isso que nos damos bem. Eu vou comer agora um saco inteiro de grãos de café recobertos com chocolate, e ficar sentado aqui trincando os dentes até receber notícias suas.

Desliga.

Ela fica olhando de volta para todos aqueles olhos: Hello Kitty, Kogepan e os pandas desossados.

17.

TOCANDO O TERROR

Subindo Roppongi Dori a partir do Hotel ANA, onde ela pediu que o táxi a deixasse, e entrando na sombra da via expressa que parece a coisa mais antiga da cidade. Um dia alguém lhe disse que Tarkovski havia filmado partes de *Solaris* ali, usando a via expressa como a Cidade do Futuro.

Agora ela foi blade-runnerizada por meio século de uso e poluição, beiradas de concreto que foram desgastadas até ficarem porosas como coral. O crepúsculo chega cedo aqui embaixo, e ela avista sinais de acampamento de sem-teto: cobertores de plástico enfiados numa tela fina e anormalmente atulhada composta por arbustos municipais que tentam sobreviver. Os veículos passam em disparada, um tamborilar constante de ar deslocado, partículas invisíveis se acomodando.

Ela se lembra de Roppongi como não sendo lá um lugar muito bonito, uma daquelas interzonas, uma espécie de cidade de fronteira, epicentro do comércio sexual de cruzamento cultural da época da Bolha. Ela havia ido até ali junto com multidões, para bares que na época estavam na moda, mas agora provavelmente não estão mais, mas sempre houve algo beirando a maldade, que ela não havia notado em nenhum outro lugar da cidade.

Ela faz uma pausa, ciente da alça plástica da sacola da Parco. Está roçando na palma de sua mão há horas. Parece errado, para um encontro. Não há nada ali dentro a não ser uma saia de terceira, um legging e uma camiseta Fruit of the Loom encolhida. Ela enfia a sacola no meio de dois arbustos bonsai esfarrapados à sombra da rodovia, deixando-a ali, e continua andando.

Fora da sombra e subindo a colina, entrando na noite de verdade e na região de Roppongi propriamente dita. Verificando o mapa que copiara da tela do laptop mais cedo num guardanapo. Parkaboy havia encaminhado o segmento de Taki de um mapa de Tóquio. O X marca o ponto. Uma das ruelas atrás da via principal. Ela se lembra dessas ruas como sendo reluzentes ou caindo aos pedaços, dependendo dos negócios que forem feitos ali.

Caindo aos pedaços, ao que parece, depois de uma caminhada de vinte minutos, orientando-se pelo guardanapo, e a certa altura avistando a distância o Henry Africa´s, aquele bar de expatriados do qual ela se lembra, embora não seja para onde está se dirigindo.

O lugar para onde está se dirigindo, ela vê agora, lançando um olhar de esguelha enquanto passa batida fazendo um reconhecimento da área, é um daqueles pequenos análogos de pub aparentemente sem nome com lanternas vermelhas, lugares onde turistas geralmente não bebem. Instalados em andares térreos de becos escondidos como aquele ali. Sua decoração reduzida ao mínimo essencial ou a falta dela a faz lembrar de um certo tipo de lounge de esquina funcionalmente alcoólatra na baixa Manhattan, agora quase em extinção com o deslocamento cada vez maior das ley lines, inicialmente em resposta a uma Disneyficação da década, e agora devido a um impacto maior.

Ela dá uma olhada, passa por uma noren encardida em uma porta aberta, banquetas de cromo vazias do tipo que giram em frente a balcões de bar, mas muito baixas, em frente a um bar igualmente baixo. O estofamento vermelho rachado e inchado. Todo coberto com fita isolante, igualzinho à sua jaqueta.

Ela dá um suspiro, se endireita, vira-se e se abaixa para passar por debaixo da noren, entrando em um odor antigo, coberto de camadas complexas, embora de algum modo não desagradável, de sardinha frita, cerveja e cigarros.

Ela não tem dificuldades para reconhecer Taki. Ele é o único cliente. Levantando-se e se curvando, um rosto vermelhíssimo de tanta vergonha, para cumprimentá-la.

– Você deve ser Taki. Eu sou Cayce Pollard. Amiga de Keiko, da Califórnia.

Ele pestaneja sério, os olhos atrás de lentes empoeiradas de caspa, e fica ali mexendo a cabeça, sem saber se deve voltar a se sentar. Ela puxa a cadeira oposta a ele, retira sua sacola e a Rickson e as pendura no encosto, sentando-se.

Taki se senta. À sua frente, uma garrafa aberta de cerveja. Ele pestaneja e não diz nada.

Ela havia voltado e lido mais uma vez a explicação inicial de Parkaboy sobre Taki, depois de ter esboçado o mapa no guardanapo:

Taki, como ele prefere que o chamemos, afirma orbitar um certo antro de otakus em Tóquio, um grupo que se intitula "Místicos", embora seus membros jamais se refiram a ele assim em público, na verdade não se referem a ele de qualquer maneira nunca. São esses Místicos malucos, segundo Taki, que craquearam a marca d'água do Nº 78. Este segmento, segundo Taki, está marcado com um número de alguma espécie, que ele afirma ter visto, e conhece.

Ela deduz que está sendo confrontada ali com um exemplo radical da cultura geek japonesa. Taki é provavelmente o tipo de sujeito que sabe tudo o que há para saber sobre algum veículo militar soviético específico, ou cujo apartamento está atulhado de modelos de plástico com as caixas intactas.

Ele parece estar respirando pela boca.

Quando o barman olha em sua direção, ela aponta para um cartaz anunciando Asahi Lite e faz que sim com a cabeça.

– Keiko me falou muito de você – ela diz, tentando entrar na personagem, mas isso só parece fazer com que ela fique mais desconfortável. – Mas não acho que ela tenha me dito o que você faz.

Taki não diz nada.

A fé de Parkaboy, de que Taki saiba inglês suficiente para lidar com a tradução, pode não ter fundamento.

E ali está ela, do outro lado do mundo, tentando trocar uma peça de pornografia customizada por um número que pode não significar nada.

Ele tem seus vinte e poucos anos, ela suspeita, e está ligeiramente acima do peso. Tem um cabelo curto de corte indefinido que consegue apontar para cima em vários ângulos muito estranhos. Usa óculos de armação preta de aspecto barato. Sua camisa de abotoar azul e o casaco esportivo xadrez sem cor têm o aspecto de que foram lavados, mas nunca passados.

Ele não é, como Parkaboy dera a entender, o sujeito mais bonitinho com o qual ela bebera recentemente. Esse, pensando bem, seria Bigend. Ela faz uma careta.

– Eu faço? – respondendo talvez à careta.

– Seu trabalho?

O barman coloca a cerveja dela sobre a mesa.

– Game – Taki consegue dizer. – Eu design game. Pra telefone celular.

Ela sorri, esperando que isso transmita incentivo, e toma um gole de sua Asahi Lite. Ela está se sentindo mais culpada a cada minuto que passa. Taki – ela não conseguiu o sobrenome dele e provavelmente jamais conseguirá – está com enormes semicírculos escuros de suor de ansiedade embaixo dos braços de sua camisa de abotoar. Seus lábios estão molhados e ele provavelmente tende a cuspir um pouco quando fala. Se estivesse sentindo um pouco mais de agonia por estar ali, ele provavelmente se enroscaria todo em posição fetal e morreria.

Ela gostaria de não ter feito todo aquele negócio do bumbum fabuloso, ou de ter comprado aquelas roupas. Não havia sido por ele, mas ela realmente não havia imaginado que teria de lidar com alguém que tivesse uma deficiência social tão evidente. Talvez se ela tivesse um aspecto mais comum, ele não ficasse tão aterrorizado. Ou talvez ficasse.

– Que interessante – ela mente. – Keiko me falou muito de você, de computadores e coisas assim.

Agora é a vez dele fazer uma careta, como se tivesse levado um soco, e toma o resto da sua cerveja.

– Coisas? Keiko? Falou?

– Sim. Você conhece "o filme"?

– Filme na Web. – Ele parece ainda mais desesperado agora. Os óculos pesados, lubrificados de transpiração, deslizam inexoravelmente pelo nariz. Ela resiste a uma vontade louca de esticar a mão e empurrá-los de volta ao lugar.

– Você... conhece Keiko? – ele pisca novamente, entendendo agora.

Ela tem vontade de aplaudir.

– Isso! Ela é maravilhosa! Ela me pediu para trazer uma coisa a você. – Subitamente ela começa a experimentar um completo deslocamento de alma Londres-Tóquio, menos uma onda e mais uma implosão de todo um universo. Ela se imagina subindo em cima do bar, passando pelo barman com seu rosto furado de acne e estranhamente convexo, e descendo do outro lado, onde ela poderia se curvar em posição fetal atrás de uma fileira de garrafas e atingir um estado de estase absoluta, talvez por semanas.

Taki mexe no bolso lateral de seu casaco esporte e retira um maço amassado de Casters. Oferece um a ela.

– Não, obrigada.

– Keiko manda? – Ele coloca um Caster entre os lábios e o deixa ali, sem acender.

– Uma fotografia. – Ela está feliz por não poder ver seu próprio sorriso; deve ser uma coisa pavorosa.

– Me dá foto de Keiko! – Ele tira o Caster da boca para dizer isso e depois o recoloca. O cigarro estremece.

– Taki, Keiko me disse que você descobriu uma coisa. Um número. Escondido no filme. É verdade?

Os olhos dele ficam mais apertados. Não uma careta, mas desconfiança, ou pelo menos é como ela interpreta isso. – Você é moça do filme?

– Sim.

– Keiko gosta do filme?

Agora ela tem que improvisar, pois não consegue se lembrar do que Parkaboy e Musashi andaram dizendo a ele.

– Keiko é muito gentil. Muito gentil comigo. Ela gosta de me ajudar com meu hobby.

– Você gosta de Keiko muito?

– Sim! – fazendo que sim com a cabeça e sorrindo.

– Você gosta de... Anne-of-Green-Gable?

Cayce começa a abrir a boca, mas não sai nada.

– Minha irmã gosta de Anne-of-Green-Gable, mas Keiko... não conhece Anne-of-Green-Gable. – O Caster ainda está morto, e os olhos atrás das lentes salpicadas de caspa parecem fazer algum cálculo. Será que Parkaboy e Musashi estragaram tudo de algum modo na tentativa de gerar uma persona de menina japonesa com credibilidade? Se Keiko fosse real, ela teria necessariamente de gostar de Anne of Green Gables? E qualquer coisa que Cayce pudesse ter sabido um dia sobre o culto a Anne of Green Gables no Japão acabou de desaparecer numa nuvem de fumaça sináptica.

Então Taki sorri, pela primeira vez, e tira o Caster da boca.

– Keiko garota moderna – ele faz que sim. – Body-con!

– Sim! Muito! Muito moderna. – Ela sabe que body-con significa body-conscious, consciente do corpo: o equivalente de *fã* em japonês.

O Caster, seu filtro marrom de cortiça falsa brilhando úmido, volta aos lábios dele. Ele escava os bolsos, retira de um deles um isqueiro Hello Kitty! e acende seu cigarro. Não é um descartável de plástico, mas um Zippo cromado, ou um clone. Cayce sente como se o isqueiro a tivesse seguido desde a Kiddyland até ali, um espião da mente coletiva de Hello Kitty!. Ela sente cheiro de benzeno. Ele coloca o isqueiro de lado. – Número... muito difícil.

– Keiko me contou que você é muito inteligente para descobrir o número.

Ele faz que sim. Parece, talvez, satisfeito. Fuma. Joga a cinza em um cinzeiro Asahi. Atrás do bar há uma televisão pequena de aspecto barato, bem na periferia da visão de Cayce. Ela é feita de plástico transparente e tem um formato de capacete de futebol americano. Em sua tela de seis polegadas ela vê um rosto humano gritando, tentando atravessar à força uma película muito fina de látex, depois um clipe rápido da Torre Sul desabando, e depois quatro melões verdes, perfeitamente redondos, rolando sobre uma superfície branca plana.

– Keiko me contou que você me daria o número. – Forçando o sorriso novamente. – Keiko diz que você é muito gentil.

O rosto de Taki escurece. Ela espera que isso represente um nível mais profundo de embaraço, ou algo a ver com aquela enzima específica de processamento de álcool que os japoneses não possuem, e não raiva. Ele subitamente tira um Palm do bolso interno do paletó e aponta a fenda infravermelha para ela.

Ele quer transmitir o número para ela.

– Não tenho um desses – ela diz.

Ele franze a testa e tira de um bolso uma caneta enorme, de aspecto retrô. Ela está preparada para isso, e lhe entrega o guardanapo no qual desenhou o mapa de Roppongi. Ele franze a testa, dá um scroll na tela do Palm e copia o número na beirada do guardanapo dobrado.

Ela o vê copiando três grupos de quatro algarismos cada, a ponta de feltro da caneta fazendo um borrão na superfície ondulada e rugosa do papel. De cabeça para baixo: 8304 6805 2235. Como um número de entrega da FedEx.

Ela pega o guardanapo e ele fecha a caneta.

Ela pega rapidamente a bolsa da Luggage Label, cujo zíper havia aberto discretamente no caso dessa eventualidade, e aparece com o envelope que contém a imagem de Judy. – Ela quer que você fique com isso – diz a ele.

Ela tem medo de que ele a rasgue, do jeito que tenta abrir o envelope. As mãos dele tremem. Mas então ele consegue tirar a foto de dentro, dá uma olhada e vê que os olhos dele estão molhados de lágrimas.

Ela não consegue lidar mais com essa situação.

– Com licença, Taki – e faz um gesto na direção do que ela espera que seja o toalete. – Eu já volto. – Deixa a Rickson e a sacola do laptop penduradas na cadeira e se levanta. Ela ainda está com o guardanapo na mão. Uma linguagem de sinais com o barman e ela desce um minúsculo corredor e entra no banheiro japonês mais insalubre que ela já viu nos últimos tempos, um daqueles de buraco de concreto na parede, dos velhos tempos. Fede a desinfetante e, supõe ela, urina, mas tem uma porta que pode isolá-la de Taki.

Ela respira fundo, se arrepende, e olha o número que está no guardanapo. A tinta está se espalhando pelo papel, e há uma chance de que logo ele fique ilegível. Mas então ela vê uma caneta de plástico azul, que alguém deixou em cima de um tipo de secador de mãos instalado na parede. Então, já que ela está ali, decide fazer xixi. Não será a primeira vez que usa um daqueles, mas ela gostaria muito que pudesse ser a última.

Ele desapareceu, quando ela volta para a mesa, dois pedaços amassados de papel-moeda ao lado da garrafa de cerveja vazia, o copo meio vazio dela, o cinzeiro e o envelope rasgado. Ela olha para o barman, que mal parece registrar sua presença.

Na televisão vermelha, super-heróis insetóides em motocicletas aerodinâmicas passam em disparada pela paisagem de uma cidade de desenho animado.

– Ele levou um pato na cara – ela diz para o barman, vestindo a Rickson e colocando a bolsa da Luggage Label atravessada no ombro.

O barman concorda com a cabeça, a cara mal-humorada.

Do lado de fora, nem sinal de Taki, embora ela não tivesse realmente esperado isso. Olha nas duas direções, perguntando-se onde poderia mais facilmente chamar um táxi de volta para o Hyatt.

– Você conhece este bar?

Ela levanta a cabeça e olha para um rosto liso, queimado de sol, evidentemente europeu, que, de algum modo, ela não gosta nem um pouco. Ela dá uma olhada rápida no resto. Um clone da Prada: calças de couro preto e jaqueta de náilon reluzente, sapatos com aqueles bicos que ela odeia.

Mãos a seguram por trás, com força, logo acima dos cotovelos, prendendo seus braços.

Alguma coisa deveria acontecer agora, ela pensa. Alguma coisa deveria acontecer...

Quando ela se mudou para Nova York, seu pai havia insistido para que ela fizesse aulas de defesa pessoal com um escocês baixinho, chato e ligeiramente corpulento chamado Bunny. Cayce havia argumentado que Nova York não era mais tão perigosa quanto Win se lembrava, o que era verdade, mas fora mais fácil visitar Bunny meia dúzia de vezes do que discutir com Win.

Bunny, seu pai lhe contara, foi um homem do Special Air Service britânico, mas quando ela perguntou sobre isso a Bunny, ele respondera que sempre fora muito gordo para o SAS, e que na verdade havia sido estudante de medicina. Bunny gostava de vestir cardigãs e camisas esfarrapadas, tinha quase a idade de seu pai, e lhe disse que iria ensinar-lhe como é que os "homens durões" lutavam em pubs. Ela assentira muito séria, achando que se algum dia fosse abordada por estereótipos literários no White Horse, pelo menos saberia como se portar. Então, enquanto alguns de seus amigos exploravam boxe tailandês, ela fora educada em não mais do que meia dúzia de movimentos praticados em grande parte dentro das alas de segurança máxima das penitenciárias britânicas.

A expressão preferida de Bunny para isso era "tocando o terror", que ele sempre pronunciava com uma certa satisfação, erguendo as sobrancelhas louras, quase brancas. E, do jeito que as coisas se encaminharam, Cayce jamais, ao que ela soubesse, chegara remotamente perto de precisar tocar o terror de Bunny em Manhattan.

Com os dedos do clone da Prada pelejando para abrir o fecho de velcro entre os seios dela, tentando soltar sua sacola, ela se lembra o que deveria acontecer agora. Segundo o planejamento de Bunny, é o seguinte: ela força subitamente os braços para a frente, apenas a distância necessária para agarrar o couro fino das lapelas dele. E, quando o segundo assaltante inadvertidamente coopera puxando os braços dela de volta, cujas mãos estão enterradas nas lapelas do Prada, ela puxa com toda a sua força e esmaga sua testa com o máximo de força possível no nariz do Prada.

Como nunca havia feito esse movimento antes, porque Bunny não tinha um nariz de reserva, ela não está preparada para a dor que isso provoca nela e o som extraordinariamente íntimo de cartilagem sendo esmagada contra sua testa.

O peso morto dele, quando ele desaba bruscamente, faz com que ela solte as mãos de suas lapelas, e a lembra de dar um passo para trás, desequilibrando quem quer que esteja atrás dela, olha entre as pernas (um sapato masculino, preto, com aquela mesma ponta quadrada horrível) e pisa com o máximo de força que pode, com seu salto, no lado de dentro do calçado, produzindo um grito incrivelmente agudo de um ponto muito próximo de sua orelha esquerda.

Solta-se e sai correndo.

"E saia correndo" era invariavelmente a nota de rodapé de qualquer aula de Bunny. Ela tenta, o laptop batendo dolorosamente contra seu quadril enquanto ela dispara para o fim do beco e as luzes de uma Roppongi mais brilhante.

Que é instantaneamente bloqueada, com o som agudo de freios, por uma scooter prateada e seu piloto de capacete prateado. Que levanta o visor espelhado.

É Boone Chu.

Ela parece estar habitando algum meio fluido e cristalino. Puro sonho adrenal.

A boca de Boone Chu está aberta, se mexendo, mas ela não consegue ouvi-lo. Levantando sua saia, tudo seguindo a lógica do sonho, ela monta na scooter atrás dele e vê a mão dele fazer alguma coisa que os joga para a frente, tirando os dois homens de preto subitamente de enquadramento e deixando-a com uma imagem esculturalmente confusa de um deles tentado pular, em um pé só, enquanto tenta puxar o outro, aquele em quem ela deu a cabeçada, para que se levante.

À sua frente, o medalhão da RAF nas costas da parka de Boone Chu enquanto ela o segura pela cintura para não cair, percebendo simultaneamente que fora ele quem ela vira de dentro do clone da Starbucks mais cedo, e ele em Kabukicho na noite anterior, e agora muito rápido, entre duas fileiras de carros esperando na interseção, suas portas polidas reluzindo como águas-vivas em um mar de néon.

No cruzamento, antes que as luzes mudem. Uma quebrada para a esquerda que a faz se lembrar de que ela precisa se inclinar com ele quando ele vira, e que ela nunca gostou de motocicletas, e então ele está descendo em disparada um beco mais largo, passando, ela percebe, por alguma coisa de nome Sugarheel Bondage Bar.

Ele passa para ela um capacete azul-metálico com olhos flamejantes pintados. Ela luta, mas consegue colocá-lo, só não consegue prendê-lo com uma mão só. Tem cheiro de cigarro.

Sua testa lateja.

Reduzindo devagar, ele vira em outro beco à esquerda, um beco estreito demais para dar passagem a carros. É um daqueles corredores residenciais de Tóquio, enfileirados com o que ela supõe que sejam casas minúsculas, e pontuado com aglomerados reluzentes de máquinas de venda. O sorriso paralisado de Billy Prion está em uma delas, oferecendo uma garrafa de Bikkle.

Ela nunca tinha visto uma scooter andar tão rápido, e se pergunta se isso não é ilegal.

Ele pára no cruzamento do beco com uma rua mais larga, capaz de dar passagem a carros, sobe na calçada e desmonta, tirando o capacete. Dois meninos japoneses de olhar severo jogam seus cigarros no chão quando ele entrega o capacete a um deles e tira a parka.

– O que é que você está fazendo aqui? – Cayce pergunta a ele, de um jeito que soa como se nada muito notável tivesse acontecido, enquanto desmonta e puxa a saia para baixo. Boone tira o capacete dela e o entrega para o segundo garoto.

– Dê sua jaqueta para ele.

Cayce olha para a Rickson, vê a fita descolando sobre o local que Dorotea havia queimado. Ela tira a Rickson e a entrega para o garoto que já está prendendo a tira do capacete azul. Ela repara que falta um artelho do dedo ali, em destaque contra o decalque de um olho flamejante. O garoto coloca a Rickson, fecha o zíper e pula para a scooter atrás de seu parceiro, que está usando o capacete e a parka de Boone. Este desce o visor espelhado, retorna o gesto com o polegar erguido que Boone faz para ele e em seguida os dois desaparecem.

– Tem sangue na sua testa – Boone diz a ela.

– Não é meu – ela diz, tocando-o, sentindo algo grudento entre as pontas de seus dedos. E depois: – Acho que sofri uma concussão. Estou com vontade de vomitar. Ou desmaiar.

– Tudo bem. Eu estou aqui.

– Para onde eles foram com a moto? – a coluna de metal de um sinal de trânsito, atravessando o beco, coberta por algum estranho tipo de tecno-lixo municipal, se divide em duas, faz uma dancinha e depois volta ao normal.

– Foram para onde aqueles dois estavam.

– Eles estão parecidos com a gente.

– A idéia é essa mesma.

– E se aqueles homens pegarem eles?

– A idéia era que eles desejassem nunca ter feito isso. Mas depois do que você fez com eles, acho que não vão causar grandes problemas.

– Boone?

– Sim?

– O que você está fazendo aqui?

– Observando eles observarem você.

– Quem são eles?

– Não sei. Acho que são italianos. Você conseguiu o número? Ele está no laptop?

Ela não responde.

18.

HONGO

Ela está com uma lata gelada de água tônica, dessas de máquina de venda, encostada no galo em sua cabeça. A maior parte de uma caixa de análogo de Kleenex, molhado com a água tônica, foi usada como esponja na sua testa.

O táxi se vira como pode em uma alameda estreita. Os fundos de um prédio de apartamentos em concreto, com dezenas de aparelhos de ar-condicionado despontando de modo irregular. Motocicletas ocultas sob sudários de tecido cinza.

Boone Chu diz alguma coisa em japonês, mas não para o motorista. Está falando com o fone de ouvido de seu celular. Ele olha para trás, pela janela traseira do táxi. Mais japonês.

– Eles os encontraram? – ela pergunta.

– Não.

– Para onde foi Taki?

– Subiu a rua, andando bem rápido. Virou à esquerda em alguma rua. Era ele o sujeito do número?

Ela resiste à necessidade de verificar a palma da mão que está segurando a lata suada. E se a tinta estiver escorrendo?

– Quando foi que você chegou? – referindo-se ao Japão.

– Logo depois de você. Eu estava na classe econômica.

– Por quê?

– Estávamos sendo seguidos, quando deixamos o restaurante em Camden Town.

Ela olha para ele.

– Sujeito jovem, cabelos castanhos, jaqueta preta. Nos seguiu até o canal. Ficou nos observando lá de cima nos canais. Com uma câmera ou um pequeno par de binóculos. Depois voltou conosco até o metrô e passou a seguir só a mim. Perdi-o em Covent Garden. Ele não alcançou o elevador.

Isso a faz pensar na primeira vez em que leu Sherlock Holmes. Um marinheiro perneta de Lascar.

– Então você me seguiu?

Ele diz algo em japonês para o fone de ouvido

– Achei que seria uma boa idéia estabelecer uma espécie de linha de raciocínio em termos do que temos aqui. Começando pelo começo. Estamos trabalhando para Bigend. Será que as pessoas que estão nos seguindo trabalham para Bigend? Caso contrário...

– E?

– Até agora não tenho a menor idéia. Passei por aqueles dois ali ontem à noite, e eles estavam falando italiano. Foi quando você estava a caminho da zona rosa.

– O que eles estavam falando?

– Eu não sei italiano.

Ela abaixa a água tônica.

– Para onde estamos indo agora?

– A moto está nos seguindo, para se certificar de que mais ninguém esteja. Quando tivermos certeza disso, iremos para o apartamento de uma amiga.

– Eles não acharam aqueles homens?

– Não. O que você nocauteou com a cabeça está provavelmente em alguma clínica agora, colocando o nariz de volta no lugar. – Franze a testa. – Você não aprendeu aquilo estudando marketing, aprendeu?

– Não.

– Por tudo o que sabemos, eles poderiam ser da Blue Ant. Você pode ter acabado de quebrar o nariz de um diretor criativo júnior.

– Eu, se fosse você, quebraria o nariz do próximo diretor criativo júnior que tentar te assaltar. Mas italianos que trabalham em agências de publicidade de Tóquio não vestem roupas Prada albanesas de primeira.

O táxi está agora em algum tipo de rodovia metropolitana, fazendo curvas que passam por bosques e antigas muralhas: o Palácio. Ela se lembra dos caminhos que havia imaginado, naquela manhã, ao olhá-lo do alto de seu quarto. Ela se vira e olha para trás, tentando ver a scooter, e descobre que seu pescoço está dolorosamente rígido. As muralhas e árvores são lindas, porém neutras, ocultando um mistério.

– Eles estavam tentando pegar sua sacola? O laptop da Blue Ant?

– Minha bolsa está lá dentro, e meu telefone.

Como se obedecesse a uma deixa, o telefone da Blue Ant começa a tocar. Ela o pesca de dentro da sacola. – Alô?

– Parkaboy. Lembra de mim?

– As coisas ficaram complicadas.

Ela o ouve dar um suspiro em Chicago.

– Tudo bem. Eu vivo correndo atrás de coisas que me deixem exausto.

– Nós nos encontramos – ela lhe diz, imaginando se Boone Chu consegue ouvir o lado dele da conversa. Ela deixou o volume no máximo, para compensar o ruído de rua de Tóquio, e agora se arrepende.

– Não tenho dúvidas. Ele nem sequer esperou para chegar em casa. Entrou direto num cybercafé e abriu seu coração para Keiko.

– Eu quero falar, mas tem que ser mais tarde. Desculpe.

– Ele disse a Keiko que deu o número para você, então não fiquei muito preocupado. Me mande um e-mail. – Clique.

– Amigo? – Boone Chu pega a água tônica e toma um gole.

– Fã do filme. De Chicago. Ele e um amigo acharam Taki.

– Você conseguiu o número?

Agora não há mais como esconder. Ou ela mente para ele porque não confia nele, ou conta, porque, relativamente falando, confia.

Ela lhe mostra a palma da mão, os numerais em ponta de fibra azul.

– E você não digitou isso no laptop? Nem enviou em e-mail para ninguém?

– Não.

– Isso é ótimo.

– Por quê?

– Porque eu preciso dar uma olhada nesse laptop.

ELE manda o motorista parar no que, ele diz a ela, é Hongo, perto da Universidade de Tóquio. Ele paga, eles saem, e quando o táxi vai embora, a scooter prateada chega.

– Eu gostaria da minha jaqueta de volta, por favor.

Boone diz alguma coisa em japonês para o carona, que abre o zíper e retira a Rickson de Cayce sem sair de cima da scooter. Ele a joga para ela e sorri, de modo reconfortante, por sob o visor abaixado do capacete flamejante. Boone retira um envelope branco da cintura de seu jeans preto e o passa para o piloto, que faz que sim com a cabeça e o enfia no bolso da parka de pescador. A scooter faz um barulho agudo e eles desaparecem.

A Rickson está com um cheiro suave de Tiger Balm. Ela joga a lata de água tônica em um conveniente recipiente de reciclagem e segue Boone, a testa doendo.

Um minuto depois, ela está olhando para uma estrutura de compensado de três andares que parece flutuar acima da rua estreita, dilapidada e de aspecto impossivelmente fino. Dizer que é de compensado não a descreve; as tábuas de madeira pintadas de prateado parecem as pás de uma gigantesca veneziana. Ela quase nunca vira algo genuinamente velho em Tóquio, quanto mais naquele estado de desmantelo casual.

Palmeiras arrebentadas e já ficando marrons se curvam nas laterais de uma entrada com telhado ornamentado com azulejos japoneses, refletidas por um par de colunas de gesso em decomposição que não sustentam absolutamente nada. Uma delas parece ter tido seu topo mastigado por alguma coisa enorme. Virando-se para ele. – O que é isso?

– Um edifício de apartamentos de antes da guerra. A maioria deles foi destruída nos bombardeios. Setenta unidades neste aqui. Banheiros comunitários. Casa de banhos pública a um quarteirão de distância.

As varandas, ela adivinha, indo atrás dele, são racks para pendurar roupas de cama e pô-las para secar. Eles passam por uma mata cerrada de bicicletas, sobem três lances de escadas com degraus largos de concreto e entram em um minúsculo foyer com piso de vinil turquesa brilhante. Cheiros de comida cozinhando que ela não consegue identificar.

Sobem um lance mal iluminado de degraus de madeira sem verniz e percorrem um corredor tão estreito que ela tem de andar atrás dele. Um único tubo de luz fluorescente pisca, em algum lugar à frente. Ele pára e ela ouve o chocalhar de chaves. Ele abre uma porta, procura um interruptor de luz e se move para o lado. Cayce entra e quando dá por si está tentando se lembrar das inteligentes explicações neurológicas de Win para déjà vu.

Estranha, porém de algum modo familiar, a iluminação consiste de algumas lâmpadas com filamentos laranja tênues: reproduções de lâmpadas Edison. A luz que elas emitem é ineficiente, mágica. Mobília baixa e de algum modo parecida com o próprio prédio: gasta, estranhamente reconfortante, ainda em uso.

Ele vem por trás dela e fecha a porta lisa, moderna e branca. Ela vê a pequena pasta marrom-avermelhada dele aberta em cima de uma mesinha central baixa, os telefones ao lado dela e a tela do laptop levantada, porém escura.

– Quem mora aqui?

– Marisa. Amiga minha. Ela desenha estampas de tecidos. Está em Madri agora. – Ele vai até uma alcova de cozinha abarrotada e acende uma luz muito mais clara e branca. Ela vê uma panela de cozinhar arroz Sanyo cor-de-rosa em cima de uma piazinha, e um utensílio de plástico branco conectado a tubos transparentes. Uma lavadora de pratos?

– Vou fazer chá. – Enche uma chaleira com uma garrafa de água.

Ela caminha até uma das duas janelas deslizantes de papel com vidro parcialmente translúcido embutido nos painéis centrais. Através das secções claras, ela olha para fora e vê telhados de inclinação suave que parecem – impossível – cobertos parcialmente com um musgo que vai até a altura do joelho, mas então ela percebe que aquilo parece com o kudzu da fazenda de Win no Tennessee. Não, ela se corrige, provavelmente é kudzu mesmo. Kudzu no lugar de onde veio originalmente. Kudzu em sua terra natal.

Os telhados, à luz das janelas que os cercam, são de ferro corrugado, com uma ferrugem de um marrom rico e irregular. Um grande inseto marrom passa estroboscópico pelo trecho de luz comunitário, desaparece. – Que lugar fantástico – ela diz.

– Não restaram muitos. – Sacudindo latas à procura de chá.

Ela abre a janela. Ouve a chaleira começando a ferver.

– Você conhece Dorotea Benedetti?

– Não – diz ele.

– Ela trabalha para a Heinzi e Pfaff, aquela empresa gráfica. É o contato deles com a Blue Ant. Acho que ela mandou alguém entrar no apartamento de Damien. Usaram o computador dele.

– Como é que você sabe?

Ela vai até o que adivinha ter sido originalmente uma alcova para guardar camas. Aquela ali foi convertida em alguma coisa que se aproxima mais de um closet ocidental. As roupas de uma mulher estão penduradas ali, ao longo de um mastro de madeira, e de algum modo elas a fazem sentir vergonha. Se houvesse uma porta ali, ela a fecharia.

– Quem fez aquilo ligou do telefone de Damien. Teclei Redial e ouvi a mensagem do correio de voz dela. – E ela conta a história então: Dorotea, a Rickson, as Putas Asiáticas.

Quando ela termina, eles estão sentados de pernas cruzadas sobre almofadas no tatame, a luz da cozinha apagada, bebendo chá verde que ele serve em um bule de barro.

– Então pode ser que nossos italianos aqui não tenham a ver com você estar trabalhando para Bigend, ou com o filme – ele diz. – A invasão foi anterior.

– Não sei se chamaria isso de invasão – ela diz. – Nada foi quebrado. Não sei como foi que eles entraram.

– Uma chave-mestra, se forem profissionais. Nada que você pudesse notar. Você não teria notado, de qualquer maneira, se eles não tivessem usado seu browser e seu telefone. Nenhuma das duas coisas é inteiramente profissional, mas vamos deixar isso de lado. E Bigend disse a você que ela havia trabalhado para alguém em Paris que havia feito espionagem industrial?

– Sim. Mas ele achou que ela havia feito isso porque supunha que ele fosse me oferecer um emprego que ela quer, na Blue Ant Londres.

– E você não contou a ele sobre a jaqueta, ou sobre o seu apartamento?

– Não.

– E nossos rapazes falam italiano. Mas não sabemos se eles estavam aqui desde o começo, ou se foram enviados para cá. No nosso vôo eles não estavam, disso eu tenho certeza. É difícil dizer se eles conhecem a cidade ou não. Eles tinham um carro e um motorista japonês.

Ela estuda o rosto dele no brilho dos filamentos de bambu, as lâmpadas Edison.

– Dorotea sabe uma coisa a meu respeito – ela diz. – Uma coisa muito pessoal. Uma fobia. Uma coisa que só meus pais, meu terapeuta e alguns amigos íntimos sabem. Isso me preocupa.

– Você pode me dizer o que é?

– Tenho alergia. A certas marcas registradas.

– Marcas registradas?

– Desde menina. É o lado negativo da minha capacidade de julgar a reação do mercado a designs de novos logotipos. – Ela sente que está ficando vermelha, e odeia isso.

– Pode me dar um exemplo?

– O boneco da Michelin, por exemplo. Existem outros. Uns são mais contemporâneos. Na verdade, não gosto muito de falar sobre isso.

– Obrigado – ele diz, muito sério. – Não precisa. Você acha que Dorotea sabe disso?

– Tenho certeza que sabe. – Ela conta do segundo encontro. Bibendum, o boneco pendurado na maçaneta da porta de Damien.

Ele franze a testa, não diz nada, serve mais chá. Olha para ela.

– Acho que você tem razão.

– Por quê?

– Porque ela sabe algo sobre você, algo que não poderia ter descoberto facilmente. Mas descobriu. Isso significa que alguém se deu ao trabalho de fazer isso. E foi ela quem puxou aquela foto do envelope e mostrou para você. Então ela deixou o boneco, ou mandou alguém deixá-lo. Mas acho que o boneco foi deixado ali para fazer você ir embora, voltar para Nova York. Mas você não foi embora, e aí eu apareci, e agora estamos os dois aqui, e suspeito que os homens que estavam observando você estejam trabalhando para ela.

– Por quê?

– A não ser que consigamos encontrá-los, o que não é muito provável agora, e convencê-los a contar o que sabem, o que também não é muito provável, não tenho idéia. E menos idéia ainda de para quem ela poderia estar trabalhando. Você me deixa dar uma olhada no seu computador agora?

Ela tira o iBook da sacola, que estava sobre o tatame ao seu lado, e o entrega a ele. Ele o coloca sobre a mesinha baixa ao lado do seu próprio e tira de sua maleta um cabo enrolado. – Não se importe comigo. Eu posso conversar enquanto faço isso.

– Faz o quê?

– Quero ter certeza de que isto aqui não está enviando cada tecla que você digita para terceiros.

– Você consegue fazer isso?

– Hoje em dia? Não de modo absoluto. – Agora os dois computadores estão conectados pelo cabo, e ela fica observando enquanto ele começa a usar o próprio e insere um CD-ROM. – As coisas têm sido muito diferentes em segurança de computadores desde setembro passado. Se o FBI estivesse fazendo o que admite que pode fazer, no seu laptop, eu poderia ser capaz de localizar isso. Se eles estiverem fazendo o que não dizem a você que podem fazer, aí seria outra história. E isso só com o FBI.

– O FBI?

– Só um exemplo. Muita gente está fazendo muita coisa diferente agora, e nem todas essas pessoas são americanas, ou órgãos do governo. O jogo ficou mais perigoso. – Ele faz coisas com o teclado dela, observando a própria tela.

– De quem é este apartamento?

– De Marisa. Eu já te disse.

– E Marisa é quem?

Ele levanta a cabeça.

– Minha ex.

De algum modo, ela sabia, não tinha gostado, e não gosta do fato de que não está gostando.

– Somos apenas amigos agora – ele diz, e volta a olhar para a tela.

Ela levanta a mão e a abre, com a palma para a frente, expondo o número de Taki.

– Então, o que você pode fazer com isto?

Ele levanta a cabeça. Parece reluzir.

– Descobrir a empresa que fez a marca d'água, se é que ela foi feita por uma empresa. Em seguida, vamos ver o que podemos descobrir sobre eles. Se marcaram cada segmento, deve haver uma conta. O cliente estaria muito mais próximo do seu criador.

– E eles diriam a você?

– Não. Mas não é a mesma coisa que eu descobrir a informação.

Ela o deixa trabalhar e beberica seu chá, olhando o apartamento de oito tatames ao redor no brilho âmbar das lâmpadas Edison, e se pergunta, embora não queira, sobre a mulher que vive ali.

Ela está com um galo na testa, e o tal do serviço de bumbum fabuloso está provavelmente um desastre agora. Ela quer encontrar um espelho bem iluminado e verificar os danos, mas não faz isso.

Mas ela não se sente cansada, nem com jet lag, ou com coisas do mundo-espelho ou qualquer outra coisa. Seja o que quer que esteja acontecendo, ela parece ter passado para um nível mais sério de deslocamento da alma. Sejam quais forem seus níveis de serotonina, naquele exato momento é como se ela vivesse ali.

19.

DENTRO DOS MÍSTICOS

O homem da segurança noturna do hotel parece uma versão mais jovem e ligeiramente menos afável de Beat Takeshi, o ator japonês cujos filmes de gângster existencialistas eram os favoritos de dois ex-namorados. Muito reto, com aspecto feroz e usando um blazer preto imaculado completamente abotoado, ele a leva até o elevador e sobe com ela até o quarto.

Ela disse a eles na recepção que havia deixado a chave no quarto, e por isso está sendo acompanhada por aquele homem severo, que saca sua própria chave, uma chave verdadeira de metal, bem acorrentada ao seu cinto, e destranca a porta dela. Ele a abre para ela, acende as luzes e faz um gesto para que ela entre.

– Obrigada. Só um momento, por favor, enquanto eu procuro minha chave. – Na verdade, ela está no bolso da sua Rickson, pronta para ser apanhada quando necessário, mas ela verifica o banheiro, o closet, olha atrás da mobília preta, e então repara numa sacola de courier cinza grande, com o logo da Blue Ant na lateral, aos pés de sua cama. Ela se ajoelha para olhar embaixo da cama, descobre que ela não é do tipo que você pode olhar embaixo e endireita o corpo, ainda ajoelhada, com a chave, um cartão magnético de plástico, na mão. – Achei. Muito obrigada.

Ele se curva e vai embora, fechando a porta atrás de si. Ela a tranca e passa a corrente. Só para ter certeza, ela consegue empurrar a imensa poltrona preta perto o bastante para que a porta só possa ser aberta parcialmente. Isso faz seu pescoço doer. Ela resiste à necessidade de assumir uma posição fetal ali mesmo e ficar inconsciente. Em vez disso, ela volta à cama e olha dentro da sacola da Blue Ant. Ela contém, cuidadosamente dobrada em tecido preto, uma MA-1 Rickson preta nova. A manhã parece muito, muito distante.

Ela se dá conta do cheiro de Tiger Balm de sua própria Rickson. Enfia a nova de volta à sacola, retira a sacola da Luggage Label e tira a roupa.

No espelho do banheiro, clinicamente iluminado, sua testa parece apenas ligeiramente machucada. Os restos mortais do fabuloso bumbum, ela pensa, lembram agora as primeiras tentativas de um trainee de capela mortuária. Ela abre a embalagem de um sabonete, faz uma nota mental para não usar o xampu do hotel, que tem o pH errado para cabelos de gaijin, lembra-se de copiar cuidadosamente o número de Taki da palma de sua mão para um bloco de notas do Park Hyatt, e se fecha no chuveiro de paredes de vidro, que tem aproximadamente o tamanho da cozinha da namorada de Boone em Hongo.

Sentindo-se bem mais limpa, ainda que não menos exausta, ela se enrola em um roupão atoalhado e verifica o menu do serviço de quarto, decidindo pedir uma pizza pequena e uma porção de purê de batata. Comida de consolação não japonesa.

A pizza acaba saindo muito boa, embora muito japonesa, mas as batatas são fantásticas, uma espécie de supersimulacro de um clássico do Ocidente, como a Rickson. Ela também pediu duas garrafas de Bikkle, abrindo a segunda para terminar as batatas.

Ela precisa verificar seu e-mail. Precisa ligar para Pamela Mainwaring e acertar para sair dali o mais depressa possível. E deveria ligar logo para Parkaboy.

Ela bebe o resto de Bikkle e conecta o iBook na porta de dados do quarto.

Um e-mail. Quando ele pula para dentro de sua caixa de entrada, ela vê que é do Parkaboy.

Ela o abre. Há um anexo de nome WS.jpg.

Não há descanso para os condenados. Depois de enviar um e-mail para nós, ou melhor, Keiko, de dois cafés diferentes, assim que Taki chegou em casa ele enviou o que está em anexo.

Ela clica no jpeg.

Um mapa. Um T quebrado com ruas da cidade inscritas e cadeias de números. Isso a faz se lembrar de um T-bone, o eixo vertical meio irregular, o braço esquerdo truncado. Dentro de seu contorno estão avenidas, praças, círculos, um longo retângulo sugerindo um parque. O fundo é azul-claro, o T-bone cinza, as linhas pretas, os números vermelhos.

Se Taki estava apaixonado antes, ele agora está com tesão. Ou talvez seja o contrário. Mas em seu novo frenesi de adoração e vontade de agradar, ele enviou isto, que, conforme explicou para Keiko, é a mais recente aquisição dos Místicos. Darryl, que também tem DNA de otaku, está convencido de que Taki não é membro desses Místicos, mas um personagem periférico de algum tipo – possivelmente, já que ele desenha games para um sistema telefônico japonês, uma das fontes de informações deles. Darryl diz que o nível mais elevado de jogo, para tecno-obsessivos, é sempre e puramente a própria informação, e ele acha que os Místicos podem ter focado no filme não como fãs, mas simplesmente pelo prazer de solucionar um quebra-cabeças que

ninguém resolveu ainda. Ele postula uma célula de infoteóricos profissionais, de alguma espécie, que são também, nesse sentido otaku definitivo, infojunkies. Talvez empregados do braço de pesquisa e desenvolvimento de uma ou mais grandes corporações. Na verdade, não faz diferença, já que Taki parece de algum modo ter revertido o fluxo de dados, e o míssel cruise psicossexual que é a Judy, distorcido, encontrou seu alvo. Para poupar você o trabalho de contá-los, existem cento e trinta e cinco números aqui, cada um consistindo de três grupos de quatro dígitos.

Ela sente um arrepio nos pêlos da nuca. Levanta-se, vai até o banheiro, volta com o bloco de notas.

8304 6805 2235

Coloca o bloco ao lado de seu iBook e olha a nuvem vermelha de números mascarando parcialmente a cidade em forma de T.

Lá está ele. As ruas logo abaixo são pequenas e retorcidas, descendo até o fundo da península que forma o eixo vertical do T. Embora, ela recorde a si mesma, não tenha motivo para acreditar que aquela seja a representação de qualquer ilha, real ou imaginária. Poderia ser um segmento em forma de T extraído de algum mapa maior. Embora as ruas, se é que são ruas, se alinhem com suas fronteiras...

Lembra do clarão branco, quando eles se beijam? Como se alguma coisa explodisse no alto? Se você andou acompanhando o F: F:F, sabe que isso disparou a maior reverberação associada à Blitz nos nossos membros britânicos. Diversas provas de que nossa história se passa em Londres nos anos 1940, nenhuma definitivamente convincente. Tela em branco. Taki diz que os "Místicos" decodificaram esse gráfico de dentro desse branco. Como é que a tela em branco pode produzir alguma imagem, eu não faço a menor idéia, mas acho que esta, em última análise, é a questão

que permeia toda a história da arte. Não obstante, em que pé nós estamos com esse negócio? Se cada segmento tem marca d'água com um desses números, então a ação em cada segmento parece estar mapeada aqui, e nós temos, pela primeira vez, uma espécie de geografia, e possivelmente, se soubermos os números de cada segmento, uma ordem formal. (Digitei todos eles em um banco de dados e não acho que sejam seqüenciais. Suspeito que seja geração randômica e/ou distribuição randômica.) Darryl está procurando em um bot de gráficos que só faz buscas em mapas. Enquanto isso, exausto, surpreso, porém anormalmente animado, sempre seu, Parkaboy.

Ela olha para a cidade de T-bone.
Liga para Pamela Mainwaring.

20.

OSSUDA

Seu relógio de pulso a desperta, trinando impiedosamente. Ela se senta na cama imensa, sem saber ao certo onde está.

Seis da manhã. Pamela Mainwaring a agendou num vôo partindo de Narita logo depois do meio-dia.

Ela se certifica de que a luz vermelha está acesa no análogo supercrescido de chaleira, enrola-se no roupão branco da noite passada, vai até a janela, abre as cortinas com o controle remoto e lentamente descobre Tóquio no fundo de um aquário de luz chuvosa. Gotas sopradas pelo vento metralham a vidraça. O líquen exuberante do terreno do palácio de madeira parece se mexer na escuridão.

Seu celular toca. Ela volta para a cama, escava as cobertas e o encontra.

– Alô?

– Boone. Como está a cabeça?

– Cansada. Liguei para Pamela.

– Eu sei. Eu também liguei. Encontro você no saguão às oito e meia. Reservas na primeira classe para nós dois.

Alguma coisa sobre falta de autonomia ali que a deixa incomodada.

– Até mais – ele diz.

A água atingindo o ponto de fervura enquanto ela remexe os snacks no alto do minibar, procurando uma unidade de filtro de café toda dobrada e enroladinha.

■ ■ ■

O FITNESS center do hotel, um aposento tão grande que parece projetado primariamente como ilustração de perspectiva de interiores, tem sua própria reformer de Pilates, uma interpretação clássica fake japonesa em madeira preta laqueada, estofada com alguma coisa que parece couro de tubarão. Ela consegue fazer seus exercícios, depois tomar uma ducha e lavar os cabelos, fazer as malas e chegar ao saguão às oito e meia.

Boone chega minutos mais tarde, usando seu casaco de couro de cavalo preto, carregando sua maleta pequena de couro e uma daquelas sacolas de outfit Filson que parecem sacolas da L.L. Bean com esteróides.

Ela pega sua própria sacola genérica de náilon coreana e os dois saem, passando pelo bosque de bambu e entrando no elevador.

ELA acorda com a oferta de uma toalhinha úmida quente. Por um instante, acredita que ainda está a caminho de Tóquio, e que tudo aquilo foi um sonho.

Isso é aterrador, e ela machuca o pescoço de tão rápido que o torce para olhar ao redor, para descobrir que Boone Chu está no ninho-poltrona mais próximo, completamente reclinado e aparentemente adormecido, com aquele aspecto tão estranhamente anulado que todo mundo que usa uma venda preta assume.

Eles não tinham muito a dizer um ao outro, no trem para Narita. Ela dormiu no lounge, depois de passar por medidas de segurança incluindo uma espécie de tomografia computadorizada para os sapatos dos dois e de responder perguntas na frente de um dispositivo infravermelho que registrava mudanças ínfimas na temperatura da pele ao redor dos olhos, com base na teoria de que mentir sobre fazer a própria mala induz uma espécie de micro-rubor invisível e inevitável.

Embora os japoneses também acreditem que a personalidade seja determinada pelo tipo sangüíneo, ou acreditavam da última vez em que ela esteve ali. Mas Boone ficou impressionado, e disse a ela que esperasse aquelas máquinas de ruborizar em breve nos Estados Unidos.

Ela havia lhe dito, enquanto embarcavam, que tinha conseguido mais uma coisa de Taki, via Parkaboy, mas que estava cansada demais para explicar, que mostraria a ele assim que dormisse um pouco mais.

Mas ela se pergunta: o que há com esse negócio de ela ficar segurando tanto as informações? Alguma coisa a ver com o pouquíssimo tempo do relacionamento de trabalho dos dois, mas também, ela sabe, alguma coisa a ver com o que ela sentira naquele apartamento. Ela não quer analisar isso muito intimamente. Mas também quer um tempo para pensar melhor nessa idéia da cidade de T-bone. E ela também está achando que ele força muito a barra.

Mas é preciso tentar descobrir o que há por trás do T-bone, ela pensa, acionando a cama em modo sofá e levantando a sacola com o iBook do chão. Ela inicializa o computador, encontra o jpeg de Parkaboy e o abre.

Se é que isso é possível, a imagem é ainda mais enigmática que da primeira vez em que ela a viu.

Taki. Haveria alguma chance de que ele estivesse simplesmente inventando aquilo tudo para impressionar Keiko? Mas Parkaboy e Darryl o haviam encontrado em um website japonês, no qual ele já tinha feito uma menção a alguma coisa encriptada em um segmento do filme. Eles ainda não haviam inventado Keiko. Não, ela sabe que Taki é real. Taki é triste demais para não ser real. Ela o imagina indo até alguém, enquanto Keiko emergia com mais clareza para ele através de suas mensagens, e de algum modo, talvez a algum estranho custo, obtendo aquela imagem, extraída daquele clarão branco.

Mas em sua timidez, sua cautela, ele não havia levado a imagem para o encontro. Só levara aquele número. Então a versão photoshopada de Judy Tsuzuki provocou aquele impacto, e ele fora para casa e enviara aquilo para Parkaboy, achando que estava enviando para seu amor de olhos grandes e meias nos tornozelos.

Ela pensa em Ivy, em Seul, a fundadora do F:F:F. O que Ivy pensaria disso?

Franze a testa, vendo pela primeira vez como trabalhar para Bigend, com Boone Chu, distorceu seu relacionamento com o F:F:F e a comunidade dos fãs do filme. Até mesmo Parkaboy, que fora fundamental nisso tudo, não sabe o que ela está fazendo, para quem ela está trabalhando.

– O que é isso? – Boone, pairando ao lado dela no corredor com iluminação crepuscular, sua camiseta preta e a venda pendurada abaixo do queixo oferecendo a estranha sugestão de um colarinho de padre. Um único quadradinho de três centímetros de papel branco e ele teria uma fantasia: o jovem sacerdote, olhos um tanto inchados de sono.

Ela eleva a poltrona e ele se junta a ela, sentando-se curvado no pequeno assento de visitantes aos pés da unidade. Ela lhe passa seu iBook.

– Taki gostou mesmo da fotografia. Ele não podia esperar para chegar em casa. Teve que ficar parando em cybercafés para enviar e-mails para ela. Quando chegou em casa, enviou-lhe isto.

– Existem cento e trinta e cinco destes? – indicando os números.

– Não os contei pessoalmente, mas sim. Aquele que bate com o número que Taki me enviou fica perto do fundo do T.

– Parece que cada localização corresponde a um segmento do filme. Mas não é a maneira pela qual você mapearia um mundo virtual. Não se mapear mundos virtuais fosse sua atividade cotidiana.

– E se não fosse?

– Como assim?

– E se você estivesse apenas criando alguma coisa à medida que fosse seguindo? Por que deveríamos supor que o criador sabe o que está fazendo?

– Ou poderíamos supor que ele sabe, mas está simplesmente fazendo de seu próprio jeito. As pessoas que projetaram todos os primeiros jogos da Nintendo os desenharam em rolos longos de papel. Não havia maneira melhor de fazer aquilo, e dava pra desenrolar o negócio todo e ver exatamente como se moveria. A geografia do jogo era 2-D, rolando na tela... – Ele se cala e franze a testa.

– O que foi?

Ele faz que não com a cabeça.

– Preciso dormir um pouco mais. – Ele se levanta, lhe devolve o iBook e volta para sua poltrona.

Ela fica olhando para o jpeg com cara de paisagem, o iBook ligeiramente quente em cima de suas coxas, e se pergunta exatamente o que deve fazer quando chegarem a Heathrow. Ela tem as chaves novas do apartamento de Damien em seu envelope da Stasi, na sacola da Luggage Label. É para lá que ela tem vontade de ir, no duro, embora a dor residual em sua testa esteja lhe provocando algumas dúvidas.

Alguém teria sido capaz de mexer nas fechaduras nesse meio tempo? Ela tem apenas uma idéia muito vaga de quem poderia viver nos outros dois flats, mas sejam quem forem, eles parecem sair para trabalhar com regularidade. Um arrombador poderia ser capaz de entrar, então, durante o dia, e fazer o que fosse necessário para abrir o apartamento.

Mas sua única outra opção é um hotel de Londres e, mesmo com a Blue Ant bancando a conta, ela está de saco cheio de hotéis. Ela irá para Camden, então. Heathrow Express para Paddington, depois um táxi. Decisão tomada, ela fecha o jpeg de Taki, coloca o iBook de lado e volta ao modo sono.

QUANDO saem da alfândega, Bigend está esperando, o único rosto sorridente no meio de motoristas mal-humorados segurando pedaços de cartolina escritos à mão. O de Bigend diz "POLLARD & CHU" com caneta hidrocor vermelha.

Ele realmente parece ter dentes demais. O Stetson dele está enfiado demais na cabeça e ele está usando a capa de chuva com a qual ela o havia visto pela última vez.

– Por aqui, por favor. – Ele ainda tem a cara de pau de pegar o carrinho de bagagem de Boone, e eles o acompanham para fora, lançando olhares um para o outro, passando pela fila dos táxis e as pessoas que acabaram de desembarcar tossindo satisfeitos com seus primeiros cigarros. Ela vê o Hummer dele estacionado onde tem certeza de que nenhum outro carro tem permissão para estacionar, nunca, e observa enquanto ele e Boone abrem as portas quadradas na traseira e colocam as sacolas.

Bigend segura a porta do carona para ela entrar. Boone se senta no banco atrás dela.

Ela vê Bigend dobrar sua enorme permissão de estacionamento de plástico.

– Não precisava apanhar a gente, Hubertus – diz ela, porque sente a necessidade de dizer alguma coisa, e porque parece uma verdade muito patente.

– Não é trabalho algum – Bigend diz ambiguamente, saindo com o carro. – Quero ouvir tudo.

E é o que acontece, principalmente por intermédio de Boone, mas, Cayce vai notando aos poucos, com duas sérias omissões. Boone jamais menciona a cabeçada ou o jpeg de Taki. Ele conta a Bigend que eles foram a Tóquio para seguir uma pista sugerindo que pelo menos um segmento do filme tem uma marca d'água encriptada.

– E tem? – Bigend pergunta, dirigindo.

– Parece que sim – responde Boone. – Temos um código de doze dígitos que pode ter sido extraído de um segmento de filme específico.

– E?

– Cayce foi seguida, em Tóquio.

– Por quem?

– Dois homens, possivelmente italianos.

– Possivelmente?

– Eu ouvi os dois falando italiano.

– Quem eram?

– Não sabemos.

Cayce vê Bigend franzir os lábios.

– Você tem alguma idéia – ele pergunta para ela, fazendo um brevíssimo contato visual – de por que estaria sendo seguida? Algum negócio inacabado em algum lugar? Alguma coisa não relacionada?

– Estávamos esperando que você pudesse nos responder, Hubertus – diz Boone.

– Você acha que eu mandei seguirem a Cayce, Boone?

– Eu poderia ter feito isso, Hubertus, se estivesse no seu lugar.

– Poderia – diz Bigend – mas você não sou eu. Não trabalho desse jeito, não numa parceria. – Eles estão na rodovia noturna agora, e gotas de chuva subitamente atingem o pára-brisa vertical, fazendo com que Cayce imagine que o tempo os seguiu desde Tóquio. Bigend aciona os limpadores, coisas em forma de espátula cujo movimento parte do topo, não da parte de baixo. Ela fica olhando enquanto ele aperta um botão, e reduz aos poucos a pressão do ar nos pneus. – Entretanto – ele continua –, como sei que você compreende, fazer uma parceria comigo torna você mais passível de ser seguida. Este é um aspecto do lado negativo de um high profile.

– Mas quem saberia que somos seus parceiros? – pergunta Cayce.

– A Blue Ant é uma agência de publicidade, não a CIA. Pessoas falam. Até mesmo as pessoas que foram contratadas para não falar. O segredo, quando estamos planejando uma campanha, por exemplo, pode ser da maior importância. Mas, mesmo assim, as coisas vazam. Vou procurar saber isso, quem exatamente teria razões para acreditar que vocês dois estejam trabalhando para mim, mas agora estou mais curioso quanto a esses supostos italianos.

– Nós os perdemos de vista – diz Boone. – Cayce havia acabado de receber o código de seu contato, e achei que era a hora certa de tirá-la dali. Quando fui procurá-los, mais tarde, eles haviam sumido.

– E este contato?

– Alguém que conheci pela rede dos fãs do filme – diz Cayce.

– Exatamente o tipo de coisa que eu estava esperando.

– Duvidamos que ele tenha mais alguma coisa para nos oferecer – diz Boone, fazendo com que Cayce se vire e olhe para ele. – Mas se esta marca d'água for verdadeira, pode ser um bom começo.

Cayce olha direto para a frente, forçando-se a se concentrar nos arcos que os limpadores fazem. Boone está mentindo para Bigend, ou retendo informações, e agora ela sente que está fazendo o mesmo. Ela rapidamente considera a possibilidade de falar em Dorotea e nas Putas Asiáticas, só para mandar as coisas numa direção que Boone não esteja esperando, mas ela não faz idéia dos objetivos dele para mentir. Ele pode estar fazendo isso por alguma razão que ela poderia aprovar. Da próxima vez em que estiverem a sós ela vai precisar tirar isso a limpo com ele.

Ela pestaneja, quando eles deixam bruscamente a rodovia, entrando no labirinto de Londres. As luzes da cidade se aproximam.

Depois de Tóquio, tudo ali parece ter uma escala tão diferente. Uma bitola diferente de trenzinhos de brinquedo. Embora, se lhe perguntassem, ela tivesse de admitir que as duas têm alguma coisa misteriosa em comum. Talvez se Londres tivesse sido construída, antes da guerra, basicamente com madeira e papel, e depois tivesse sido queimada do jeito que Tóquio foi queimada, e depois reconstruída, o mistério que ela sempre sentira naquelas ruas permaneceria de algum modo codificado em aço e concreto.

Para sua considerável vergonha e confusão, eles precisam acordá-la quando o Hummer estaciona do lado de fora do prédio de Damien.

Boone leva a sacola dela até a porta. – Eu entro com você.

– Não precisa – ela diz. – Estou cansada. Vou ficar bem.

– Me liga. – No avião, já chegando a Heathrow, ele gravou seus vários números de celular no telefone dela. – Me avise se você está bem.

– Vou fazer isso – ela diz, sentindo-se uma idiota. Destranca a porta da frente, consegue dar um sorriso e entra.

No patamar, ela vê que as pilhas de revistas foram retiradas, e com elas o saco preto de forração de lixeira.

Ela sobe o último lance de escadas e está quase na porta de Damien, a segunda chave alemã na mão, quando percebe que há uma luz vazando pela fresta embaixo da porta.

Ela fica ali parada, a chave numa das mãos, a sacola na outra, ouvindo vozes. Uma delas é a de Damien.

Ela bate.

Uma garota, mais alta do que ela, abre a porta. Olhos azuis claros enormes, ligeiramente inclinados sobre maçãs do rosto extraordinárias, olham-na com frieza. – Sim? O que você quer? – pergunta a loura, com o que Cayce supõe ser um sotaque ensaiado, um certo aspecto cômico, mas como a boca dessa mulher, com seu lábio inferior perfeitamente delineado e extravagantemente cheio, exibe uma posição de desprezo, ela percebe que isso não tem nada de engraçado.

Damien, com pêlos começando a crescer na cabeça depois de uma recente raspagem e por um instante totalmente irreconhecível, aparece atrás da ossuda e aperta os ombros dela de brincadeira, sorrindo para Cayce por sobre um deles.

– É Cayce, Marina. Minha amiga. Onde é que você andou, Cayce?

– Tóquio. Não sabia que você havia voltado. Eu vou para um hotel.

Mas Damien nem quer ouvir falar nisso.

21.

OS MORTOS SE LEMBRAM

Marina Chtcheglova, que Cayce percebe rapidamente que é a diretora de produção russa de Damien, não é a primeira das namoradas dele a detestá-la de cara. Vendo os torsos das garotas-robô novamente, ela se lembra daquela cujos moldes haviam sido tirados e que havia sido a mais vaca de todas – pelo menos até aquele instante.

Felizmente ela e Marina são quase imediatamente separadas, através de papo, por Voytek, cuja presença ali Cayce inicialmente aceita como uma função do Grande Seja-Lá-o-Que-For do jet lag de múltiplo impacto, e por Fergal Collins. O contador e assessor fiscal irlandês de Damien, alguém que Cayce conhece de diversas ocasiões anteriores. Voytek volta a se concentrar com La Chtcheglova na conversa em que devia estar integrado antes da chegada de Cayce, conduzido no que ela supõe ser russo, e com um ritmo e uma aparente segurança fluida muito diferentes de seu desempenho em inglês. Marina parece não estar gostando, particularmente, mas parece levada a escutar.

Voytek está vestindo seus costumeiros trajes largados de skateboard, mas Marina usa o que Cayce está tentando não admitir a si mesma que é provavelmente exclusiva Prada desta estação, tudo preto. As maçãs de seu rosto chegam a fazer Voytek parecer relativamente não-eslavo. É como se ela de algum modo tivesse um par extra dobrado para dentro, enfiado atrás do primeiro conjunto; caucasiana em algum senso primordial, quase geológico.

Ela parece, deduz Cayce, uma personagem de uma seqüência ou outra de *Matrix*; se os peitos dela fossem maiores, ela podia conseguir trabalho nas capas de RPGs para garotos adolescentes de qualquer idade.

Fergal, uma espécie genialmente carnívora de homem de negócios em pele de um nerd do mundo das artes, trabalha principalmente com música, mas tem estado com Damien desde que Cayce o conhece.

– Como estão as coisas em Tóquio, depois das desvalorizações? – ele pergunta, sentado ao lado dela no sofá marrom de Damien.

– Estão mais do jeito que estão agora do que jamais estiveram antes – responde Cayce, uma frase de Dwight David Eisenhower à qual ela às vezes recorre quando não tem mais nada a dizer. – Desculpe, Fergal. Eu fiquei muito pouco tempo. Damien terminou seu filme?

– Quisera Deus que sim, mas não. Ele voltou para conseguir mais financiamento, pegar mais três câmeras e uma equipe adicional e, acho eu – ele abaixa levemente a voz – porque ela queria fazer uma visita à capital.

– Ela é a produtora?

– Nós a chamamos disso, mas na verdade o negócio é um pouco mais pós-soviético. Ela é a *blat girl*.

– A o quê?

– Blat. O que os mais velhos no seu país chamavam de bufunfa, eu acho. Ela tem contatos, a Marina. O pai dela era chefe de uma usina de alumínio, lá nos anos dourados. Quando fizeram as privatizações, de algum modo ele acabou virando o dono do negócio. Ainda é dono de uma cervejaria e de um banco mercantil também. A cervejaria foi um presente dos céus, na verdade. Eles têm mandado cerveja para o sítio desde o primeiro dia das filmagens. Isso faz de Damien um sujeito muito popular, porque senão eles estariam bebendo vodca.

– Você esteve lá?

– Por uma tarde. – Ele faz uma careta.

– Como é lá?

– Alguma coisa entre um concerto de rock de 1968 que dura três meses, um roubo de túmulos públicos em massa e *Apocalypse Now*: difícil de dizer, na verdade, e isso é claro que é o grande problema para nosso garoto ali. Você conhece aquele polaco ali?

– Voytek.

– Quem é ele?

– Um artista. Eu estava hospedada aqui, e quando fui para Tóquio deixei as chaves com ele.

– Ele pode certamente ocupar Marina na língua natal dela, o que a mantém longe da nossa, mas você acha que ele está cantando ela?

– Não – diz Cayce, vendo Voytek tirar um de seus bloquinhos de notas de sua bolsa. – Ele está tentando conseguir financiamento dela para um projeto. – Marina faz um gesto de desprezo e vai para o quarto, fechando a porta. Voytek vai até o sofá, sorrindo, bloco de notas numa das mãos, garrafa de cerveja na outra. – Casey, onde é que você esteve?

– Viajando. Conhece Fergal?

– Sim! – Senta-se no sofá. – Damien me liga do aeroporto, me pede para me encontrar aqui com chaves, tandoori e cerveja. Essa produtora, Marina, ela é muito interessante. Tem conexões em galerias em Moscou.

– Você fala russo?

– Claro. Magda nasceu lá. Eu na Polônia. Nosso pai era engenheiro civil em Moscou. Eu não me lembro da Polônia.

– Cristo – Damien grita lá da cozinha. – Este khurma está divino!

– Com licença – diz Cayce, se levantando. Ela vai até a cozinha amarela e encontra Damien transfigurado de alegria, meia dúzia de pratos de alumínio abertos no balcão à sua frente.

– Não é um cozido de merda – diz Damien. – Na escavação nós vivíamos à base de cozido. Sem refrigeração. O cozido está cozinhando sem parar há quase dois meses. Só ficam jogando coisas ali dentro. Pedaços de carne misteriosa e batatas cozidas no que parece um molho Bisto cinza. Isso e pão. O pão russo é uma delícia, mas este khurma aqui...

Ela lhe dá um abraço. – Damien, eu não posso ficar aqui.

– Não seja boba.

– Não. Estou deixando sua namorada puta, ficando aqui.

Damien dá um sorriso.

– Não está não. Aquele é o default dela. Nada a ver com você.

– Você não está fazendo muito progresso em suas opções de relacionamento desde a última vez em que te vi, está?

– Não posso fazer esse filme sem ela.

– Você não acha que poderia ser mais fácil se você não estivesse em um relacionamento também?

– Não. Na verdade, não seria nem um pouco. Ela é assim mesmo. Quando você vai lá?

– Onde?

– Na escavação. Você precisa ver isso. É incrível.

A torre de ossos cinzentos.

– Não posso, Damien. Estou trabalhando.

– Para a Blue Ant de novo? Pensei que você havia dito que isso tinha acabado, quando me enviou o e-mail sobre as chaves.

– Isso é outra coisa.

– Mas você acabou de sair do avião de Tóquio. Você está aqui, tem uma cama lá em cima, e eu volto amanhã. Se você for para um hotel, não vamos nos ver de jeito nenhum. Suba, durma se puder, e eu cuido da Marina. – Ele sorri. – Estou acostumado.

Subitamente, a idéia de realmente ter de procurar um quarto de hotel e ir para lá parece difícil demais. – Você me convenceu. Não estou nem enxergando direito. Mas se você voltar para a Rússia sem me acordar, eu te mato.

– Suba e deite. Onde foi que você encontrou esse Voytek, por falar nisso?

– Portobello Row.

– Gostei dele.

As pernas de Cayce parecem pertencer a outra pessoa agora. Ela vai ter que tentar se comunicar com elas de um modo mais deliberado, fazer com que elas a levem para o andar de cima. – Ele é inofensivo – ela diz, imaginando o que isso quer dizer, e vai pegar sua sacola e as escadas para o quarto do andar de cima.

Ela consegue chegar ao futon desdobrado lá em cima e desaba em cima dele. Então se lembra que Boone pediu que ligasse para ele. Retira o celular e faz uma discagem rápida para o primeiro dos números dele.

– Alô?

– Cayce.

– Onde você está?

– Na casa de Damien. Ele está aqui.

Pausa.

– Que ótimo. Eu estava preocupado com você.

– Eu também estava preocupada comigo, quando ouvi você falar aquele monte de bobagens para Bigend no caminho de Heathrow para cá. O que foi aquilo?

– Tocando de ouvido. Há uma chance de que ele saiba de tudo, você sabia?

– Como?

– O *como* é uma questão acadêmica. É possível. Quem lhe deu o celular que você está usando?

Ele tem razão. – E você achou que ele poderia dar algo em troca?

– Achei que podia correr o risco.

– Não gosto disso. Isso me torna cúmplice, e você não me deu a oportunidade de decidir se eu queria ou não tomar parte disso.

– Lamento. – Mas ela não acha que ele lamente. – Preciso daquele jpeg – ele diz a ela. – Me mande por e-mail.

– É seguro? – ela pergunta.

– Taki enviou por e-mail para seu amigo, e seu amigo enviou por e-mail para você. Se alguém está nos rastreando através disso, então eles já têm a imagem.

– O que você vai fazer com ela?

– Contar anjos em cabeças de alfinete, com um amigo meu.

– Sério.

– Improvisar. Mexer nela. Mostrar para umas duas pessoas mais inteligentes que eu.

– OK. – Ela não gosta do jeito como acaba sempre fazendo o que ele diz para ela fazer. – Seu endereço no iBook?

– Não. Este aqui. Chu-ponto-B, arroba... – Ela anota o endereço. – Que domínio é esse?

– Minha ex-empresa. Tudo o que restou dela.

– OK, vou mandar. Boa noite.

– Boa noite.

Enviar o jpeg para Boone requer retirar o iBook e conectá-lo ao telefone. Ela faz isso no piloto automático, aparentemente se lembrando como fazê-lo de modo correto, porque sua mensagem para chu.b é enviada automaticamente.

Automaticamente, ela verifica seus e-mails. Outro de sua mãe, este com anexos de aspecto estranho.

Sem realmente pensar muito, ela abre o mais recente e-mail de Cynthia.

Estes quatro segmentos ambientes foram gravados por acidente por um estudante de antropologia da CCNY que fazia uma investigação verbal sobre cartazes de pessoas desaparecidas e outros sinais perto da barricada da Houston com a Varrick em 25 de setembro. Descobrimos que esta fita em particular é incrivelmente rica em FVE, e recuperamos dezenas de mensagens através de uma série de métodos.

– Ele levou um pato na cara – diz Cayce, fechando os olhos. Mas acaba tendo de abri-los.

Quatro delas, acredito, são de seu pai. Eu sei que você não acredita, mas me parece que Win está se dirigindo a você, querida, e não a mim (ele diz claramente, duas vezes, "Cayce") e que há uma urgência no que quer que ele esteja tentando dizer a você.
Mensagens desse tipo não se prestam muito facilmente a técnicas convencionais de estúdio; aqueles que estão do outro lado são mais capazes de modular os aspectos de uma gravação que normalmente consideramos "ruído", de modo que um aprimoramento da taxa sinal/ruído equivale ao apagamento da mensagem. Entretanto, se você utilizar fones de ouvido e se concentrar, será capaz de ouvir seu pai dizer o seguinte:
Arquivo 1: Armazém... [??] A torre de luz... [cruz?]
Arquivo 2: Cayce... Cento e... [início do seu endereço?]
Arquivo 3: Frio aqui... Coréia... [code error?] Ignorado...
Arquivo 4: Cayce, o osso... na cabeça, Cayce... [a bênção, Cayce, alguém sugeriu, mas francamente é um termo que seu pai não teria usado]
Eu sei que isso não faz parte da sua realidade, mas há muito tempo aceitei isso. Não importa. Mas faz parte da minha, e é por isso que estou aqui na ROTW, fazendo o que posso para ajudar com este trabalho. Seu pai está tentando lhe dizer alguma coisa. Francamente, a esta altura, gostaria que ele nos dissesse exatamente quando, e como e, o mais importante, exatamente onde ele fez a passagem, porque aí poderíamos recolher algum DNA e provar que ele desapareceu de fato. Os aspectos jurídicos do desaparecimento dele não estão progredindo, embora eu tenha trocado de advogado e depois obtido um mandado de...

Cayce olha para a própria mão, que fechou a mensagem de Cynthia como se tivesse vida própria.

Não que sua mãe seja louca (Cayce não acredita nisso), ou que ela acredite naquele negócio (embora acredite, profundamente) ou mesmo na natureza banal, incipiente, profundamente surpreendente das supostas mensagens (ela está acostumada com isso, quando FVE são citados) mas que isso deixe Win de algum modo duplamente não morto.

Provar que alguém desapareceu em Manhattan na manhã de 11 de setembro, sem nenhuma prova de que ela estava nas vizinhanças do WTC, sem sequer uma razão conhecida pela qual ela pudesse ter ido para lá, está sendo um pesadelo constante por sua própria conta. Elas só foram alertadas do desaparecimento de Win no dia 19, depois que os procedimentos normais da polícia haviam sido interrompidos, e a empresa do cartão de crédito de Win demorou para fornecer informações aos parentes. A própria Cayce havia lidado sozinha com todas as fases iniciais da caçada pelo pai, pois Cynthia, que tem medo de voar, havia ficado em Maui, até bem depois que os vôos comerciais haviam voltado ao normal. No dia 19, o rosto de Win havia se juntado aos outros, tantos deles, com os quais Cayce passara a viver diariamente depois do que houve, e muito provavelmente o dele havia estado entre os que aquele aluno de antropologia da CCNY estava estudando quando (no universo de Cynthia) Win havia sussurrado através da membrana de qualquer Outro Lado que Cynthia e seus velhos esclerosados do Havaí imaginavam para ele. A própria Cayce havia colocado várias fotos, cuidadosamente plastificadas, próximas da barricada da Houston com a Varrick, depois de imprimi-las na loja Kinko´s mais próxima de seu apartamento, na parte norte da cidade. Win, que tinha uma aversão profunda e talvez profissional a câmeras, havia deixado um número incrivelmente pequeno de imagens de rosto inteiro, e o melhor que ela conseguira fazer fora uma que seus amigos às vezes confundiam com um William S. Burroughs mais jovem.

Um número ainda maior de estranhos desaparecidos havia se tornado familiar então, à medida que ela percorria as estações de alguma cruz impensável.

Enquanto produzia seus próprios cartazes, ela observara os rostos de outros mortos, que emergiam de copiadoras adjacentes na Kinko´s, a serem montadas no anuário das perdas da cidade. Ela jamais, enquanto montava o seu próprio, vira um rosto colado por cima de outro, e foi esse fato que, finalmente, permitiu que ela chorasse, curvada num banco na Union Square, velas queimando na base de uma estátua de George Washington.

Ela se lembrava de ter ficado sentada ali, antes das lágrimas, olhando a partir do monumento que ainda estava tomando forma na base da estátua de Washington, aquela estranha escultura que atravessava a Rua 14, na frente da Virgin Megastore, um imenso metrônomo estacionário, produzindo vapor sem parar, e de volta à acreção orgânica de velas, flores, fotografias e mensagens, como se a resposta, se houvesse uma, estivesse em de algum modo se compreender a justaposição das duas.

E então ela havia caminhado até sua casa, o caminho inteiro, até sua caverna silenciosa com seus pisos pintados de azul, e jogara na lixeira o software que lhe permitira ver a CNN em seu computador. Ela não vira mais televisão desde então, e nunca, se pudesse evitar, o noticiário.

Mas a pessoa desaparecida de Cayce, pelo andar das coisas, estava desaparecida de algum jeito adicional e especialmente problemático.

Onde estava seu pai? Ele havia deixado o Mayflower e não havia retornado, e isso era tudo o que todos pareciam saber. Seguindo o conselho dos advogados de sua mãe, ela havia contratado investigadores particulares, que interrogaram motoristas de táxi, mas a cidade parecia ter adquirido uma amnésia muito específica com relação a Wingrove Pollard, um homem que desaparecera de modo tão completo e silencioso que poderia até mesmo ser impossível provar que ele estava morto.

Os mortos, sua mãe sempre gostara de dizer, se lembram. Mas se lembram do quê? Cayce nunca quis perguntar.

– Está acordada? – a cabeça raspada de Damien aparece no alto das escadas. – Vamos para a Brasserie. Você é bem-vinda pra se juntar a nós.

– Não – ela diz. – Vou dormir. – E espera desesperadamente que isso seja verdade.

22.

TARN

Ela adormece rápido, e muito profundamente. O sono a leva num redemoinho por lugares fragmentados demais para chamar de sonhos, e então a cospe bruscamente de volta à superfície. Para ficar ali deitada no escuro, o coração acelerado, os olhos arregalados.

Pela luz de seu relógio, ela vê que não dormiu por mais de quarenta e cinco minutos.

Abaixo, o apartamento está em silêncio. Ela se lembra de que eles foram até a Brasserie, um restaurante na Camden High Street. O favorito de Damien.

Ela se levanta, veste jeans e suéter, e cambaleia descalça pela escada estreita, movendo-se como imagina que poderia se mover se viver até os oitenta. Isso agora está além de metáforas de atraso da alma; está entrando na esfera do colapso físico.

Olhando de relance no banheiro de Damien, ela vê que a bagagem de Marina é Louis Vuitton com os monogramas repetidos, a coisa real e detestável, à qual ela é intensamente alérgica. Duas maletas muito novas estão abertas, transbordando o que ela supõe serem exclusivamente Prada pretas. Sobre os lençóis retorcidos, o cobertor prateado luva-de-fogão jogado de lado no chão, ela vê uma roupa militar amassada em padrão de camuflagem que ela, se não se engana, lembra que se chama de tarn – informações coletadas durante o tempo que passou na indústria de skatewear. Ela conhece a maioria dos padrões, e até mesmo que o mais bonito é da África do Sul, uns traços expressionistas esfumaçados em tons avermelhados que sugerem uma paisagem de pôr-do-sol de grande e alienígena beleza. Tarn é camuflagem alemã ou russa? Inglesa? Ela não consegue se lembrar. Significa outra coisa também. Uma palavra de Poe. Lagos mortos?

No banheiro, ela evita totalmente olhar para si mesma, com medo do que possa ser revelado a este nível de falta de serotonina. Toma um banho rápido, se enxuga, veste as roupas de novo, espalha a toalha usada aberta e reta no rack (Marina é visivelmente uma porca) e torce o nariz ao ver o número de cosméticos caros espalhados na pia de Damien. Mas ali, ela descobre, avistando uma pequena embalagem não cosmética, um vidrinho de uma ótima melatonina da Califórnia, um remédio só vendido com receita no Reino Unido, mas não nos Estados Unidos. Ela pega meia dúzia das imensas cápsulas gelatinosas de cor bege e as ingere com aquela água de torneira inglesa de gosto esquisito, e volta para cima se arrastando, fingindo desesperadamente que ela é alguém muito cansada (o que ela supõe que seja mesmo) que está para cair profunda e sonoramente adormecida (o que ela duvida muito que aconteça).

Mas é o que acontece, para sua surpresa subseqüente: um sono leve, porém piedosamente desabitado, embora com um certo sentido de som e de fúria emparedados atrás da penugem secadora neurológica da melatonina.

ELA torna a abrir os olhos e vê a cabeça de Damien ali novamente, no topo das escadas. Ele está usando aquela jaqueta de tarn, abotoada até o pescoço. – Desculpe. Só checando. Não queria te acordar – ele diz, quase um sussurro.

Ela olha para o relógio. São sete da manhã.

– Não – ela diz –, isso é ótimo. Estou acordada.

– Marina não. Ela vai ficar dormindo. Se fizermos silêncio, podemos sair sem acordá-la, tomar café e bater um papo.

– Cinco minutos.

A cabeça dele desaparece.

Flecktarn. É assim que aquele negócio se chama. Como chips de chocolate espalhados sobre confetes da cor das folhas do outono passado.

AQUI você paga mais para ficar sentado com seu café. Para viagem é mais barato. Provavelmente eles também fazem isso em Tóquio, mas ela não havia reparado.

Está chovendo, e Damien veste um agasalho com capuz preto debaixo de seu flecktarn. Ali ele mantém o capuz, sentado nos fundos daquele clone de Starbucks, e ela fica aliviada por isso, porque a cabeça raspada dele a deixa desorientada. Ela sempre o conhecera como alguém com cabelos batendo nos ombros, escorridos, partidos ao meio, anticorte.

Parece com os velhos tempos, ficar ali sentada com ele, diagonalmente oposta à estação de Camden Town, vestindo roupas úmidas e tomando um copo imenso de café com leite.

– E seu pai? – ele pergunta, olhos castanhos espiando de dentro do capuz de algodão.

– Nem sinal. Minha mãe está no Havaí, captando mensagens dele em trechos mortos de fitas de áudio, por isso ela está convencida de que ele morreu. – Isso parece estranho até mesmo para ela, mas como é que você diz essas coisas?

– Que merda – ele diz, com uma simpatia tão evidente e simples que ela tem vontade de lhe dar um abraço. – Isso deve ser horrível.

Ela faz que sim. Toma um gole do copo grande de papel. – Problemas com o seguro, mas provavelmente isso não vai durar muito tempo.

– Mas você acha que ele está morto?

– Na verdade, nunca duvidei. Não sei por quê. – Ela olha para fora daquela caverna urbana brilhantemente iluminada, passando pela fila de clientes e pelos sons de vapor, para os estranhos que passam andando rapidamente na chuva.

– E você está aqui trabalhando para a Blue Ant? – Ele filmou diversos comerciais para eles. Ela ouviu dizer que ele é um dos favoritos de Bigend. – E em Tóquio?

Ela volta a olhar para ele. – Eles me queriam aqui para lhes dizer se um logo novo funcionava ou não. – Ela diz o nome da empresa e ele faz que sim com a cabeça. – Então tudo mudou.

– Não dá pra dizer que você esteja feliz com o tipo de mudança.

– Não. Você não me perguntou por que eu mudei suas fechaduras.

– Fiquei imaginando.

– Visitante. Indesejado. Eu não estava lá.

– Alguém invadiu?

– Não quebraram nada, até onde eu pude ver. Mas a porta estava trancada quando eles entraram. Alguma chance de mais alguém ter chave?

– Não. Eu tomo muito cuidado com essas coisas. Mandei trocá-las assim que a reforma acabou.

– E há uma chance de que seu computador tenha sido comprometido de algum jeito. – Pensando em Boone verificando seu iBook.

– Até parece que alguém vai ganhar alguma coisa com isso. Alguma idéia de quem foi? – Mais curioso do que zangado. Na verdade, nem um pouco zangado. Ela sabia que ele não ficaria. As pessoas o fascinam, de um jeito peculiarmente abstrato: as coisas que elas fazem, embora não tanto por que as fazem.

Ela lhe conta sobre Dorotea e a Rickson e as Putas Asiáticas. A mudança das fechaduras. Depois, seu segundo encontro com Dorotea. O boneco da Michelin no encontro, e depois o boneco na maçaneta da porta.

– Espere um instante. Você não costuma mesmo falar sobre isso, costuma?

– Não.

– Então quem é que sabe disso?

– Bom... Você, alguns poucos outros amigos íntimos, três ou quatro ex-namorados aos quais me arrependo de ter contado, um psiquiatra e dois psicólogos.

– E por que você estava em Tóquio?

– Bigend. Ele está atrás do criador do filme.

Ela o observa assimilar isso. Ele é uma daquelas pessoas que são aparentemente imunes à atração do filme; no caso dele, ela sabe que tem a ver com o fato de que ele é seu próprio criador, com sua própria necessidade obsessiva de gerar seu próprio filme. – Ele diz por quê?

– Não exatamente, mas ele está convencido de que é grande, de algum jeito inteiramente novo, e quer chegar ao fundo disso.

– Então você está trabalhando para a Blue Ant nisso?

– Não. Bigend descreve isso como uma parceria. Com ele. E um consultor de segurança de computador americano chamado Boone Chu.

– Bunchu?

– Boone, de Daniel Boone. C-h-u.

– E você está chegando a algum lugar com isso?

– Principalmente irritada, mas se eu não estivesse sofrendo tanto de jet lag teria espaço para uma séria paranóia. – Ela descreve rapidamente sua experiência no Japão, sem entrar em detalhes sobre Parkaboy ou Taki, apenas um thumbnail dos supostos italianos, e Boone.

– Você encaçapou o sujeito?

– Não. Esmaguei o rosto dele com a testa.

– Não, é assim que a gente chama isso por aqui. Ou costumava chamar, acho eu. Incrível. Jamais imaginei que você tivesse pique pra isso.

– Nem eu. – Ao redor deles, pessoas com guarda-chuvas molhados e mal dobrados batem papo e tomam café. Acima deles, agora, ela ouve um fantástico sotaque de Glasgow pedir um café com leite quádruplo. Damien também ouve isso, e sorri.

– E quanto a você? – ela pergunta. – Obviamente você está completamente envolvido no projeto, além de estar com a diretora de produção.

– Às vezes acho que seria mais fácil se eu pudesse dormir com o pai dela. Ele é um velho Novo Russo. Conseguiu o que tem saqueando sua própria economia, basicamente, mas não há futuro nisso a longo prazo. A Rússia tinha um Produto Interno Bruto igual ao da Holanda, mas isso está mudando. Os novos Novos Russos são transparentes: têm empresas que realmente têm livros-caixa e pagam impostos. Eles descobriram que você pode ganhar ainda mais dinheiro dessa maneira. Não é acidente que Putin sempre se descreva como um advogado. Ele é. Mas o pai de Marina é da velha escola, e é disso que precisamos nesta situação particular. Acerta isso com as pessoas que realmente controlam a terra que estamos escavando, mantém a milícia local a distância. – Ergue uma das mãos, dedos cruzados. Levanta a xícara com a outra, para tomar um gole.

– Fergal disse que você estava de volta para conseguir mais fundos?

– Já consegui. Tivemos uma reunião com os homens do dinheiro na Brasserie.

– Você não quer financiamento dos velhos Novos Russos?

– É a última coisa que eu quero. Acho que temos mais umas três semanas de filmagem.

– Você não está preocupado, se envolvendo com a filha do chefão?

– Ele não é mafioso – Damien diz muito sério, embora ela tivesse apenas dito aquilo como brincadeira. – Um oligarca menor. Boris e eu nos damos bem. Na verdade, acho até que ele está feliz porque a filha está longe do pé dele.

– Então você não quer que ele se acostume demais com você, quer?

– Você está me deixando assustado. – Ele termina seu café com leite. – Mas eu ficaria mais preocupado se fosse você. Trabalhar com Hubertus Bigend seria uma proposta muito assustadora mesmo em tempos menos complicados. – Então ele se levanta, e ela também, tirando a sacola Luggage Label do encosto da cadeira.

– O que é que você vai fazer no resto do dia?

– Vamos pegar um vôo da Aeroflot para São Petersburgo esta tarde. Preciso pegar nossa carga, além dos câmeras adicionais. E Marina. É um TU 185. Colocar Marina num avião russo pode dar um certo trabalho. Fergal está com um budget muito apertado. Preciso sair disso tudo ainda sendo dono do filme, e vai dar trabalho. E você?

– Vou a um estúdio de Pilates. A que horas sai seu vôo?

– Duas e vinte e cinco.

– Então não vou te atrapalhar. Você não se importa que eu fique lá, com esse negócio de pessoas invadindo?

– Eu não aceitaria que você ficasse em nenhum outro lugar.

Do lado de fora, embaixo do toldo da entrada, ele põe as mãos nos ombros dela. – Você vai ficar bem? Tem muitas coisas acontecendo com você, todas elas muito estranhas.

– Vou ficar bem. Foi ótimo te ver.

– Eu sei – chamando um táxi preto. – Quero dizer, sim, foi sim, é recíproco! – O táxi estaciona, ele abre a porta para ela, lhe dá um beijo rápido na bochecha. Ela entra e ele fecha a porta.

– Neal's Yard – ela diz.

23.

BABACAS

Ao sair de Neal´s Yard e do estúdio de Pilates, ela tenta se tornar simplesmente outra turista perdida, embora saiba que jamais será uma. Assim como Magda saindo para espalhar um micro-meme desprezível que sua subsidiária da Blue Ant solicite, Cayce sabe que ela é, e há muito tempo, cúmplice. Embora seja difícil dizer em quê. Cúmplice no que quer que seja que faça aos poucos Londres e Nova York ficarem mais parecidas uma com a outra, que dissolva as membranas entre mundos-espelho.

Ela sabe demais sobre os processos responsáveis pela forma como o produto é posicionado, no mundo, e às vezes se sente duvidando que haja muita coisa além disso rolando. Mas isso é um temperamento, ela diz a si mesma, um mau humor de seu jeito low profile, provocado pelo atraso da alma. Em algum lugar, essa parte dela que ficou está sendo rebobinada, e o trabalho dela ali é simplesmente caminhar, estar em Londres e deixar o corpo dela saber que ela está ali.

A chuva parou, mas algumas gotas ainda caem de marquises e toldos, formando continhas no náilon de sua nova Rickson. De modo ausente, ela estende a mão para tocar o lugar onde a fita deveria estar, mas não está aqui. Não há furo. História apagada pela substituição de um objeto idêntico.

Neste exato instante ela deseja que as vidas pudessem ser substituídas de modo tão fácil, mas sabe que isso não é certo. Por mais estranhas que as coisas pareçam, a estranheza não deveria ultrapassar os limites da vida de uma pessoa, não é? A dela sempre teve seu quinhão de estranheza, mas alguma coisa na sua textura recente parece pertencer a outra pessoa. Ela nunca viveu sua vida de modo a gerar portas deslizantes e passagens secretas, as marcas registradas, ela acredita, de alguma base na babaquice, de uma falta de honestidade subjacente que ela não acredita que seja dela. Nunca antes ela fora uma pessoa invadível, seguível, atacável com intenção de roubo. Durante todo o tempo que ela passara nas várias ruas do mundo, caçando tendências cool para os marcadores de commodity, essas coisas nunca haviam acontecido. Por que agora? O que foi que ela fez de errado?

Ou será, ela pensa, simplesmente que o mundo seguiu numa direção tão diferente, no instante de ter visto aquela pétala cair, que nada realmente é a mesma coisa agora, e que as expectativas que ela tem dos parâmetros de como a vida deveria ser são apenas isso, expectativas, e cada vez mais fora de linha quanto mais ela se afasta daquela vitrine no SoHo Grand.

Fazendo uma pausa agora para olhar, através de uma vidraça, um anorak da Duffer of St. George, uma estranheza devida à falta de serotonina atravessando seu corpo, ela subitamente estremece, lembrando-se do homem em Roppongi a segurando com força, o que viera por trás. Ela não chegara a sentir de fato o medo por aquilo tudo, e agora esse medo vem subindo de dentro dela, uma coisa fria e dura.

– Ele levou um pato na cara. – Bom, na verdade isso aconteceu foi com o outro cara. Levou a própria Cayce na cara, a uma velocidade de sabe-se lá quantos quilômetros por hora.

Comida. Na ausência prolongada de: loucura. Ela vai andando até encontrar uma loja de sanduíches, pequena e pré-globalizada, mas também um tanto inteligente, porque a esta altura ela já está na St. Martin´s Lane. Ela pede salada de ovos em uma baguete pequena, uma xícara de café de coador, e leva tudo para uma mesinha perto da janela, onde se senta, olhando para a rua e comendo seu sanduíche.

A primeira vez que ela viu o Covent Garden foi depois de uma nevasca pesada, caminhando com Win de mãos dadas, e ela se lembra do silêncio secreto de Londres então, a calmaria impressionante, a neve meio derretida fazendo barulho debaixo dos pés dela e o som feito por seções trapezoidais de neve derretida caindo de fios no alto. Win havia dito que ela estava vendo Londres como ela era há muito tempo, os carros em sua maioria recolhidos e as partes modernas cobertas de branco, permitindo que os contornos de alguma coisa mais antiga emergissem. E o que ela tinha visto, naquele dia de infância, era que aquilo não era um lugar que consistisse de prédios, lado a lado, como ela pensava das cidades nos Estados Unidos, mas um labirinto literal e contínuo, uma única estrutura viva (porque ela ainda crescia) de tijolos e pedra.

O celular da Blue Ant toca, da sacola da Luggage Label. Irritada por tê-lo deixado ligado, interrompendo seus pensamentos, ela se atrapalha para tirá-lo da sacola, esperando que seja Boone.

– Alô?

– Cayce. Como vai? Dormiu? – Bigend.

– Sim, dormi.

– Onde está você?

– Saint Martin´s Lane.

– Então está bem pertinho. Venha até a Blue Ant. Precisamos conversar.

O básico instinto de negócios suprime o gemido, mas por muito pouco. – Quando?

– Assim que você puder.

– Estou tomando café da manhã.

– Quando acabar, então. Vou mandar um carro.

– Não – querendo o máximo de tempo possível para atingir algo parecido com a velocidade de Bigend. – Preciso caminhar.

– Assim que você puder. – Ele desliga.

O telefone toca de novo, imediatamente.

– Alô?

– Parkaboy. Cadê você?

– Saint Martin´s Lane.

– Londres? Preciso passar uma coisa para você. Estamos com problemas. Com Judy.

– Judy?

– Judy Tsuzuki. Keiko.

– A garota da foto?

– Inteirinha em seus 1,70 metro. Ela gosta de beber depois do trabalho, então começou a visitar a casa do Darryl, e o Darryl tem problemas com o departamento de garotas. Então ele deu bebida para ela e tentou impressioná-la mostrando como seu computador é enorme. Isso não funciona, e então ele demonstra que grande lingüista ele é, e o efeito que a foto dela provocou naquele babaca no Japão. Ele lê para ela parte dos e-mails de Taki. Ela fica muito puta com ele, inteirinha em seus 1,70 metro com minissaia de couro do bar. Porque ele é um babaca para fazer isso com aquele sujeito no Japão, aquele sujeito que está dizendo coisas para ela que nenhum homem disse antes...

– Mas ele acha que ela é uma estudante...

– Eu sei, mas ela bebeu demais, e por isso Darryl é um babaca...

– Você também é um babaca. Eu mesma sou uma babaca por ter aceitado entrar nessa. – Duas mulheres inglesas mais velhas olham para ela quando entram. Desviam o olhar.

– Vamos deixar a metafísica para depois. O problema é que Judy está com pena do rapaz, está puta com Darryl, e por extensão conosco, e quer escrever para ele de volta. Ela quer mandar mais fotos para ele, desta vez anexos, e fazê-lo feliz. É isso o que ela diz que quer, e se Darryl não quiser, ela diz que vai procurar um jornalista do *Chronicle* com o qual namorou antes e contar a ele sobre um hacker pervertido que mandou um scam para cima de um rapaz em Tóquio – porque o rapaz de Tóquio sabe uma coisa muito importante a respeito daquele filme da Rede.

– Ela sabe que o negócio é sobre isso?

– Pelas traduções dos e-mails de Taki, é evidente. Ela as pegou de Darryl e leu sozinha.

– Então o que você quer de mim?

– Como é que nós a afastamos? Me diga?

– Não a afastamos. Você não pode fazer isso. Deixe que ela escreva para o Taki.

– Está falando sério?

– Claro que estou. Tente mantê-la na personagem, se quiser que as coisas continuem funcionando. Lembre-se, Taki está apaixonado pela pessoa que você disse que ela é.

– Eu tinha medo disso. Na verdade, eu já havia mais ou menos chegado à mesma conclusão. É que eu detesto perder o controle, sabia?

– A idéia de que você teve algum controle sobre isso provavelmente era uma ilusão desde o começo.

– Com um babaca do calibre de Darryl ao meu lado, nem brinque. O que está acontecendo aí do seu lado com aquele T?

– Ele está sendo analisado.

– Por quem?

– Amigos de um amigo. Não sei direito.

– Você está bem? Está com voz de cansada.

– E estou cansada, mas estou bem.

– Mantenha contato. Tchau.

Ela olha para o telefone e se pergunta quem será Parkaboy. Além, claro, de Parkaboy, teórico obsessivo e ácido do filme. O que ele faz quando não está fazendo isso? Ela não faz idéia, e não faz idéia de como ele é fisicamente, de como ele acabou se dedicando tanto quanto ela sabe que ele se dedica a perseguir uma compreensão maior do filme. Mas agora, de algum jeito que ela não consegue definir direito, a garçonete nipo-texana puta da vida de Darryl Musashi parece ser um aspecto disso.

Mas ela está feliz porque tem mais alguém que não gosta do que eles fizeram com Taki.

■ ■ ■

O TELEFONE torna a tocar quando ela está se aproximando da Blue Ant.

– Cadê você?

– Quase aí. Dois minutos.

Ele desliga.

Ela continua caminhando, passando pela vitrine de uma galeria onde a forma azul central em uma grande tela abstrata a faz se lembrar do T-bone de Taki. O que é aquilo? Por que esconder aquilo naquele clarão de luz? O que mais poderia estar oculto em outros segmentos?

Quando ela está estendendo o braço para apertar o botão do interfone da Blue Ant, a porta é aberta por um homem de cabelos pretos e óculos de sol, o nariz elaboradamente sustentado por uma fita de tecido cor de pele. Ele fica paralisado por um instante, desvia-se estranhamente e de repente passa correndo por ela, empurrando seu braço estendido, e dispara rua afora, na direção da qual ela tinha acabado de chegar.

– Ei – Cayce diz, empurrando a porta antes que ela se feche, os pêlos da nuca arrepiados.

Ela entra.

– Estão esperando você lá em cima – diz a jovem recepcionista, sorrindo, um brinco de pedra reluzindo na lateral do nariz.

– Babacas – diz Cayce, olhando novamente para a porta. – Quem foi aquele que acabou de sair?

A garota parece intrigada.

– Aquele com o curativo no nariz.

A garota sorri.

– Franco. Ele é motorista da Dorotea, da Heinzi e Pfaff. Sofreu um acidente.

– Ela está aqui?

– Esperando você. – A garota sorri. – Terceiro andar.

24.

CHIPRE

Bernard Stonestreet, anormalmente ácido e perturbado, está passando no alto das escadas quando ela chega ao terceiro andar; a cabeleira arrepiada e o terno preto imaculadamente desalinhado lembrando-a com muita clareza de sua visita anterior.

– Olá – ele diz, confuso por um instante. – Eu estava me perguntando aonde você se meteu. Reunião com Hubertus e Dorotea?

– Parece que sim.

– Está tudo bem? – aparentando preocupação com o tom de voz dela.

– Uma maravilha – ela murmura entre dentes.

– É um tantinho surpreendente, não é? – abaixando ligeiramente a voz, embora não haja ninguém por perto para ouvir. – Dorotea, quero dizer.

– O que houve com ela?

– Ele a está trazendo para trabalhar aqui como contato com os clientes para a parte gráfica. Inteiramente contrário à maneira como ele estruturou a coisa no começo. Sempre insistiu em que os designers trabalhassem diretamente com ele em primeiro lugar. – A boca de Bernard ficou um pouquinho mais estreita quando ele disse isso. – Embora ela seja experiente, claro. – Ele dá de ombros, as belas ombreiras pretas do paletó de seu terno se movendo de modo expressivo. – Ela deu aviso prévio à Heinzi hoje cedo.

– Quando ela foi contratada?

Stonestreet parece surpreso.

– Hoje cedo. Acabei de saber.

– Onde eles estão?

– Na sala em que nos reunimos. Ali – indicando uma porta.

Ela passa por ele.

Abre aquela porta.

– Bom dia! – Bigend está sentado no mesmo lugar de Stonestreet, na cabeceira de uma mesa comprida. Dorotea está sentada à esquerda dele, na lateral da mesa, voltada para a porta, mais próxima de Cayce. Boone está em frente a ela.

Nem Boone nem Dorotea dizem nada.

Cayce fecha a porta com força.

– Cayce... – começa Bigend.

– Cale a boca. – É uma voz que Cayce não ouve com freqüência, mas quando ouve sabe que se trata de sua própria voz.

– Cayce... – desta vez é Boone.

– Que merda é esta?

Hubertus começa a abrir a boca.

– Você acabou de contratá-la? – apontando para Dorotea.

– Seria demais esperar que você não ficasse zangada – diz Dorotea, com a mais profunda calma. Ela está vestindo alguma coisa de aspecto macio, num cinza muito escuro, mas seus cabelos estão presos para trás e apertados como sempre.

– O homem – diz Cayce, virando-se para Bigend no meio da frase – que tentou me assaltar em Tóquio...

– Franco – Dorotea interrompe baixinho.

– Cale a boca!

– O motorista de Dorotea – diz Bigend, como se isso explicasse tudo. Ele parece, pensa Cayce, ainda mais satisfeito consigo mesmo do que o normal.

– Assaltante – diz Cayce.

– E o que o coitado do Franco fez quando deu de cara com você? – pergunta Dorotea.

– Saiu correndo.

– Apavorado – diz Dorotea. – Os médicos em Tóquio disseram a ele que se você fosse uma polegada mais baixa, poderia tê-lo matado. A cartilagem do nariz dele poderia ter penetrado no prosencéfalo, é essa a palavra certa? Ele sofreu uma concussão, está com os dois olhos roxos, precisa respirar pela boca e provavelmente vai precisar de cirurgia.

A leveza com que Dorotea diz tudo isso detém Cayce, tanto quanto o conteúdo.

– Agora ele não está mais dirigindo – conclui Dorotea. – Certamente não para mim.

– Está assaltando, então? – Mas não é a mesma voz. Alguma coisa voltou para dentro da caixa onde costuma ficar normalmente. Ela está sentindo falta disso.

– Lamento muito – diz Dorotea. – Se eu estivesse lá, isso não teria acontecido. Franco não tem a mão tão pesada, mas alguém estava exigindo resultados. – Ela não chega a dar de ombros exatamente, mas de algum modo transmite essa impressão.

– Cayce – diz Hubertus. – Eu sei que você está aborrecida, mas poderia se sentar, por favor? Estávamos tendo uma reunião extraordinariamente frutífera. Colocando as cartas na mesa. Dorotea sabe muito do que está acontecendo, e tudo isso, ao que parece, diz respeito diretamente a você. Muito diretamente, pois os negócios dela são anteriores ao projeto da Heinzi e Pfaff... ou pelo menos às nossas reuniões aqui. Sente-se. Agora.

Boone, Cayce repara, para sua considerável tristeza, parece atento, mas absolutamente neutro, sentado ali em seu velho casaco preto; uma espécie de rosto de jogador de pôquer chinês transparecendo. Faz cara de quem deveria estar assobiando, mas não está.

Cayce sente que está tomando uma decisão, embora não saiba dizer exatamente qual é, puxa a cadeira no fim da mesa e se senta, mas sem colocar as pernas embaixo da mesa. Se precisar se levantar e sair, é um movimento a menos.

– Boone – diz Bigend – decidiu que era necessário me contar sobre suas interações com Dorotea, o que você sabia que havia acontecido e o que você supunha que pudesse ter acontecido.

– Supunha?

– Supunha corretamente, em todos os casos. – Bigend se recosta na cadeira. Ele precisa do Stetson agora, ela pensa; começou a brincar de acordo. – Ela foi muito grosseira e antipática, ela queimou sua jaqueta, mandou Franco e seu parceiro para invadir o flat de seu amigo e instalar um gravador de toques de teclado no computador de lá. Ela expôs você deliberadamente a uma imagem que sabia que a deixaria perturbada, durante sua segunda reunião aqui, e deixou um brinquedo, também com o propósito de assustá-la, do lado de fora do apartamento de seu amigo. Por acaso, o telefone de seu amigo também está grampeado, e Franco seguiu você em várias ocasiões, incluindo em seu passeio com Boone, durante o primeiro encontro de vocês. E, claro, em Tóquio.

Cayce dá a Boone um olhar que espera que seja lido como "Deixa estar que te pego mais tarde". Depois se volta novamente para Bigend.
– E? O quê, Hubertus? Sabendo disso, você a contrata?

– Sim – Bigend faz que sim com a cabeça, aparentando paciência.
– Porque precisamos dela do nosso lado. E agora ela está do nosso lado. – Olha para Dorotea.

– Cayce – diz Dorotea –, é uma decisão de carreira para mim. – Reforça a palavra "carreira" de um modo particular que antigamente teria sido mais ouvido na palavra "religiosa". – A Blue Ant é onde eu preciso estar. Hubertus sabe disso.

– Mas, Hubertus – diz Cayce – e se Dorotea for...

– Sim? – ele se inclina para a frente, as mãos sobre a mesa.

– Uma grandessíssima filha da puta?

Bigend dá uma risadinha, um som profundamente alarmante.

– Bom – diz ele –, nós estamos no negócio de publicidade, afinal de contas – ele sorri. – Mas você está falando de lealdade, não de honestidade. E eu tenho uma crença forte, porém simples, de que podemos contar com a absoluta lealdade de Dorotea para com... – ele olha para Dorotea, sua expressão subitamente bem fria – a carreira dela.

Com relutância, Cayce percebe que ele pode ter razão.

Ele está comprando a fidelidade de Dorotea com a única coisa que literalmente ninguém mais pode oferecer a ela: uma posição potencialmente ascendente na Blue Ant. E, quando Cayce reconhece isso, fica subitamente muito curiosa para saber o que é que Dorotea sabe, afinal.

– Então me diga – ela diz, encarando Dorotea, e ignorando Boone deliberadamente – o que Hubertus imagina que eu vou achar tão interessante.

– Gostei da sua jaqueta – diz Dorotea. – É nova?

E Cayce mais tarde pensará que Franco, naquele momento, chegou muito perto de não ser a única pessoa a correr o risco de ter a cartilagem nasal enfiada prosencéfalo acima, mas Dorotea se encontra fora do alcance imediato e Cayce se recusa a morder a isca.

Dorotea sorri. – Há três semanas – ela começa – recebi uma ligação em Frankfurt de alguém de Chipre. Russo. Advogado fiscal, ele disse. No começo parecia ser um possível contrato para a Heinzi, mas rapidamente ficou claro que ele estava solicitando serviços da minha linha de trabalho anterior. – Ela levanta uma sobrancelha para Cayce.

– Eu já estou sabendo.

– Ele queria que alguém ficasse suficientemente desconfortável para não aceitar um cargo em uma determinada empresa. Esta empresa. E você, claro, é essa pessoa. – Dorotea cruza as mãos sobre o colo. – Ele chegou de Chipre imediatamente, se é que ele realmente era de Chipre, e tivemos uma reunião. Então ele me contou quem era você, e naturalmente eu já tinha alguma idéia a respeito pelo meu conhecimento do negócio, deste negócio. Ele estava obviamente ciente tanto de meu histórico quanto da maneira como eu estava posicionada em relação à Blue Ant. Eu reparei nisso cuidadosamente.

– Ele era russo?

– Era. Você conhece Chipre?

– Não.

– É um paraíso fiscal para os russos. Cuida das necessidades deles. Há muitos russos lá. Deram-me informações com relação a você e pagaram pelos meus serviços.

– Dorotea – diz Boone. – Não queria interromper quando você estava contando isso antes, mas qual foi a forma de pagamento?

– Dólares americanos.

– Obrigado. – Boone torna a ficar em silêncio.

– Que informações?

– Quando você parou de ver Katherine McNally? – Dorotea pergunta em resposta.

– Em fevereiro – Cayce responde automaticamente, sentindo um arrepio na base do crânio.

– Meu russo de Chipre me deu transcrições do que parecem ser anotações dela.

Durante as sessões, Katherine havia tomado notas taquigráficas.

– Com elas eu fiquei sabendo de sua sensibilidade a...

– Não precisa continuar – Cayce a interrompe. Será que sua terapeuta poderia tê-la traído dessa maneira? Katherine manifestara suas dúvidas com relação ao fato de Cayce encerrar as sessões, era verdade, mas elas haviam chegado a um acordo e terminaram sem problemas. Katherine queria trabalhar nas questões dela com Win e seu desaparecimento, mas Cayce ainda estava vivendo aquilo tudo, e não quis. – Não consigo acreditar que Katherine...

– Provavelmente não foi ela – diz Dorotea, como se lesse seus pensamentos. – Este homem de Chipre, duvido que você conheça esse tipo de homem. Eu conheço. É pelo menos igualmente provável que ele tenha enviado alguém, em Nova York, para invadir o escritório desta mulher e fotografar os documentos. Ela jamais saberia.

– Note – diz Bigend – que não podemos datar isso com precisão. Se você deixou de vê-la em fevereiro, eles podem ter conseguido esse material em qualquer momento depois disso, até fazerem contato com Dorotea.

Cayce olha de Bigend para Boone, e de volta para Dorotea.

– E sua... – ela não consegue pensar em um termo – declaração de missão?

– Deixar você desconfortável o bastante para ir embora de Londres. Se possível, que você então evitasse a Blue Ant, e Hubertus em particular. Além disso, eu deveria cuidar para que o software que me deram fosse instalado no computador de seu amigo, e monitorar seus movimentos em Londres.

– Eles insistiram para que Dorotea devolvesse o software que forneceram para a instalação – acrescenta Boone. – Infelizmente, ela fez isso.

– Então Franco entrou no flat de Damien, colocou alguma coisa no computador. E as Putas Asiáticas?

– Putas Asi...? – os olhos de Dorotea se arregalam ligeiramente, como se espantados.

– E ele ligou para você? Para dizer que havia feito isso?

– Como você sabe?

– Ele usou o telefone de Damien.

Dorotea diz alguma coisa baixinho, evidentemente obscena, em italiano.

Silêncio. Eles olham um para o outro.

– Quando ficaram sabendo que você ia para Tóquio – diz Dorotea –, eles ficaram, acho, empolgados. Insistiram que eu vigiasse você lá. Com minhas responsabilidades para com a Heinzi, eu não podia ir. Enviei Franco e Max.

– Eles? Quem são eles?

– Não sei. Só me comunico com esse russo. Ele obviamente trabalha para alguém. Ele queria o que achava que você podia apanhar com alguma pessoa com a qual ia se encontrar.

– Mas como eles ficaram sabendo...?

– Descobrir isso é o meu trabalho – diz Boone.

– Mas Pamela Mainwaring não está mais conosco – diz Hubertus.

– Ela era fácil – diz Dorotea.

– E agora – diz Hubertus, se levantando –, se você e Boone nos derem licença, quero apresentar Dorotea aos designers com os quais ela irá trabalhar.

Deixando Cayce e Boone sozinhos um com o outro.

25.

SIGIL

O Starbucks, ela pensa, sentada em um deles perto da Blue Ant, exatamente abaixo das mesmas lâmpadas de pêndulo Murano fake que eles têm na filial mais próxima de seu apartamento em Nova York, é um lugar estranho para se sentir assim tão zangada.

Ela e Boone conseguiram chegar ali por alguma forma altamente desconfortável e basicamente não-verbal de tomada de decisões, porque Cayce não queria ficar na Blue Ant um segundo a mais do que o necessário, e agora ele está esperando o pedido dos dois naquele mesmo balcão de bebidas com tampo redondo que todos eles possuem.

A decoração de algum modo provoca uma neutralidade emocional, um nivelamento afetivo. Ela consegue sentir isso começando realmente a acalmá-la (embora talvez isso seja simplesmente questão de sua familiaridade), mas então ele está ali, colocando seus cafés com leite sobre a mesa. – Então, por que a Starbucks não deixa você louca – ele pergunta – se o gatilho é o branding excessivo?

Ela o fuzila com os olhos, bestificada com a irritação que está sentindo.

– Você parece zangada. – Ele se senta em frente a ela.

– E estou. Tirando o fato de Hubertus ter se associado a Dorotea, e Dorotea ter tido acesso às anotações da minha terapeuta, estou questionando se posso trabalhar com você.

– Acho que entendo.

– Não gostei daquilo, no carro, quando você tomou a dianteira com Bigend...

– Desculpe. Eu me atropelei ali, mas fiquei puto por ele ter aparecido daquele jeito. Imaginei que você também.

E isso era verdade.

– Agora você contou a ele o que eu achava que estava se passando com Dorotea. Sem me consultar. Eu havia compartilhado isso com você, não com ele.

– Eu imaginei que você estivesse dormindo...

– Você devia ter me ligado!

– E eu sabia que Franco e Max estavam sentados num carro estacionado na diagonal, em frente ao prédio do seu amigo.

– Estavam? Quando?

– Quando passei por ali à uma da manhã para dar uma olhada.

– Você fez isso? Por quê?

– Para ver se você estava bem.

Ela fica olhando para ele.

– Foi aí que eu liguei para Bigend e contei a ele o que estava acontecendo, e que eu achava que esses sujeitos estavam trabalhando para Dorotea. Ele ligou para ela então. Ele sabia que ela estava em Londres. Não sei o que ele disse para ela inicialmente, mas em dez minutos Franco estava falando ao telefone e em seguida eles foram embora. Fiquei por ali mais um tempo, deduzi que provavelmente você ficaria bem, fui até o hotel de Bigend. Tomamos um café da manhã muito cedo, e depois Dorotea se juntou a nós para um café.

– Você dormiu?

– Não.

– E você estava lá quando ele fez o acordo com Dorotea?

– Eu estava lá quando ele negociou os pontos mais delicados do acordo que fizeram por telefone. Mas estava lá para ouvir a história dela, então sei que Franco e Max voltaram para cá quase ao mesmo tempo em que você pediu um vôo para Pamela Mainwaring. Eles realmente nos seguiram desde o aeroporto. A propósito, disso Hubertus não sabe. Ele realmente não se preocupa com esse nível de detalhamento.

Ela está começando a se dar conta de que, se ele violou a confiança dela com Bigend, foi somente para garantir a segurança dela. Não que ela esteja se sentindo mais segura no momento.

– Mas e se ela ainda estiver mentindo? E se ainda estiver trabalhando para quem quer que seja?

– Pode ser. Hubertus é um jogador. E muito metódico, à sua maneira, mas ainda um jogador. Ele está apostando que a compreende melhor do que eles. Esses russos, cipriotas, sejam lá o que forem, provavelmente tudo o que podem oferecer a ela é dinheiro. Ou, como o próprio Bigend sugeriu, quando me contou o que estava fazendo, eles podem cooptá-la novamente, de modo mais fácil, com uma ameaça.

– Como assim?

– Ela não poderia desfrutar muito de sua carreira se estivesse morta.

– Você não está sendo melodramático?

– Pessoas que mandam russos do Chipre contratarem espiões corporativos para elas podem se dar ao luxo de ter um pendor para o drama. Particularmente se elas próprias forem russas.

– Ela ainda está em contato com eles? Eles são russos? Quem são eles?

– Ela falou com ele ontem à noite. Até agora, hoje, ela está evitando contato.

– Por que você usou o plural antes? "Eles"?

– Ela acha que é uma organização de alguma espécie. O russo é o único que ela encontrou, mas já falou com vários outros por telefone. Eles a brifam, basicamente. Ela acha que são todos russos ou trabalham para eles.

Ela fica pensando nisso, tentando fazer a cabeça funcionar pelo menos um pouco. Não é fácil. – E eles sabem sobre você?

– Só pelo grampo no telefone do seu amigo, e também só que Hubertus queria que você se encontrasse comigo. Eles nos fotografaram, à beira do canal. E devem saber que quem estava na scooter em Roppongi era eu. A não ser que você tenha contado a mais alguém, em particular usando aquele telefone de Camden?

– Não contei não. E a respeito do meu celular, se Pamela estava trabalhando para Dorotea?

– Dorotea diz que não. Não houve tempo. Mainwaring pegou o telefone de um lote que a Blue Ant tem à mão. Dorotea teria tentado fazer alguma coisa com aquilo, se tivesse tido tempo. Seu iBook foi adquirido a cerca de um quarteirão daqui, pelo garoto de suporte técnico deles, e eu conversei com ele. Ele o desembalou, certificou-se de que estava funcionando, carregou o que Hubertus queria que você levasse e deu a máquina para Mainwaring na hora em que ela saía porta afora. E não consegui encontrar nada quando dei aquela checada nele em Tóquio. O que mais ela deu a você?

– Nada. – Então ela se lembra. – Cartão de crédito da Blue Ant. Visa.

– Então poderíamos supor que eles possuem esse número. Eu pediria um cartão novo.

– O sujeito que tentou pegar minha bolsa em Tóquio...

– Franco. Um elo fraco em potencial. – Ele tira um telefone do bolso e verifica a hora na tela. – Mas ele está a caminho de Heathrow agora para pegar um vôo para Genebra. Passagem de Bigend. Ele vai se recuperar e um cirurgião suíço muito caro vai examinar o nariz dele de graça. Vai ficar fora do caminho e ganhar muito bem para isso. O outro sujeito ganha duas semanas em Cannes, além de um belo bônus. Terá menos chances de falar com cipriotas, sejam lá quem forem. Assim esperamos. Essas situações envolvendo pessoal contratado sempre têm potencial para problemas.

– E o que Dorotea vai dizer ao homem de Chipre?

– Que Bigend a contratou. Não há como esconder isso. O release de imprensa está saindo agora. Eles vão suspeitar que ele a está comprando, claro, mas ela é uma jogadora.

– E quanto ao telefone dela, aquele no qual Bigend a encontrou? Como é que você sabe que aquele não estava grampeado?

– Ele o teria dado pessoalmente a ela, em algum momento, e dito a ela que não o utilizasse, apenas o mantivesse carregado e ligado, caso precisasse dela. Embora o problema com celulares não é que seu telefone tenha sido grampeado, normalmente, mas que alguém entre na sua freqüência. É inerentemente inseguro, a menos que você esteja encriptado.

– E você foi até a casa de Damien à uma da manhã para ver se eu estava segura?

– Eu não conseguia dormir.

Ela coloca o café sobre a mesa.

– Obrigada.

– Estamos quites agora? Você acha que pode trabalhar comigo?

Ela o olha nos olhos.

– Só se você me mantiver por dentro de tudo. Eu preciso saber o que você está realmente fazendo. Você consegue fazer isso?

– Dentro de limites práticos.

– E o que significa isso?

– Estou partindo para Columbus, Ohio. Esta noite. Se eu tiver sorte, talvez não possa correr o risco de dizer a você exatamente o que está acontecendo. Você poderá ter de ler nas entrelinhas, até podermos nos encontrar pessoalmente de novo.

– O que tem em Columbus?

– Sigil Technologies. Marca d'água para todas as formas de mídia digital. O website deles faz questão de não dizer quem são seus clientes, mas amigos meus me disseram que alguns são bem grandes.

– Você acha que foram eles que colocaram as marcas d'água no filme?

– Parece que sim. Mandei o número de Taki para meu amigo na Rice. Assim que ele soube o que procurar, conseguiu abordar isso de um ângulo diferente. Aquele número está definitivamente encriptado no segmento setenta e oito. Mas o jeito como ele foi feito, diz ele, é diferente, e aponta para uma certa escola de pensamento. Sabe-se, segundo ele, que parte dessa escola de pensamento encontrou um lar na Sigil Technologies.

– E o que você vai fazer quando chegar lá?

– Usar meu jogo de cintura. Engenharia social.

– Você é bom nisso?

– Em certos contextos – ele diz, e toma um gole do seu café.

– Você mandou o T-bone do Taki para o seu amigo?

– Mandei. Usando o que ele aprendeu a respeito do setenta e oito, ele pode experimentar uma série de coisas diferentes. Ele pode ligar cada um a um ponto específico no mapa. Se aquilo for um mapa.

– Parece um mapa. Eu conheço uma pessoa – pensando em Darryl – que vai tentar dá-lo a um bot que só faz busca em mapas. Se ele foi traçado a partir de alguma cidade real, poderemos obter uma comparação.

– Isso seria ótimo, mas agora estou atrás é da natureza do envolvimento da Sigil. Será que eles recebem cada segmento de algum lugar, fazem a marca d'água dele e depois o enviam de volta? Se fazem isso, e se pudermos descobrir de onde os segmentos vêm, ou para onde eles os enviam, poderíamos ter nosso criador.

– Será que eles realmente precisam vê-lo para colocar a marca d'água?

– Acho que não, mas quero descobrir.

– Como é que você propôs fazer isso?

– Vou aparecer na porta deles como representante de uma pequena porém bem-sucedida empresa que desenvolveu recentemente a necessidade de marcas d'água digitais não detectáveis. Isso já será um começo. Por que você quer saber se eles olharam os segmentos?

– Existem fãs do filme por toda parte. Ou alguém fazendo aquele trabalho poderia se tornar um deles, através da exposição ao filme. Pode haver alguém que já saiba o que você está procurando.

– Pode ser. Mas teríamos de anunciar isso, não teríamos?

Ele tem razão.

Ele torna a verificar a hora no seu celular. – Preciso ir.

– Para onde?

– Selfridge´s. Preciso de um terno, e rápido.

– Não consigo imaginar você num terno.

– Não precisa – ele diz, se levantando, a maletinha de couro já na mão. – Dificilmente você me verá vestindo um. – Ele sorri.

Mas aposto que você ficaria ótimo num, alguma coisa dentro dela diz. Isso a faz corar. Agora é a vez dela se levantar, sentindo-se incrivelmente desajeitada. – Boa sorte em Ohio – ela diz, estendendo a mão para um aperto.

Ele dá uma apertadinha carinhosa em vez do cumprimento tradicional, ao mesmo tempo inclinando-se rapidamente para beijá-la de leve na bochecha. – Se cuida. Vou ficar em contato.

E logo depois ela o vê saindo porta afora, passando uma garota com calças de pára-quedista Maharishi com tigres bordados que, ao ver a expressão no rosto de Cayce, seja ela qual for, dá um sorriso e pisca.

26.

SIGINT

Limpar o flat de Damien acaba se tornando um projeto mais complicado do que ela havia esperado, mas ela vai à luta, com a confiança de que o trabalho braçal e o esforço exigido para se concentrar na tarefa de algum modo adiantem o processo de recuperação da alma. Diversas câmeras de vídeo foram desembaladas ali, deixando a sala principal atulhada de formas de espuma branca abstratas, inumeráveis amendoins de espuma, plásticos-bolha rasgados e embolados, saquinhos Ziploc vazios, manuais de instruções e garantias. É como se uma criança mimada tivesse rasgado as embalagens de uma pilha de presentes muito caros, e ela supõe que esse seja de fato o caso, dependendo de como se encare a figura de Damien.

Garrafas de cerveja, um pires servindo de cinzeiro improvisado para Marlboros com batom, pratos sujos com restos do tandoori a domicílio, um par de calcinhas de aparência muito cara que ela joga alegremente no lixo, e o mesmo vale para vários artigos de maquiagem descartados no banheiro. Ela troca os lençóis da cama no andar de baixo, ajeita a luva de forno gigante, tira o pó e usa rapidamente um aspirador de pó alemão vertical de um vermelho vivo que obviamente nunca fora usado antes.

Vai até o andar de cima para ver o que precisa ser feito, e um grande martelo de desenho animado simbolizando pura exaustão desce em cima dela, fazendo com que ela desabe na maciez do futon que estava esperando por ela.

Quando ela acorda, o telefone está tocando lá embaixo, e a luz lá fora está diferente. Ela olha para seu relógio e vê que se passaram oito horas.

Ela ouve o telefone parar de tocar, e depois recomeçar.

Quando vai atender, é Magda, perguntando se ela gostaria de jantar.

ESPERANDO apenas Magda, ela vê Voytek e o africano enorme também, quando chega ao ponto de encontro marcado perto da estação. Todos parecem maravilhosamente animados com ela, mas ela supôs que isso tudo é porque eles não estão sofrendo de jet lag e não têm vidas tão complicadas quanto a dela se tornou recentemente. Ngemi em particular, totalmente fechado em seu casaco apertado de couro preto imitação, está com um sorriso enorme, e enquanto eles caminham até um restaurante grego em algum lugar atrás da estação, ela fica sabendo por quê.

Ele vendeu as calculadoras que ela tinha visto perto de Portobello para a representante esperada daquele mesmo colecionador japonês, pelo que é evidentemente uma bela soma. Ele tem o ar de um homem cuja causa perdida acabou sendo ganha de forma completamente inesperada, embora em um certo momento ele solte um enorme suspiro. – Agora preciso ir a Poole, e pegá-las com o Hobbs.

Ela se lembra do homem desagradável do carrinho sujo.

– Não gosto dele – Magda diz na hora, e para Cayce parece que ela está se dirigindo basicamente a Voytek.

– Ele é um homem brilhante – Voytek responde, dando de ombros.

– Um espião velho bêbado horroroso.

Sintonizada agora com palavras como "espião", Cayce nota isso, mas esquece quase imediatamente.

O restaurante que eles escolheram é um grego estilo caseiro, pequeno e tranqüilo, que mostra todos os sinais de antecipar a Cruzada das Crianças. Com suas paredes pintadas de branco, fragmentos de azul-Egeu e uma atmosfera profundamente característica de turistas gregos, ele de algum modo faz Cayce se lembrar de quando esteve num restaurante chinês em Roanoke, Virgínia.

– Adorei seu cabelo – Magda diz a ela, enquanto servem retsina, e ela está com cara de quem gostou mesmo. – Você cortou em Tóquio?

– Obrigada. Foi sim.

– Mas você ficou lá tão pouquinho tempo.

– Sim. A negócios. – Cayce abafa um bocejo que parece ter vindo de lugar algum. – Me desculpe.

– Você ainda está pelo relógio deles? Deve estar exausta.

– Acho que agora estou pelo meu próprio relógio – diz Cayce. – Mas não sei que horas são.

Ngemi fala em desvalorização do iene e como isso poderia afetar seus negócios, o que leva a uma conversa sobre um colega de escola de Magda que foi recentemente contratado como parte de uma equipe de design de roupas para os personagens de um novo videogame japonês. Ngemi e Voytek acham isso um pouco difícil de acreditar, mas Cayce lhes assegura que é absolutamente normal; que na verdade esse é um aspecto da indústria de design que está em rápida ascensão.

– Mas esses personagens de anime não usam chapéus – lamenta Magda, colocando mais do resinoso vinho amarelo em sua taça, e depois fazendo uma careta por causa do sabor ácido. – Todos eles têm cortes de cabelos exatamente iguais ao seu! – Ela está vestindo um corpete de uma cor chamada Turbo Blue, usada mais tradicionalmente para pintar grandes peças de equipamento elétrico em fábricas. A sombra nos olhos dela combina.

– A vida está mais difícil para o artista sério – diz Voytek, que parece mais lento agora. – Tempo é dinheiro, mas dinheiro também é dinheiro.

– Você vai conseguir seus andaimes – diz Magda. – Tudo vai dar certo. – Ela explica a Cayce que seu irmão, depois de ter conseguido quase trezentos ZX 81s, está enfrentando a desanimadora tarefa de alterar individualmente suas caixas para aceitar conexões de um tipo determinado, e cada conexão dessas tem que ser minuciosamente soldada no circuito Sinclair original. Voytek escuta atento, com um evidente prazer em ouvir sua irmã recontar as tribulações do artista sério.

Ele está criando, Cayce está começando a perceber, alguma espécie de máquina de conexão primitiva de peixes pulmonares. Ele desenha a estrutura num guardanapo para ela: uma representação de uma grade tridimensional, que deverá ser construída a partir de um lote de andaimes de terceira mão que Ngemi localizou em Bermondsey. Ela vê as linhas de tinta se espalharem no papel, ampliando-se, e pensa em Taki, no barzinho em Roppongi.

É um andaime muito enferrujado e salpicado de tinta, Ngemi assegurou a ele, exatamente o que ele quer para a textura da peça. Mas se ele fizer sozinho as modificações em cada Sinclair, vai encarar semanas de trabalho, se não meses. Os andaimes não são caros, mas também não são de graça, e precisam ser transportados, medidos, serrados, montados, provavelmente serrados de novo, depois montados mais uma vez, e depois guardados em algum lugar até que se arranje uma galeria. – Preciso encontrar um mecenas – ele diz.

Cayce pensa em Billy Prion, mas se segura e não diz que o viu em Tóquio e sabe que ele está ocupado neste momento.

– Quando você nos conheceu – Ngemi diz para Cayce –, parecia que os problemas de financiamento de Voytek estavam para ser resolvidos. Mas, infelizmente, não. Acabou não sendo assim.

– Como foi isso? – pergunta Cayce, percebendo que ela própria está sendo preparada para um papel potencial de mecenas.

– Nem Hobbs nem eu tínhamos qualquer coisa de suficientemente especial para interessar nosso colecionador japonês, mas combinando os estoques disponíveis, conseguimos empregar a psicologia do "lote". Colecionadores se comportam de modo diferente então. "Konvolut", a palavra alemã que significa lote de leilão. Eu gosto dessa palavra; colecionadores a abordam de maneira diferente, se envolvem dentro dela. Eles querem crer que existe algum tesouro escondido ali dentro. – Ele sorri, a cabeça escura e raspada reluzindo com o reflexo da luz das velas. – Se a venda tivesse sido concluída, a minha intenção era emprestar a Voytek a quantia de que ele precisa para os andaimes.

– Mas você não disse que tudo deu certo – pergunta Cayce – nesse meio tempo?

– Sim – diz Ngemi, com um orgulho discreto –, mas agora estou em negociações para comprar o Wang de Stephen King.

Cayce fica olhando para ele.

– A procedência – Ngemi lhe assegura – é imaculada, o preço alto, mas, acredito, razoável. Uma coisa imensa, um dos primeiros processadores de texto dedicados. Só os custos de envio vão exigir os fundos que eu havia reservado para os andaimes, e mais um pouco.

Cayce faz que sim com a cabeça.

– E agora eu preciso lidar com Hobbs Baranov – continua Ngemi, menos feliz – e ele está num de seus períodos de mau humor.

Se não estava quando eu o vi, pensa Cayce, eu não gostaria de encontrá-lo quando estivesse.

– Hobbs queria sua parte da venda das Curtas para comprar uma peça muito rara que foi para leilão em Haia na quarta-feira passada. Um protótipo de fábrica da primeira Curta, exibindo uma variação peculiar, possivelmente única, no mecanismo. Mas ela foi para um negociante da Bond Street, e não foi por um preço ruim. Hobbs não estará de bom humor quando eu for visitá-lo.

– Mas você vendeu as dele também, não vendeu?

– Sim, mas assim que alguma coisa chega à Bond Street, passa a ficar além do alcance dos meros mortais. Até mesmo de Hobbs Baranov. Caro demais.

Magda, que estava enxugando a retsina com um pouco mais de determinação que o resto deles, faz uma cara amarga.

– Esse homem é assustador. Você não devia se meter com ele. Se é assim que os espiões americanos são, eles são piores até mesmo do que os russos que eles derrotaram!

– Ele nunca foi espião – Ngemi diz, abaixando seu copo. – Um criptógrafo. Matemático. Se os americanos fossem tão sem coração, ou tão eficientes, quanto as pessoas imaginam que eles são, jamais deixariam o coitado do Hobbs se matando de tanto beber numa caravana.

Cayce, que não está se sentindo particularmente sem coração nem muito eficiente, pergunta: – O que eles fariam então?

Ngemi, antes de colocar uma garfada das lulas que restaram na boca, faz uma pausa.

– Suponho – ele diz – que o matariam.

Por ter sido criada até certo ponto dentro da fantasmagórica porém em sua experiência incrivelmente banal membrana da comunidade de informações dos Estados Unidos, Cayce tem seu próprio conjunto de filtros de probabilidade quando se trata de mencionar essas coisas. Win jamais, até onde ela soube, fora um agente da inteligência, mas conhecera e trabalhara com eles. Ele havia vivenciado um certo núcleo de experiências com eles, compartilhando à sua própria maneira do mundo secreto e de suas guerras. E muito pouco do que Cayce ouviu falar desse mundo, conforme descrito por aqueles com menos senso ainda do que ela, parece algo que não seja fantasia. – Na verdade – ela diz a eles –, é meio que uma tradição deixar que eles se matem de tanto beber.

Alguma coisa no tom de sua voz interrompe a conversa, coisa que ela não havia pretendido. – O que você quer dizer com caravana? – pergunta a Ngemi, para acabar com o silêncio.

Win havia vivido o bastante para enterrar uma série de colegas, nenhum dos quais, até onde ela sabe, morreu de algo mais sinistro do que estresse e excesso de trabalho, e talvez por uma espécie de depressão engendrada por observar por muito tempo e muito de perto a alma humana, a partir de certos ângulos previsíveis, mas basicamente antinaturais.

– Ele mora num pequeno trailer – diz Ngemi. – Ilegalmente, para falar a verdade. Perto de Poole.

– Mas ele ganha uma puta duma pensão da CIA – Magda protesta. – Eu não acredito nesse negócio de caravana! E ele compra essas tais de Curtas, elas custam fortunas. Alguma coisa ele está escondendo. Segredos. – Toma um grande gole de sua retsina.

– NSA – Ngemi a corrige. – Pensão por invalidez, eu imagino, embora eu certamente nunca tenha perguntado a ele. Ele tem talvez dez mil libras líquidas, acredito. A maior parte desse dinheiro, a qualquer momento determinado, em calculadoras. Nenhuma fortuna. Nem sequer o bastante para mantê-las, na verdade. Como colecionador, ele precisa comprar, mas sendo pobre, ele precisa vender. – Ngemi dá um suspiro. – É assim para a maioria das pessoas, inclusive para mim.

Mas Magda não engoliu essa.

– Ele é um espião. Ele vende segredos. Voytek me contou.

Ruborizado, o irmão dela olha de Cayce para Ngemi, e depois novamente para Cayce.

– Não espião. Não segredos do governo. Você não deveria dizer isso, Magda.

– Então o que é que ele vende? – Cayce pergunta.

– Às vezes – diz Voytek, abaixando ligeiramente o tom de voz – acho que ele localiza informações para pessoas.

– Ele é um espião! – Magda declara orgulhosa.

Voytek faz uma careta.

– Ele talvez tenha conservado determinados contatos – Ngemi sugere – e consegue encontrar determinadas coisas. Imagino que existam homens no centro financeiro de Londres... – Sua grande testa negra franze com seriedade. – Nada de ilegal, assim espero. Redes de velhos amigos são coisas com as quais estamos acostumados por aqui. Não é coisa que se pergunte. Supomos que Hobbs ainda tenha sua própria rede.

– Sig-int – diz Magda, triunfante. – Voytek diz que ele vende sig-int.

Voytek fica olhando para o próprio copo, com cara de mau humorado.

SIGINT. Cayce sabe o que é isso. Signals intelligence, serviço de informações de sinais.

Ela decide mudar de assunto. Seja lá o que for aquilo, está tirando o pouco prazer que ela conseguiu obter naquela noite.

DEPOIS de saírem do restaurante, eles param em um pub lotado perto da estação. Cayce, lembrando-se dos tempos da faculdade que retsina não se mistura bem com nenhuma outra espécie de álcool, pede meio shandy e deixa a maior parte no copo.

Sentindo que a forçação de patrocínio está provavelmente para ser lançada de modo mais direto em sua direção, ela opta por uma ação preventiva.

– Espero que você encontre logo um apoiador, Voytek. Tenho certeza de que isso vai acontecer. Isso me faz desejar que eu tivesse todo esse dinheiro, mas não tenho.

Como ela havia de algum modo esperado, todos olham uns para os outros.

É Ngemi que decide arriscar um palpite. – Será que seu empregador talvez não estivesse em posição de...

– Eu não posso perguntar uma coisa dessas. Não estou lá há tempo suficiente. – Mas, pensando não em Bigend, mas no cartão de crédito dele, em sua carteira. Ela poderia comprar os andaimes enferrujados de Voytek para ele. E é o que ela fará, decide, se ficar claro que não vai aparecer mais nada. Vamos deixar os russos de Dorotea, em quem ela ainda não sabe ao certo se acredita, pensarem nisso.

27.

A FORMA DO ENTUSIASTA

Subindo as escadas, ela pensa sobre como não tem agora o menor interesse em fazer aquele negócio de James Bond.

Não há nenhum fio de cabelo colado a cuspe esperando para ser checado. É menos uma questão de fé nas fechaduras alemãs do que uma espécie de fatalismo. Qualquer pessoa que seja capaz de entrar no escritório de Katherine McNally na Quinta Avenida e roubar ou copiar as anotações dela sobre as sessões de Cayce seria capaz de passar por essas fechaduras, ela parece ter concluído. Mas será que aquilo poderia ter realmente acontecido? Será que alguma figura entrou, na calada da noite, e passou sorrateira pela mesinha da pequena área de recepção, com seus exemplares de três anos de idade das revistas *Time* e *Cosmopolitan*?

Ela destranca a porta, duas vezes. Abre-a e viu que esqueceu de deixar alguma luz acesa. – Que se foda – ela diz, para qualquer pessoa que possa estar esperando ali dentro.

Acende a luz. Trancando a porta atrás de si, dá uma olhada no andar de cima.

Horário Padrão Central de Cayce Pollard indicando que ainda não vale a pena tentar dormir.

Ela liga o G4 de Damien, abre o Netscape e vai até o F:F:F, prestando atenção nas teclas que precisa digitar para chegar lá. Se Dorotea está dizendo a verdade, seu rapaz das Putas Asiáticas havia instalado naquela máquina um software que registra cada tecla que o usuário digita. As seqüências gravadas podem ser recuperadas de qualquer lugar, através de alguma espécie de porta dos fundos. Será que esse software também registra cliques de mouse? Talvez eles só vejam as teclas, ou as teclas e também as URLs?

O F:F:F está começando a não parecer familiar, depois de sua ausência relativamente longa. Ela não reconhece a maior parte dos nicknames dos membros que postam mensagens na página atual. Ela se lembra de alguma coisa sobre um programa de televisão especial recentemente ter gerado uma onda de newbies. Será que esses são nomes não familiares? Ela escaneia alguns poucos tópicos sem abrir nenhum post, julgando-os somente pelos títulos. O Segmento 78 ainda é um tópico quente, assim como aquele negócio do Filme Satânico Brasileiro.

Ela se recosta e fica olhando para a tela, as mãos no colo (o teclado agora a apavora) e imagina mais figuras sombrias, em outro aposento, uma espécie de sala de operações de *O Agente da U.N.C.L.E.*, sentada, olhando para uma tela imensa em que não há nada a não ser uma página do F:F:F, esperando que Cayce abra um post.

Ela os deixa esperando, e em seguida fecha o Netscape e desliga o computador.

Ela não tem mais que dedicar nenhum pensamento a conectar o iBook ao telefone celular. Se Boone estava certo, lá em Tóquio, este daqui não está passando nenhuma informação de teclas digitadas à sala do *Agente da U.N.C.L.E.* Embora, ela pensa ao entrar no Hotmail, e se eles tivessem aparecido enquanto ela foi lá no restaurante grego e...?

– Que se foda – bem alto, para as garotas-robô de Damien. Ela não pode viver desse jeito. Ela se recusa.

O Hotmail tem três mensagens para ela.

A primeira é de Boone.

Oi. Saudações da LGA, terra da Segurança Extrema. Daqui irei rapidamente até Colombos e à reunião inicial com A Empresa em

Questão. Vou ter que improvisar completamente, é claro. Como você está? Quero saber.

Você não é, pensa ela, o mais eloqüente dos correspondentes. Mas o que ela está esperando, pergunta a si mesma? Shakespeare, de um sujeito que está esperando uma conexão no Aeroporto LaGuardia?

Oi. Estou no meu laptop, como discutimos. Aqui tudo OK. Nada a relatar.

A seguir, Parkaboy, abrindo:

Jesus. (Minha mãe era muito religiosa, à sua maneira disfuncional. Eu já tinha te contado isso? Por isso todas as palavras que uso quando estou com medo sejam blasfemas, suponho eu.) Darryl está deixando Judy escrever o roteiro da correspondência de Keiko, porque você disse que não tínhamos alternativa. Ela praticamente se mudou para a casa dele agora, e ligou para o trabalho alegando doença duas noites seguidas. Ela está pasma pela extensão (ela quer dizer a pureza comovente) da paixão de Taki por ela. Isso apesar do fato de que ela sabe que Taki pensa que ela é uma japonesinha estudante de faculdade, e que Darryl está traduzindo para ela o que vem e o que vai. Na verdade, ele está me dando a entender que está tentando da melhor maneira possível amenizar o script de Judy, e contou a ela que ele não tem um comando tão bom assim do jargão sexual japonês. (Não é verdade.) Diz que ela está começando a chorar muito, e a dizer que o amor que Taki tem a oferecer para ela é o amor pelo qual ela esperou por toda a vida. Francamente, isso é uma das merdas mais estranhas que já apareceram na minha frente

em um bom tempo, e acho que seria de um humor muito negro se não estivéssemos tentando... BTW, o que é que nós estamos tentando fazer aqui? Insistindo em deixar Judy fazer isso, nós perdemos o fulcro para extrair mais material dos Místicos. Além do que, podemos perder Taki para sempre – um caso de priapismo terminal. Seu, PB

Em seguida, Ivy, fundadora e dona do F:F:F, de quem ela não tem notícias desde que saiu de Nova York.

Oi Cayce. Há quanto tempo não te vejo no fórum. Você está no Japão? Eu estou ainda aqui em Seul, no prédio de número grande!

Certa vez Ivy lhe enviara um jpeg de seu arranha-céu, com um "4" de dez andares pintado na lateral. Atrás dele, desaparecendo na distância, dava para ver os edifícios 5 e 6, idênticos.

Mama Anarchia não escreve para mim com freqüência. O que para mim é ótimo. Você sabe que ela sempre me irritou.

Ivy e Cayce já tiveram de se revezar diplomaticamente para impedir que o atrito entre Parkaboy e La Anarchia polarizasse o site, ou que simplesmente ocupasse espaço demais...

Você está no Japão?

A menos que Parkaboy tivesse contado a Ivy sobre a viagem de Cayce, o que Cayce não consegue imaginá-lo fazendo, sob as circunstâncias, tem alguma coisa muito errada aqui.

Hoje recebi um e-mail muito estranho dela. Muito gentil. Agradecendo-me pelo F:F:F, etc. depois perguntando sobre você como se fosse sua velha amiga. Por isso acho que você está em Tóquio, não está? Mas alguma coisa nisso tudo está me deixando preocupada. Aqui está a única parte da mensagem dela referente a você. Posso enviar o resto se você quiser.

> E como está CayceP? Ela não tem postado recentemente.
> Você sabe, claro, que eu era uma lurker ávida antes de
> começar a postar, e os insights de CayceP me fizeram
> ver, desde o primeiro post dela que li, a forma exata da
> entusiasta. Foi aquele em que ela sugeriu que o criador
> tinha os recursos da máfia russa, ou alguma outra
> organização secreta semelhante. Lembra? Um dia espero
> conhecê-la pessoalmente, talvez quando ela voltar de
> Tóquio.

Cayce faz uma careta para a tela. Sente vontade de jogar o monitor em cima da garota-robô mais próxima. Não é justo. Não é justo, caralho. Ela não precisa disso.

Mas e se Mama Anarchia estiver de algum modo envolvida nos recentes acontecimentos estranhos, por que ela mostraria o jogo dessa maneira para Ivy? Para enviar uma mensagem a Cayce? Ou?

Por que Mama cometeu um erro? Ato falho freudiano: queria digitar “Londres”, e não “Tóquio”? A contenção de caneta e língua que Win sempre aconselhava é difícil de manter numa mídia que não envolve nenhuma dessas duas coisas, Cayce sabe, e erros acontecem.

Ela e Mama Anarchia não são amigas de modo nenhum.

Na melhor das hipóteses, trocaram algumas mensagens cheias de tensão. Cayce é por demais obviamente amiga de Parkaboy, no site, e o desprezo de Parkaboy por Mama Anarchia tem sido explicitado demais, começando pelos ataques virulentos que ele faz aos filósofos franceses que ela cita até ataques pessoais deliberadamente absurdos (levando-se em conta que ele jamais a encontrou pessoalmente, e não tem idéia de como é a cara dela). Este e-mail para Ivy é algum tipo de isca, e das mais desajeitadas. Embora Mama Anarchia não tenha como saber, até onde Cayce sabe, que ela e Ivy são amigas, e discutem o site e seus participantes mais proeminentes em particular, e com bastante freqüência.

Assustador. Ela respira fundo. – Ele levou um pato na cara a duzentos e cinqüenta nós.

Por reflexo, como um jogador de caça-níqueis de um cassino puxando a alavanca na esperança de criar uma realidade melhor, ela clica no Hotmail para ver se outra mensagem chegou nesse meio tempo.

Margot. Sua amiga australiana em Nova York, ex-namorada de Bigend, atualmente com a missão de visitar o apartamento de Cayce com freqüência, pegar a correspondência, verificar se está tudo bem. Margot vive a dois quarteirões de distância do Harlem, mas ainda dentro das fronteiras psicológicas de Columbia.

Oi querida. Estou um pouquinho preocupada aqui. Fui pra sua casa hoje, como sempre. Vi seu zelador varrendo as escadas e ele não estava visivelmente puto, mas não é essa a coisa incomum que tenho pra relatar. Na verdade, eu queria ter mais certeza antes de falar, mas acho que alguém esteve no seu apartamento desde a última vez em que estive lá. Duas coisas: a descarga estava acionada quando entrei. Eu a tinha usado da última vez, e ela não parava, então tirei a tampa da cisterna e puxei aque-

la coisinha que faz ela parar de funcionar, e parou. Desta vez, quando entrei, estava funcionando de novo, mas não notei isso de cara. Tudo estava bem, direitinho, superarrumadinho (como é que você consegue?) e aí eu notei a privada novamente acionada. Fiquei toda arrepiada. Mas é claro que seu encanamento estava velho quando a Primeira Guerra Mundial ainda não tinha começado, então ela até que pode ter funcionado sozinha, do jeito que acontece de vez em quando com encanamentos. Mas fiquei um pouco assustada. Então estou andando pelo apartamento olhando tudo, e claro que não consigo me lembrar exatamente onde estava cada coisa, mas você tem tão pouco lá dentro, e está tudo tão arrumadinho, que tudo parecia a mesma coisa. Mas era um dia de sol, muito bonito mesmo, o sol atravessando suas cortinas brancas na sala de estar, só um pouquinho abertas, e eu estava tentando lembrar como havia colocado a correspondência na véspera quando eu a coloquei do lado do seu computador. Hoje você não teve correspondência. E naquela luz do sol eu podia ver a poeira que estava se acumulando nas coisas, e pensando que eu devia ser uma amiga legal e tirar essa poeira pra você, e aí eu consegui ver um retângulo, na poeira, onde sua correspondência havia estado da última vez em que a coloquei lá! Sua correspondência estava logo ali do lado agora. Deu pra ver que um pouquinho mais de poeira havia se acumulado ali desde então. Eu sou a única pessoa que tem cópia das suas chaves? Seu zelador bêbado veio consertar a privada? Responda, e diga se acha que eu devo fazer alguma coisa a esse respeito. Você vem logo? Achei que você fosse ficar pouco tempo fora. Você se encontrou com o Maior Merda do Mundo? Não, não me responda. Margot

Cayce fecha os olhos e vê sua caverna de piso azul, seu apartamento na Rua 111 de 1.200 dólares por mês de aluguel, apartamento assegurado quando sua ex-colega, a inquilina anterior, voltara para São Francisco. Sua casa. Quem esteve ali? Não foi o zelador, não sem um suborno.

Como ela odeia isso. Como essas coisinhas miúdas são tênues e periféricas, mas mesmo assim, muito sérias. Um peso em sua vida, como tentar dormir debaixo da luva de forno prateada de Damien.

E subitamente ela está morta de cansaço, como se o Horário Padrão de Cayce Pollard tivesse sido adiantado em cinco horas. Tremendo, embora ao mesmo tempo ela não acredite que será capaz de dormir. Fecha o iBook, desconecta o celular, verifica as fechaduras. Procura no banheiro um pouco mais daquela melatonina, mas é claro que aquilo voltou para a Rússia.

Ela sente vontade de chorar, mas sem nenhum motivo particular. Só aquela estranheza invasora que parece fazer cada vez mais parte do mundo dela, e ela não sabe por quê.

Ela desliga as luzes, tira a roupa, se arrasta até a cama, feliz por ter sido precavida e retirado a luva de forno no começo do dia.

E subseqüentemente passa a não ter nenhuma lembrança de qualquer transição para a West Broadway, onde está em pé no meio de uma calçada vazia, coberta de branco, uma polegada de espessura de neve fresca, em alguma hora profundamente silenciosa da noite, e nenhuma luz em nenhuma janela, nem as luzes da rua, e mesmo assim ela consegue enxergar, como se a neve daquela Zona Congelada constituísse iluminação suficiente. Nem pegadas nem marcas de pneus a conspurcam, e quando ela vira de costas para olhar para trás, vê que também não há pegadas ali, nem mesmo as dela. À sua direita, o rosto de tijolos do SoHo Grand. À sua esquerda, um bistrô onde ela se lembra de ter levado Donny uma vez. E então, dobrando a esquina, no meio do caminho, ela o vê. O casaco preto que pode ou não ter sido couro, a gola virada para cima. A linguagem corporal que ela conhece de incontáveis exibições de setenta e oito segmentos do filme.

E ela quer gritar, mas alguma coisa em seu peito a impede, e ela peleja para dar um primeiro passo, e depois outro, fazendo impressões na neve virgem, e em seguida ela está correndo, as metades da Rickson aberta batendo debaixo de seus braços como asas, mas quanto mais ela se aproxima dele mais ele parece sumir na distância, e com a consciência disso ela está em Chinatown, ruas brancas igualmente desertas, e ela o perdeu. Ao lado de um armazém, fechado. Ela está sem ar.

Então olha para cima e vê, com a fraqueza de uma aurora boreal, mas com bordas afiadas e altas como o céu, torres gêmeas de luz. Quando ela levanta mais a cabeça para encontrar o topo delas, começa a sentir vertigem. Elas vão se estreitando até o nada, um ponto de fuga, como trilhos de trem subindo até o deserto do céu.

– Pergunte a ele – diz seu pai, e ela se vira e o vê, vestido como ela imaginava que ele teria se vestido naquela manhã, seu bom sobretudo aberto por cima do seu terno executivo, a mão direita estendida, e nela, o cilindro preto de uma calculadora Curta. – Os mortos não podem ajudar você, e o garoto não é bom.

Olhos cinzentos com molduras finas de ouro. Tornam-se da cor do céu.

– Papai...

E, tentando falar, acorda, repleta de tristeza, terror e um certo senso de uma decisão tomada, embora ela não saiba qual, ainda não saiba por quem, e na verdade não sabe se jamais o fará.

Ela precisa acender a luz, para ter certeza de que está na casa de Damien. Ela queria que Damien estivesse ali. Ela queria que qualquer pessoa estivesse ali.

28.

DENTRO DA INTENÇÃO

Oi, Voytek.

Quando é que Negemi vai visitar Baranov? Preciso falar com Baranov.

Enviar.

Ela tira o cabo da impressora do Cube de Damien, conecta-o ao seu iBook, esperando ter o driver correto. Tem. Ela vê a cidade em forma de T emergir em jato de tinta sobre uma folha de papel glossy. Ela acha que vai precisar disso, sem querer saber exatamente por quê.

Verificando seu e-mail.

Vazio.

O sono não é mais problema.

Ela olha o impresso. As praças e as avenidas. A sobreposição de números.

Verificando seu e-mail. Um.

Casey ele está indo esta manhã, trem de Waterloo até Bournemouth 8:10. A pronúncia certa é Ngemi. O amigo dele lá aluga pra ele um carro para dirigir até Baranov. Por que você está acordada agora! Voytek

Vê as horas no canto superior direito da tela. Quatro e trinta e três.

Por que você está acordado? Consegue entrar em contato com Ngemi e perguntar se posso ir com ele? Não posso explicar, mas é muito importante.

A resposta quase instantânea dele.

Eu estou trabalhando em projeto ZX 81. Ele acorda cedo. Vou ligar pra ele, e ligo pra você.

Ela lhe envia um agradecimento e o número do celular da Blue Ant.

Toma uma ducha.

Não pensa.

O METRÔ que sai da Camden High Street chega a Waterloo às sete e quinze. Escadas rolantes arcaicas a levam até o pátio, abaixo de alguns poucos pombos e um relógio vitoriano de quatro faces, sob quadros de horários e viajantes puxando malas pretas de náilon balístico com rodinhas na direção dos trens para o Canal da Mancha. Talvez quem sabe para a Bélgica: terra de Bigend.

Voytek lhe disse para encontrar com Ngemi embaixo daquele relógio, mas ainda é cedo, então ela compra um tablóide, um sanduíche de bacon fechado numa embalagem de plástico rígido e uma Fanta. O café agora é contra-indicado, porque ela tem esperanças de poder tirar um cochilo no trem.

Fica ali em pé embaixo do relógio, mastigando o sanduíche, enquanto a estação na manhã de domingo se movimenta ao seu redor. Vozes vastas e incompreensíveis cantarolam e gargarejam acima da multidão, como se tentassem forçar informações cruciais através do tinido empoeirado de alto-falantes centenários em forma de gramofones.

A Fanta tem um gosto sintético ruim. Ela se pergunta por que a comprou. O tablóide não desce melhor: parece composto em igual medida de vergonha e raiva, como se algum subtexto nacional inflamado estivesse sendo massageado de forma ritual e dolorosa, em busca de qualquer alívio temporário e paradoxal que isso pudesse gerar.

Ela enfia ambos no lixo quando vê Ngemi se aproximando, grande e preto, enfiado e fechado em sua jaqueta preta apertada e carregando uma espécie de sacolão feito de algum tecido trançado à mão de aspecto africano.

– Bom dia – ele diz, parecendo um pouco intrigado. – Voytek me disse que você quer visitar Baranov.

– Quero sim. Posso ir com você?

– É um pedido peculiar. Ele não é um homem cuja personalidade tenha perspectivas de melhorar. Todos os estados de espírito dele são desagradáveis. Você já comprou uma passagem?

– Ainda não.

– Então venha comigo.

DUAS horas até Bournemouth, segundo Ngemi, embora anteriormente, ele explica, a viagem fosse mais rápida, pois o trem de "alta velocidade" corria agora sobre trilhos velhos, que não haviam sido substituídos.

Ela descobre que ele é uma presença surpreendentemente reconfortante, com seu couro que range e sua alta seriedade profissional.

– Ontem à noite você disse que Baranov fez lances em um leilão, perdeu e não estaria feliz – ela faz a abertura, enquanto um homem em um blazer de poliéster empurra um carrinho de salgadinhos matinais muito mundo-espelho passando por eles e descendo o corredor: sanduíches brancos sem casca de salada de ovos em embalagens triangulares rígidas, latas de cerveja lager, miniaturas de uísque e vodca.

– De fato – diz Ngemi. – Ele ficaria irritado o suficiente se tivesse perdido aquela calculadora para qualquer um, mas ele a perdeu para Lucian Greenaway, da Bond Street.

– Quem é...?

– O negociante. Mais recentemente, exclusivamente de relógios, e muito odiado por colecionadores dessa área. No ano passado ele começou a ir atrás de Curtas. Sabe, o mercado ainda não está inteiramente racionalizado.

– Racionalizado?

– Ainda não está estabelecido como um ambiente global de especialistas. O que já aconteceu há muito tempo, por exemplo, com moedas ou selos raros. Ou, quase no mesmo nível, com os relógios com os quais Greenaway negocia. Os valores mal estão começando a ser estabelecidos para as calculadoras Curta. Ainda é possível encontrar uma ou outra apanhando poeira numa estante, por um preço relativamente baixo. Todos os mercados do gênero estão sendo racionalizados pela Internet, claro.

– Estão mesmo?

– Com certeza. O próprio Hobbs – e Cayce precisa pelejar por um segundo até se lembrar de que esse é o prenome de Baranov – é responsável por isso até certo ponto.

– Como?

– eBay – diz Ngemi. – Ele é muito assíduo ali e já vendeu muitas Curtas para americanos, sempre por mais do que renderiam aqui. Os valores globais ainda estão sendo estabelecidos.

– Você... gosta delas? Do mesmo jeito que ele gosta?

Ngemi dá um suspiro, e sua jaqueta range com força.

– Eu as aprecio. Gosto muito delas. Mas não com a intensidade da paixão de Hobbs. Sabe, eu adoro a história da computação e a Curta é simplesmente uma etapa dessa história para mim. Uma etapa fascinante, mas eu possuo Hewlett-Packards das quais gosto tanto quanto, ou mais. – Ele dá uma olhada de relance para campos sem forma, a torre escura de uma igreja distante. – Hobbs – ele diz, voltando-se novamente para ela – sofre e goza como só um especialista faz. Eu imagino que não seja uma questão de artefato, no caso dele, mas da procedência, em última instância.

– Como assim?

– Os campos. Herzstark em Buchenwald, cercado pela morte, pelo apagamento metódico, por um destino quase certo. Ele continuou a trabalhar. No fim, o campo foi libertado. Ele saiu de lá livre, sem nunca ter abandonado sua visão da calculadora. Hobbs presta uma homenagem a esse triunfo, a essa fuga.

– Ele tem alguma coisa de que precisa escapar também?

– Exatamente dele próprio. – Ngemi faz que sim com a cabeça. Depois muda de assunto. – O que é que você faz? Quando você disse, no restaurante, não entendi.

– Trabalho em marketing.

– Você vende coisas?

– Não. Eu encontro coisas, para outras pessoas, empresas, comercializarem. E faço avaliação de logotipos – emblemas de marcas registradas.

– Você é americana?

– Sou.

– Acho que deve ser um momento difícil para ser americano – diz Ngemi, acomodando sua cabeça enorme com firmeza nas costas de sua poltrona não reclinável de segunda classe. – Se não se importa, vou dormir agora.

– Não me importo.

Ele fecha os olhos.

Ela olha para os campos em forma de colcha de retalhos, a luz do sol reluzindo numa ou noutra poça d'água. Quando foi a última vez que ela viajou de trem, não metrô, mas um trem, por um campo aberto? Não consegue se lembrar.

Em vez disso, ela se lembra da primeira vez que viu o Ponto Zero, no fim de fevereiro. As plataformas de visualização. De como tanta luz do sol não era natural naquele lugar. Eles estavam retirando um trem metropolitano que fora soterrado ali.

Ela fecha os olhos.

EM BOURNEMOUTH, Ngemi a conduz por diversos quarteirões depois da estação, passando pelo cenário estranho, para ela, de qualquer parte da Inglaterra que não seja Londres, até uma mercearia.

Ali ele é cumprimentado por um homem mais velho, com uma cara muito honesta, pele mais clara, cabelos grisalhos bem cortados e um nariz etíope afilado. O verdureiro, evidentemente, a julgar pelo seu avental azul imaculado, que parece para Cayce um rastafari do partido conservador britânico. Ngemi e esse homem trocam extensos cumprimentos, ou talvez notícias, no que poderia ser, por tudo o que ela sabe, aramaico, ou algum dialeto profundamente impenetrável da língua inglesa. Ngemi não a apresenta. O homem dá a Ngemi um molho de chaves de carro e uma sacola de plástico contendo ameixas e duas bananas maduras.

Ngemi assente com seriedade, no que ela supõe ser um agradecimento, e ela o segue ao longo da rua, até um ponto em que ele pára e abre a porta de passageiros de um carro vermelho-escuro do mundo-espelho. Este, ela repara, é um Vauxhall, mas nem um pouco parecido com o carro que ela vira Hobbs dirigindo. Seu interior tem o perfume de algum odorizador alienígena, mais africano do que mundo-espelho.

Ngemi se senta ao volante por um momento e insere a chave.

Em pouquíssimo tempo, eles estão fazendo desvios complexos em velocidades que fazem Cayce fechar os olhos. Finalmente ela opta por mantê-los fechados.

Quando os abre, vê colinas verdes passando. Ngemi continua dirigindo, em silêncio, dedicando uma grande concentração a essa tarefa.

Ela vê um castelo em ruínas, sobre uma colina.

– Normando – diz Ngemi, olhando de relance para ela, mas resolve não elaborar.

Sem esperar que as frutas lhe sejam oferecidas, ela retira uma banana da sacola do verdureiro, descasca e come. Agora está nublado e começa a cair uma garoa. Ngemi aciona os limpadores de pára-brisa.

– Eu ofereceria um almoço a você antes de vermos Hobbs – diz Ngemi –, mas o timing, para visitá-lo, é crucial.

– Podemos ligar para ele, para ter certeza de que ele estará lá.

– Ele não tem telefone. Consegui encontrá-lo na casa dele, ontem à noite. Estava bêbado, claro. Ele deverá estar acordado quando chegarmos, e espero que não tenha começado tudo de novo.

Vinte minutos depois, ele sai da estrada principal, seguindo o que Cayce acha ser uma pista de asfalto de mão dupla. Eles estão em território rural, de algum tipo vagamente agrícola. Ovelhas numa encosta de morro. Dali a pouco estão subindo uma pista de mão única de cascalho quando dão a volta nela, e Cayce vê, abaixo de onde estão, um complexo de aspecto curiosamente abandonado de prédios de vários tamanhos, todos de alvenaria. Nenhuma atividade visível.

Ao descer, os pneus do Vauxhall mastigando cascalho, ela vê correntes e arame farpado.

– Era uma instalação de treinamento – ele diz. – MI5 ou MI6. Acho que era 5. Agora eles criam e adestram cães policiais aqui, de acordo com Hobbs.

– Eles quem?

– Não faço idéia. É um lugar extremamente desfavorecido.

Cayce não faz idéia de onde estão. Bournemouth? Poole?

Ele sai do cascalho, entra numa estrada de terra de verdade, não mais do que um caminho-de-rato. Chapinham em poças de lama.

Ela vê pequenos trailers estacionados entre bosques e o conjunto cercado. Talvez sete. De aspecto tão deserto quanto as estruturas de tijolos. Ao lado daquilo, mas não fazendo tão obviamente parte do conjunto.

– É aqui que ele mora?

– É.

– O que é isso?

– Famílias ciganas. Estas são as caravanas delas. Hobbs alugou uma.

– Você já os viu? Os ciganos?

– Não – ele responde, parando o carro. – Nunca.

Ela olha uma placa retangular grande de compensado começando a descascar, afixada a duas extensões de tubos galvanizados, letras pretas sobre fundo branco:

MINISTÉRIO DA DEFESA
ESTE É UM LUGAR PROIBIDO
DENTRO DA INTENÇÃO
DO ATO DE SEGREDOS OFICIAL.
PESSOAS NÃO AUTORIZADAS
QUE ENTRAREM PODERÃO SER
PRESAS E PROCESSADAS.

29.

PROTOCOLO

Ngemi sai do carro todo desajeitado, esticando as pernas, a jaqueta rangendo. Enfia a mão no banco de trás e retira sua sacola colorida. Cayce também sai.

Faz silêncio ali. Nenhum pássaro canta.

– Se aqui existem cães, não devíamos estar ouvindo os latidos deles? – olhando na direção das pequenas estruturas de tijolos além da cerca. O arame, ela vê, está estendido entre colunas quadradas e altas de concreto descolorido. Tudo parece velho, e de algum modo morto. Segunda Guerra Mundial?

– Eu nunca os ouvi – Ngemi diz sombrio, e começa a andar por um caminho, esquivando-se de pequenas poças. Seus sapatos são DMs pretos de quatro ilhoses, os proto-Martens da primeira década do punk, há muito tempo de-recontextualizados e transformados na moda de calçados barata, que todo mundo usa, para a qual haviam sido originalmente projetados.

Grama por cortar. Arbustos silvestres com flores amarelinhas. Ela segue Ngemi na direção do trailer do mundo-espelho mais próximo. Ele tem duas cores: a metade superior é bege, a inferior é vinho, todo amassado e sem brilho. Tem um telhado baixo mas pontudo no meio que a faz se lembrar de desenhos da arca de Noé em livros infantis, e na parte de trás uma placa quadrada e esmaecida de carro do mundo-espelho, "LOB" e quatro algarismos. Não parece ter ido a lugar algum há muito tempo, de acordo com a grama que cresce ao seu redor, escondendo quaisquer pneus que ainda possa ter. As janelas, ela vê, foram seladas com chapas de metal galvanizado.

– Hobbs – chama Ngemi, embora não muito alto. – Hobbs, é Ngemi. – Faz uma pausa e avança. A porta da caravana, também bege e vinho, tem jeito de que nunca fecha totalmente. – Hobbs? – Ele bate duas vezes, suavemente.

– Vá se foder – diz alguém, Hobbs, ela supõe, de dentro. É uma voz do mais profundo cansaço, que a dor tornou rabugenta.

– Vim por causa das calculadoras – diz Ngemi. – Para completar a transação com o japonês. Eu estou com sua parte do dinheiro.

– Merda. – Baranov abre a porta com um chute, ao que parece, sem precisar se levantar de onde deve estar sentado, a abertura se apresentando como um retângulo de escuridão sem fundo. – Quem é essa aí, caralho?

– Você a conheceu de passagem perto da Portobello – diz Ngemi. – Uma amiga de Voytek. – O que, supõe Cayce, é verdade, embora tenha acontecido depois do fato.

– E por que – diz Baranov, curvando-se ligeiramente para a frente, de modo que a luz do sol brilha chapada em seus óculos – você a trouxe pra cá? – Agora todo o cansaço desapareceu, a voz tensa e cautelosa, com uma precisão ameaçadora.

– Isso eu vou deixar que ela explique – diz Ngemi, olhando de relance para Cayce – depois que você e eu tivermos resolvido nossos negócios pendentes. – Ele ergue a sacola na direção de Baranov, como se indicasse a natureza dos negócios deles. Para Cayce: – Hobbs só tem espaço para um visitante de cada vez. Com licença, por favor. – Ele sobe na caravana, que balança de modo assustador em suas molas, com um som parecido com o chocalhar de garrafas vazias. – Duvido que demore.

– Merdinha chata – diz Baranov, mas se é a respeito dela, de Ngemi ou da vida, isso ela não sabe dizer.

Ngemi, curvado quase em dois para passar por baixo do telhado, se acomoda sobre algo que não pode ser visto, lança um olhar de desculpas para Cayce e fecha a porta.

Sozinha agora, embora ciente do som abafado das vozes deles, ela olha para as outras caravanas. Algumas estão mais dilapidadas que as de Baranov, outras são mais novas e ligeiramente maiores. Ela não gosta. Para fugir às linhas de visão delas, dá a volta no trailer de Baranov. Acaba dando de cara com a cerca de arame farpado e os prédios de tijolos de aspecto morto. A visão não é melhor que a outra.

Recita bem baixinho o mantra do pato-na-cara.

Há um cabo negro entre as pontas de suas botas de camurça da Parco. Ela olha para trás e percebe que ele sai serpenteando de uma passagem de ventilação na lateral da caravana de Baranov. Ela caminha em frente, seguindo o cabo, e descobre o ponto onde ele foi inserido através da cerca, próximo ao chão. Ele segue por entre tufos de grama amarelada, na direção das construções de tijolos. Eletricidade? Do MI5, ou de quem quer que mantenha aquele local?

– Alô! – Ngemi a chama do outro lado da caravana. – Venha bater seu papo com Hobbs. Ele não vai mordê-la. Na verdade, pode até ser que ele esteja com um humor melhor agora.

Ela volta até lá, fingindo não reparar no cabo.

– Vamos lá – diz Ngemi. Ele olha de relance para o relógio-calculadora à moda antiga em seu pulso, a caixa cromada reluzindo na luz fraca do sol. Na outra mão, a sacola, parecendo mais pesada. – Não sei quanto tempo ele poderá dar para você. Eu gostaria de pegar o próximo trem, se for possível.

A caravana balança quando ela sobe, pestanejando para acostumar a vista à escuridão. Uma penumbra que tem fedor de cinza de cigarro e roupas sujas, horrivelmente próximas.

– Sente-se – ordena Baranov. – Feche a porta.

É o que ela faz, descobrindo que está sentada no que consiste em pilhas de livros com a altura de uma cadeira, livros muito velhos, volumes grandes e sem sobrecapa, com capas de tecido fosco.

Ele se curva para a frente. – Jornalista?

– Não.

– Nome.

– Cayce Pollard.

– Americana.

– Sim.

À medida que seus olhos se ajustam à penumbra, ela vê que ele está parcialmente reclinado em um nicho estreito que deve ser sua cama, embora pareça tão inclinado, empilhado com o que ela supõe serem roupas por lavar, que ela não vê como ele conseguiria dormir ali em cima. Uma mesa dobrável estreita de uma perna só está encostada na parede em frente a ele.

Ele enfia um cigarro branco no canto da boca e se curva para a frente. No clarão da chama de seu isqueiro plástico ela vê que a superfície encardida e atulhada de coisas da mesinha é de fórmica, impressa com aquela estampa de bumerangues dos anos cinqüenta. Há um monte de bitucas ali que podem ocultar, em sua base, um cinzeiro de verdade. E três maços grossos de notas de dinheiro, presos com elásticos de borracha largos e cor-de-rosa.

A brasa do cigarro dele queima com força, como um meteorito entrando na atmosfera da Terra, metade do cigarro aparentemente consumida naquela primeira tragada. Ela se segura, esperando que ele solte a fumaça, mas isso não acontece. Em vez disso, ele empilha os maços de notas e os embolsa, enfiando-os no impermeável Barbour esfarrapado que ela lembra de ter visto em Portobello.

Finalmente ele solta o ar e a caravana se enche de fumaça, embora seja uma quantidade menor do que ela havia esperado. A luz do sol, através de alguns pequenos furos na pele de metal, penetra dramaticamente, dando ao espaço a aparência de um cenário de

Ridley Scott em escala para bonecos. – Você conhece aquele polaco filho da puta.

– Conheço.

– Já é motivo suficiente pra te evitar. Você está me fazendo perder meu tempo, coração. – O meteorito torna a entrar na atmosfera, acabando com a segunda metade do cigarro. Ele apaga a bituca, pelo menos parcialmente, no topo do montinho.

Cayce lembra que até agora não viu a mão esquerda dele. Tudo até este momento, o cigarro, o isqueiro, as notas de dinheiro, foi feito com a mão direita. – Não consigo ver sua mão esquerda.

Em resposta, a arma aparece, perfeitamente capturada em uma das luzes subminiatura de Ridley Scott. – Eu não consigo ver nenhuma das suas duas mãos. – Ela nunca havia olhado o interior do cano de uma arma antes, e esta parece não ter muito cano sobrando para se ver algo. Um imenso revólver antigo com abertura no alto, o tambor e a frente do guarda-mato do gatilho serrados fora, o metal enferrujado mostrando as marcas de dente de um trabalho malfeito. A mão de Baranov, magra e suja, é pequena demais para o cabo maciço de madeira. Um cordão de disparar balança na parte de trás da pistola, sugerindo capacetes brancos altos e o Raj.

Ela levanta as mãos, um gesto familiar, de muito tempo atrás, de uma brincadeira infantil.

– Quem te mandou aqui?

– Eu mesma.

– O que é que você quer?

– Ngemi e Voytek dizem que você pode conseguir informações.

– Dizem isso, é?

– Eu quero negociar uma coisa em troca de uma informação específica.

– Você está mentindo.

– Não. Eu sei exatamente o que preciso. E posso lhe dar uma coisa que você quer em troca.

– Tarde demais, coração. Não preciso de putas. – E então o metal rugoso do cano cortado, impossivelmente frio e distante, é pressionado contra o centro da testa dela.

– Lucian Greenaway. – Ela sente o anel frio se mexer, uma fração, em reação a isso. – O negociante. Bond Street. A calculadora. Posso comprá-la para você.

O anel frio fazendo pressão.

– Não posso lhe dar dinheiro – ela diz então, sabendo que esta é a única mentira que precisa dizer agora, e dizer bem –, mas posso usar o cartão de crédito de outra pessoa para comprar a calculadora para você.

– Ngemi precisa parar com essas palhaçadas.

E então ela percebe por que não deve oferecer dinheiro, embora Bigend certamente pudesse fornecer isso. Uma vez pago, Baranov sentiria então que estaria dando seu próprio dinheiro para o negociante que odeia.

– Se eu pudesse lhe oferecer dinheiro, eu o faria, mas tudo o que posso oferecer é comprar a calculadora. Dá-la para você. Em troca do que preciso. – Isto feito, ela fecha os olhos. O círculo de aço frio se torna o próprio horizonte.

– Greenaway. – Horizonte afastado. – Você sabe o quanto ele está pedindo?

– Não. – Os olhos bem fechados.

– Quatro mil e quinhentas. Libras.

Ela abre os olhos. Vê que a pistola não está mais apontada tão diretamente para ela.

– Se vamos conversar, você se importaria de não apontar isso para mim?

Baranov parece se lembrar da arma em sua mão.

– Aqui – ele diz, deixando-a cair; tudo o que está sobre a mesa de fórmica sacoleja com o impacto. – Você aponta ela para mim.

Ela olha da arma para ele.

– Comprei-a numa venda de garagem. Um garoto desenterrou essa arma aqui em cima, no bosque. Custou dois paus. Por dentro só tem ferrugem e terra. O cilindro não gira. – Ele sorri para ela.

Ela olha novamente para a arma em cima da mesa, imaginando apanhá-la, sorrindo de volta para ele, levantando-a e descendo-a, com o máximo de força possível, em cima da testa dele. Então ela torna a olhar para ele.

– Minha oferta.

– Você tem acesso à linha de crédito de outra pessoa, uma linha que tenha o suficiente para quatro mil e quinhentas?

– Visa.

– Me diga o que você está procurando. Isso não quer dizer que eu vá fazer alguma coisa a respeito.

– Vou tirar uma coisa desta bolsa. Um impresso de computador.

– Vá em frente.

Ele empurra o revólver e uma xícara branca rachada para o lado, para que ela possa colocar a imagem da cidade em T sobre a mesa. Ele se move para tocar alguma coisa à sua direita, e um feixe de luz halógena cai sobre a mesa. Ela pensa no cabo, serpenteando através da cerca de arame farpado. Ele olha para a imagem e não diz nada.

– Cada um desses números é um código – diz Cayce – que identifica uma seqüência específica em um fragmento de informação. Cada seqüência tem um desses números encriptados, para fins de identificação, e para permitir que eles sejam rastreados.

– Estego – diz Baranov, pondo a ponta magra e manchada de marrom do indicador no impresso. – Este aqui. Por que está com um círculo?

– A encriptação é feita por uma firma dos Estados Unidos chamada Sigil. Quero saber para quem eles estão fazendo isso, mas o fragmento específico de informação que estou pedindo a você é o endereço de e-mail para o qual eles enviaram esta peça em particular, depois que ela foi encriptada.

– Sigil?

– Em Ohio.

Ele chupa os dentes, fazendo um som estranho, baixinho, parecido com os pios de um pássaro.

– Você consegue fazer isso?

– Protocolo – ele diz. – Suponhamos que sim, e aí?

– Se você me disser que pode, eu irei até seu negociante e comprarei a calculadora.

– E aí?

– Você me dará o endereço de e-mail.

– E aí?

– Eu darei a calculadora a Ngemi. Mas se você não me der o endereço...

– Sim?

– Ela vai para o fundo do canal, em Camden Lock.

Ele se curva para a frente, os olhos se estreitando por trás de lentes redondas, perdidos em uma rede intrincada de rugas. – Você faria mesmo isso, não faria?

– Faria. E vou fazer se achar que você está me sacaneando.

Ele fica olhando para ela. – Eu acredito que você faria mesmo isso – ele finalmente diz, com alguma coisa próxima de aprovação.

– Ótimo. Então chame Ngemi, quando você tiver alguma coisa. Ele sabe me encontrar.

Ele não diz nada.

– Obrigada por pensar na minha oferta. – Ela se levanta, curvando-se para passar sob o teto baixo, abrindo a porta com o cotovelo e descendo do trailer para o brilho branco do dia e um ar extraordinariamente fresco. – Adeus. – Ela fecha a porta.

Ngemi range ao lado dela.

– Ele estava num humor melhor, então? – pergunta.

– Ele me mostrou sua arma.

– Isto é a Inglaterra, garota – diz Ngemi. – Aqui ninguém tem armas.

30.

.RU

No trem para Waterloo, Ngemi compra cerveja e um pacote de salgadinhos sabor galinha no carrinho de petiscos.

Cayce compra uma garrafa de água mineral sem gás.

– Como foi que Baranov acabou desse jeito? – ela pergunta.

– Naquele lugar específico?

– Na situação geral em que se encontra. Ele bebeu até chegar a esse ponto?

– Lá na minha terra eu tinha um primo – diz Ngemi – que bebeu uma loja inteira de material elétrico. Tirando isso, ele era um sujeito comum, e todo mundo gostava dele. O problema dele parecia ser simplesmente a bebida. Com Hobbs, imagino que a bebida seja o sintoma de alguma outra coisa, embora esteja tão estabelecida agora que isso já nem importe mais. Hobbs é o nome de solteira da mãe dele. Hobbs-Baranov, o hífen é de nascença. Seu pai, diplomata soviético, desertou nos anos cinqüenta para os Estados Unidos, casando-se com uma inglesa de riqueza considerável. Hobbs conseguiu perder o hífen, mas quando bebe ainda faz discursos contra ele. Uma vez ele me contou que viveu sua vida toda dentro daquele hífen, apesar de tê-lo enterrado.

– Ele trabalhou para a inteligência dos Estados Unidos como matemático?

– Foi recrutado em Harvard, acho eu. Mas, repito, é difícil saber. Ele só menciona essas coisas quando bebe. – Abre a latinha de cerveja e toma um gole. – Acho que não é da minha conta, mas sua visita foi bem-sucedida?

– Pode ser que sim. Mas vou ter de pedir sua ajuda novamente, se ela for.

– Pode me dizer mais a respeito?

– Eu preciso de uma coisa, e pode ser que Baranov consiga encontrá-la para mim. Em troca, eu me ofereci para comprar aquela calculadora para ele, do negociante na Bond Street.

– Greenaway? O preço que ele está pedindo é obsceno.

– Não importa. Se Baranov me der o que quero, será uma pechincha.

– E você precisa da minha ajuda?

– Preciso que você vá comigo, até esse negociante, e me ajude a comprá-la. Quero que se certifique de que a calculadora é aquela que Baranov quer. E se Baranov me der o que eu quero, preciso que você a entregue para ele.

– Isso com certeza eu posso fazer.

– Como começamos?

– Greenaway tem um website. Ele não abre aos domingos.

Ela abre a bolsa da Luggage Label e retira seu iMac e o telefone. – Espero que a calculadora ainda esteja lá.

– Estará – Ngemi lhe garante. – Ao preço de Greenaway.

A VERSÃO noturna de um domingo na estação Waterloo tem uma movimentação diferente, e os pombos que Cayce viu voando naquela manhã agora correm destemidos entre os pés de passageiros apressados, ciscando o butim do dia.

Sob a orientação de Ngemi, ela enviou um e-mail para Greenaway, pedindo que o protótipo da Curta, que de fato ainda está à venda, seja reservado até que ela possa vê-lo amanhã, com intenção de compra. – A reserva não é garantia – explica Ngemi, enquanto anda com ela na direção das escadas rolantes – caso outra vítima trágica apareça no meio tempo, mas servirá para chamar a atenção dele, e estabelece um certo tom. Saber que você é americana ajudará. – Ele havia insistido em que ela mencionasse que era de Nova York, e só iria ficar em Londres por um breve período. – Você sabe quando Hobbs poderá conseguir essa informação para você?

– Não faço idéia.

– Mas você quer ir adiante com Greenaway?

– Quero.

– Você é rica?

– De jeito nenhum. Estou usando o dinheiro de outra pessoa.

– Se você tivesse oferecido a Hobbs o valor que Greenaway está cobrando em dinheiro vivo, ele poderia ter recusado. Se eu não posso, ele também não poderia ter pago o preço de Greenaway com seu próprio dinheiro. Já soube que ele recusou ofertas para esse tipo de serviço, ofertas que valiam muito mais.

– Mas ele não precisa de dinheiro de qualquer maneira, nem quer, não é?

– Sim, mas talvez ele tenha apenas um número finito de favores para cobrar.

– Favores?

– Eu não imagino que ele próprio tenha algum recurso financeiro particular. Não é o talento dele que faz com que ele possa encontrar o que você deseja, ou algum conhecimento determinado da parte dele. Acho que ele cobra um favor, pede alguma coisa a alguém e às vezes recebe resposta.

– Você sabe a quem ele pede? – sem esperar realmente alguma resposta.

– Já ouviu falar no "Echelon"?

– Não. – Embora ela ache que ouviu sim, mas não consegue ligar o nome à pessoa.

– A inteligência americana possui um sistema que permite vasculhar todo o tráfego da Rede. Se tal coisa realmente existe, então Hobbs pode ser o avô dela. Ele pode ter sido fundamental para a criação desse sistema. – Ergue uma sobrancelha, como se para assinalar que isso é tudo o que ele sabe, ou está disposto a dizer, sobre um assunto tão extravagante.

– Sei – ela diz, imaginando se sabe mesmo.

– Bem – Ngemi faz uma pausa perto da escada rolante de descida – você deve saber o que está fazendo.

– Não, não sei. Não mesmo. Mas obrigada por toda a sua ajuda.

– Boa noite, então. De manhã eu ligo para você.

Ela vê a cúpula raspada daquela cabeça imensa descer, num ângulo, para dentro do metrô londrino.

E vai procurar um táxi.

■ ■ ■

BODOSO. Conhece essa expressão? Anos setenta. Não que eu esteja de bode, mas isso significa que estou expressando um espanto profundo e intrigado.

Ela está preparada para dormir cedo no Horário Padrão Cayce Pollard, e está checando seu e-mail antes de escovar os dentes. O primeiro é de Parkaboy.

Judy não saiu da casa de Darryl desde a minha última mensagem. O negócio com Taki está pegando fogo, e Taki quer pegar um avião para a Califórnia, mas ele tem um emprego desenvolvendo games para um sistema japonês de telefonia. O que eu quero saber é: alguma coisa aqui está valendo a pena? Você está chegando a algum lugar? Está chegando perto de alguma coisa?

Talvez, ela pensa. É tudo o que ela pode dizer a ele.

Talvez. Estou com uma coisa em jogo aqui, mas pode levar um tempo para ver se vai funcionar. Quando eu souber mais, você saberá.

Enviar.
O próximo é de Boone.

Saudações do Holiday Inn na estrada perto do parque tecnológico. Um original, com tons de bege aos montes. Fiz contato com a pretensa empresa, mas não tenho idéia de quando alguma coisa de útil pode aparecer. Próxima parada, o saguão no térreo, onde algumas das ovelhas mais fracas da empresa em questão podem estar reunidas. Tudo bem com você?

A realidade é a rota mais lenta, ela pensa, embora não saiba o que mais ele devesse estar tentando, além de estabelecer uma camaradagem com funcionários da Sigil.

Estou ótima.

Faz uma pausa.

Nada para relatar.

O que até pode ser verdade.

Enviar.

O próximo é... spam? Um endereço inteiramente numérico do Hotmail.

Sim termina em .ru Observe o protocolo H-B

Baranov, enviando um e-mail com hífen e tudo.

.ru

Rússia.

31.

O PROTÓTIPO

Manhã de segunda-feira, em Neal´s Yard, ela deixa o telefone da Blue Ant ligado e por perto, enquanto faz seu programa.

Ele toca enquanto ela está no PediPole, um dispositivo que a faz pensar no desenho feito por Leonardo da Vinci das proporções do corpo humano em relação ao universo. As palmas de suas mãos, os dedos abertos, estão pressionando as alças de espuma preta.

A mulher usando o reformer mais próximo franze a testa.

– Desculpe. – Cayce deixa as molas, solta as alças, pega o telefone no bolso da Rickson. – Alô?

– Bom dia. É Ngemi. Você está bem?

– Estou, obrigada. E você?

– Muito bem, para falar a verdade. O Wang de Stephen King chega hoje. Estou muito animado.

– Do Maine?

– De Memphis. – Ela o ouve estalar os lábios. – Hobbs ligou. Ele diz que conseguiu o que você precisa, e agora é a sua vez. Vamos visitar o sr. Greenaway e pagar aquele preço escabroso?

– Sim. Por favor. Podemos ir lá agora?

– Ele só abre às onze. Encontro você lá?

– Por favor.

Ele dá a ela o número na Bond Street. – Vejo você lá.

– Obrigada.

Ela coloca o telefone na base de madeira clara do PediPole e volta à posição em que estava.

SE existe uma coisa na Inglaterra que Cayce acha fundamentalmente perturbadora é como o conceito de "classe" funciona: uma palavra com um significado muito diferente no mundo-espelho. Há muito tempo ela desistiu de tentar explicar isso para amigos ingleses.

O mais próximo que ela consegue chegar é que isso é de algum modo semelhante, para ela, a como os ingleses parecem se sentir a respeito de certas atitudes americanas à posse de armas de fogo – que eles geralmente acham impensável, e surpreendentemente, obviamente errado, e que com tanta freqüência leva a um terrível e pródigo desperdício de vidas humanas. E ela sabe o que eles querem dizer, mas também sabe como essa coisa das armas bate fundo, e como é improvável que mude. A não ser, quem sabe, gradualmente, e ao longo de muito tempo. Classe na Inglaterra é assim para ela.

Na maior parte do tempo ela consegue ignorar isso, embora eles tenham um jeito determinado de, no primeiro encontro, farejar a casta da pessoa, que lhe dá arrepios.

Katherine, sua terapeuta, havia sugerido que isso poderia acontecer porque era um comportamento altamente codificado, assim como todas as áreas da atividade humana ao redor das quais Cayce sofria uma sensibilidade tão notável. E é altamente codificada mesmo; primeiro eles olham para os sapatos uns dos outros, ela está convencida, e Lucian Greenaway acaba de fazer isso com Ngemi.

E não gosta deles.

DMs pretos ligeiramente empoeirados, suas solas com colchão de ar à prova de gordura (conforme anunciado) agora firmemente plantadas à frente daquele balcão na loja de Greenaway, que é conhecida simplesmente como L. GREENAWAY. Os DMs de Ngemi são bem grandes, Cayce pensa, estimando um tamanho 11, padrão britânico. Ela não consegue ver os sapatos de Greenaway atrás do balcão, mas se ele fosse americano, ela acha que poderiam ser docksides com franjinhas. Mas aqui isso não seria possível. Seriam algo feito por algum fabricante de Savile Row, mas ela acha que esse tipo de coisa não se comenta.

Ela já conheceu pessoas que conseguem distinguir casas de botão funcionais numa abotoadura de terno a dez metros de distância.

– Preciso lhe perguntar, srta. Pollard, se está sendo totalmente séria a este respeito.

A L. GREENAWAY é o tipo de loja para dentro da qual você precisa entrar após o acionamento de uma porta automática, e o próprio Greenaway assume uma postura que a faz pensar que o dedão de seu pé pode estar pairando sobre um botão que num instante chamaria homens enormes de uniforme, com capacetes e cassetetes.

– Sim, sr. Greenaway, estou.

Ele olha para a jaqueta de aviador de náilon preto. – Você é colecionadora?

– Meu pai.

Greenaway pensa a respeito.

– Não reconheço o nome. Curtas são um campo um tanto restrito.

– O sr. Pollard – diz Ngemi – é um funcionário do governo americano aposentado com background científico e tem uma série de Tipo Um, todas datando de 1949, e, claro, numeradas abaixo do trezentos. E várias Tipo Dois também, escolhidas primariamente pela condição e pela variedade dos envoltórios. – A descrição de Win, que não é imprecisa, é o resultado de um suave interrogatório na calçada do lado de fora.

Greenaway o fuzila com os olhos.

– Posso lhe fazer uma pergunta? – Ngemi inquire, inclinando-se ligeiramente para diante, com um rangido audível.

– Uma pergunta?

– Uma pergunta sobre procedência. Sabe-se que Herzstark guardava três protótipos em sua casa em Nendeln, Liechtenstein. Quando de sua morte, em 1988, sabe-se que elas foram vendidas para um colecionador particular.

– Sim?

– A oferta seria de uma destas, sr. Greenaway? Achei a descrição em seu website um tanto ambígua a esse respeito.

Cayce vê Greenaway ficar ligeiramente vermelho.

– Não, não seria. Ela é do espólio de um mestre artífice, e vem com uma extensa documentação, incluindo fotografias dela nas mãos tanto de Herzstark quanto do artífice, seu fabricante. As três da casa de Nendeln têm os números um, dois e três em algarismos romanos. A que está em oferta tem o número quatro. – A expressão do seu rosto perfeitamente neutra, ele continua a olhar para Ngemi com o que Cayce supõe ser um desprezo absoluto. – Em romanos.

– Podemos vê-la, por favor? – pergunta Cayce.

– Mestre artífice – diz Ngemi. – Fabricante.

– Perdão? – diz Greenaway, que claramente não está perdoando nada.

– Quando exatamente este protótipo foi fabricado, então? – Ngemi sorri com neutralidade.

– E o que você está insinuando?

– Absolutamente nada. – Ngemi ergue as sobrancelhas. – Em mil novecentos e quarenta e seis? Quarenta e sete?

– Mil novecentos e quarenta e sete.

– Por favor, mostre-a para nós, sr. Greenaway – Cayce tenta novamente.

– E como a senhora se propõe a pagar, caso decida adquiri-la? Lamento, mas não posso aceitar cheques a menos que conheça o comprador.

O Visa da Blue Ant, pronto em sua mão, é retirado do bolso da Rickson e colocado sobre o retângulo almofadado de camurça sobre o balcão de Greenaway. Ele olha para o cartão, obviamente intrigado pela formiga egipcianizada, mas então, acha ela, vê o nome do banco.

– Percebo. E seu crédito é adequado para o preço da peça, além do imposto?

– Esta é uma pergunta muito ultrajante – Ngemi diz sem elevar o tom de voz, mas Greenaway o ignora, observando Cayce.

– Sim, sr. Greenaway, mas sugiro que verifique agora com o banco. – Na verdade, ela não está inteiramente certa, mas lembra-se vagamente de Bigend ter mencionado que ela está autorizada a comprar automóveis, mas não aeronaves. Sejam quais forem os outros defeitos de Bigend, ela duvida que ele seja dado a exageros.

Agora Greenaway olha para os dois como se eles estivessem para assaltá-lo a mão armada, supondo que o processo não lhe causaria nem medo nem ansiedade, mas apenas um tipo de surpresa irritada pela afronta dos dois. – Isso não será necessário – ele disse. – Vamos descobrir durante o processo de autorização.

– Podemos vê-la agora, por favor? – Ngemi coloca as pontas dos dedos sobre o balcão, como se estivesse exigindo seu direito a alguma coisa.

Greenaway enfia a mão sob o balcão, e traz para cima uma caixa de papelão cinza. Ela é quadrada, tem talvez seis polegadas de lado e dois prendedores de arame em forma de U que saem de fendas nas bordas da tampa. Essa caixa provavelmente é muito mais velha do que Cayce. Greenaway faz uma pausa, e ela o imagina contando em silêncio. Então ele retira a tampa e a coloca ao lado da caixa.

A calculadora está acolchoada em lenços de papel cinza-enterro. Greenaway enfia a mão dentro da caixa, retira a máquina com cuidado e a coloca sobre a almofada de camurça.

Para Cayce, ela parece muito semelhante àquelas que viu no porta-malas de Baranov, embora talvez com um acabamento menos refinado.

Ngemi tirou do bolso um monóculo de joalheiro, que coloca com cuidado no olho esquerdo. Ele se inclina para diante, rangendo, e dá para a Curta toda a sua ciclópica atenção. Agora Cayce consegue ouvir a respiração dele, e o tique-taque das dezenas de relógios ao seu redor, coisa que até então ela não havia percebido.

– Hm – diz Ngemi, e depois outro, mais profundo. – Hm. – Sons que ela imagina serem inconscientes. Neste momento, ele parece estar muito, muito distante, e ela se sente só.

Ele se endireita, removendo o monóculo. Pestaneja.

– Vou precisar manuseá-la. Precisarei realizar uma operação.

– Vocês têm certeza de que estão falando sério? Vocês não estariam simplesmente tentando me enganar, não é?

– Não, senhor – diz Ngemi. – Estamos falando sério.

– Então vá em frente.

Ngemi apanha a calculadora, primeiro virando-a de cabeça para baixo. Em sua base arredondada, Cayce vê de relance as letras "IV", estampadas em metal. Endireitando-a, os dedos dele deslizam sobre ela, movimentando aquelas pequenas alavancas ou abas em suas fendas ou trilhas. Ele faz uma pausa, fecha os olhos como se apurasse os ouvidos e gira a pequena manivela de moedor de pimenta no topo. Ela faz um som de deslizamento, se é que um mecanismo pode deslizar.

Ngemi abre os olhos, olha os números que apareceram em janelinhas circulares. Ele olha dos números para Greenaway. – Sim – ele diz.

Cayce indica o cartão da Blue Ant.

– Vamos levar, sr. Greenaway.

A UM quarteirão da L. GREENAWAY, Ngemi carregando a caixa com a calculadora contra a barriga como se ela contivesse as cinzas de um parente, Baranov está esperando, um cigarro semifumado atarrachado no canto da boca.

– É isso?

– É – diz Ngemi.

– Autêntico.

– É claro.

Baranov pega a caixa.

– Isto aqui também é interessante. – Ngemi abre o zíper do casaco preto e retira um envelope marrom. – Documentação de procedência.

Baranov enfia a caixa embaixo do braço e pega o envelope. Entrega a Cayce um cartão de visita.

The Light of India Curry House. Poole.

Ela vira o cartão. Caneta-tinteiro cor de ferrugem. Letras elegantemente escritas em itálico.

stellanor@armaz.ru

Os olhos atrás das lentes redondas fixam Cayce com desprezo, dispensando-a. – Petróleo do Báltico, não é? Eu achava que você fosse mais interessante.

Ele joga o cigarro na rua com um peteleco e vai embora caminhando, na direção da qual eles acabaram de vir, o protótipo da Curta embaixo do braço e o envelope marrom na mão.

– Você se importa que eu pergunte – pergunta Ngemi – o que ele quis dizer com isso?

– Não – diz ela, desviando o olhar das costas da jaqueta cor de estrume de Baranov e olhando novamente o endereço de e-mail cor de ferrugem. – Mas não sei.

– Era isto o que você queria?

– Deve ser – ela diz. – Suponho que seja.

32.

A MÍSTICA DA PARTICIPAÇÃO

Ngemi vai embora no metrô da Estação Bond Street, deixando-a numa luz do sol subitamente brilhante, sem idéia de para onde ela pode ir, ou por quê.

Um táxi a leva até a Kensington High Street, o cartão do restaurante indiano de Baranov enfiado no bolso da manga da Rickson com o zíper fechado, o bolso projetado para guardar um maço de cigarros americanos.

Liminar, pensa ela, saindo do táxi e dando no que havia sido a caverna almiscarada e de múltiplos níveis do Kensington Market, com seus labirintos desaparecidos de modas hippies e punks. Liminar. A palavra que Katherine McNally usa para certos estados: limiares, zonas de transição. Será que ela se sente liminar também agora, ou simplesmente sem direção? Ela paga ao motorista pela janela, e o táxi vai embora.

Petróleo, disse Baranov?

Ela sai na direção do parque. O brilho dourado do Albert Memorial, que nunca pareceu muito real para ela desde que o limparam. Quando ela o viu pela primeira vez, era uma coisa preta, funérea, quase sinistra. Win disse a ela que a Londres que ele vira pela primeira vez fora em grande parte tão preta quanto aquilo, uma cidade de fuligem, com uma textura mais profunda, talvez devido à sua falta de cor.

Ela aguarda em um sinal de trânsito, atravessa a High Street.

Suas botas Parco amassam cascalho quando ela vira a esquina e entra nos Kensington Gardens. O Horário Padrão Central Cayce Pollard deve estar se aproximando de sua própria hora do lobo, ela pensa. A alma está há tempo demais num padrão de espera.

O parque é atravessado de um lado a outro por cascalho avermelhado, seus caminhos amplos como rodovias rurais no Tennessee. Eles a levam até a estátua de Peter Pan, coelhos de bronze em sua base.

Ela tira a sacola da Luggage Label do ombro, coloca-a no chão e tira a Rickson, colocando-a em cima da grama aparada. Senta-se nela. Um homem passa praticando jogging na pista de cascalho.

Ela abre o zíper do bolso do cigarro da manga da Rickson e olha o cartão de Baranov.

stellanor@armaz.ru. Parece esmaecido contra a luz, como se Baranov tivesse escrito aquilo há anos.

Ela o guarda novamente, com cuidado, e fecha o bolsinho. Abre a sacola e tira de dentro o iBook e o telefone.

Hotmail. Verifica as mensagens. Caixa postal vazia.

Ela abre uma mensagem em branco e escreve.

Meu nome é Cayce Pollard. Estou sentada na grama de um parque em Londres. Faz sol e está quente. Tenho 32 anos. Meu pai desapareceu em 11 de setembro de 2001, em Nova York, mas não conseguimos provar que ele morreu no ataque. Comecei a seguir o filme que você andou

Esse "você" faz com que ela pare. Fica apertando a tecla Delete, apagando "você andou".

Katherine McNally havia feito com que Cayce escrevesse cartas, cartas que, subentendia-se, nunca seriam enviadas, e que em alguns casos nem poderiam ser, porque o destinatário estava morto.

Alguém me mostrou um segmento e eu procurei mais. Descobri um site onde as pessoas o discutiam, e comecei a postar lá, fazendo perguntas. Não sei explicar a você

Desta vez isto não a detém.

por que, mas isso se tornou muito importante para mim, para todos nós aqui. Parkaboy, Ivy, Maurice e Filmy, todos os outros também. Entrávamos lá sempre que podíamos, para estar com outras pessoas que entendiam. Procuramos mais fragmentos do filme. Algumas pessoas ficavam navegando direto por semanas, sem nunca postar até que alguém descobrisse um novo segmento.

Durante todo aquele inverno, o mais branco que ela vivenciara em Manhattan, embora na lembrança tenha sido o mais negro, ela entrara no F:F:F – para se entregar ao sonho.

Não sabemos o que você está fazendo, ou por quê. Parkaboy acha que você está sonhando. Sonhando por nós. Às vezes ele passa a impressão de que pensa que você está nos sonhando. Ele imagina toda uma mística de participação: de como nós temos que nos permitir ir tão longe na investigação do que quer que isto seja, o que quer que você esteja fazendo, que acabamos nos tornando parte disso. Hackeando o sistema e entrando nele. Fundindo-nos com ele, tão profundamente que ele, o sistema, e não você, começa a falar conosco. Ele diz que é como Coleridge, e De Quincey. Ele diz que isso é xamânico. Que a impressão que temos é de que estamos simplesmente sentados ali, olhando para a tela, mas, na

verdade, pelo menos alguns de nós somos aventureiros. Estamos lá fora, procurando, correndo risco. Na esperança, ele diz, de trazermos de volta maravilhas. O problema é que, ultimamente, eu tenho de fato vivido isso.

Ela levanta a cabeça, e tudo está branco e lavado de luz. Ela esqueceu novamente de trazer seus óculos de sol.

Eu tenho estado lá fora, aqui fora, procurando. Correndo risco. Não sei bem por quê. Estou apavorada. Porque aqui fora existem algumas pessoas que não são tão boas. Mas acho que isso nunca foi novidade.

Ela pára e olha para Peter Pan, reparando em como as orelhas de bronze dos coelhos na base estão sempre polidas pelo toque das mãos das crianças.

Você sabia que estamos todos aqui, esperando pelo próximo segmento? Vagando para cima e para baixo pela Web a noite toda, procurando o local onde você o deixou para nós? Estamos sim. Bem, não eu pessoalmente nos últimos tempos, mas isso é porque acho que segui o conselho de Parkaboy e comecei a tentar encontrar outra maneira de hackear o sistema. E acho que consegui – que nós conseguimos – porque encontramos uns códigos incorporados no filme, aquele mapa da ilha ou cidade ou seja lá o que for, e sabemos que você, ou alguém, poderia usar aquilo para rastrear a disseminação de um segmento determinado. E ao descobrir esses códigos, os números entremeados no tecido,

consegui descobrir este endereço de e-mail, e agora estou sentada no parque, ao lado da estátua de Peter Pan, escrevendo para você, e

e o quê?

O que quero perguntar a você é
Quem é você?
Onde você está?
Você está sonhando?
Você está aí? Do mesmo jeito que eu estou aqui?

Ela lê o que acabou de escrever. Como a maioria das cartas que Katherine a havia feito escrever – para sua mãe, para Win antes e depois do desaparecimento dele, para vários ex-namorados e um ex-terapeuta – sua carta para o criador termina com interrogações. Katherine havia pensado que as cartas que Cayce mais precisava escrever não terminariam com pontos de interrogação. Pontos eram necessários, talvez até ponto de exclamação, na opinião de Katherine, e Cayce nunca se sentira particularmente bem-sucedida com nenhum dos dois.

Sinceramente,
Cayce Pollard

Vendo suas mãos continuarem a digitar por mais alguns instantes, no melhor estilo de datilógrafa, uma imitação particularmente sarcástica de uma mulher imaginando que está realmente atingindo algum objetivo.

(CayceP)

Consciente naquele exato instante de como o parque torna os sons de Londres distantes, dando a ela a sensação de existir em algum ponto fixo ao redor do qual tudo o mais gira. Como se as avenidas amplas de cascalho fossem linhas de energia e terminassem no Peter Pan.

Os dedos da criança zangada, digitando.

stellanor@armaz.ru.

E isso na janela do endereço, como se ela fosse realmente enviá-la.

Usa o touchpad para avançar pelo menu até o comando Enviar.

E claro que ela não envia.

E fica olhando a si mesma enviar.

– Eu não enviei – ela protesta para o iBook sobre a grama, as cores de sua tela fracas em contraste com a luz do sol. – Eu não enviei – ela diz para Peter Pan.

Ela não podia ter feito aquilo. Ela fez aquilo.

Sentada de pernas cruzadas sobre sua jaqueta, curvada sobre o iBook.

Ela não sabe o que está sentindo.

Automaticamente, ela checa seus e-mails.

Caixa postal vazia.

Uma mulher passa por ela fazendo jogging, respirando como um pistão de carro.

CONSUMINDO mecanicamente uma tigela de salada tailandesa em um restaurante asiático genérico do outro lado da rua. Ela não tomou café da manhã hoje, e talvez essa comida a acalme.

Depois do que fez, ela duvida.

Aceite que aconteceu, ela diz a si mesma. Risque do seu caderno todas as questões de intencionalidade.

Ela quase sente como se alguma coisa no parque a tivesse feito fazer isso. Genius loci, diria Parkaboy. Sol demais. Convergência de linhas. (Convergência de alguma coisa certamente, ela pensa, mas em alguma parte de si mesma que ela não consegue acessar.)

O iBook está aberto novamente, sobre a mesa à sua frente. Ela acabou de procurar o nome e a pessoa responsável (seja lá o que isso signifique) pelo domínio armaz.ru: um tal de A. N. Polakov, no que ela supõe ser um edifício comercial, em Chipre.

Se ela fumasse, pensa, recompensaria Baranov por seus esforços. Neste exato momento, ela quase gostaria disso.

Olha para seu anti-Casio e tenta fazer um cálculo de zonas de tempo para Ohio. Lembra-se do mapinha que os Macs possuem, mas descobrir onde ele está dá muito trabalho.

Vai ligar para Boone. Precisa contar a ele o que aconteceu. Fecha o iBook e desconecta o telefone. Alguma coisa diz a ela que isso significa algo, que ela não está ligando primeiro para Parkaboy, mas decide ignorar isso.

Envia o primeiro dos números de celular que programou para seu uso no vôo de Tóquio.

– Boone?

Uma mulher dá uma risadinha. – Quem deseja, por favor? – Ao fundo ela ouve Boone dizendo: – Me dá isso aqui.

Cayce olha para sua caneca de chá verde fumegante, e se lembra da última vez em que bebeu chá verde, em Hongo, com Boone.

– Cayce Pollard.

– Boone Chu – ele diz; acabou de pegar o telefone da mulher.

– É Cayce, Boone. – Lembrando-se do kudzu sobre o telhado de ferro. Pensando: você disse que ela estava em Madri. – Só conferindo.

Marisa.

Damien tinha uma Marina. Daqui a pouco alguém vai aparecer com uma Marika.

– Ótimo – ele diz. – Alguma novidade aí do seu lado?

Ela olha o tráfego que passa pela High Street. – Não.

– Eu acho que estou quase chegando a algum lugar aqui. Assim que souber te aviso.

– Obrigada. – Apertando o botão com força. – Tenho certeza que sim.

Um garçom, aparentemente notando a expressão no rosto de Cayce, faz cara de alarme. Cayce força um sorriso, olha para sua tigela. Coloca o telefone sobre a mesa com uma calma exagerada e apanha os pauzinhos. – Caralho – ela diz baixinho, forçando-se a continuar comendo.

Como é que ela ainda entra nessas furadas?, pergunta a si mesma.

Quando o macarrão e o frango acabam, e o garçom traz mais chá, ela, sentindo necessidade de fazer alguma coisa em seu próprio benefício, e por conta própria, liga para o celular de Bigend.

– Sim?

– Cayce, Hubertus. Dúvida.

– Sim?

– O homem de Chipre. Dorotea tem o nome dele?

– Sim. Espere um momento. Andreas Polakov.

– Hubertus?

– Sim?

– Você acabou de olhar isso?

– Sim.

– Onde?

– Na transcrição da conversa.

– Ela sabia que você estava gravando?

– Onde você está?

– Não mude de assunto.

– Acabei de mudar. Tem alguma novidade para mim?

– Ainda não.

– Boone está em Ohio.

– É, eu sei. Tchau.

Reconecta o telefone ao iBook e reinicializa a máquina. Precisa contar a Parkaboy sobre o que descobriu, e o que fez.

Checa se chegou alguma mensagem.

Uma.

stellanor@armaz.ru

Ela engasga com o chá e tosse. Quase derruba a xícara em cima do teclado.

Força-se a abrir a mensagem, simplesmente abri-la, como se fosse algum outro e-mail. Como se...

Olá! Este é muito estranho e-mail.

Cayce fecha os olhos. Quando torna a abri-los, as palavras ainda estão lá.

Eu estou em Moscou. Também perdi meu pai com bomba. Minha mãe também. Como você tem este endereço? Quem são estas pessoas que você está me dizendo? Segmentos, você quer dizer as partes da obra?

E mais nada.

– Sim – ela diz para o iBook. – Sim. A obra.

A obra.

– **CAYCE** de novo, Hubertus. Com quem eu falo para conseguir uma viagem?

– Sylvie Jeppson. No escritório. Para onde você vai?

– Paris, domingo que vem. – Ela está na terceira xícara de chá e estão começando a tentar fazer com que ela ceda a mesa.

– Por quê?

– Amanhã eu explico. Obrigada. Tchau.

Liga para a Blue Ant e a repassam para Sylvie Jeppson.

– Preciso de visto para entrar na Rússia?

– Precisa.

– Quanto tempo isso leva?

– Depende. Se você pagar mais, fazem isso em uma hora. Mas eles tendem a deixar você sentada em um aposento vazio por uma hora antes disso. Uma espécie de nostalgia soviética. Mas temos um contato com o Departamento de Relações Exteriores deles.

– Temos?

– Já fizemos alguns serviços para eles. Discretamente. Onde você está?

– Kensington High Street.

– É conveniente. Está com seu passaporte?

– Estou.

– Pode me encontrar em trinta minutos? Kensington Palace Gardens, número 5. Em Bayswater. Fica mais perto da estação de metrô de Queensway. Você vai precisar de três fotos tamanho passaporte.

– Você consegue isso?

– Hubertus não iria querer que você esperasse. E eu sei com quem falar lá. Mas precisa se apressar. Eles fecham na parte da tarde.

SAINDO da seção de vistos do Consulado da Rússia, a alta, pálida e fleumática Sylvie pergunta: – Quando você quer ir?

– Domingo. Pela manhã. Para Paris.

– Então você irá pela BA, a menos que prefira Air France. Não gostaria de pegar o trem?

– Não, obrigada.

– E quando chegar à Rússia?

– Ainda não sei. Neste momento ainda é apenas uma possibilidade remota, mas eu queria estar com o visto de prontidão. Obrigada pela ajuda.

– Sempre que precisar – Sylvie diz com um sorriso. – Me mandaram cuidar extremamente bem de você.

– E você cuidou.

– Vou pegar um táxi de volta para o Soho. Quer carona?

Cayce vê dois se aproximando, ambos vazios.

– Não, obrigada. Vou para Camden.

Ela deixa Sylvie pegar o primeiro.

– Aeroflot – ela diz, quando o motorista do segundo lhe pergunta para onde vão.

– Piccadilly – diz ele.

Ela liga para Voytek.

– Alô?

– É Cayce, Voytek.

– Casey! Oi!

– Estou saindo da cidade de novo. Preciso te entregar as chaves de Damien. Você pode ir até o apartamento? Digamos, quatro e meia? Desculpe avisar tão em cima. – Ela promete a si mesma que irá comprar os andaimes para ele.

– Sem problema, Casey!

– Obrigada. Até lá.

Ela irá comprar os andaimes com o cartão de crédito de Bigend. Mas na Aeroflot, usará o seu próprio.

– Estou com a sua mística de participação bem aqui – ela diz, embora se para Parkaboy, Londres ou os mistérios gerais ou específicos de sua vida hoje, ela não sabe dizer.

Ela vê o motorista olhar de relance para ela pelo retrovisor.

33.

BOT

O vôo SU244 da Aeroflot, partindo de Heathrow às dez e meia da noite, é um Boeing 737, e não o Tupolev que ela esperava. Ela nunca esteve na Rússia antes, e pensa nela primariamente à luz das histórias que Win lhe contava na infância; o mundo além dos perímetros do mundo que ele se dedicara a proteger; um mundo de dispositivos de espionagem que navegavam por privadas e de uma duplicidade incessante. Na Rússia de sua infância está sempre nevando. Homens usam chapéus escuros de pele.

Ela fica imaginando, enquanto procura sua poltrona de corredor na classe econômica, se a Aeroflot precisou lutar para conservar a foice e o martelo como seu logotipo, e como ele é exclusivo. Fator de reconhecimento maciço. É uma versão alada, renderizada com uma delicadeza considerável, e ela acha curiosamente difícil de datar: é uma espécie de ar Futurista Vitoriano. Ela descobre que sua reação a esse logotipo é neutra, o que é um grande alívio.

Ícones nacionais são sempre neutros para ela, com a exceção da Alemanha nazista, e isso não se dá tanto por um senso de maldade histórica (embora ela certamente sinta isso), mas por uma consciência de um excesso apavorante de talento para design. Hitler tinha um departamento de design gráfico extremamente brilhante, e havia compreendido o poder da marca bem até demais. Heinzi teria se dado bem naquela época, mas ela duvida que mesmo ele conseguisse ter feito um serviço melhor.

Suásticas, e particularmente aquele design tipográfico agressivo para "SS", induzem uma reação violenta, semelhante à sua Tommy-fobia, mas em uma direção ainda pior. Certa vez ela trabalhara durante um mês na Áustria, onde esses símbolos não são proibidos por lei, como na Alemanha, e havia aprendido a atravessar a rua sempre que percebesse que estava se aproximando da vitrine de algum antiquário.

Os símbolos nacionais de sua pátria não acionam nenhum mecanismo nela, ou pelo menos não até agora. E ao longo do ano anterior, em Nova York, ela sentira uma gratidão profunda por isso. Uma alergia a bandeiras ou águias a teria reduzido a um status de clausura: uma espécie de agorafobia semântica.

Ela guarda a Rickson no bagageiro sobre a poltrona, se senta e enfia a sacola com o iBook embaixo da poltrona à sua frente. O espaço para as pernas não é ruim, e ao pensar nisso ela vivencia uma espécie de pseudonostalgia pela versão de Win da Aeroflot: aeromoças mal-humoradas quase jogando sanduíches velhos na sua cara, e saquinhos de plástico para guardar canetas, uma precaução bem pensada para as freqüentes despressurizações. Ele havia lhe contado que a Polônia, vista do ar, parecia-se com o Kansas, só que como se fosse cultivado por elfos; a colcha-de-retalhos dos campos era muito menor, e a terra igualmente plana e vasta.

Em pouco tempo eles estão taxiando na pista para a decolagem, as poltronas ao lado dela vazias, e então ela se dá conta de que, num golpe de sorte, e por um pouco mais do que ela havia pago antes por atendimento expresso para um visto, ela terá quase tanto espaço e privacidade quanto tivera nas viagens de ida e volta de Tóquio.

Magda, que apareceu no lugar de Voytek para pegar as chaves, sabe para onde ela está indo, assim como sua mãe, de quem ela finalmente teve piedade enviando um e-mail, e Parkaboy. Esses três sabem que ela está indo, mas alguém mais, ela não sabe quem, sabe que ela está chegando.

As turbinas do Boeing mudam de tom.

Oi, mãe.

Espero que você perdoe meu silêncio, ou pelo menos não o leve a mal. Mas terminei o trabalho para o qual viajei até aqui, e fui contratada pelo homem que dirige e é dono da empresa para fazer algo mais diretamente para ele: uma investigação cultural, para não soar tão misteriosa, sobre algumas novas idéias em termos de distribuição de filmes e de como filmes podem ser estruturados. Parece chato, mas na verdade estou completamente fascinada por isso, e é praticamente por isso que você não tem tido notícias minhas. Além disso, acho que foi bom para mim sair de Nova York e parar de pensar tanto no papai, e esse também pode ser um dos motivos pelos quais não tenho escrito. Eu sei que concordamos em discordar quanto a esse negócio de FVE, mas aqueles clipes de áudio que você me enviou me deixaram apavorada. Não sei de um jeito mais honesto de explicar. Mas sonhei com ele recentemente e parece que ele estava querendo me dar um conselho muito específico, que eu segui, e que acabou provando ser a coisa certa, então talvez exista um ponto em que não discordamos inteiramente a respeito desse negócio. Não sei. Só sei que finalmente estou aceitando a idéia de que ele realmente se foi, e o seguro, a pensão e todas essas outras coisas me parecem apenas burocracia. Queria que isso tivesse acabado, mas às vezes me pergunto se vai acabar. De qualquer maneira, estou escrevendo para dizer que estou indo para Moscou esta noite, por conta desse mesmo serviço que mencionei antes. É estranho finalmente estar indo para o lugar para onde papai sempre ia quando eu era criança. Nunca me pareceu que fosse um lugar que existia de verdade; para mim, era mais como um conto de fadas, porque ele sempre voltava de lá com aqueles ovos de madeira pintados e suas histórias. Lembro dele me contando que era apenas uma questão de mantê-los mais ou menos sob controle até que os tumultos por causa de comida começassem, e quando tudo mudou, sem tumultos de comida, lembro que eu o lembrei disso. Ele respondeu que a mudança havia sido provocada pelos Beatles, e que os tumultos de comida não precisaram acontecer. Os Beatles e o fato de eles terem perdido seu próprio Vietnã. Preciso ir agora, estou no setor de embarque de Heathrow. Estou feliz por você estar no Rose of the World, porque sei que gosta dessas pessoas. Obrigada por manter o contato; vou tentar fazer o mesmo.

Te amo

Cayce

Nunca imaginei que fosse escrever isso para você, mas acho que o encontrei. Na verdade, acho que recebi um e-mail dele, que eu vou responder agora. Estou em Heathrow, esperando para entrar no avião para Moscou, chegada 05:30 da manhã de amanhã. Ele diz que é lá que ele está. Encontrei alguém que foi capaz de fazer uma coisa com aquele número do Taki, não me pergunte como (na verdade, é muito melhor que nós não saibamos) e me enviou um endereço de e-mail. Eu fiz uma coisa estranha. Sentada num parque, comecei a escrever uma carta para ele, que eu jamais tinha a intenção de enviar. Era como se eu estivesse escrevendo uma carta para Deus, só que eu tinha o endereço dele, e aí pus o endereço e então acho que enviei. Eu não queria fazer isso, ou sequer me ver fazendo isso, mas a coisa foi. Em menos de meia hora recebi uma resposta. Ele disse que estava em Moscou. Escute, eu sei que você quer saber TUDO, mas não tenho muito mais que isso, não há muito conteúdo na resposta dele, e não quero passar isso para você, não desse jeito. Na verdade, a maneira como consegui esse endereço me deixou com a sensação de que nada do que estamos fazendo aqui é realmente privado, e a última coisa que eu quero neste instante é atrair qualquer tipo de atenção. Então me escute, Parkaboy; agüente firme; em breve,

mais revelações. Quem sabe até tudo. Seja lá como for, provavelmente saberei mais amanhã, e aí ligarei pra você. Preciso demais de uma overdose de informação. Se eu estou empolgada? Acho que sim; é engraçado, mas nem sei dizer.

Oi! Obrigada por responder. Pra falar a verdade, não sei bem o que dizer, mas fico feliz que você tenha respondido, e animada. Você está em Moscou? Eu estarei em Moscou amanhã, a negócios. Meu nome é Cayce Pollard. Vou estar no The President Hotel, se quiser ligar para mim lá. Mas você também pode me enviar um e-mail. Espero que faça isso. Abraços, CayceP

Relendo estas mensagens no iBook, quando o avião atingiu a altitude de cruzeiro, ela não quer pensar em como vai se sentir amanhã, ou no dia seguinte, ou no dia depois desse, se não receber resposta a esta última mensagem. O que, supõe ela, é uma possibilidade concreta.

Rússia. A Rússia serve Pepsi. Ela toma um gole.

O contratador cipriota de Dorotea, que também é o dono do domínio armaz.ru. Ela fica se perguntando que outros elementos russos possam ter aparecido no F:F:F durante as análises dos filmes.

Enfiando o CD-ROM do F:F:F, que ainda não copiou para Ivy, ela vai até sua função de busca.

O que aparece, para sua surpresa, é um post muito antigo escrito por ela mesma, bem no fim de um tópico que começa com alguém aventando a possibilidade de que o criador seja algum cineasta famoso trabalhando anônimo e em segredo.

Pra mim essa não cola. Não só porque não conseguimos concordar em quem seria, se é que esse é o caso, mas porque é óbvio

demais, está muito diante dos nossos narizes. Por que não poderia ser, digamos, algum chefão da máfia russa, com um pendor para auto-expressão, um talento até então não descoberto, e com os recursos para gerar e disseminar o filme? É uma hipótese exagerada de propósito, mas não é completamente impossível. O que estou dizendo é que acho que não estamos raciocinando muito por aqui.

Ela mal consegue se lembrar de ter postado isso. Ela nunca conseguira voltar e reler seus próprios posts antes, e provavelmente nem lhe ocorreria fazer isso de qualquer maneira. Mas agora ela continua lendo, seguindo o tópico até o fim.

E repara que o tópico seguinte começa com o que, ela agora se lembra, foi o primeiro post de Mama Anarchia.

Na verdade, a questão está inteiramente na história, embora não em algum sentido com o qual qualquer um de vocês pareça estar familiarizado. Vocês não entendem nada de narratologia? Onde estão o "jogo" e os excessos de Derrida? A atitude-limite de Foucault? Os jogos de linguagem de Lyotard? Os Imaginários de Lacan? Onde o compromisso com a práxis, o posicionamento da nostalgia de Jameson, e o desespero – assim como os medos de irracionalismo de Habermas – como discursos de pânico assinalando a derrota da hegemonia do Iluminismo sobre a teoria cultural? Mas não: os discursos neste site são irremediavelmente retrógrados. Mama Anarchia

Bem, pensa Cayce, Mama foi até o fundo da questão. E ela havia usado, Cayce repara, a palavra "hegemonia", sem a qual Parkaboy não admitirá a autenticidade de nenhum post de Mama. (Se bem que, para uma identificação totalmente positiva, ele insista que os posts também contenham a palavra "hermenêutica".)

Mas o Horário Padrão Central de Cayce Pollard está dizendo que é hora de tentar dormir, e então ela ejeta o CD-ROM, desliga o iBook e o coloca de lado. Fecha os olhos.

E sonha com homens enormes, estranhos mas de algum modo parecidos com Donny, no apartamento dela em Nova York. Ela também está lá, mas é como se eles não conseguissem vê-la nem ouvi-la, e ela quer que eles saiam.

EM SHEREMETEVO-2, depois de passar pelo bege uniforme e muito anos setenta da alfândega e da imigração, parece haver publicidade em praticamente todas as superfícies. Há pelo menos quatro anúncios no carrinho de bagagem que ela está usando, um da Hertz e outros três em russo. Ela percebe que, assim como no Japão, está parcialmente protegida por sua incapacidade de ler o idioma. E agradece por isso, pois a densidade de linguagem comercial ali, naquele aeroporto, pelo menos, rivaliza com a de Tóquio.

Um sinal que ela consegue ler está em cima de um caixa eletrônico, e diz BANKOMAT, que, deduz ela, é como os caixas eletrônicos teriam sido chamados nos Estados Unidos se tivessem sido inventados nos anos cinqüenta. Ela usa seu próprio cartão, e não o da Blue Ant, para obter um suprimento inicial de rublos, e leva o carrinho para fora, finalmente, para respirar sua primeira lufada de ar russo, altamente saturado de outro sabor nacionalmente específico de petrocarbonos. Ela vê uma fileira de táxis de aparência desorganizada, e sabe que seu trabalho agora é encontrar aquilo que Magda havia chamado de um "oficial".

Coisa que ela faz rapidamente, deixando Sheremetevo-2 em uma Mercedes verde-escura a diesel já meio velha, o painel santificado por alguma espécie de pequeno templo ortodoxo em cima de um paninho branco rendado.

Esta imensa e ligeiramente sombria rodovia de oito pistas, ela deduz ao consultar o guia *Lonely Planet Moscow* que havia comprado em Heathrow, é a Perspectiva Leningradskii, o tráfego congestionado em ambos os sentidos, mas andando mesmo assim. Imensos caminhões cheios de lama, carros de luxo, muitos ônibus, todos mudando de pistas de um jeito que não lhe inspira muita confiança, além do fato de que seu motorista parece estar tendo simultaneamente uma conversa telefônica via headset em um ouvido e ouvindo música com fones de ouvido do CD player cobrindo ambos. Ela se dá conta de que o conceito de pistas ali é fluido, assim como talvez prestar atenção à estrada. Tenta se concentrar no canteiro central gramado, onde crescem flores do campo.

Ela vislumbra chaminés a distância, e prédios altos de cor laranja, mas as chaminés, cuspindo fumaça branca, parecem se elevar do meio desses edifícios de um jeito estranho, sugerindo conceitos de zoneamentos alienígenas ou talvez inexistentes.

Outdoors anunciando computadores, artigos de luxo e material eletrônico aparecem, aumentando em número e variedade à medida que eles se aproximam da cidade. O céu, além das plumas das chaminés e de uma mancha marrom-amarelada de petrocarbonos, é azul e sem nuvens.

A primeira impressão que ela tem de Moscou propriamente dita é de que tudo é bem maior do que possivelmente precisaria ser. Edifícios ciclópicos da era Stalin em tijolos laranja queimados com detalhes vagamente amarronzados. Construídos para humilhar e aterrorizar. Mas os postes de luz, os chafarizes, as praças, tudo isso tem a mesma escala exagerada.

Quando eles atravessam as oito pistas do Anel de Ouro congestionado, o fator de alta urbanidade sobe diversos níveis e a publicidade se adensa. Bem à direita, ela vê uma enorme estação de trem Art Nouveau, sobrevivente de uma era ainda anterior, mas numa escala que faz da maior estação de Londres uma anã. Depois, um Mc Donald's, aparentemente tão grande quanto ela.

Há mais árvores do que ela havia esperado, e quando começa a se ajustar à escala das coisas, repara que existem prédios menores, todos notavelmente feios, que provavelmente datam dos anos sessenta. Se isso é verdade, são os piores prédios dos anos sessenta que ela já viu, e visivelmente desmoronando nos beirais. Alguns poucos estão sendo demolidos, e de fato os andaimes estão por toda parte, muitas reformas sendo feitas, e no que ela acha que é a Rua Tverskaya, a massa de gente é tão espessa quanto na Cruzada das Crianças, mas se movimenta com muito mais determinação.

Imensos banners de publicidade estão pendurados ao longo da rua, e a maioria dos prédios tem outdoors no alto.

Um número incrível de ônibus elétricos azuis e brancos aqui, um azul Dinky Toy vintage que ela nunca havia visto em um ônibus de verdade antes. Muitos deles não parecem estar indo a lugar algum.

Sua única experiência anterior do mundo soviético, ou pós-sovié tico, havia sido uma única noite na ex-Alemanha Oriental, alguns meses após a queda do Muro.

De volta ao seu hotel, na segurança do lado ocidental, ela quase começara a chorar, chocada com a crueldade manifesta, para não mencionar a pura estupidez do que ela havia visto, e ficara tão mexida que ligara para Win no Tennessee.

– Esses filhos da puta maquiaram seus livros-caixa por tanto tempo que nem mesmo eles sabiam mais o que estava escrito neles – ele havia explicado. A CIA, segundo ele, fizera uma avaliação das indústrias da Alemanha Oriental pouco antes do colapso da nação, e haviam declarado que ela tinha a base industrial de maior viabilidade no bloco comunista. – Isso aconteceu porque consultamos os números deles.

Digamos que uma fábrica de pneus parecesse muito boa. Não chegava aos nossos padrões, mas era melhor do que o Terceiro Mundo. O Muro caiu, nós entramos lá, a fábrica inteira estava falida. Metade dela não era usada há mais de dez anos. Só valia seu peso em ferro-velho, basicamente. Eles estavam mentindo para eles mesmos.

– Mas eles foram tão cruéis com seu próprio povo – ela havia protestado –, tão mesquinhos. Só permitiam duas cores de tinta, um cinza morto e um marrom que parece tanto com merda quanto é possível para a cor marrom. É um marrom que você consegue até cheirar.

– Mas não há muita publicidade aí para incomodar você, há?

Ela teve que rir.

– Era assim quando você estava em Moscou?

– Claro que não. Alemães praticando o comunismo? Eles puseram até mesmo os russos no chinelo. Parecia que os alemães orientais realmente acreditavam em tudo aquilo. Dava pra ver que eles achavam isso uma loucura.

O táxi dela passa embaixo de um gigantesco logotipo da Prada. Ela resiste à necessidade de ranger os dentes.

Por incrível que pareça, alguns dos outdoors estão naquele antigo estilo de Realismo Socialista, vermelhos chapados, brancos e cinzas com predominância do preto da autoridade absoluta.

E levantando a cabeça, ela vê, ou pensa que vê, sorrindo irregular para ela, o rosto familiar e semiparalisado de Billy Prion.

O LOBBY do The President poderia facilmente acolher um palanque para um desfile militar, e o túmulo de Lenin caberia facilmente num canto. Quatro pequenos agrupamentos de sofás estão dispostos num espaço com metade do tamanho de um campo de futebol americano, uma extensão acarpetada através da qual Cayce, esperando as intermináveis formalidades de check-in que exigem a entrega de seu passaporte, fica olhando uma jovem andar zangada de um lado para o outro, com botas verde-esmeralda de salto alto e que vão até a altura das coxas, botas que sugerem a colaboração de fabricantes de luvas de Florença com a Frederick´s de Hollywood. A garota tem as mesmas improváveis maçãs do rosto da diretora de produção de Damien, sua angularidade elegante refletida nos ossos dos quadris acentuados por uma saia muito curta e apertada, uma espécie de homenagem a Versace no período Miami com apliques de couro de cobra em forma de labaredas acentuando cada nádega.

Agora são dez da manhã e Cayce sabe que três garotas em roupas semelhantes estão discutindo do lado de fora, no corredor da segurança do hotel, com os quatro jovens grandes e com jaquetas de Kevlar que estão montando guarda ali. Fazendo lobby para que eles as deixem entrar, deduz Cayce, para se juntarem à sua colega de trabalho impaciente.

Quando ela se cansa de olhar as botas verdes, que têm uma espécie de qualidade de conto de fadas em contraste com a palheta outonal do lobby, ela volta o olhar para um livreto em língua inglesa em oferta no balcão de mármore bege de check-in. Ele explica os laranjas e os marrons, pois ela vê que o lugar antigamente se chamava The Oktobryskaya. E ainda é, ela conclui lendo nas entrelinhas, de propriedade do Kremlin.

SEU quarto, no décimo segundo andar, é maior do que ela havia esperado, com uma bay window recuada oferecendo uma visão abrangente do rio Moscou e da cidade além. Na outra margem, uma grande catedral, e em sua própria ilhota, uma estátua de uma feiúra impensável. Seu guia Lonely Planet lhe diz que é Pedro, o Grande, e precisa ser protegido, senão os estetas locais o explodem. Parece um chafariz de champanhe alugado para um casamento da classe operária à moda antiga.

Ela se vira para o quarto: mais tons outonais almiscarados e um edredom marrom-lama sobre a cama. Uma incômoda dissonância de baixo nível, como se tudo fosse projetado por alguém que andara olhando uma foto de algum quarto de hotel ocidental dos anos oitenta, mas sem ter jamais visto um exemplo do original. O banheiro tem azulejos em três tons de marrom (embora, ela dá graças, nenhum seja alemão oriental) com um chuveiro, uma banheira, um bidê e uma privada, cada qual com sua própria faixa de papel declarando que está DESINFEKTADO.

Sobre a mesinha, uma placa a convida a utilizar seu laptop no próprio quarto, ou, se ela preferir, a visitar o BISNIZ SENTR no lobby.

Ela pega o iBook e o conecta à tomada ao lado da mesa. Se o que ela se lembra de Pamela Mainwaring ter dito sobre seu telefone está correto, ele provavelmente irá funcionar aqui, mas ela não tem certeza. Já lhe ocorreu que ela não deu o número de seu celular ao seu mais recente e mais misterioso correspondente, e ela se pergunta se não há alguma coisa subconsciente acontecendo ali. A conexão é lenta, mas finalmente ela chega ao Hotmail.

Dois.

Parkaboy e stellanor.

Ela respira fundo e solta o ar o mais devagar possível.

Você está em Zamoskvareche, quer dizer, do outro lado do rio Moscou de onde está o Kremlin, distrito de igrejas e apartamentos velhos. O hotel fica na rua Bolshaya Yakimanka, de frente para o Kremlin, veja mapa que eu fiz, você vai atravessar a Bolshoi Kamennii Most, que quer dizer Grande Ponte de Pedra, olhando para o Kremlin. Segue marca no mapa até o Caffeine, placa em russo. Entre às 17h hoje e por favor esteja sentada ao lado do peixe para que eu veja você.

– Peixe – diz Cayce.

É tá OK sim eu realmente quero saber TUDO e de preferência ontem, mas você está provavelmente no ar e de qualquer maneira o número que você me deu cai numa inglesa irritante que diz que o cliente do telefone móvel está blá blá blá. Mas, de qualquer maneira, eu ouço e obedeço. Sabe, nunca duvidei de que chegaríamos a este dia na história. Nunca. O criador está vivo. O criador está lá fora. Estava. Esperando por nós. Mas agora eu estou esperando é por você, que você me conte TUDO. A única novidade que tenho é relativamente comum, embora, sob as circunstâncias, o que não seria? Duas coisas. Judy foi embora. Para os braços do amor. Ontem, então ela já está lá. Comprou uma passagem barata no SeaTac. Foi ficar com Taki. Darryl está exultante por se ver livre dela. Acho que isso vai destruir nosso disfarce com Taki, porque ele vai ver que ela tem o dobro do tamanho que ele imaginava e não fala japonês, mas por outro lado eu acho que estamos começando a perder Darryl. Agora que não há ninguém lá a não ser ele e suas tigelas de yakisoba instantâneo, ele parece estar voltando à vida normal, e é aí que entra a coisa número dois. Aquela coisa em forma de T que Taki enviou. Darryl começou a hackear aquilo, com um colega em Palo Alto que tem um projeto de construir um novo tipo de mecanismo de busca por imagens. O sujeito tem uns bots baseados em CAD-CAM, e procuram coisas com base na forma que possuem. Darryl o mandou fazer duas coisas, sendo uma delas buscar uma seção do mapa que correspondesse às ruas do T. Era aí que eles estavam depositando as maiores esperanças, mas não deu em nada. A outra foi uma espécie de lembrança tardia: encontrar alguma coisa que tivesse a forma daquele T. Bom, eles obtiveram cem por cento de correspondência sobre 75 do T de Taki. A não ser pela barra com a extremidade serrilhada, o T parece exatamente com uma parte

específica do mecanismo de armamento manual da mina Claymore M18A1 do Exército dos Estados Unidos, que é basicamente um pedaço de explosivo C4 enfiado atrás de 700 rolamentos de aço. Quando o C4 é detonado, os rolamentos se espalham em um padrão de 60 graus que se expande até dois metros; qualquer coisa que esteja a menos de sessenta metros (com árvores ou folhagem no meio do caminho, a distância pode variar), conseqüentemente, vira hambúrguer. Utilizada para emboscadas, detonação remota. Parece uma espécie de antena parabólica de satélite acima do peso, mas muito compacta, retangular e ligeiramente côncava. Não me pergunte: é o que o bot trouxe de sua pesquisa. Então, você quer fazer o favor de me ligar AGORA MESMO e me contar TUDO?

34.

ZAMOSKVARECH

Mas ela não liga para Parkaboy. Está empolgada demais, ansiosa demais.

Esta é uma cidade onde as pessoas se preocupam com o vestuário, de um jeito que faz com que ela não se importasse se fosse obrigada a ficar muito tempo por aqui, então ela troca de roupa e veste as peças da Parco, e até tenta a sorte com o kit de maquiagem que o spa em Tóquio lhe deu. O resultado, ela suspeita, faria com que as garotas do spa tentassem conter o riso, mas pelo menos fica evidente que ela está usando maquiagem. Ela poderia provavelmente ser confundida, deduz, por uma correspondente de alguma emissora de rádio cultural de segunda. Televisão, definitivamente não.

Certificando-se de que está com a chave magnética do aposento, ela veste a Rickson, pendura no ombro a sacola da Luggage Label contendo o iBook e o telefone, e encontra o caminho de volta para o minilobby que fica em frente aos elevadores. Ali fica uma mulher de uniforme, sentada, supõe ela, vinte e quatro horas por dia, embaixo de um enorme arranjo de flores e folhas secas. Cayce a cumprimenta com um aceno de cabeça, mas ela não retribui.

Entre os dois elevadores fica uma janela grande, com uma cortina de tecido grosso ocre que vai do chão ao teto. Ao lado, um cooler de vidro vertical com um estoque que inclui champanhe, água mineral, algo que parece ser diversas garrafas excepcionalmente bem geladas de vinho Borgonha, e muita Pepsi. Enquanto espera o elevador, Cayce afasta ligeiramente a cortina ocre e vê edifícios de apartamentos de aspecto antigo, torres brancas e uma fantástica torre de igreja laranja e turquesa, com ameias. Mais ao fundo, cúpulas douradas tipo cebola.

Aquela, ela deduz, é a direção em que seguirá agora.

Absolutamente ninguém no imenso lobby central, nem mesmo uma garota de botas verdes.

Ela acha a saída, passando pela caverna da segurança com seus rapazes grandões vestidos em Kevlar, e tenta dar a volta no quarteirão, para poder seguir na direção daquelas cúpulas de cebola.

E se perde quase imediatamente. Mas não está nem aí, pois só saiu para espairecer e se acalmar. E em algum ponto da caminhada ela se lembra de ligar para Parkaboy.

Mas por que está hesitando em fazer isso? A razão, ela admite, é que sabe que terá de contar a ele a respeito de Bigend, Boone e o resto da história, e ela tem medo, medo do que ele possa dizer. Mas se ela não fizer isso, a amizade dos dois, à qual ela dá um profundo valor, começará a deixar de ser verdadeira.

Ela pára, olhando para a rua daquela velha vizinhança residencial, e tem uma consciência aguda de sua mente começando a entrar naquele estado de "mas realmente é igual a" que ela costuma fazer quando é apresentada a alguma novidade cultural séria: mas realmente é igual a Viena, só que não é, e realmente é igual a Estocolmo, mas não é realmente...

Ela sai vagando por ali, se sentindo como uma criança que mata a aula e fica toda ansiosa, de vez em quando olhando para cima para ver se acha as cebolas douradas, até que seu telefone começa a tocar.

Sentindo-se culpada, ela atende.

– Sim?

– Tudo. Agora.

– Eu ia te ligar neste instante.

– Você se encontrou com ele?

– Não.

– Vai se encontrar?

– Vou.

– Quando?

– Hoje à tardinha, cinco horas, num restaurante ou café, não sei ao certo.

– Você não pode encontrá-lo no Starbucks.

– Não é um Starbucks. Nem sei se eles têm Starbucks aqui.

– Têm sim.

– Parkaboy? – dizer o nome dele soa estranho. É seu nick, na verdade. Subitamente lhe parece mais estranho ainda lembrar que ela não sabe o nome dele.

– Sim?

– Preciso te dizer uma coisa.

No lado dele, uma pausa.

– Você está grávida do nosso filho.

– Isto é sério...

– Eu que o diga. Provavelmente é a primeira vez que isso acontece na Internet.

– Não. Eu estou trabalhando para alguém.

– Pensei que você estivesse trabalhando para aquela agência publicitária letalmente pós-moderna.

– Estou trabalhando para uma pessoa que tem interesse em encontrar o criador. Essa pessoa está me financiando. Foi assim que consegui ir a Tóquio e encontrar Taki.

– E daí? Quem é?

– Você já ouviu falar em Hubertus Bigend?

– Pronuncia-se "big", e "end"?

– Isso.

– Fundador e dono da agência sobre a qual já conversamos?

– Isso.

– O sujeito que elevou a mistificação da babaquice a novos níveis em entrevistas com celebridades?

– É esse mesmo. E eu estou trabalhando para ele. Ou, como ele diz, com ele. Mas isso me trouxe até aqui. Me deu o dinheiro de que eu precisava para conseguir o endereço que me trouxe até aqui.

Silêncio.

– Fiquei com medo de que você fosse me odiar – ela diz.

– Não seja ridícula. Você ainda está grávida do nosso filho, não está?

– Eu me sinto uma merda por não ter te contado.

– Se você vai conhecer o criador, e ainda está falando comigo, eu realmente não estou nem aí com a maneira nem com o número de gente que você teve que matar para chegar até aí. E se você fez isso no processo, eu te ajudo a se livrar dos corpos.

– Você não está dizendo isso só pra me agradar?

– Eu estou dizendo, não estou? O que mais você quer? Que eu tatue isso no meu braço com uma unha de acrílico quebrada? – Ele fica em silêncio. E em seguida: – Mas o que é que o sr. Bigend quer com o nosso criador?

– Ele diz que não sabe. Diz que o filme é o exemplo mais inteligente de marketing que o século viu até agora. Ele diz que quer saber mais. Acho que ele pode até estar dizendo a verdade.

– Coisas mais estranhas já aconteceram, eu suponho. Neste momento, essa é a menor das minhas preocupações.

– E quais são as suas preocupações, então?

– Como eu vou chegar aí. Se o meu passaporte, quando eu encontrá-lo, se conseguir encontrá-lo, ainda é válido. Se eu posso conseguir uma passagem rápida por um preço que não exija de mim uma hipoteca.

– Está falando sério?

– O que é que você acha?

Uma babá loura, de tipo totalmente californiano, passa por Cayce, levando um garotinho russo moreno com um balão vermelho. Ela olha para Cayce de relance e apressa a criança.

Cayce se lembra de Sylvie Jeppson, as duas deixando o Consulado da Rússia. – Você vai precisar de um visto – ela diz a Parkaboy – e pode conseguir um rapidamente se pagar um extra, mas não vai precisar de passagem. Há uma mulher chamada Sylvie Jeppson, na Blue Ant de Londres. Vou ligar para ela e dar o seu número. Ela vai encontrar o vôo mais rápido para você e deixar sua passagem esperando no aeroporto O'Hare. E eu sei que isso parece uma loucura completa, mas preciso saber seu nome. Eu não sei seu nome.

– Thornton Vaseltarp.

– Perdão?

– Gilbert.

– Gilbert?

– Peter Gilbert. Parkaboy. Você vai se acostumar. Qual é a parada por trás desse vôo para Moscou?

– Não tem parada nenhuma. Tenho liberdade total de despesas. Você acaba de se tornar mais uma. Preciso de você aqui. É simples assim.

– Obrigado.

– Mas não deixe que ela saiba que eu já estou aqui. Ela pensa que eu estou indo daqui a uma semana.

– Você é sempre tão complicada assim?

– Não, mas estou aprendendo. Parkaboy – Peter – eu vou ligar para ela agora.

Silêncio.

– Obrigado. Você sabe que eu preciso estar aí.

– Eu sei. Te ligo mais tarde. Tchau.

Ela segue em frente, telefone na mão, até encontrar uma espécie de poste de amarração gigante de granito espesso e truncado brotando do calçamento. Ela não faz a menor idéia do que isso pode ter sido um dia, mas senta-se em sua beirada, a quentura da pedra atravessando o tecido de sua saia, e liga para a Blue Ant no Soho. Os celulares em Moscou produzem um nível extra de chiado, mas ela consegue, ainda que somente o correio de voz de Sylvie. – Sylvie, aqui é Cayce Pollard. Tem uma pessoa em Chicago que eu preciso mandar para Moscou, o mais rápido possível. Peter Gilbert. – O nome tem um gosto estranho na sua língua. Ela recita o número de Parkaboy duas vezes. – Reserve para ele um quarto no The President Hotel. Quero ele lá o mais rápido que você puder, por favor. É importante. Obrigada. Tchau.

Um carro de polícia sem identificação passa roncando o motor, uma Mercedes novíssima, com um farol azul ligado ao lado do pára-brisa. Ela o vê virar uma esquina medieval apertada, os pneus cantando.

Ela guarda o telefone, se levanta e continua a caminhar.

Não foi muito longe; uma grande onda de exaustão a atinge, como se viesse da direção do rio, o Horário Padrão Central Cayce Pollard anunciando em algum nível orgânico profundo que é hora de ficar inconsciente. Ela acha que é melhor obedecer, então dá meia-volta e começa a traçar a rota de volta para o The President.

ELA acorda com seu telefone, em vez da ligação que havia solicitado à recepção ou do alarme que havia programado em seu relógio de pulso como backup. Ela se senta nua debaixo de lençóis brancos grossos e do edredom cor de lama do hotel, tentando se lembrar de onde está. A luz do sol atravessa a fresta nas cortinas fechadas, como se viesse de alguma direção estranha.

Ela sai da cama e tenta abrir o zíper de sua sacola.

– Alô?

– É Boone. Onde você está?

– Acabei de acordar. E você?

– Ainda em Ohio. Mas estou chegando a algum lugar.

– E onde é esse lugar? – Ela se senta na beira da cama. Consulta o relógio.

– Um nome de domínio. Armaz-ponto-ru.

Ela não consegue pensar em nada para dizer.

– Nazran – ele diz.

– O que é isso?

– Capital da República Ingushetia. É uma ofshornaya zona.

– Uma o quê?

– Um paraíso fiscal offshore. Para a Rússia. Eles gostaram tanto de Chipre que decidiram criar seu próprio paraíso. E o colocaram em Ingush. O sujeito em cujo nome o domínio foi registrado é de Chipre, mas trabalha para uma operação ofshornaya em Ingush. É provavelmente daí que os russos de Dorotea vêm.

– Como é que você sabe que ele é de... Ingush?

– Google.

Ela não tinha pensado nisso.

– E isto é... – Ela hesita, à beira de mentir. Mentiras. – Este domínio é de onde vem o filme?

– Acertou na mosca.

– Mas você só tem um domínio, nenhum endereço?

– Ei, é melhor do que nada. – Ele parece decepcionado. – Tenho mais uma coisa também.

– O quê?

– Petróleo.

– Que significa...?

– Não sei ao certo. Mas investiguei esse sujeito através do meu amigo de Harvard, Departamento de Estado. Ele diz que a operação para a qual nosso rapaz trabalha tem vínculos com alguns dos players que parecem essenciais para o petróleo russo.

– Petróleo russo?

– O petróleo saudita não tem sido tão bom assim para os cachorros grandes, globalmente falando, desde o onze de setembro. Eles estão cansados de se preocupar com aquela região. Querem uma fonte estável. A União Russa conseguiu isso. Isso significa grandes mudanças no fluxo de capital global. Significa que vamos passar a funcionar com petróleo russo.

– Mas o que é que isso tem a ver com o filme?

– Se eu descobrir, te conto. E você? Fez algum progresso aí na sua ponta?

Ela respira fundo, então torce para que ele não tenha ouvido isso.

– Não. Nada. Boone?

– Sim?

– Com quem você estava quando eu liguei?

Uma pausa. – Alguém que trabalha para a Sigil.

– Você... Conhecia ela antes? – É a pergunta errada e ela sabe, mas ainda está pensando em Marisa e no apartamento em Hongo, e alguma coisa na voz dele naquele dia.

– Conheci-a no lounge para o qual eles costumam ir depois do trabalho. – O tom da voz dele agora tem uma neutralidade que ela de algum modo percebe que é inconsciente para ele. – Não gosto de fazer isso, mas ela trabalha na contabilidade, e acontece que era disso que estávamos precisando.

– Ah. – E se lembra da sua mão encontrando a pistola atrás da cabeceira de Donny. – Mais um encontro e você consegue o endereço inteiro, é isso? – E imediatamente deseja não ter dito isso.

– Isso que você disse me fez sentir um merda, Cayce.

– Desculpe. Não tive a intenção. Mas preciso ir. Vou encontrar uma pessoa às cinco. A gente se fala. Tchau.

– Bom... Tchau. – Ele não parece feliz.

Clic.

Ela fica ali sentada no escuro, se perguntando o que foi que acabou de acontecer.

Então o relógio dela começa a tocar o alarme, e o telefone do quarto toca, um toque estrangeiro estranho que ela nunca havia ouvido antes.

35.

KOOEИH

Bolshoi Kamennii Most. A Grande Ponte de Pedra é grande mesmo, embora provavelmente a muitas encarnações de distância da ponte que originalmente ganhou esse nome.

Ela não teve nenhum problema para encontrá-la, e também não teve nenhum problema para encontrar o Caffeine, com o mapa que havia copiado do anexo daquele último e-mail. Ela o desenhou numa folha de papel com o timbre do The President, dobrada em quatro.

É o lugar mesmo, sem dúvida, embora Caffeine seja **KOOEИH**.

– Ele levou um pato na cara... – ela murmura ao dar uma olhada por fora para checar o ambiente.

Parece mais um bar repleto de poltronas de espaldar alto do que uma cafeteria, mas aí ela se lembra das cafeterias de Seattle, quando estreou no skatewear. É mais parecido com aquilo, mas sem os sofás Goodwill.

Está lotado.

Outro daqueles carros de polícia secreta passa em disparada, a luz azul piscando, talvez o quinto que ela vê, todos reluzentes, novos e caros.

Esta noite o mantra do pato não parece estar ajudando.

– Atravesse seu medo – ela diz a si mesma, uma coisa que Margot dizia um bocado quando ainda estava indo às reuniões de seu grupo de co-dependência. Aquilo também não parece ajudar.

– Ah, que se foda. – Uma invocação mais antiga e mais profunda. Isso faz com que ela se vire e se dirija para a porta, entrando.

Um aposento aconchegante e lotado, com brilho de cobre e madeira lustrada.

Onde todas as mesas estão ocupadas, ao que parece, a não ser por uma, ladeada por duas enormes poltronas de orelha vazias, e ali, com bastante clareza, está o peixe: uma escultura grande e isolada, as escamas recortadas de latas de café Medaglia d´Oro de uma libra como aquelas que Wassily Kandinsky usava, mas montadas de um jeito que lembra mais Frank Gehry.

Ela está se movendo rápido demais para obter uma leitura da multidão ali, mas está ciente de uma série de olhares enquanto abre caminho e se senta em uma das poltronas de orelha.

Um garçom se materializa instantaneamente. Jovem e bem bonito, com paletó branco, uma toalha branca dobrada sobre o braço, ele não parece feliz demais por vê-la ali. Diz alguma coisa brusca em russo, que claramente não é uma pergunta.

– Desculpe – diz ela. – Eu só falo inglês. Vou encontrar um amigo. Quero café, por favor.

Assim que ela fala, ocorre uma mudança imediata no comportamento dele, e não, ela sente, por algum tipo de amor ao idioma inglês.

– É claro. *Americano*?

Supondo que italiano seja a linguagem default de café ali, e que ele não está lhe fazendo nenhuma pergunta quanto à sua nacionalidade.

– Por favor.

Quando ele sai, ela faz uma varredura da multidão. Se as roupas que essas pessoas estão vestindo tivessem algum logotipo visível, ela estaria em apuros. Muito Prada e Gucci, mas de uma modalidade boêmia endinheirada que é de griffe demais para Londres ou Nova York. Los Angeles, ela percebe: a não ser por duas garotas góticas vestidas com brocados pretos e um garoto num estilo High Grunge impecável, tudo ali é Rodeo Drive com uma porção extra de maçãs do rosto.

Mas a jovem que atravessa a porta agora não está usando nada que não seja preto fosco e o cinza mais escuro. Muito branca. Olhos escuros. Cabelos partidos ao meio, compridos demais para a moda atual.

Seu rosto branco, angular mas de algum modo suave, eclipsa tudo o mais.

Cayce percebe que está apertando os braços da poltrona com tanta força que seus dedos doem.

– Você é aquela que escreve, sim? – Apenas um pequeno sotaque, um tom de voz baixo mas muito claro, como se ela estivesse falando com uma enunciação perfeita de uma grande distância.

Cayce começa a se levantar, mas a estranha faz um gesto para que ela volte a se sentar e se acomoda na outra poltrona. – Stella Volkova. – Oferece a mão para Cayce apertar.

– Cayce Pollard – aceitando a mão. Será esta mulher o criador? O criador se chama Stella? Stella é um nome russo?

Stella Volkova aperta a mão dela e a solta. – Você é a primeira.

– A primeira? – Cayce sente como se seus olhos estivessem para saltar fora da cabeça.

O garçom chega com café para dois, servindo-o em xícaras finas de porcelana branca.

– O café daqui é muito bom. Quando eu era criança, só a Nomenklatura tinha um bom café, e ele não era tão bom quanto este. Você toma o açúcar? Creme?

Incapaz de confiar nas próprias mãos, Cayce balança a cabeça negativamente.

– Eu também. Puro. – Stella levanta a xícara, inala a fragrância e toma um gole. Diz algo à título de apreciação, em russo. – Você gosta daqui, de Moscou? Você está aqui antes?

– Não – diz Cayce. – É novidade para mim.

– Acho que é novidade para nós. Todo dia, agora. – Sem sorrir, os olhos arregalados.

– Por que tantos carros de polícia? – É tudo o que ela consegue pensar em perguntar, uma tentativa patética de impedir um silêncio que ela de algum modo teme que possa matá-la. Faça a próxima pergunta. – Eles estão sempre passando em disparada, mas sem sirene.

– Carros de polícia?

– Sem identificação. Com luzes azuis.

– Carros de polícia não! Esses são os carros de pessoas importantes, dos ricos, ou daqueles que trabalham para eles. Eles compraram uma permissão que permite que ignorem as leis de trânsito. Luzes azuis são cortesia para os outros, um aviso. Parece estranho para você?

Tudo parece estranho, pensa Cayce. Ou nada.

– Stella? Posso lhe fazer uma pergunta?

– Sim?

– Você é o criador?

Stella inclina a cabeça para o lado.

– Eu sou gêmeas. – Se ela demonstrar agora algum poder literal de duplicação física, isso não surpreenderá Cayce. – Minha irmã, ela é a artista. Eu, eu sou o quê? A distribuidora. A que encontra um público. Não é um talento tão grande assim, eu sei.

– Meu Deus – Cayce diz, e ela não acha que possua um deus – é mesmo verdade.

Os olhos de Stella, que já são grandes, se arregalam ainda mais.

– Sim. É verdade. A artista é Nora.

Cayce se sente começando a entrar em processo de isolamento novamente. Próxima pergunta. Qualquer coisa. – Stella e Nora são nomes russos?

– Nossa mãe era grande admiradora de sua literatura. Particularmente de Williams, e de Joyce.

– Williams?

– Tennessee.

Stella. E Nora.

– Meu pai morava no Tennessee – diz Cayce, sentindo sua voz soar como uma daquelas bonecas falantes quando se puxa a cordinha atrás.

– Você escreveu que ele morreu, na queda das torres.

– Desapareceu, sim.

– Nossos pais morreram. Uma bomba. Em Leningrado. Minha irmã e eu, minha mãe também, morávamos em Paris. Nora estudava cinema, claro. Eu, administração. Meu pai não queria que ficássemos na Rússia. Os perigos. Ele trabalhava para seu irmão, meu tio, que havia se tornado um homem poderoso. Em Paris ele nos contou que devíamos estar preparadas para nunca mais voltar. Mas nossa avó morreu, a mãe dele, e voltamos, para o enterro. Era para ser três dias depois. – Seus grandes olhos tristes fixam os de Cayce, sombrios. – A bomba está numa árvore, assim que saímos de casa, todos vestidos de preto, para o enterro. Eles a detonam com um rádio. Nossos pais morrem na hora, uma bênção. Nora ficou muito ferida. Muito. Eu só tive deslocamentos, meus ombros, meu maxilar e muitas pequenas feridas.

– Sinto muito...

– Sim. – Stella faz que sim com a cabeça, mas Cayce não sabe ao certo o que ela está afirmando. – Desde então, vivemos em Moscou. Meu tio vem para cá com freqüência, e Nora precisa de muitas coisas. Quem são seus amigos?

– Perdão?

– Você escreve que procura a arte de Nora com seus amigos. Apaixonadamente. – O sorriso, quando rompe a placidez pálida de Stella, é um milagre. Ou não exatamente placidez, mas uma imobilidade hipervigilante. Não se mova e eles não nos verão. – Quem é "Maurice"? É um lindo nome.

– Ele trabalha num banco, em Hong Kong. Britânico. Não o conheci pessoalmente, mas gosto muito dele. Você entende que fazemos isso através de um website, e por e-mails?

– Sim. Acho que já vi isso. Eu tenho software. Eu vejo a arte de Nora circular, através dos números da Sigil. É muito bom, esse software. Sergei o achou para nós.

– Quem é Sergei?

– Ele é contratado para facilitar. Um astro na Politécnica. Fico preocupada que ele sinta saudade da carreira dele, porque meu tio paga bem demais a ele. Mas também ele adora o que Nora faz. Assim como você.

– O filme... A arte de Nora é gerada por computador, Stella? Os atores são de verdade? – Com medo de que essa pergunta seja direta demais, grosseira demais.

– Na escola de cinema, em Paris, ela fez três curtas. O mais longo, dezesseis minutos. Este foi exibido em Cannes, com sucesso. Você já foi lá? A Croisette?

Cayce fotografa a informação como o obturador de uma câmera.

– Só uma vez.

– Depois da bomba, fomos levadas para a Suíça. Nora precisava de cirurgias. O sangue aqui não é bom. Tivemos sorte, não houve nada nas primeiras transfusões, feitas na Rússia. Eu fiquei com ela, é claro. Ela não falava, no começo. Não me reconhecia. Quando falou, foi só comigo, e numa linguagem que era só nossa na infância.

– "Papo de gêmeas"?

– A linguagem de Stella e Nora. Então a outra linguagem retorna. Os médicos haviam me perguntado quais eram os interesses dela e claro que era só cinema. Em pouco tempo, nos mostraram uma ilha de edição que nosso tio mandou instalar ali, na clínica. Mostramos a Nora o filme no qual ela estava trabalhando em Paris, antes. Nada. Como se ela não visse nada. Depois mostramos o filme de Cannes. Esse ela viu, mas parecia lhe provocar uma grande dor. Em pouco tempo ela começou a usar o equipamento. Para editar. Recortar.

Cayce, hipnotizada, está chegando perto do fim de sua xícara. O garçom aparece e torna a enchê-la, silenciosamente.

– Três meses, ela recortou. Cinco cirurgias naquela época, e ela continuou trabalhando. Eu vi o filme ficar cada vez menor, o filme dela. No fim, ela o havia reduzido a um único frame.

Numa assustadora sincronicidade aparente, o Caffeine fica por um instante em silêncio. Cayce estremece. – Qual era a imagem?

– Um pássaro. Em pleno vôo. Nem sequer em foco. Suas asas, contra nuvem cinza. – Ela cobre com a mão sua própria xícara vazia, quando o garçom vai reenchê-la. – Depois disso ela entrou para dentro.

– Para dentro?

– Ela parou de falar, e depois de reagir. De comer. Voltaram a alimentá-la por tubos. Eu fiquei louca. Falavam em levá-la para os Estados Unidos, mas os médicos dos Estados Unidos vieram. No fim, eles disseram que não podiam fazer nada. Não podia ser removido.

– O que não podia ser removido?

– O último fragmento. Ele está entre os lobos, encaixado de alguma maneira terrível. Não pode ser movido. O risco é grande demais. – Os olhos escuros agora não têm fundo, e preenchem o campo de visão de Cayce. – Mas então ela repara na tela.

– A tela?

– O monitor. Lá em cima, no corredor. Circuito fechado, mostrando somente a recepção na frente daquela ala particular. A enfermeira suíça sentada, lendo. Alguém passando. Eles a viram vendo aquilo. O mais inteligente dos médicos, ele era de Stuttgart. Ele mandou eles colocarem uma conexão daquela câmera para a ilha de edição dela. Quando ela olhava essas imagens, entrava em foco. Quando as imagens eram retiradas, ela começava a morrer novamente. Ele gravou duas horas disso, e exibiu isso na ilha de edição. Ela começou a cortar aquilo. A manipular. Em pouco tempo ela havia isolado uma única figura. Um homem, da equipe do hospital. Eles o levaram a ela, mas ela não teve reação nenhuma. Ela o ignorou. Continuou a trabalhar. Um dia, eu a achei trabalhando o rosto dele no Photoshop. Esse foi o começo.

Cayce pressiona a cabeça contra o espaldar da poltrona. Força-se a fechar os olhos. Quando os abrir, verá sua velha Rickson, pendurada nos ombros da garota-robô de Damien. Ou o closet de tatames de cama do apartamento em Hongo, aberto, atulhado com as roupas de uma estranha.

– Você está cansada? Está mal?

Ela abre os olhos. Stella ainda está lá.

– Não. Apenas ouvindo sua história. Obrigada por contá-la para mim.

– De nada.

– Stella?

– Sim?

– Por que você me contou essa história? Tudo o que você e sua irmã fazem parece estar cercado por tanto sigilo. Mas, quando eu descubro seu endereço, finalmente, o que foi muito difícil de fazer, e lhe envio um e-mail, você responde imediatamente. Eu venho para cá, você se encontra comigo. Não estou entendendo.

– Você é a primeira pessoa. Minha irmã, ela não tem interesse em audiência. Eu não acho que ela esteja entendendo o que faço com o trabalho dela, que eu torno possível que o mundo o veja. Mas acho que eu estava esperando, e quando você me escreveu, deduzi que você era de verdade.

– De verdade?

– Meu tio é um homem muito importante, um homem de negócios muito rico, mais agora do que quando nossos pais eram vivos. Não o vemos muito, mas o aparato dele nos protege. Eles têm medo dele, sabe, e por isso tomam muito cuidado. É um jeito triste de viver, eu acho, mas ser muito rico neste país é assim. Eu queria que o mundo inteiro visse a obra de minha irmã, mas eles insistiram para que ela ficasse anônima. – O sorriso gentil e triste reaparece, emergindo por entre a brancura do rosto branco comprido. – Quando você me disse que seu pai estava sumido, eu não achei que você fosse nos fazer mal. – Um olhar de preocupação. – Ela ficou muito transtornada, minha irmã. Ela se machucou.

– Porque eu vim?

– Claro que não. Ela não sabe. Quando vimos o ataque, em Nova York. – Mas agora ela não está olhando para Cayce, e sim para a entrada, onde Cayce vê dois rapazes aguardando, vestidos com calças pretas e casacos de couro preto. – Preciso ir agora. Aqueles são meus motoristas. Um carro levará você para seu hotel. – Stella se levanta. – Não é bom uma mulher à noite andar sozinha.

Então Cayce se levanta, vendo que Stella é vários centímetros mais alta que ela. – Verei você de novo?

– É claro que sim.

– Será que poderei conhecer sua irmã?

– Sim, é claro.

– Quando?

– Amanhã. Eu entrarei em contato com você. Mandarei um carro. Venha. – E toma a dianteira, sem pedir a conta, ou sequer pagar, mas o garçom lindo faz uma mesura quando elas passam, bem como um homem mais velho de avental branco. Stella a conduz até a rua. – Aqui está seu carro. – Uma Mercedes preta. Ela pega a mão de Cayce e a aperta. – Um grande prazer.

– Foi sim – diz Cayce. – Obrigada.

– Boa noite.

Um dos rapazes abre a porta do carona para ela. Ela entra. Ele fecha a porta. Dá a volta pela traseira do carro, abre o lado do motorista e entra.

Eles vão embora, e Cayce olha para trás, para ver Stella acenando em despedida.

Quando a Mercedes preta chega à grande ponte de pedra, o motorista toca alguma coisa no console e a luz azul se acende, piscando. Ele acelera, mudando suavemente as marchas, subindo o grande arco de pedra e descendo, entrando em Zamoskvareche.

36.

A ESCAVAÇÃO

Ela abre os olhos e vê uma fenda de luz, dividindo o teto escuro como o corte transversal de uma lâmina cuja borda repousa entre as sombras das cortinas ocre.

Ela se lembra de ter visto a edição de Maurice e Filmy no iBook, depois de ter voltado do encontro com Stella, e de tê-la vivenciado de um jeito inteiramente novo que ela ainda é incapaz de descrever ou caracterizar.

Luta para sair de baixo dos lençóis pesados e puxa uma das cortinas para o lado. A luz a pega de assalto, e a estátua enorme e atroz, em sua ilha no rio.

No banheiro, entre tons demais de marrom, ela ajusta as torneiras do chuveiro. Clones da Kohler, ela repara automaticamente, iguais em tudo menos na presença da marca registrada. Desembrulha uma barra de sabonete e entra no boxe.

Vinte minutos depois, vestida, os cabelos secos, ela está no térreo, olhando desconfiada para o bufê do café da manhã. Empilhando bandejas de carne defumada, pirâmides de peixe em conserva, tigelas de prata com caviar vermelho, terrinas de creme azedo. Blinis. Coisas que não são blinis, mas estão cheias de queijo doce. Por último, no fim do bufê, quando já está começando a entrar em desespero, ela descobre granola, flocos de milho e frutas frescas. Jarras grandes com suco. Café em garrafas térmicas imensas e antigas, daquelas niqueladas, com tampa de pressionar.

Ela acha uma mesa vazia. Come metodicamente, os olhos no prato. Ouve alguém falando em francês numa mesa próxima, a língua leve como o canto dos pássaros contra o peso escuro do russo.

Ela sente como se alguma coisa enorme tivesse acontecido, está acontecendo, mas não consegue definir. Ela sabe que tem a ver com o encontro com Stella, e ter ouvido a história dela, e a de sua irmã, mas de algum modo ela não é mais capaz de encaixar isso em sua vida. Ou por outra, ela vive agora nessa história, sua vida ficou em algum lugar para trás, como um aposento do qual acabou de sair. Não está tão distante assim, mas ela não está mais lá dentro.

De volta ao quarto, liga para Parkaboy em Chicago. "Vou ser franco com você", ela o ouve dizer, depois do toque final e irregular. "Vou ficar fora por um tempo. Mas não há dinheiro no local, nem drogas, e o teste do pitbull deu positivo. Duas vezes."

Ela não deixa mensagem.

Será que isso quer dizer que ele já está a caminho?

Ela poderia ligar para Sylvie Jeppson e descobrir, mas a idéia de entrar em contato com a Blue Ant neste momento não a seduz.

Stella confia nela. Mas quem mais confiaria? Boone não, ela agora tem certeza. Provavelmente Bigend, mas daquele jeito dele, no qual ele parece de algum modo compreender emoções sem jamais ter compartilhado delas.

Ela abre uma garrafa de água mineral russa.

Dorotea havia sido contratada por um russo de Chipre, aquele listado como o que registrou o domínio armaz.ru, que Boone diz que tem a ver com a indústria petrolífera russa.

Será que foram esses russos, ela se pergunta, que de algum modo puseram as mãos nas anotações de Katherine McNally das sessões de Cayce? Não necessariamente, ela deduz, pois os homens que Dorotea havia usado em Tóquio eram italianos. Talvez seja uma conspiração aberta a oportunidades iguais.

Mas Baranov, pensando bem, também é russo, ou pelo menos anglo-russo. Embora isso não pareça se encaixar nos links que ela está tentando decifrar em Braille aqui. E nem Damien, lá nos pântanos filmando seu projeto de arqueologia punk, muito embora o pai de sua namorada leve jeito de ser outro candidato para czar da máfia.

Sempre deixe um espaço para as coincidências, Win insistia. Quando não há esse espaço, você provavelmente está sofrendo de apofenia aguda, e cada coisa é percebida como parte de um padrão abrangente de conspiração. E enquanto você se consola com a simetria que isso tudo assume, ele acreditava, você tem uma chance enorme de deixar passar a ameaça verdadeira, que era invariavelmente menos simétrica, menos perfeita. Mas que ele sabia que sempre supunha que estava ali.

Rússia. Alguma outra coisa...

Ela se lembra, no meio de uma garfada, e tem um ataque de tosse.

Aquele post antigo dela, o que apareceu quando ela fez a busca no CD-ROM do F:F:F pela palavra Rússia.

Ela enfia o CD-ROM novamente na máquina. Repete a busca.

Por que não poderia ser, digamos, algum chefão da máfia russa, com um pendor para auto-expressão, um talento até então não descoberto, e com os recursos para gerar e disseminar o filme?

Janeiro. Ela ainda estava vendo Katherine. Não tinha idéia de que estaria trabalhando para a Blue Ant, ou de que iria para Londres, ou de que se envolveria com Bigend.

Máfia.

Recursos.

Ela enxuga a boca com as costas da mão.

Não um pendor para auto-expressão: sobrinhas órfãs.

Se Baranov ainda podia ter um amigo que lhe devesse um favor, em algum lugar nas entranhas de Langley ou Falls Church, disposto e capaz a, de algum modo, arrancar o endereço stellanor do tráfego da Rede ou de onde quer que ele o tenha encontrado, o que poderia um russo muito rico e muito importante conseguir em seu próprio país, ou talvez até mesmo no dela?

E o que "muito rico e muito importante" poderia ser hoje, se não um eufemismo, em se tratando de russos?

Ela sente um nó de tensão começando a se complicar entre seus ombros.

Quando as Páginas Amarelas de Moscou on-line se recusam a fornecer um estúdio de Pilates, ela veste suas roupas de ginástica e sobe um andar, até a academia do hotel. Deserto, a não ser por um russo mais velho e acima do peso com uma expressão de tristeza quase religiosa enquanto caminha pesadamente em uma esteira.

Para Cayce, as máquinas ali parecem produtos domésticos, ainda que novas, e definitivamente Damien iria querer documentá-las. Ela descobre o que parece ser um tatame para boxe em um canto afastado do aposento e tenta se lembrar dos exercícios de colchão que ela aprendeu bem no começo.

Ela sente o olhar triste do russo enquanto trabalha no que se lembra do programa para colchão, mas percebe, para sua surpresa, que está realmente feliz por estar ali.

É uma manhã daquelas.

ELA quer desesperadamente sair, caminhar até a estação de metrô mais próxima, pagar a tarifa notoriamente barata e descer a um mundo de maravilhas minerais ornamentadas. Os únicos verdadeiros palácios do proletariado, essas estações. E, fazendo isso, ter alguma libertação temporária dessa espera.

Mas ela não pode, e não faz.

Está esperando uma mensagem de Stella.

Pouco depois do meio-dia, seu celular toca.

– Alô?

– Onde você está? – Bigend.

– Poole – ela mente por reflexo, sem pensar exatamente no que está fazendo.

– Onde?

– Poole com "e" mudo. A cidade. Onde você está?

– Paris. Sylvie me disse que você estará aqui em breve.

– Agora não tenho mais certeza. Estou seguindo uma pista que surgiu. Espero que você não esteja aí apenas por minha causa. Pode ser que eu não apareça.

– De jeito nenhum. Não quer me contar qual é essa pista?

– Não num celular. Quando eu te encontrar pessoalmente. – Parece muito com algum motivo que Boone daria, ela espera.

– Você falou com Boone. – Não é uma pergunta.

– Falei.

– Parece que ele sentiu que você não estava impressionada com o que ele conseguiu em Ohio.

– Ele é muito sensível.

– A química entre vocês não está funcionando?

– Nós não estamos namorando, Hubertus.

– Mas você vai me manter informado, não vai?

Ela está supondo que não há como ele saber onde o celular dela está, e ela torce para que isso seja verdade, mas realmente não há nada que ela possa fazer a esse respeito agora. – Sim, é claro. Tenho que ir agora, Hubertus. Tchau.

Ela o imagina olhando para o telefone, sem acreditar.

O dela toca novamente.

– Sim?

– Alô. É Stella. Você quer ainda visitar?

– Sim. Quero sim. Muito.

– Não é muito cedo? Você dormiu?

– Dormi, obrigada. – Imaginando por que tipo de horário Stella se regula.

– Se você aguardar ao lado da guarita da segurança, um carro virá. Trinta minutos está bom?

– Sim! Por favor!

– Adeus.

Ela se levanta, de calcinha e com uma camiseta Fruit of the Loom, e começa a se vestir. Ela sente que isso exige seu maior esforço formal possível, de algum modo, então é a meia-calça boa do Japão, os sapatos franceses e a Coisa-Saia, desenrolada até atingir seu comprimento inteiro e puxada para cima, criando uma imitação passável de vestido. Ela vai ao banheiro e aplica maquiagem, e em seguida volta para colocar seu cardigã preto fino e checar rapidamente seu e-mail.

Damien.

Dia duro. Eu devo ter te contado, provavelmente umas cinqüenta vezes, sobre como eu acredito profundamente em documentários. Conheço pessoas que não acreditam que eu acredito, porque sou o mestre da dissimulação e nada nunca é o que parece, blá-blá-blá e o caralho a quatro, mas é verdade, porque eles dizem isso naquelas caixinhas na The Face. Bom, eu estou questionando isso esta noite porque hoje nós tiramos completamente aquele Stuka. Eu te contei? É um avião inteiro, e por alguma puta duma razão ele acabou enterrado a quatro palmos debaixo daquela gosma, mas um tal de Guru sabia onde ele estava. Ele diz que são sonhos e visões, mas eu acho que ele anda por ali no inverno com um detector de metais. Então ele disse, é aqui, o avião está aqui, cave, e antes de voltarmos para Londres eles abriram uma trincheira e chegaram a atingi-lo. Mas as propinas e as ameaças prevaleceram, pelo menos até nós voltarmos com as câmeras e a

equipe extras, porque eu queria este avião emergindo no clímax do filme. Não fazia idéia de que seria um Stuka; fiquei espantado; é simplesmente o avião de aspecto mais nazista que existe, incrível. Bombardeiro, foi o que usaram nos espanhóis, *Guernica*, aquele negócio. Absolutamente icônico. Então lá está ele, finalmente, hoje, e ele está ali parado, todo recoberto por essa coisa cinza, como um avião brincando de Homem da Lama da Guiné, no fundo daquele grande buraco do caralho que eles escavaram. É de longe a maior escavação já tentada aqui, até onde sabemos, e é um feito tremendo de engenharia social, conseguir fazer isso sem que eles abrissem a capota e entrassem no cockpit. Colocamos Brian e Mick montando guarda em cima dele nas últimas duas noites, e os escavadores não encostaram a mão nele. Mas mais cedo ou mais tarde sabíamos que este dia ia chegar, e estávamos preparados para rodar, que é o que viemos fazer aqui. Então uns dois daqueles caras enormes com as tatuagens de teias de aranha ficaram doidões, subiram em cima das asas, que estão escorregadias de tanta gosma, mas onde as botas deles escorregam, olhando da beira da escavação, dá pra ver que a coisa está em condição museológica perfeita. É simplesmente assustador ver como ela está bem preservada. E aí Brian ficou doidão o bastante para filmar com a câmera portátil, bem de perto, e eles começam a raspar a massa cinzenta da capota com as mãos. E o piloto está lá, caralho. Dá pra ver o contorno da cabeça dele, parece que com óculos de aviador. Eu nunca tinha visto Brian tirar o olho do visor quando está filmando, mas foi o que ele fez, simplesmente se virou com essa cara de PUTA QUE PARIU, O QUE É QUE É ISSO??? e eu faço um sinal de CONTINUA FILMANDO, GRAVA ESSA CENA. E foi o que ele fez. Gravou tudinho: os caras arrancando a capota, e de como eles simplesmente fizeram o piloto em pedaços. Ele simplesmente se desmanchou. Eles pegaram um relógio, uma bússola no outro pulso e uma pistola, e começaram a brigar pelas peças, caindo da asa, e ele sim-

plesmente se desmanchou todo. E Brian gravou isso tudo, além de Mick na segunda câmera, e ele captou muita coisa, junto com os caras novos. Estou falando de tempo de filmagem, muito tempo de filmagem. E num determinado instante eu olho para Marina e ela está gargalhando, porra. Não uma risada histérica de horror, ela está simplesmente rindo pra caralho da graça que isso tudo tem. Então eu estou aqui sentado sozinho na tenda, escrevendo isso, porque com uma coisa e outra eu acabei mandando ela se foder. E Mick e Brian estão bêbados, e eu estou com medo do que eles filmaram. Eu sei que não vou beber, talvez nem mesmo amanhã, mas agora eu acho que vou e vou ficar bem puto. E como é que ele foi parar lá embaixo com seu avião, caralho? Então obrigado, como dizem, por me ouvir, e não esqueça de dar água ao peixinho dourado, caralho. Espero que você esteja bem com toda aquela merda que estava rolando com você. Te amo.

Ela balança a cabeça, lê a mensagem de novo.

Também te amo. Não posso escrever mais agora. Mais tarde. Estou bem. E também estou na Rússia, em Moscou, conto tudo mais tarde.

Ela começa a colocar o iBook de volta à sacola, mas pára. De algum modo, não parece direito levá-lo para encontrar o criador. Ela vai levar, em vez disso, seu envelope da Alemanha Oriental, e quando ela começa a transferir suas coisas básicas da sacola Luggage Label, lembra que a recepção ainda não devolveu seu passaporte. Ela vai pegá-lo na saída. Sua mão bate em alguma coisa fria no fundo do envelope. Ela enfia a mão e tira essa coisa, a peça de metal da garota-robô de

Damien: seu soco-inglês improvisado em Camden. Foi ótimo não ter colocado o envelope na bagagem de mão. Ela o joga novamente dentro do envelope, para dar sorte, certifica-se de que está com a chave do hotel e sai, a cabeça cheia das imagens provocadas pela mensagem dele.

O motorista que veio buscá-la usa óculos escuros e uma cabeça bem raspada e esculpida de forma bem interessante. Aerodinâmica.

Quando o carro sai, na direção em que ela havia ido na noite anterior, ela se lembra de que esqueceu de pedir o passaporte.

37.

KINO

Eles fazem a curva e saem numa rua larga, uma rua que Cayce, por sua investigação no mapa das Páginas Amarelas de Moscou naquela manhã, identifica provisoriamente como a Tverskaia. Seu motorista, com um fone plugado na orelha agora, está usando água de colônia.

Eles continuam na Tverskaia, se é que essa rua é a Tverskaia, e seguem o fluxo do tráfego. Ele não usa a luz azul.

Passam por baixo de um banner em inglês: EXIBIÇÃO DE FIGURAS CERADAS.

A sinalização ao nível da rua oferece fragmentos de não-cirílico: BUTIQUE KODAK, uma farmácia chamada PHARMACOM.

Quando viram à esquerda, ela pergunta: – Que rua é esta?

– Georgievski – responde o motorista, embora esse pudesse tranqüilamente ser o nome dele. Torna a virar a esquina, entrando num beco, e pára.

Ela começa a dizer a ele que não tinha pedido para que ele parasse, mas ele sai, dá a volta e abre a porta para ela. – Venha.

Concreto cinza e destemperado. Pichações de skatistas em cirílico, as letras estufadas numa homenagem desajeitada a Nova York e Los Angeles.

– Por favor. – Ele abre uma porta de aço grande e com marcas velhas de maus-tratos, que chega com um estrondo ao limite de uma corrente. Do lado de dentro, a escuridão. – Aqui.

– Stella está aqui?

– Kino – ele diz. Filme. Cinema.

Passando por ele, ela se vê num espaço mal iluminado e indefinido. Quando a porta se fecha com um estrondo, a única luz vem de cima. Uma única lâmpada sem quebra-luz, visível por um lance íngreme de escadas de concreto estreitas que parece não ter corrimão.

– Por favor. – Ele faz um gesto na direção das escadas.

Ela vê agora que existe um corrimão sim, de um tipo bem esquelético: uma extensão simples de aço de meia polegada. Sustentada por apenas duas hastes, ela verga entre as duas, com um aspecto tão flexível quanto o de uma corda, e balança quando ela a segura.

– Ele levou um pato na cara...

– Para cima, por favor.

– Desculpe. – Ela começa a subir, ciente da presença dele atrás dela.

Existe outra porta de aço, mais estreita, abaixo da lâmpada de quarenta watts. Ela a abre.

Uma cozinha, iluminada com luz vermelha.

Assim como as cozinhas dos cortiços mais antigos e ainda não reformados de Nova York, porém maior, o fogão uma presença préstalinista mais larga do que o carro que a levou até ali. Daqueles que funcionam a carvão, ou a lenha.

Onde a cozinha do cortiço teria oferecido uma banheira central, existe um chuveiro: um quadrado de azulejos elevados cercando um espaço de concreto ligeiramente mais rebaixado para drenagem. A antiga ducha galvanizada, com aspecto de ter sido construída com fins agrícolas ou veterinários, fica suspensa de um teto de cerca de seis metros de altura que ficou sépia com décadas de fumaça e fuligem. A fonte do brilho vermelho é uma placa de metrô roubada, encostada numa das paredes, com uma lâmpada dentro.

– Você está aqui – diz Stella, abrindo uma porta, a luz atrás dela. Ela diz uma coisa em russo para o motorista. Ele faz que sim com a cabeça, recua na direção das escadas e fecha a porta atrás de si.

– Aqui é onde?

– Venha. – Stella a leva para outro aposento, uma sala com janelas altas e sujas, que parecem ter sido originalmente fechadas por dentro com tábuas. – O Kremlin – diz Stella, apontando para uma vista entre os edifícios mais próximos – e a Duma.

Cayce olha ao redor. As paredes, sem receber pintura no mínimo desde os tempos soviéticos, a lembram do nomiya em Roppongi, décadas de nicotina depositadas sobre o que um dia pode ter sido creme. Rachadas e irregulares. As tábuas individuais do piso de madeira desapareceram debaixo de camadas de tinta, sendo a mais recente marrom. Existem duas mesas de escritório Ikea muito novas e muito brancas, com cadeiras giratórias articuladas, dois PCs e cestas de papel. Na parede acima, um mapa comprido e complexo é mantido pregado ao longo de três quadros brancos colocados lado a lado.

– Sergei diz que é uma produção que nunca termina – diz Stella, vendo Cayce olhando não o ambiente, mas o mapa. – Só o começo do trabalho pode ser feito aqui, é claro.

– Mas ele tem fim? – Cayce percebe que está ficando vermelha, chocada por não ser capaz de resistir imediatamente à tentação de fazer uma pergunta tão direta.

– Você quer dizer, é narrativa linear?

– Eu tinha que perguntar isso. – Ela sente como se Parkaboy, Ivy, Filmy e Maurice, toda a gangue do F:F:F estivesse ali perto, contando com ela.

– Eu não sei. Um dia, talvez, ela comece a editar como editou seu filme de estudante: até chegar a um único frame. Ou talvez um dia eles falem, os personagens. Quem sabe? Nora? Ela não diz.

Um rapaz com uma grande cabeleira ruiva entra, acena para elas com a cabeça e se senta à frente de um dos computadores.

– Venha – diz Stella, indo para a direção da qual o rapaz viera. – Você conhece essa idéia, "squat", como Amsterdã, Berlim?

– Conheço.

– Vocês não têm, nos Estados Unidos?

– Não exatamente.

– Isto aqui era squat, estas salas. Ocupação ilegal. Famosas, nos anos oitenta. Uma festa aqui. Sete anos. Nenhum dia a festa acabava. As pessoas vinham, faziam a festa, mais gente vinha, umas iam embora, faziam a festa, sempre. Falavam de liberdade, arte, coisas do espírito. Nora e eu estávamos na escola quando viemos aqui pela primeira vez. Nosso pai ia ficar muito zangado, nos vendo aqui. Ele não sabia. – Esse aposento é maior, mas está ocupado por uma série de baias improvisadas, estações de trabalho separadas umas das outras por placas de compensado sem pintura nenhuma. As telas agora estão escuras, as cadeiras vazias. Um Garfield de plástico em cima de um dos monitores, outros sinais de personalização do local de trabalho. Ela pega um quadrado de acrílico transparente: gravado a laser no seu núcleo estão o logo da Coca-Cola, uma representação tosca das Torres Gêmeas e as palavras NÓS LEMBRAMOS. Ela rapidamente coloca o objeto de lado.

– Você vê agora, não consegue imaginar. Uma vez Victor Tsoi cantou aqui, nesta sala. As pessoas tinham tempo, naqueles dias. O sistema estava desabando sob seu próprio peso, mas todo mundo tinha um emprego, geralmente um emprego que não tinha utilidade, muito mal pago, mas dava para comer. As pessoas davam valor às amizades, falavam sem parar, comiam e bebiam. Para muita gente era como a vida de um estudante. Uma vida do espírito. Agora nós dizemos que tudo o que Lenin nos ensinou sobre comunismo era falso, e tudo o que ele nos ensinou sobre capitalismo, verdadeiro.

– O que vocês fazem agora nesta sala?

– A obra da minha irmã é transferida para instalação de produção.

– Ela está aqui agora?

– Ela está trabalhando. Agora você vai vê-la.

– Mas eu não quero interromper...

– Não. Ela está aqui, quando está trabalhando. Você precisa entender. Quando ela não está trabalhando, ela não está aqui.

O quarto aposento fica no final de um corredor comprido, o teto tão alto quanto o dos demais aposentos, o gesso do reboco escurecido com marcas de mãos de anos, clareando acima do nível dos ombros. A porta no final é macia e branca, de aspecto insubstancial contra o gesso escabroso.

Stella abre a porta, dá um passo para trás e faz um gesto suave para que Cayce entre.

No começo, ela acha que o aposento não tem janelas, e que a única iluminação é o maior monitor de cristal líquido que Cayce já viu na vida, mas quando seus olhos se ajustam ela vê que três janelas altas e estreitas, atrás da tela, foram pintadas de preto. Mas a parte dela que repara nisso é algum módulo mamífero básico que rastreia sua orientação espacial e busca saídas em potencial: toda a atenção maior está travada na tela, na qual está congelada uma imagem de um segmento de filme que ela sabe que jamais havia visto.

Ele está estendendo a mão, talvez do ponto de vista da garota, como se para tocá-la numa despedida.

Um cursor igual a uma mira de bombardeio percorre a imagem rápido como um chicote, parando em cima do canto da boca dele. Clique no mouse. Zoom. A imagem fica granulada. Um ajuste rápido. Clique-clique. Sai do zoom.

O sentido da expressão dele, e a sensação provocada pelo frame, mudaram.

Lá se vai o Completismo, pensa Cayce. O filme é um trabalho em andamento.

– Esta é Nora – diz Stella, passando com gentileza por Cayce para colocar as mãos nos ombros, cobertos por um xale, da figura na cadeira à frente da tela. A mão direita de Nora faz uma pausa. Ainda repousando sobre o mouse, embora Cayce sinta que isso não tem nada a ver com o toque de sua irmã, ou com a presença de uma estranha.

Cayce ainda não consegue ver o rosto dela. Os cabelos dela, assim como os da irmã, são compridos, partidos ao meio, seu brilho refletindo o fulgor da tela.

Agora Stella fala com a irmã em russo, e lentamente Nora desvia o rosto da tela, a imagem manipulada iluminando seu rosto num perfil de três-quartos.

É o rosto de Stella, mas alguma falha o divide verticalmente, de forma um pouco irregular. Não há cicatrizes, apenas os ossos deslocados por baixo. A pele de Nora é tão macia quanto a de Stella, e tão branca quanto.

Cayce olha nos olhos escuros. Nora a vê. E depois não vê mais. Volta-se para a tela.

Stella pega uma cadeira de uma estação de trabalho e a empurra até perto de Cayce.

– Sente. Veja o trabalho dela. – Cayce balança a cabeça, os olhos ardendo com as lágrimas.

– Sente – Stella diz, com muito carinho. – Você não vai perturbá-la. Você veio de muito longe. Você precisa ver o trabalho dela.

O RELÓGIO dela lhe diz que mais de três horas se passaram, quando ela sai da sala de Nora.

Ela se pergunta se algum dia será capaz de descrever a experiência que teve ali para alguém, incluindo Parkaboy. De como ela viu um segmento, ou o esqueleto de um, sendo construído a partir de quase nada. Meros restos de um vídeo encontrado. De como certa vez um homem havia ficado em pé numa plataforma em uma estação, e se virou, e ergueu a mão, o movimento capturado, a imagem granulada de algum modo encontrando seu caminho, ainda que muito tempo depois, para uma das telas subsidiárias de Nora. Para ser escolhida, hoje, pela seta inquieta do cursor. Elementos do gesto daquele homem se tornando aspectos do rapaz de casaco escuro, a gola levantada. O rapaz cuja vida, ao que parece, se limita à cidade em forma de T, a cidade que Nora está mapeando por meio do filme que ela gera. A consciência dela, Cayce compreende, de algum modo presa ao fragmento em forma de T em seu cérebro: parte do mecanismo de armação da mina Claymore que matou seus pais, equilibrado profundamente demais, precariamente demais dentro de seu crânio, e que jamais será removido. Alguma coisa gravada uma vez, aos milhares, por uma prensa automatizada em alguma fábrica de armas nos Estados Unidos. Talvez os operários que fizeram aquela peça, se a tivessem pensado em termos de utilização final, tenham imaginado que ela seria utilizada para matar russos. Mas isso havia acabado agora, a guerra de Win e Baranov, velha como as construções de tijolos atrás da caravana de Baranov: cercas de postes de concreto e o eco da ausência de cães. E de algum modo essa peça específica de artilharia, perdida talvez desde os dias da guerra fracassada dos soviéticos com os novos inimigos, havia encontrado seu caminho até as mãos dos inimigos dos tios de Nora, e aquela pequena peça, apenas ligeiramente danificada pela explosão do dispositivo impiedosamente simples, havia sido projetada para dentro do centro exato do cérebro de Nora. E a partir dele, e a partir das próprias feridas dela, emergia ali agora, acompanhado pelo clique paciente e constante do mouse, o filme.

Na sala escurecida cujas janelas teriam apresentado uma vista do Kremlin, se a tinta que as cobria tivesse sido raspada, Cayce soube que estava na presença da fonte esplêndida, as nascentes do Nilo digital que ela e seus amigos haviam procurado. Ela está ali, nos movimentos lânguidos porém precisos da mão muito branca de uma mulher. No leve clicar da captura de imagens. Nos olhos que só estão verdadeiramente presentes quando concentrados naquela tela.

Somente a ferida, falando sem palavras na escuridão.

■ ■ ■

STELLA a encontra no corredor, o rosto molhado de lágrimas, olhos fechados, ombros encostados em uma sanca de gesso tão irregular quanto o osso da testa de Nora.

Ela coloca as mãos nos ombros de Cayce. – Agora você viu a obra dela.

Cayce abre os olhos e faz que sim com a cabeça.

– Venha – diz Stella –, seus olhos estão grudados. – E a conduz passando pelas estações de trabalho, para o brilho crepuscular da cozinha. Ela embebe uma almofada de toalha de papel cinza na água que sai de uma torneira velha de bronze e a entrega a Cayce, que a pressiona contra os olhos quentes. O papel é grosso, a água fria. – Existem poucos prédios como este agora – diz Stella. – A terra é valiosa demais. Até mesmo disso, este lugar da nossa infância, que nós duas adorávamos, nosso tio é dono. Ele o mantém longe dos planejadores urbanos, para nós, porque Nora acha esse lugar aconchegante. O custo não importa para ele. Ele quer que nós estejamos seguras, e aqui Nora se sente o mais confortável possível.

– E você? O que você deseja, Stella?

– Eu desejo que o mundo conheça o trabalho dela. Uma coisa que você não poderia saber: como era aqui para os artistas. Universos inteiros de sangue e imaginação, construídos ao longo de vidas inteiras em aposentos como estes, para jamais serem vistos. Para morrerem com seus criadores e serem varridos da face da Terra. Agora, Nora, o que ela faz, vai se juntar ao oceano. – Ela sorri. – Isso trouxe você a nós.

– Eles são seus pais, Stella? O casal?

– Talvez, quando eram jovens. Os dois lembram eles, sim. Mas se o que ela está fazendo é contar uma história, não parece ser a história dos nossos pais. Não é o mundo deles. É outro mundo. É sempre outro mundo.

– Sim – concorda Cayce, pondo de lado a massa molhada e fria de papel. – É sim. Stella, as pessoas que protegem vocês, a mando do seu tio, de quem você acha que eles protegem vocês?

– Dos inimigos dele. De qualquer um que pudesse nos usar para feri-lo. Você precisa entender, essas precauções não são incomuns para um homem como meu tio. É incomum que Nora seja uma artista, e sua situação é incomum, e eu quero que a obra dela seja vista, sim, mas não é incomum, aqui, que nós tenhamos de ser protegidas.

– Mas você entende que eles também, talvez sem entender, protejam vocês de outra coisa?

– Não entendo.

– A arte de sua irmã tornou-se muito valiosa. Sabe, você conseguiu. É um verdadeiro mistério, a arte de Nora, oculta no coração do mundo, e cada vez mais pessoas a acompanham, em todo o mundo.

– Mas qual é o perigo?

– Nós temos nossos próprios homens ricos e poderosos. Qualquer criação que atraia a atenção do mundo, com uma certa regularidade, torna-se valiosa, ainda que em termos de potencial.

– Para ser comercial? Meu tio não permitiria esse tipo de atenção.

– Já é valioso. Mais valioso do que você poderia imaginar. A parte comercial seria simplesmente branding, franchising. E eles estão em cima, Stella. Ou pelo menos um deles está, e ele é muito inteligente. Eu sei porque trabalho para ele.

– Trabalha?

– Sim, mas decidi que não vou contar a ele que encontrei vocês. Não vou dizer a ele quem são vocês ou onde vocês estão, ou quem é Nora, ou qualquer outra coisa que conheci aqui. Não vou mais trabalhar para ele. Mas outros irão, e eles irão encontrar você, e você precisa estar preparada.

– Como, preparada?

– Não sei. Vou tentar descobrir algo a respeito.

– Obrigada – diz Stella. – Me dá prazer que você tenha visto a obra da minha irmã.

– Obrigada.

Elas se abraçam. Stella lhe dá um beijo no rosto.

– Seu motorista está esperando.

– Mande-o embora, por favor. Preciso caminhar. Sentir a cidade. E ainda não vi o metrô.

Stella tira um telefone de dentro da saia cinza e aperta uma tecla. Diz alguma coisa em russo.

38.

PUPPENKOPF

Quando ela percebe, está na Rua Arbat, lotada.

Deixando o squat atrás da Georgievski, ela saiu vagando: a experiência de ter visto a criação a deixou sem amarras. Aquele segmento com a panorâmica da praia, ela agora sabe, está mapeada na ponta serrilhada do braço do T, uma intimidade impensável.

Passando por uma rua e depois pela próxima, até dar de cara com o M vermelho de uma estação do metrô.

Ela desceu e comprou, com uma nota grande demais e uma certa dificuldade, fichas do que parecia ser um plástico luminoso, a cor daqueles esqueletos de brinquedo que brilham no escuro, cada qual com seu próprio M icônico.

Uma daquelas havia sido o bastante para sua viagem, cujas direções e estações ela agora jamais saberia.

Ela se entregara ao sonho, neste caso às assustadoras grandezas stalinistas do metrô de Moscou, que haviam fascinado o pai dela.

Aquela sensação que tinha tido, de algumas coisas aqui serem grotescamente grandes, havia duplicado, no metrô, a exuberância das estações excedendo até mesmo suas fantasias de infância. Bronze com detalhes em ouro, mármore cor de pêssego com incrustações em água-marinha, lustres Cartier com motores aplicados às colunas de sustentação do que mais parecia salões de baile subterrâneos do que plataformas de metrô, os candelabros queimando, como se a riqueza do que Win havia chamado de império final do século dezenove tivesse sido toda derramada, ao longo dos mais negros anos trinta, para decorar aquelas basílicas do transporte público

Tão avassalador, tão excessivamente peculiar em seu impacto, que realmente conseguiu distraí-la, tirar o chão debaixo de seus pés pelo menos em parte, tirando-a do que quer que ela estivesse sentindo quando desceu as escadas íngremes até a porta de aço barulhenta, e saiu para um brilho que ao mesmo tempo a chocou e a feriu.

Ela não tem idéia de onde foi, depois de andar no metrô por pelo menos duas horas, trocando de trens por impulso, pegando escadas comuns e escadas rolantes loucamente majestosas de modo aleatório. Até, finalmente, que ela emergiu, ali, para se encontrar na Arbat, larga e repleta de gente, que seu módulo mas-é-realmente-assim continua tentando dizer a ela que aquela rua é-realmente-como a Oxford Street, embora realmente não seja.

Com sede, ela entra em um estabelecimento de aspecto vagamente italiano (o módulo de comparação falha novamente) que vende refrigerantes e acesso à Internet, e compra uma garrafa de água e meia hora, para checar sua correspondência.

O teclado é em cirílico; a todo instante ela acidentalmente aperta uma tecla que o converte de volta da emulação de teclado em língua inglesa, e em seguida não consegue mais reconvertê-la, mas acaba recuperando uma mensagem de Parkaboy.

Eu gosto de pensar que sou tão blasé como qualquer babaca pretensioso, mas sua agente de viagens em Londres, eu tenho que admitir, é sensacional. Tipo assim: eu estou no Charles de Gaulle, em alguma espécie de casulo da Air France tecido à mão com couro Hermès, vendo a CNN em francês e esperando para embarcar no próximo vôo deles para Moscou. O problema é: não foi culpa da Sylvie, alguma coisa mexeu com os farejadores de bomba aqui e até mesmo nós da über-class temos que esperar até

que os aviões voltem a voar. Então eles colocaram todos nós cinco aqui com o que eu meio que detesto admitir, mas é o melhor bufê frio que jamais comi, e não param de nos servir champanhe. Posso não ter mencionado isso antes, mas desde o recente acontecimento desagradável, sou uma daquelas pessoas que não ficam tão animadas com a perspectiva de voar; foi por isso que peguei o trem para visitar Darryl. Entretanto, com o rápido desenrolar dos eventos e o mais alto nível de regalias que estou tendo, até agora nem me dei muita conta de que viajei de verdade. Os Estados Unidos meio que acabaram no check-in. E quando eles resolverem essa questão dos farejadores aqui, estarei indo rapidamente até você, embora talvez tenham que me ensinar a comer e tomar banho sozinho novamente. Você pode me ajudar arrumando um estoque daquelas toalhinhas quentes. Obrigado mais uma vez.

Ela tenta responder, mas aperta a tecla de conversão novamente. Quando o garoto do balcão ajeita as coisas para ela, ela escreve:

Fui lá. Encontrei-me com ela. Bom, eu a vi. Fiquei observando-a trabalhar. Ela. Estou no cybercafé e acho que ainda estou processando essa informação. Difícil escrever. Na verdade, nem preciso: você já está quase aqui. Talvez já tenha chegado, ainda não voltei ao hotel.

Um barulho distante de batida, ou explosão. Ela levanta a cabeça. Uma sirene começa a uivar.

O garoto do balcão foi até a porta e está olhando para fora, subindo a Arbat, e subitamente ela está de volta ao carro no seu caminho para

Stonestreet, vendo o motociclista deitado de costas no chão, o pescoço provavelmente quebrado, o rosto voltado para a chuva. Um surto de pura mortalidade.

Você devia ter isto, porque até agora ninguém mais tem: stellanor@armaz.ru. Stella. Não a criadora, a irmã dela.

Enviar.

Ela termina o resto da água, desconecta, sai deslizando da banqueta. Ela ainda consegue ouvir a sirene, mas o som parece estar desaparecendo.

Agora ela precisa encontrar um táxi. Oficial.

ACENANDO com a cabeça para os rapazes de Kevlar da segurança, ela se lembra que ainda não pegou o passaporte na recepção.

O lobby do The President ainda tem a mesma amplidão, e está menos povoado ainda, e o pedido dela parece acionar um daqueles bolsões profundos e atávicos de atitude soviética no recepcionista. Seu rosto assume uma expressão neutra na mesma hora, ele olha para ela estreitando os olhos, vira-se, desaparece por uma porta com painéis atrás do balcão, e permanece ausente pelo que o relógio dela mostra ser quase dez minutos. Mas ele volta com seu passaporte, e o entrega a ela em silêncio.

Ela verifica se é de fato seu próprio passaporte e, lembrando-se das histórias que Win contava, de que todas as suas páginas ainda estão lá, e que ela não ganhou nenhum histórico novo de viagem. Tudo parece correto e inalterado. – Obrigada. – Ela o coloca em seu envelope da Stasi.

É hora de um longo banho quente, numa banheira marrom comprida, e depois ela vai ligar para baixo e perguntar se um certo sr. Gilbert já chegou.

Quando ela se vira, dá de cara com Dorotea Benedetti.

– Precisamos conversar. – Ela está de preto, com um grande colar de ouro maciço no pescoço, tão bem vestida como sempre, mas usando mais maquiagem.

– Dorotea? – É claro que é ela, mas o instinto pede que ela ganhe tempo. Um instinto mais arraigado diz: fuja.

– Eu sei que você os encontrou. Hubertus não sabe, mas eles sabem.

– Quem?

– O aparato de Volkov. As pessoas que me contrataram. Precisamos conversar agora, você e eu. Venha comigo até o lounge.

– Eu pensei que você estava trabalhando para Hubertus.

– Eu estou cuidando de mim, e de você também. Vou explicar. Não temos muito tempo. – Ela se vira, sem esperar resposta, e sai em marcha pelo ambiente de parada marrom e ocre, na direção do que Cayce supõe ser a entrada para o bar do lobby. A meia-calça de Dorotea, vista por trás, revela serpentes estilizadas tecidas no lugar da linha da costura, do tornozelo até o meio da panturrilha.

Cayce a segue, com uma profunda desconfiança, um nó de medo apertando entre seus ombros. Mas seja lá o que for aquilo, ela deduz, ela precisa ouvir.

O lounge tem o tema Outubro aos montes, arranjos de flores secas do tamanho de pilhas de feno, flanqueando balcões cheios de folhas espalhadas e pilhas de simulacros de cabaças muito brancas, uma incômoda semelhança com crânios. Muitos espelhos em tons de marrom, adornados com veios dourados escuros.

A garota das botas verdes está ali, mas não está usando as botas agora; Cayce reconhece as chamas de couro de cobra, exibidas com máxima eficiência em cima de uma banqueta. Pelo menos meia dúzia das colegas dela parecem ter conseguido negociar algo com a segurança também, naquela noite, e estão atendendo uma clientela que consiste inteiramente de homens grandes, bem barbeados, de cabelos curtos e cabeças incrivelmente quadradas, usando ternos escuros. Como se fosse algum tipo de Estados Unidos de tempos idos, até o estrato azul de fumaça de cigarros e o emprego completamente sem ironia de Frank Sinatra, por meio dos quais os gestos desses homens esculpem as formas do triunfo e do império, da derrota e da frustração.

Dorotea já está sentada em uma mesa para dois, um barman de paletó branco servindo bebidas de sua bandeja: uma taça de vinho branco para Dorotea, uma Perrier e um copinho com gelo para o lugar em frente ao dela. – Eu fiz o pedido para você – diz Dorotea, quando Cayce se senta na outra cadeira. – Você vai ter que sair, e muito rapidamente, então uma bebida alcoólica talvez não seja a melhor idéia.

O barman derrama a Perrier em cima do gelo e sai.

– Como assim?

Dorotea olha para ela.

– Eu não espero que você goste de mim. Minha motivação nisto tudo é interesse pessoal, claro, mas meus interesses agora serão mais bem atendidos se eu ajudar você nos seus. Você não acredita em mim, mas por favor, aceite essa possibilidade. O que você sabe sobre Andrei Volkov?

Volkov. Stella Volkova. Ganhe tempo. Cayce toma um gole de Perrier. Parece sem gosto.

– Ele é o tio delas – Dorotea diz impaciente. – Eu sei onde você esteve hoje. Eu sei que você se encontrou com elas. Em breve Volkov também saberá.

– Nunca ouvi falar nelas. – A garganta seca, ela toma outro gole.

– O oligarca invisível. O fantasma. Muito provavelmente o mais rico de todos. Ele saiu da Guerra dos Banqueiros em 93 intocado, e depois emergiu para tomar ainda mais. Suas raízes estão no crime organizado, claro; aqui isso é natural. Assim como muitos outros, ele sofreu perdas pessoais. Seu irmão. Isso tinha mais a ver com o que você consideraria política do que com crime, mas fazer essa distinção aqui sempre foi uma coisa muito ingênua. – Dorotea toma um gole de vinho.

– Dorotea, o que você está fazendo aqui? – Cayce se pergunta o que estaria sentindo agora se tivesse esse encontro em qualquer outro dia. Depois de sua experiência recente com a criação real do filme, é difícil sentir medo ou raiva, embora ela se lembre de ter sentido ambas as emoções com relação a Dorotea. O nó nas costas está afrouxando.

– Você está em perigo agora. Por causa do aparato de Volkov. Você os ameaça porque conheceu as sobrinhas dele. Isso não deveria acontecer.

– Mas eles não podem ter uma segurança assim tão rígida. Eu enviei um e-mail. Stella respondeu.

– Como foi que você conseguiu o endereço?

Os óculos de Baranov reluzem na caravana, em um raio de sol inglês que passou por algum buraco minúsculo. As profundezas do frio e da profunda desconfiança nos olhos dele. – Com Boone – diz Cayce.

– Isso não é importante – diz Dorotea, e Cayce fica feliz que não seja, embora ela queira contar a Dorotea que Boone está em Ohio, na Sigil.

– Fale-me de seu pai – diz Dorotea. – Isso é mais importante. Qual era o nome dele?

– Win – Cayce diz. – Wingrove Pollard.

– E ele desapareceu, no dia das torres, em Nova York?

– Ele fez o check-in num hotel na noite anterior, e pela manhã tomou um táxi. Mas nunca encontramos o motorista, e não conseguimos encontrá-lo.

– Talvez eu possa ajudar você a encontrá-lo – diz Dorotea. – Termine sua água.

Cayce bebe o resto da Perrier; o gelo faz doer os dentes da frente quando bate neles, com força. – Machuquei os dentes – ela diz, colocando o copo sobre a mesa.

– Você devia tomar mais cuidado – diz Dorotea.

Cayce olha para o outro lado do bar e vê os painéis de couro de cobra do vestido da garota rastejando, úmidos e brilhantes. Os recortes em forma de labaredas no tecido justinho revelando o couro de serpente preto-esverdeado vívido embaixo. Ela quer dizer isso para Dorotea, mas acha de algum modo que pode ser embaraçoso. Ela se sente estranha, e muito envergonhada.

Dorotea coloca o resto da Perrier no copo de Cayce. – Você algum dia pensou – diz Dorotea – que eu também pudesse ser Mama Anarchia?

– Você não poderia ser ela – diz Cayce. – Você nunca diz que alguma coisa é hegemônica.

– Como assim?

Cayce se sente ficando ruborizada.

– Você é fluente, mas não acho que conseguisse inventar aquilo tudo. Aquelas coisas que Parkaboy odeia. – Mas talvez ela não devesse estar dizendo isso. – Conseguiria?

– Não. Beba sua água. – É o que Cayce faz, tomando cuidado com o gelo. – Mas eu tenho um pequeno puppenkopf para me ajudar. Eu digo o que preciso dizer, e ele o traduz para a linguagem da Anarchia, para irritar mais o seu amigo mais irritante. – Dorotea sorri.

– Puppen...?

– Puppenkopf. Puppet-head, cabeça de marionete. Um estudante universitário nos Estados Unidos. É assim que consigo ser a Mama. E agora acho que você também é minha pequena puppenkopf. – Ela estende a mão por sobre a mesa e acaricia o rosto de Cayce. – E eu acho que nós não vamos ter mais problemas com você, nenhum problema. Você é minha menininha boazinha, e agora vai me contar onde conseguiu o endereço de e-mail, não vai?

Mas existem crânios em cima do balcão, e quando ela vai abrir a boca para falar deles para Dorotea, ela vê o próprio Bibendum atrás do bar, os rolos de sua carne branca e emborrachada como as dobras de um dirigível parcialmente esvaziado, oleoso e de péssimo aspecto. A boca de Cayce abre e congela na posição, nenhum som emerge, enquanto os olhos terríveis do boneco da Michelin a fixam com um olhar verdadeiramente maligno – e ela vivencia talvez seu primeiro e único contato com a FVE – como se de alguma margem profunda e oculta no rio da voz de Sinatra emergisse um fragmento rodopiante estranho e brilhante, como os dos desenhos animados, que executa o equivalente sônico de uma cambalhota para trás e se torna, como se comprimido para transmissão ao longo de distâncias inimagináveis, a voz de seu pai.

– Ela pôs alguma droga na água. Grite.

E é o que ela faz.

De modo que, quando tudo fica preto, ela está com os dedos se fechando ao redor de alguma coisa macia e fria, no fundo do envelope da Stasi.

39.

POEIRA VERMELHA

Deve existir, embora ela nunca tenha notado isso antes, uma faixa de aço, fabricada de modo extremamente inteligente, que acompanhe as irregularidades exatas da circunferência interna de seu crânio.

Essa faixa parece, agora que ela se dá conta, ser feita de uma vara da espessura de um cabide de arame, mas muito mais forte, e de uma enorme rigidez. Ela sabe disso porque consegue senti-la, agora que alguém andou virando uma chave central, também de metal, em forma de T, e com uma gravação muito fina, em um dos lados, mostrando o mapa de uma cidade cujo nome ela um dia soube, embora agora ele lhe escape no sofrimento da expansão da faixa de metal. A cada volta da chave, ela se alarga, provocando uma dor excruciante.

Ao abrir os olhos, ela descobre que eles não funcionam, não do jeito que ela esperava que funcionassem.

Vou precisar usar óculos, ela pensa, tornando a fechá-los. Ou lentes de contato. Ou aquela cirurgia que fazem com lasers. Isso surgiu a partir da medicina soviética, ela sabia, e por acidente, porque o primeiro paciente havia sofrido cortes na retina num acidente de carro, na Rússia...

Torna a abrir os olhos.

Ela está na Rússia.

Tenta levantar as mãos para tocar sua cabeça dolorida, mas descobre que não consegue.

Faz uma análise do espaço em que está. Está deitada de costas, provavelmente em cima de uma cama, e não consegue mexer os braços. Levanta cuidadosamente a cabeça, como faria, em Pilates, ao se preparar para o Hundred, e vê que seus braços pelo menos estão ali, ou parecem estar, sob um cobertor cinza fino e um lençol branco dobrado, mas que existem duas faixas de contenção de tecido cinza, uma logo abaixo de seus ombros e a outra logo abaixo dos cotovelos.

Isso não parece bom.

Ela abaixa a cabeça e geme, porque isso fez com que a chave fosse virada pelo menos duas vezes, e depressa.

O teto, no qual ela descobriu que consegue focalizar a visão agora, é branco e sem ornamentos. Girando desajeitada a cabeça para a direita, ela vê uma parede igualmente nua, e também branca. À esquerda, a luminária do teto, que é retangular e sem traços característicos, e em seguida uma fileira de leitos, pelo menos três, que estão vazios, e são feitos de metal pintado de branco.

E tudo isso já parece ser muito, porque o esforço a deixa bastante cansada.

UMA MULHER de cabelos grisalhos, vestindo um cardigã cinza sobre um vestido cinza deselegante, aparece com uma bandeja.

A cama havia sido inclinada até atingir uma posição sentada parcial e as contenções desapareceram. Bem como, ela descobre, o anel craniano interior em expansão.

– Onde estou?

A mulher diz uma coisa, não mais que quatro sílabas, e coloca a bandeja, apoiada em pernas de arame, sobre a barriga de Cayce. Em cima dela, uma tigela plástica de alguma coisa que parece um caldo espesso de mexilhões, sem os mexilhões, talvez, e um copinho plástico contendo um fluido branco-acinzentado.

A mulher entrega a Cayce uma colher de aspecto estranhamente rombudo que, ela descobre, é feita de algum tipo de plástico flexível e emborrachado, rígido o bastante para tomar a sopa, que está quente, é espessa e muito boa, e mais temperada do que qualquer coisa que ela tenha comido num hospital antes.

Cayce olha com suspeitas para a bebida cinza. A mulher aponta para ela e pronuncia uma única sílaba.

Cayce descobre que tem um gosto não muito diferente da Bikkle. Uma Bikkle orgânica.

Quando ela acaba, e devolve o copinho à bandeja, é recompensada com outro monossílabo, de tom neutro. A mulher pega a bandeja, atravessa o quarto, abre a única porta, que tem cor de creme, e sai, fechando a porta.

A posição da cama impede Cayce de ver qualquer coisa do que poderia estar além daquela porta, mas a geografia de hospitais sugere um corredor.

Ela se senta, descobrindo que está vestindo uma bata hospitalar sem costas, embora seja feita de uma flanela fina e lavada muitas vezes que parece um dia ter sido decorada com pequenas figuras de palhaço rosa e amarelo sobre fundo azul-claro.

A luminária do teto diminui abruptamente de intensidade, mas não se apaga totalmente.

Ela joga lençol e cobertor de lado, descobrindo um sortimento notável de escoriações na parte da frente de ambas as coxas, e balança as pernas para fora da cama. Ela suspeita que ficar em pé será uma experiência estranha, mas descobre que não se sai tão mal assim.

O quarto, ou ala, tem um piso de um material sem divisões, cinza e emborrachado, ligeiramente arenoso ao contato com os pés.

Ela junta os pés agora e encontra os "ímãs" dos exercícios com toalha de Pilates, pontos de foco, puxando os músculos das pernas, num alinhamento isométrico interno. Alonga a espinha o máximo possível. Uma onda de vertigem. Ela espera passar. Tenta um rolldown, rolando a cabeça para a frente uma vértebra de cada vez, enquanto dobra lentamente os joelhos até estar agachada, a cabeça pendendo...

Alguma coisa embaixo da cama. Preta.

Ela gela.

Fica de quatro e dá uma espiada melhor.

Toca a coisa. É sua sacola. Ela a puxa para fora. Zíper aberto, suas roupas amassadas, saltando para fora. Ela as vasculha com as mãos, e o toque lhe diz que ela encontra jeans, um suéter, a camada fria e lisa de náilon da Rickson. Mas o envelope da Stasi não está ali, tampouco a sacola da Luggage Label. Nem telefone, nem iBook, nem carteira, nem passaporte.

Suas botas Parco foram achatadas e enfiadas de qualquer maneira dentro de um dos bolsos externos.

Ela se levanta e encontra o laço, na base da nuca, que a liberta da bata de palhaço de flanela de bunda de fora. Fica nua no crepúsculo fluorescente esverdeado, e em seguida se curva e começa a tatear em busca de suas roupas. Não consegue encontrar meias, mas calcinhas, jeans, uma camiseta preta vão ter que servir. Senta-se na beira do leito hospitalar para amarrar as botas Parco.

E aí lhe ocorre que, naturalmente, a porta estará trancada. Tem de estar.

Não está. O mecanismo de pressão com o polegar acima da maçaneta desce suavemente. Ela sente a porta se deslocar ligeiramente nas dobradiças. Abre-a.

Corredor sim; hospital não. Escola de segundo grau?

Uma parede de armários azul-turquesa esmaecidos com plaquinhas com números de três dígitos. Iluminação em faixas. Piso sintético cor de cortiça.

Olha para a esquerda: o corredor termina em portas de incêndio marrons. Para a direita: portas de vidro com barras antipânico, luz do sol.

Escolha fácil.

Dilacerada entre o desejo de sair correndo e o desejo de passar, se possível, por alguém que tenha algum motivo para estar ali, seja o que for aquilo, seja onde for, ela tenta abrir a porta e sair normalmente.

O sol a cega. Uma atmosfera não-Moscou, com cheiro de vegetação de verão. Cobrindo os olhos com o pulso, ela caminha para diante, na direção de uma estátua perdida na luminosidade. Lenin, aerodinâmico até o ponto de perder as formas, moldado em concreto branco, instigando o proletariado para a frente como uma espécie de anão de jardim marxista gigante.

Ela se vira e olha para trás. Parece ter acabado de sair de um prédio de escola comunitária laranja do começo dos anos sessenta, com uma estrutura de ameias de concreto no alto, lembrando a coroa da Estátua da Liberdade, com janelas entre cada pico erguido.

Mas ela não vai ficar por ali para ver mais. Ela vê uma encosta de grama seca, um caminho muito usado e não oficial, e o segue, até dar numa ravina estranha, algum tipo de drenagem, e sai da linha de visão do prédio.

A grama amarela pisada do caminho está repleta de filtros de cigarro achatados, tampas de garrafas, pedaços de papel laminado.

Ela continua em frente, até encontrar, numa gruta empoeirada formada por arbustos, um esconderijo natural e evidentemente popular. Garrafas e latas, papéis amassados, uma camisinha ressecada pendurada em um graveto como se fizesse parte do ciclo de vida de algum inseto grande. Mas também um refúgio de amor.

Ela se agacha, respirando fundo, apurando o ouvido para tentar escutar indicações de perseguição.

Ela ouve o som comum de um jato, em algum ponto acima de sua cabeça.

O caminho leva para longe e se perde em um conjunto de rochas arredondadas de glaciares, um leito de rio sazonal. Ela segue essas rochas através de uma vegetação mais densa e verde, até onde o caminho torna a aparecer, escalando a lateral da ravina.

No topo, ela vê a cerca.

Mais recente do que o prédio, de concreto branco e novíssimo na base de cada poste galvanizado. Grades comuns, com arame farpado no alto. Embora, ela vê, aproximando-se devagar, o arame seja enodoado, e não cortante, e sejam apenas dois fios.

Ela olha para trás e vê as pontas das ameias no alto do edifício de tijolos vermelhos.

Ela estende o dedo. Respira fundo. Encosta na grade o mais levemente e mais rápido que consegue. Nenhum choque, embora ela suponha que alarmes possam ter sido acionados, bem no alto das muralhas de alojamentos cheios de homens entediados em compasso de espera, fortemente armados.

Ela olha para as grades e para as pontas de suas botas Parco. Não combinam bem. Os verões no Tennessee lhe haviam ensinado que não havia nada melhor para escalar grades do que botas de cowboy. É só enfiar as pontas das botas direto e subir. As botas Parco têm pontas que não são estreitas o bastante, e solas muito finas.

Ela se senta no chão de terra, desamarra as botas, aperta bem os cadarços e os amarra novamente, tira a Rickson e amarra as mangas o mais apertadas que pode ao redor da cintura.

Levanta-se e olha para cima.

O sol está no zênite. Ela ouve uma campainha elétrica. Almoço?

Ela enfia os dedos em forma de gancho na grade e sobe, inclinando-se para trás e usando o peso do corpo para ajudar a manter as solas de suas botas contra a grade. É a maneira mais difícil, mas a única com uns calçados daqueles. Dói, mas a essa altura os dedos de ambas as mãos já estão em volta da peça de duas polegadas no alto, polegadas abaixo do fio mais baixo de arame farpado.

Ela solta a mão esquerda com cuidado, leva essa mão à cintura, desamarra as mangas da jaqueta e joga a Rickson sobre a cerca, enrolando-a sobre o fio superior de arame.

Ela quase a perde, ao manobrar para levantar uma perna, mas aí ela consegue, montando em cima da Rickson, quase sentindo os dentes de uma farpa se enfiando por entre camadas do náilon otaku e forro interno com especificações militares carinhosamente confeccionado.

Descer do lado de fora com a outra perna é mais difícil. Ela faz disso um exercício. Suavidade, por favor. Graça. Não há pressa. (Há sim, porque seus pulsos estão tremendo.) Então ela tem de desenganchar a Rickson. Ela poderia deixá-la onde está, mas não vai fazer isso. Diz a si mesma que não vai porque eles veriam onde ela pulou, mas a verdade é que ela não vai porque não quer.

Ela ouve a jaqueta rasgar, seus pés escorregam na grade e ela cai de bunda no chão de terra, a Rickson na mão direita.

Ela se levanta toda dura, olha para as costas esfarrapadas da jaqueta e a veste.

ELA PÁRA quando o sol lhe diz que está a provavelmente três horas de distância da cerca.

A vegetação começou a escassear cada vez mais, com cada vez mais deste solo vermelho e seco, sem nenhum sinal de estrada, e sem água. Seus suprimentos consistem de um palito para dentes feito à mão e muito bonito, do hotel em Tóquio, e de uma balinha de menta embrulhada em celofane que ela acha que é de Londres.

Ela está começando a se perguntar se aquilo não seria a Sibéria, e a desejar ter mais informações sobre a Sibéria, para que sua suposição pudesse ter um pouco mais de embasamento. O problema é que aquilo parece mais com a idéia do que ela acha que é o outback australiano, mas mais morto ainda. Ela não viu um pássaro, um inseto, nada, além de passar por uma curva feita por pneus cerca de uma hora antes, e que ela agora acha que provavelmente devia ter seguido.

Ela se senta no chão de terra, chupa o palito e tenta não pensar nos seus pés, que doem como o diabo.

Ela está com bolhas nas quais tenta não pensar, e certamente não quer olhar. Ela decide que vai tentar rasgar o que quer que exista dentro da Rickson, para fazer bandagens para os pés.

Ela se dá conta do som de um jato, como se fosse parte da paisagem, e se pergunta o que poderia achar que era se não soubesse o que era. Será que ainda havia pessoas no mundo que não reconheceriam aquele som? Ela não sabe.

Fazendo uma careta de dor, ela se levanta e começa a caminhar, chupando o palito. Isso faz com que sua boca fique menos seca.

O PÔR-DO-SOL parece levar muito tempo para acontecer ali. Tons fantásticos de vermelho.

Quando ela percebe que não vai ser capaz de continuar andando na escuridão, desiste e se senta.

– Estou bem fodida – ela diz, uma expressão de Damien que parece traduzir bem essas coisas.

Está começando a esfriar. Ela desamarra as mangas da Rickson, veste a jaqueta e fecha o zíper. Mas ainda consegue sentir a friagem nas costas, porque ela está toda esfarrapada agora, onde ela rasgou tiras do forro interno para colocar como bandagens nos pés. Elas ajudaram um pouco, mas ela duvida de que consiga andar muito mais do que já andou, mesmo depois que o sol nascer.

Ela está tentando não chupar a bala de menta, porque isso vai fazer com que ela acabe mais depressa. Provavelmente devesse tirar a bala da boca e guardá-la para mais tarde, mas ela não tem onde colocá-la. Abre o zíper do bolso para cigarros na manga esquerda da jaqueta e descobre o cartão do restaurante indiano, aquele no qual

Baranov havia escrito o endereço de Stella. Ela olha a grafia precisa dele em itálico marrom, a cor de sangue seco, até ficar escuro demais para continuar lendo.

As estrelas começam a surgir.

Depois de algum tempo, quando seus olhos se acostumaram, ela percebe que pode ver duas torres de luz, muito ao longe, na direção que ela acha que foi de onde veio. Não são parecidas com a exibição memorial do Ponto Zero, mas se parecem com as torres que ela sonhou em Londres, só que mais fracas e mais distantes.

– Vocês não deveriam estar na Sibéria – ela diz para elas.

E então ela sabe que ele está ali.

– Eu acho que posso morrer aqui – ela diz. – Quero dizer, eu acho que poderia.

Poderia, ele diz.

– Eu vou morrer, então?

Difícil dizer.

– Foi você na música, ontem à noite?

Alucinação.

– Achei que era finalmente o FVE da mamãe.

Sem comentários.

Ela sorri. – E aquele sonho, em Londres?

Sem comentários.

– Eu te amo.

Eu sei. Preciso ir embora.

– Por quê?

Escute.

E ele some, e desta vez, ela sabe de algum modo, para sempre.

E então ela ouve o som de um helicóptero, de algum lugar atrás dela, e, se virando, vê o feixe longo e branco varrendo o chão morto em sua trajetória, como se fosse um farol enlouquecido de tanta solidão, e vasculhando aquela terra morta tão tolamente, e tão aleatoriamente, como qualquer coração dilacerado faria.

40.

A ACADEMIA DOS SONHOS

O helicóptero passa direto por cima dela, mas o farol de busca varre uma área distante, longe de onde ela se encontra. Perto o bastante para que ela possa ver detalhes da parte de baixo de seu cockpit amarelo oblongo iluminado por luzes vermelhas piscando rápidas.

Então o farol de busca pisca e desliga, e ela fica vendo as luzes vermelhas desaparecerem.

As torres se vão.

Ela ouve o helicóptero voltar.

Ele fica pairando a cerca de cinqüenta metros de distância, e o facho de luz se acende novamente, passando pelo chão de terra que levanta poeira com as pás do veículo, para encontrá-la.

Ela protege os olhos com as mãos. Por entre os dedos ela vê o helicóptero se acomodar no chão, uma coisa desajeitada, sua fuselagem quase retangular. Uma figura pula da porta lateral e caminha em sua direção, lançando uma sombra vasta e trêmula na luz e na terra.

Ela ouve os rotores começando a diminuir a velocidade, o zumbido descrescendo, numa contagem regressiva até a parada.

Ele sai do brilho das luzes, chega perto dela e pára a cerca de dois metros, de costas para os faróis.

– Cayce Pollard?

– Quem é você?

– Parkaboy.

Essa informação não quer ser processada. Depois de algum tempo ela pergunta: – Quem começou o tópico que deu ao Completismo sua primeira base formal?

– Maurice.

– Em resposta a quê?

– A um post de Dave-in-Arizona, limites teóricos da filmagem ao vivo.

– Parkaboy? É você mesmo?

Ele dá a volta e se vira de frente para a luz, e ela vê um homem com cabelos ruivos escasseando, penteados para trás. Ele veste calças de combate camufladas compradas em alguma liquidação, uma camisa preta grossa aberta sobre uma camiseta branca, e um par de binóculos grandes pendurado no peito. Esses binóculos têm lentes imensas, tipo óculos de mergulhador, mas estão ligadas a um único tubo do tamanho e da forma de uma lanterna.

Ele enfia a mão num dos bolsos da camisa e saca um cartão. Dando um passo à frente, ele o oferece para ela. Ela o pega e força a vista, por causa da poeira nos olhos e da luz branca muito forte, para ler

PETER GILBERT

SUJEITO BRANCO DE MEIA-IDADE

"DESDE 1967"

Ela olha para ele.

– Indústria musical – ele diz. – Em Chicago, se você é um certo tipo de músico, precisa de um desses.

– Um desses o quê?

– CBMID. Cebemidi. – Ele se curva, a dois metros de distância, com cuidado para dar espaço a ela. – Você consegue andar? Tem um médico no helicóptero.

– O que você está fazendo aqui?

– Achei que você pudesse ter mudado de idéia.

– Sobre o quê?

– Você simplesmente acabou de fugir da única prisão da Rússia na qual as pessoas vivem tentando entrar.

– Entrar?

– A Academia dos Sonhos, é como a chamam. Foi para lá que um grupo particular do pessoal de Volkov levou você, depois que a Mama te deu *roofie* demais.

– O quê...?

– Rohypnol. Remédio usado para golpes do tipo "Boa noite, Cinderela". Podia ter matado você, mas essa é a nossa Mama. Entretanto, você teve uma reação paradoxal. O medicamento foi feito para tornar você escravo de qualquer um, mas parece que você baixou o sarrafo nela.

– Baixei? Você estava lá?

– Não. Eu estava acabando de fazer o check-in quando a ambulância e a polícia chegaram. Sabe aquela cena em filmes antigos, quando o cowboy está morrendo de sede no deserto e a cavalaria chega, e eles dizem: "Beba isso, mas não exagere"?

Ela fica olhando para ele sem entender.

Ele retira um cantil de plástico de um prendedor no cinto e o entrega para ela.

Ela toma um gole, bochecha, cospe e depois toma outro.

– Mama ainda estava tentando controlar a situação, pelo que me parecia – ele diz –, mas com o nariz sangrando e um olho roxo e inchado, foi difícil para ela convencer alguém.

– Você sabia que era ela?

– Não. Também não teria sabido que era você, se não tivesse ouvido a palavra "Pollard" ou coisa parecida, repetida umas cinco vezes. Na verdade eu havia visto umas duas fotos suas no Google, mas você não estava exatamente na sua melhor forma, naquela maca ali. Mas me pareceu que a madame com o sangramento nasal estava forçando tanto a barra que estava à beira de ser presa. Eu acho que ela estava dizendo que deviam simplesmente levar você para o seu quarto e ela ficaria com você. Então três sujeitos com casacos de couro preto apareceram, e todo mundo menos a Mama começou na hora a se curvar para eles. Você simplesmente meio que evaporou, com sua maca, acabou-se o bafafá, e a Mama foi com os sujeitos, com uma tromba enorme. Eu fiquei me sentindo de fora. Fui checar meu e-mail. Um seu, com o endereço de Stella. Enviei um e-mail para ela. Contei a ela que era seu amigo, e o que eu havia acabado de ver. Trinta minutos depois eu estava num BMW com uma sirene azul e um novo grupo de casacos pretos, atravessando sinais vermelhos e descendo para o centro de Moscou na pista errada. Quando eu vi, já estava numa das Sete Irmãs, com Volkov...

– Irmãs?

– Uns arranha-céus antigos, tipo Gótico Comunista, com babados tipo bolo de noiva. Propriedades de altíssima classe. O sr. Bigend...

– Bigend?

– E Stella. Além de um bando de volkovitas e aquele hacker chinês de Oklahoma...

– Boone?

– O cara que estava hackeando seu Hotmail para Bigend.

Ela se lembra do quarto em Hongo, Boone conectando o laptop dele ao dela.

– Desculpe – ele disse, então –, mas aquela poeira na qual você andou rolando tem titânio demais misturado. Você provavelmente já excedeu seu limite de radiação com esse negócio. Por que não me deixa chamar o paramédico aqui para te ajudar a entrar no helicóptero? – Ele pega o cantil, toma um gole, coloca a tampa e o põe de volta ao cinto.

– Titânio?

– Eco-desastre soviético. Não tão grande quanto secar o Mar de Aral, mas você andou caminhando pelo meio de uma faixa de quarenta milhas de poluição industrial catastrófica com cerca de duas milhas de largura. Acho que vai querer tomar uma ducha bastante completa.

– Onde nós estamos?

– A cerca de oitocentas milhas a norte de Moscou.

– Que dia?

– Noite de sexta. Você desmaiou na quarta, e ficou apagada até acordar hoje. Provavelmente deixaram você sedada.

Ela tenta se levantar, mas subitamente ele está ali, as mãos nos seus ombros.

– Não. Fique quieta. – Os estranhos binóculos de um olho só pendem a poucos centímetros de seu rosto. Ele se endireita, voltando-se para o brilho. Acena para o helicóptero. – Se não tivessem esses óculos de visão noturna – ele diz, virando-se para ela – talvez não tivéssemos achado você.

– O QUE você sabe sobre o sistema penitenciário russo? – ele pergunta a ela. Ambos estão usando grandes headsets de plástico bege engordurados com microfones e cabos espiralados verdes. Os fones de ouvido são suficientemente à prova de som para abafar o rugido do motor, mas ele soa como se estivesse no fundo de um poço bem profundo.

– Que não é nada divertido?

– HIV e tuberculose são endêmicos. E fica pior. O lugar para onde estamos indo é basicamente uma prisão privatizada.

– Privatizada.

– Uma ousada experiência da Nova Rússia. É a versão deles da CCA, Cornell Corrections, de Wackenhut. O sistema penitenciário comum é um pesadelo, perigo real e imediato à saúde pública. Se eles quisessem montar uma operação para cultivar novas variedades de TB resistentes a drogas, provavelmente não conseguiriam fazer um serviço melhor do que as prisões deles já estão fazendo. Algumas pessoas pensam que a AIDS, neste país, em mais alguns anos, vai parecer a Peste Negra, e as prisões não estão ajudando. Então, quando uma das corporações de Volkov decide montar uma operação-teste, na qual prisioneiros saudáveis e motivados possam levar vidas saudáveis e motivadas, além de receber treinamento e orientação vocacional, quem vai ficar no caminho?

– É lá que o filme é renderizado?

– E o que motiva esses prisioneiros-modelo? Auto-interesse. Para começar, eles são saudáveis, caso contrário não teriam sido escolhidos para isto. Se ficarem no sistema comum, não vão permanecer saudáveis. Este é o motivo um. Dois: quando eles chegam aqui, o que vêem não é de maneira alguma um mau negócio. É como uma instituição co-educativa, e a comida é muito melhor do que aquilo com o que muita gente neste país sobrevive. Três, eles são pagos por seu trabalho. Não é uma fortuna, mas eles podem depositar no banco, ou mandar para suas famílias. Existem trinta canais de TV por satélite e uma videoteca, e eles podem pedir livros e CDs. Mas não há acesso à Rede. Nada de navegação pela Web. Nem telefones. Esse é um bilhete direto de volta para a TB-lândia. E só há uma opção em termos de treinamento ocupacional.

– Eles renderizam o filme?

– Todinho. – Ele lhe oferece o cantil. – Como estão seus pés?

Ela faz um gesto de quem não está nem aí.

– Estão bem, só não consigo mexê-los.

– Estamos quase lá – ele diz, apontando para diante, passando pelo nariz de plástico. – O último fator de motivação que mantém os presidiários aqui: Volkov. Provavelmente o nome jamais é mencionado, mas se você fosse um preso, e russo, o que, claro, todos eles são, acho que entenderia.

O piloto, que usa capacete e cujo rosto ela não viu, diz alguma coisa num russo cheio de estática, e recebe uma resposta de outra voz, vinda da noite.

Ela vê um anel de luzes se acender logo adiante.

– Não entendo como isso tudo pode ter sido montado, só para facilitar a arte de Nora. Bom, *como* não é problema, pelo que entendi, mas *por quê*?

– Redundância organizacional de massa, a serviço da autoridade absoluta. Estamos falando do período pós-soviético, certo? E de uma enorme riqueza pessoal. O tio de Nora não é nenhum Bill Gates ainda, mas não seria inteiramente ridículo mencionar os dois na mesma frase. Ele esteve no topo de uma série de mudanças aqui, bem no começo, e em grande parte conseguiu deixar seu nome fora da mídia. O que deve ter sido um feito incrivelmente assustador. Sempre teve brilhantes conexões com o governo, independentemente de quem estivesse no poder. Ele já sobreviveu a muitas coisas dessa maneira.

– Você o conheceu?

– Estive no mesmo aposento que ele. Bigend estava cuidando da maior parte da conversa. Intérpretes. Ele não fala inglês. Você fala francês?

– Na verdade, não.

– Eu também não. Jamais lamentei isso como no momento em que ele e Bigend começaram a conversar.

– Por quê?

Ele se vira e olha para ela. – Era como ver duas aranhas acasalando.

– Eles se deram bem?

– Muitas informações foram trocadas, mas provavelmente não tiveram muito a ver com o que eles estavam de fato dizendo, fosse pelo intérprete ou em francês.

As quatro rodas do helicóptero tocaram inesperadamente o concreto. É como ser jogado a dez polegadas sentado num carrinho de golfe. Isso machuca os pés dela.

– Eles vão checar você toda, te remendar, e depois Volkov quer ver você.

– Por quê?

– Não sei. Quando você desapareceu, ele fez a gente voar até aqui num helicóptero bem mais rápido que este.

– "A gente" quem?

Mas ele já tirou o headset. Tirando seu cinto de segurança, ele não consegue ouvi-la.

41.

UM BRINDE AO SR. POLLARD

Com os pés enrolados em bandagens e enfiados em chinelos caseiros de feltro preto acima do seu tamanho, Cayce tenta não escorregar enquanto ela e Parkaboy atravessam o corredor de armários amarelos. No caminho, diz ele, para o jantar.

Ela passou a última hora, ou aproximadamente isso (ela ainda não achou seu relógio), sendo examinada por um médico, tomando uma ducha minuciosa e colocando os pés em bandagens. Agora está de volta com a Coisa-Saia e o cardigã preto, pois Parkaboy tinha sugerido que se vestir bem para o jantar seria uma boa idéia.

A Coisa-Saia, juntamente com o resto de suas roupas e seu kit de maquiagem, estava esperando por ela, lavada e dobrada, em cima de uma das camas da enfermaria onde ela havia recuperado a consciência.

Os chinelos, fornecidos pela mesma mulher que havia lhe trazido a sopa, a faziam se sentir ridícula, mas as bolhas e as bandagens riscaram da lista seus sapatos franceses, e o médico havia usado um par de tesouras para cortar as botas Parco e retirá-las sem machucá-la ainda mais do que já estava machucando.

– O que você disse que Dorotea havia me dado?

– Rohypnol.

– O médico aqui disse que foi outra coisa. Pelo menos acho que foi o que ele disse. Medicação psiquiátrica?

– Eles nos disseram que haviam levado você a uma clínica particular, depois do hotel. Depois nos disseram que você estava sendo transferida para "um local seguro", e acho que queriam dizer isto aqui. Imaginei que fosse Rohypnol pelo som; era alguma coisa que ela pensou que faria você ser facilmente conduzida.

– Onde está ela? Você sabe? Eles sabem?

– Parece que esse não está sendo considerado um tópico adequado de conversação. Eles ficam meio que incomodados se você toca nesse assunto. Alguma idéia sobre o que ela estava procurando?

– Ela queria saber como eu havia conseguido o endereço de e-mail de Stella.

– Eu também estou curioso para saber isso. – Ele havia tomado banho, feito a barba e trocado de roupa: jeans pretos novos e uma camisa branca limpa, mas ainda com os vincos da mala de viagem. – Mas o que ela deu para você ainda é uma especulação. O pessoal do bar achou que você estava tendo alucinações.

– E estava mesmo.

– Aqui em cima – ele diz, indicando um lance de escadas. – Tudo bem com você?

Ela sobe alguns degraus e pára.

– Estou usando os sapatos da Minnie, estou tão cansada que nem tenho certeza se sei mais como é não estar cansada, jet lag parece um luxo para aqueles que não viajam muito, e eu me sinto como se tivessem me espancado com mangueiras de borracha. Isso para não mencionar uma falta generalizada de pele nos meus pés.

Eles sobem três lances de degraus de concreto, Cayce se apoiando cada vez mais no corrimão, e entram no que deve ser o interior da horrorosa tiara de concreto que ela tinha visto quando estava fugindo.

Um salão oval, as janelas montadas entre colunas retas de concreto chanfrado. O teto se curva com determinação formando uma abóboda na direção da parte frontal do prédio, para chegar até um mural que ilustra o mundo, a Eurásia na frente e no centro, cercada por heróicos feixes de trigo explodindo com ogivas e Sputniks, as cores esmaecidas de seu brilho original, como um velho globo descoberto em uma sala quente e empoeirada em cima de um ginásio esportivo de um colégio de segundo grau.

Ela vê Bigend erguer uma taça em saudação, no centro de um grupo de pessoas.

– É hora de conhecer o figurão – Parkaboy diz baixinho, sorrindo e oferecendo o braço a ela. Que ela aceita, em um flashback absurdo da noite de seu baile de formatura, e eles caminham para diante juntos.

– Peter – diz Bigend –, todos nós ficamos sabendo que foi você quem a encontrou. – Ele aperta a mão de Parkaboy, e depois abraça e dá beijinhos no rosto de Cayce, mas sem encostar. – Estávamos muito preocupados com você. – Ele está rosado, com alguma energia nova e maligna que ela não havia visto nele antes. A mecha preta cai em cima dos seus olhos; ele vira a cabeça para jogá-la para trás, um gesto cavalar demais para qualquer pessoa, e depois se vira para o homem ao seu lado. – Andrei, esta é Cayce Pollard, a mulher que nos reuniu a todos. Você já conhece Peter. Cayce, este é Andrei Volkov. – Exibindo seus dentes brancos e preocupantemente numerosos.

Cayce olha para Volkov e pensa imediatamente em Eichmann no tribunal.

Um homem de aparência indefinida, ficando careca, de meia-idade porém indeterminada, o brilho do ouro nas têmporas das hastes de seus óculos sem armação. Veste o tipo de terno escuro que compensa seu preço principalmente por uma certa invisibilidade que provoca, uma camisa branca cujo colarinho poderia ser de porcelana com acabamento em linho, e uma gravata de seda grossa, lustrosa e lisa, azul-escura.

Volkov pega a mão dela. Seu toque é ritual e breve.

– Meu inglês é fraco – ele diz –, mas preciso lhe dizer o quanto lamentamos que você tenha sido tratada tão mal. Também lamento – e aqui ele se vira para um rapaz que Cayce percebe que reconhece do squat atrás da Georgievski, e continua em russo.

– Ele lamenta não poder jantar com vocês agora, mas tem compromissos urgentes em Moscou – traduz o jovem, sua cabeleira ruiva alguns tons mais clara que a de Parkaboy. Ele está vestindo terno também, mas o dele parece alugado.

Volkov diz mais uma coisa em russo.

– Ele diz que Stella Volkova também pede desculpas pelo incômodo que você sofreu tão desnecessariamente, e que estaria aqui esta noite, mas, como você sabe, a irmã exige a presença dela em Moscou. Ambas as Volkovas esperam ansiosas sua próxima visita, quando voltar a Moscou.

– Obrigada – diz Cayce, reparando no pedaço fundo em forma de cunha que falta na curva superior da orelha direita de Volkov, e ouvindo as tesouras do médico cortando o brim das botas Parco.

– Então adeus – diz Volkov. Ele se vira para Bigend e diz alguma coisa que, ela imagina, seja um francês ligeiro e provavelmente instrumental.

– Adeus – diz Cayce, automaticamente, quando ele se afasta na direção da porta, e dois rapazes de ternos escuros o seguem. Um terceiro permanece, em pé ali perto, até que Volkov desaparece, e em seguida vai atrás também.

– Systema – diz Bigend.

– O quê?

– Aqueles três. A arte marcial russa, antigamente proibida a todos a não ser guarda-costas da Spetsnaz e da KGB. Ela tem sua base formal na dança dos cossacos. Muito diferente de qualquer coisa do Oriente. – Ele parece uma criança muito determinada, na manhã de Natal, que finalmente conseguiu o que queria e recebeu a permissão de ir até a árvore ver seus presentes. – Mas você não foi apresentada a Sergei Magomedov – ele diz, indicando o jovem tradutor, que lhe oferece a mão.

– Eu vi você no estúdio – diz o rapaz. Vinte e três anos no máximo.

– Eu me lembro.

– E Wiktor Marchwinska-Wyrwal – diz Bigend, apresentando o quinto membro do grupo remanescente, um homem alto com cabelos grisalhos cuidadosamente aparados, vestido para a idéia que um estudante francês tem de um fim de semana no campo inglês, o tweed sedoso de seu paletó com aspecto de que foi tecido a partir da lã de cordeiros que ainda nem nasceram. Cayce aperta sua mão. Ele tem as maçãs do rosto perfeitamente horizontais de Voytek, e um telefone plugado discretamente em sua orelha direita.

– Um grande prazer – ele diz. – Eu estou, claro, imensamente feliz de ver você aqui, salva e, espero, relativamente sã. Eu sou, devo lhe dizer, o chefe de segurança de Andrei Volkov, novo no serviço, e tenho que agradecer a você por isso.

– Me agradecer? – ela vê três homens com paletós brancos e calças pretas entrando, empurrando carrinhos de aço inoxidável com rodízios de borracha dura.

– Talvez eu possa explicar no jantar – ele diz, fazendo um gesto na direção de uma mesa redonda na qual ela não havia reparado, posta para seis pessoas. Dois dos três de paletós brancos estão colocando os carrinhos em posição, mas o terceiro está removendo o sexto prato.

– Para quem era aquele? – ela pergunta.

– Boone – diz Bigend. – Mas ele está pegando uma carona de volta a Moscou com Volkov. Me pediu para dizer a você que lamenta muito.

Cayce olha de Bigend para Parkaboy, e depois olha novamente para a sexta cadeira, e não diz nada.

– **ANDREI** Volkov – diz Marchwinska-Wyrwal, sem introdução, enquanto os pratos de sopa são retirados – é hoje o homem mais rico da Rússia. O fato de que isso não é de conhecimento de todos é um reflexo notável da qualidade desse homem.

Estão jantando à luz de velas, a faixa de iluminação no teto reduzida a um tênue brilho âmbar.

– O império dele, se quiser chamá-lo assim, foi necessariamente montado peça por peça, devido à recente, extraordinária e muito caótica história de seu país. Um estrategista notável, mas até pouco tempo atrás incapaz de dedicar muito tempo ou muita energia a dar forma àquilo que adquiriu. Corporações e propriedades de todos os tipos foram simplesmente empilhadas, se quiser dizer isso assim, esperando a criação de uma estrutura mais sistemática. Isso está agora sendo feito, e fico feliz de dizer que faço parte disso, e você deveria saber que fez parte disso também.

– Não estou vendo como.

– Não – ele diz –, certamente não teria sido óbvio, muito menos para você. – Ele fica observando enquanto um dos garçons enche sua taça com mais vinho branco. Cayce repara nas pontas pretas de uma tatuagem de algum tipo, sobressaindo por cima do colarinho do paletó branco do garçom, e pensa em Damien. – Ele amava o irmão profundamente, claro – continua o chefe de segurança polonês – e após o assassinato se certificou de que suas sobrinhas recebessem proteção constante também, assim como o que elas precisassem para ficar o mais confortáveis possível. A provação de Nora o comove particularmente, como de fato comove qualquer um de nós, e foi sugestão dele que uma ilha de edição fosse montada para ela na clínica na Suíça. À medida que esse aspecto dos esforços para a recuperação dela evoluiu, uma certa divisão de metodologias também evoluiu...

– Era inevitável – interrompe Sergei Magomedov, que talvez tivesse bebido um pouco rápido demais –, pois o sistema criado para assegurar a segurança das Volkovas era uma questão de sigilo rígido, e o mecanismo criado para tornar o trabalho público não era. A anonimidade, a encriptação, as estratégias, à medida que evoluíram...

– Aceite o crédito, Sergei – diz Marchwinska-Wyrwal, com um tom leve porém, pensa Cayce, no fundo sério. – Você mesmo inventou grande parte daquilo.

– ...envolveram um risco inerente de exposição – termina Sergei. – A obra não podia ser vista a menos que fosse de algum modo capaz de atrair a atenção de uma audiência, e era o desejo expresso de Stella Volkova que essa audiência fosse de escala global. Com essa finalidade, desenvolvemos o método com o qual você está familiarizada, e nós mesmos "descobrimos" os primeiros segmentos.

– Vocês? – Cayce e Parkaboy trocaram olhares.

– Sim. Nós às vezes, também, conseguíamos orientar as pessoas para a direção certa. Mas o resultado, quase desde o começo, excedeu em muito qualquer coisa que qualquer um de nós havia esperado.

– Vocês presenciaram o nascimento de uma subcultura – diz Bigend. – Evoluindo exponencialmente.

– Nós não havíamos esperado os números – concorda Sergei –, mas também não havíamos esperado o nível de obsessão engendrado na audiência, ou a profundidade do desejo de solucionar o mistério.

– Quando você entrou nisso, Sergei? – pergunta Parkaboy.

– Em meados de 2000, pouco depois do retorno das Volkovas a Moscou.

– Você veio de onde?

– Berkeley. Bolsa particular. – Ele sorri.

– Andrei Volkov tinha uma visão de futuro particularmente aguçada, em seu reconhecimento da importância da informática – diz Marchwinska-Wyrwal.

– E o que você fazia exatamente, Sergei? – pergunta Cayce.

– Sergei foi fundamental na criação desta instalação de produção – diz Marchwinska-Wyrwal –, bem como para arranjar a operação de marca d'água com a Sigil. Estamos particularmente interessados em descobrir como você conseguiu obter o endereço que usou para entrar em contato com Stella. Foi por meio da Sigil?

– Não posso contar – diz Cayce.

– Seria porque isso veio por algum contato de seu pai? Ou talvez de seu próprio pai?

– Meu pai está morto.

– Wiktor – diz Bigend, que Cayce subitamente percebe que havia simplesmente ficado em silêncio por mais tempo do que ela jamais o vira. – Cayce teve um dia muito longo e muito exaustivo. Talvez este não seja um bom momento.

Cayce deixa o garfo cair, reverberando na porcelana branca. – Por que você disse isso, sobre meu pai? – ela pergunta, olhando para Marchwinska-Wyrwal.

Que começa a dar uma resposta, mas é cortado por Bigend. – Para dispensar as gentilezas do velho mundo, Wiktor e Sergei representam as duas pontas mal coordenadas das pinças da operação de segurança de Volkov. Wiktor, em particular, parece ter esquecido de que está aqui para pedir desculpas a você por ter sido tão desajeitado em suas manipulações.

– Não estou entendendo – Cayce diz, voltando a pegar o garfo. – Mas você tem razão. Eu estou muito cansada.

– Acho que posso explicar – diz Sergei – se Wiktor me permitir.

– Por favor, explique – diz o polonês, o tom de voz agora letalmente amigável.

– Sempre existiram duas operações de segurança ao redor de Stella e Nora. Uma delas é um ramo, ou subsidiária, do grupo que protege o próprio Volkov. O tipo é ex-KGB, mas no sentido de que Putin é ex-KGB: primeiro advogados, depois espiões. O outro, em grande parte criação de colegas meus, é menos convencional, em grande parte com base na Web. Wiktor foi trazido muito recentemente para tentar solucionar uma séria falta de compreensão, de comunicação, entre as duas. Sua chegada à cena, por meio de sua descoberta do endereço stellanor, é uma prova contundente de nossas dificuldades.

– Mas o que isso tem a ver com meu pai?

– A primeira vez que você chamou a atenção deles – diz Bigend – foi quando sugeriu em um post que o criador poderia ser alguém da máfia russa. Foi apenas a título de exemplo, mas você tocou numa ferida.

– Não diretamente em nós – diz Sergei –, mas em uns dois universitários americanos que havíamos contratado para buscar, ler e coletar informações sobre o filme. Seu site rapidamente emergiu como o fórum mais animado e interessante. E potencialmente o mais perigoso.

– Você pagou pessoas para ficarem de lurkers no F:F:F?

– Sim. Quase desde o início. Estabelecemos como regra que eles não teriam permissão de postar nada, mas depois descobrimos que um deles havia criado uma persona e começara a postar com freqüência.

– Quem? – perguntou Parkaboy. – Não – ele decide –, prefiro não saber.

– Cayce – diz Sergei –, quando você atraiu nossa atenção, um relatório foi passado para o braço mais tradicional, e é aí que seu pai entra. Você foi rastreada através do ISP de seu post, seu nome e endereço determinados, e registrados. Em algum lugar, então, essas informações lembraram alguém de coisas muito antigas. Eles procuraram nos arquivos de papel em Moscou, acharam o dossiê de seu pai e verificaram que você era filha dele. E para complicar ainda mais as coisas, sendo tradicionalistas – e aqui ele pára, e sorri amargo – provavelmente eu deveria dizer, simplesmente sendo russos. Eles ficaram mais profunda e mais barrocamente desconfiados de que o nome daquele homem brilhante, um antigo oponente, supostamente há muito aposentado, estivesse novamente diante deles... Mas eles não conseguem localizá-lo. Ele sumiu. Desapareceu. No onze de setembro. Mas ele está morto? Não? Onde está a prova? Eles executaram certos passos. – Sergei faz uma pausa. – Seu apartamento foi invadido e dispositivos foram instalados para permitir que seu telefone e e-mail fossem monitorados.

– Quando foi isso? – pergunta Parkaboy.

– Uma semana depois do post que atraiu a atenção.

– Alguém esteve no meu apartamento nas últimas duas semanas – Cayce diz.

– Estavam fazendo uma checagem – diz Marchwinska-Wyrwal – para ver se os dispositivos foram comprometidos. É rotina.

– Os registros de sua psicóloga foram copiados – continua Sergei. – Ela não teve absolutamente nenhum conhecimento disso. Roubo, não suborno. Mas tudo isso foi a reação tradicionalista, não a nossa. A nossa foi contratar Dorotea Benedetti para rastrear você, tanto através do site quanto dos contatos comerciais que ela tinha com empresas para as quais você trabalhava em Nova York.

– Por que ela? – Parkaboy de novo. Todos olham para ele. Ele dá de ombros.

– Os tradicionalistas tinham acordos com o empregador anterior dela – diz Sergei. – Eles achavam que a entendiam. Nós achamos que ela nos entendia.

– Ela aproximava as duas culturas – Bigend sorri e toma um gole de vinho.

– Exatamente. E quando ficou claro, recentemente, que você estava indo para Londres para trabalhar para a Blue Ant, outra tecla foi apertada. O sr. Bigend também atraiu nossa atenção, por causa da investigação muito criativa da Blue Ant sobre a cultura da Web ao redor do filme. Isso teve um rápido impacto sobre o software da Sigil que utilizamos para observar a movimentação do filme. O interesse da Blue Ant, e de Hubertus Bigend, por motivos que devem ser óbvios, tornou-se um motivo para preocupação.

– Obrigado – diz Bigend.

– A idéia de vocês dois juntos, não gostamos nem um pouco. Os tradicionalistas gostaram ainda menos. Permitimos que eles assumissem nosso contato com Benedetti, e ela recebeu ordens de desestabilizar seu relacionamento com a Blue Ant. Ela utilizou seu próprio pessoal para comprometer o telefone e o e-mail de seu flat em Londres.

– O homem de Chipre? – pergunta Cayce.

– Um tradicionalista, sim. O contratador dela.

Cayce olha para Sergei e depois para Marchwinska-Wyrwal, para Bigend e depois para Parkaboy, sentindo grande parte da recente atmosfera de estranhamento de sua vida se deslocando embaixo dela, rearranjando-se de acordo com um novo paradigma histórico. Não é uma sensação confortável: é como se o Soho saísse se arrastando por vontade própria até Primrose Hill, porque descobriu que é àquele lugar que ele pertence, e não tem outra escolha. Mas, como Win havia lhe ensinado, a verdadeira conspiração freqüentemente não tem nada a ver conosco; na maioria das vezes somos apenas a mais simples engrenagem de planos maiores.

Os garçons estão retirando o prato principal agora, trazendo taças menores, e servindo alguma espécie de vinho para sobremesa.

Então ela se dá conta de que a refeição não teve absolutamente nenhum brinde, e que ela sempre ouviu dizer que, em uma refeição russa, eles são feitos aos montes. Mas talvez, ela pensa, esta não seja uma refeição russa. Talvez seja uma refeição naquele país sem fronteiras que Bigend luta para criar, uma refeição em um mundo onde não existam espelhos para se encontrar do outro lado, toda a experiência sendo reduzida, pela mão espectral do marketing, a variações de pontos de preço sobre a mesma coisa. Mas, enquanto ela está pensando nisso, Marchwinska-Wyrwal dá pancadinhas na sua taça com a borda dc uma colher.

– Eu gostaria de sugerir um brinde ao pai da srta. Pollard, o falecido Wingrove Pollard. É uma coisa fácil, para aqueles de nós que se lembram de como era antigamente, recair por um momento em velhas formas de pensar, em velhas rivalidades. Eu mesmo fiz isso antes, e agora devo pedir desculpas. Se não fosse por homens como seu pai, do lado da democracia e do mercado livre, onde estaríamos hoje? Não aqui, com certeza. Tampouco este estabelecimento serviria ao propósito que serve hoje, ajudando ao progresso da arte ao mesmo tempo em que melhora as vidas e os futuros dos menos afortunados. – Ele faz uma pausa, olhando ao redor da mesa, e Cayce se pergunta exatamente o que é que ele está fazendo, e por quê? Será uma maneira de se proteger de Volkov, depois de tê-la incomodado? Será que ele realmente tem essa intenção?

– Homens como Wingrove Pollard, meus amigos, por meio de sua longa e determinada defesa da liberdade, permitiram que homens como Andrei Volkov finalmente viessem à tona, em livre competição com outros homens livres. Sem homens como Wingrove Pollard, Andrei Volkov poderia estar hoje em alguma prisão do Estado soviético. A Wingrove Pollard.

E todos, incluindo Cayce, repetiram essas últimas três palavras, levantaram as taças e beberam, embaixo das sombras dos mísseis balísticos intercontinentais e dos Sputniks do mural esmaecido no alto da parede.

NA HORA de partir, Parkaboy e Bigend acompanham Cayce até a casa de hóspedes, originalmente criada para acadêmicos visitantes, onde os três deverão passar a noite. Marchwinska-Wyrwal pede desculpas aos demais e leva Cayce para um canto. De algum lugar, ela não sabe onde, ele retirou um grande objeto retangular, com cerca de seis centímetros de espessura, envolto no que parece ser um envelope bege de lã fina.

– Isto é algo que Andrei Volkov gostaria que você recebesse – ele diz. – É apenas uma coisa simbólica. – Ele entrega o envelope a ela. – Mais uma vez, peço desculpas por ter pressionado você antes. Se soubéssemos como obteve o endereço, poderíamos fechar uma brecha na segurança das Volkovas. Estamos muito preocupados agora com a Sigil. Mas a Sigil tornou-se essencial para o projeto das Volkovas.

– Você sugeriu que meu pai ainda pudesse estar vivo. Não acredito nisso.

– Nem eu, lamento dizer. Nosso pessoal em Nova York analisou a questão minuciosamente e não conseguiu provar a morte dele, mas eu pessoalmente acredito que ele tenha morrido. Você tem certeza de que não irá nos ajudar na questão da Sigil?

– Não posso contar a vocês porque não sei. Mas não foi nenhuma fraqueza ou traição na Sigil. Uma pessoa com contatos na inteligência me fez um favor, e não sei a natureza exata disso. Seja o que for, foi feito com bastante rapidez.

Os olhos dele se estreitam.

– Echelon. É claro. – Então ele abre um sorriso. – Um amigo de seu pai. Eu tinha imaginado.

Ele enfia a mão no bolso do paletó e retira um envelope branco simples. – Isto também é para você – ele diz. – Este presente é meu. Os tradicionalistas servem para alguma coisa. Nosso pessoal em Nova York tem talento, são extremamente minuciosos e têm muitas opções à disposição. – Ele coloca o envelope em cima da caixa retangular de lã, que ela ainda está segurando diante de si como se fosse uma bandeja.

– O que é isso?

– Tudo o que se sabe da última manhã de seu pai, depois que ele deixou seu hotel. Boa noite, srta. Pollard. – E ele lhe dá as costas e caminha de volta para as sombras do salão oval, onde ela vê que Sergei tornou a se sentar à mesa iluminada por velas, tirou a gravata e está acendendo um cigarro.

42.

A FALTA QUE ELE FAZ

Além de terem cara de quem só compra na The Gap e em mais nenhum outro lugar, os internos da fazenda de renderização de Volkov não parecem ter a obrigação de vestir uniformes. Cayce vê vários deles nas salas, quando está saindo com Bigend e Parkaboy, e vários outros ao se dirigirem até a casa de hóspedes.

A cerca que ela havia escalado, diz Bigend, só fora instalada recentemente para impedir que adolescentes do campo nas redondezas entrassem para furtar coisas.

Existem normalmente sessenta pessoas aqui, ele diz, pagando sua dívida para com a sociedade russa renderizando, como lhes foi ensinado, os segmentos toscos de filme que chegam do estúdio de Moscou. A instalação física da fábrica, antigamente uma escola técnica, foi criada para acomodar cento e cinqüenta pessoas, o que é responsável, ela supõe, por seu clima de férias de verão.

– Que espécie de crimes eles cometeram? – ela pergunta, arrastando os pés nos chinelos. Parkaboy carrega o presente de Volkov.

– Nada violento – diz Bigend. – Esta é uma exigência. Geralmente, eles apenas cometeram um erro.

– Que tipo de erro?

– Calcularam errado a quantidade de blat necessário, ou quem tinha. Subornaram o funcionário errado. Ou fizeram o inimigo errado. Os recrutadores de Sergei ficam de olho em calendários de tribunais, em sentenças... É essencial pegá-los antes que eles tenham sido expostos, literalmente, ao sistema penitenciário padrão. Então eles passam por testes de todos os tipos, médicos e psicológicos, antes de chegarem aqui. Acho que nem todos passam.

Mariposas voam ao redor da lâmpada no alto de um poste de aço, ao lado do caminho de concreto, e a sensação de estar no campus de verão de alguma faculdade comunitária barata é assustadora.

– O que acontece quando eles se formam? – ela pergunta.

– Acho que até agora isso não aconteceu com nenhum deles. A instalação é bem recente, e as sentenças reais deles são geralmente de três a cinco anos de duração. Está tudo sendo criado à medida que acontece. Assim como muitas coisas neste país.

O caminho sobe até um bosque esparso de pinheiros novos, que cobrem um prédio de tijolos laranja que lembra um motel muito pequeno. Ele apresenta quatro entradas idênticas e quatro janelas. Cortinas de renda branca ornadas cobrem as janelas escurecidas, mas há luzes acesas acima de três das portas.

– Você está parecendo um trapo – diz Parkaboy, entregando a ela o retângulo coberto com tecido. – Vá dormir um pouco.

– Eu sei que você está exausta – Bigend diz a ela –, mas precisamos conversar. Não vai demorar.

– Não deixe que ele te mantenha acordada – aconselha Parkaboy. Ele se vira e entra em uma das portas, sem usar chave. Ela vê as luzes se acenderem atrás das cortinas rendadas.

– Não estão trancadas – diz Bigend, andando na frente dela e entrando na porta à esquerda. Uma luminária no teto se acende quando ela entra arrastando os pés atrás dele, os pés com bandagens ardendo de tanta dor.

Paredes cor de creme, pisos de azulejos marrons, um tapete armênio tecido à mão, mobília feia com cara de anos quarenta, em verniz escuro. Ela coloca o pacote de lã em cima de uma secretária com um espelho cujas bordas são decoradas com sulcos foscos esculpidos no vidro.

Ela sente cheiro de desinfetante, ou inseticida.

Ainda está com o envelope na mão.

Vira-se e encara Bigend.

– Boone estava lendo meus e-mails.

– Eu sei – ele diz.

– Mas você sabia disso antes?

– Só fiquei sabendo quando ele ligou de Ohio para me dizer que precisávamos ir imediatamente para Moscou. Mandei o Gulfstream de um amigo apanhá-lo e trazê-lo a Paris. Ele me confessou isso no caminho para cá.

– Foi por isso que ele não ficou?

– Não. Ele foi embora porque eu não queria mais uma parceria com ele.

– Não queria? Quero dizer, não quer?

– Não.

– Por quê?

– Porque ele finge ser melhor no que faz do que realmente é. Prefiro pessoas que são melhores no que fazem do que pensam que são.

– Onde está Dorotea?

– Não sei.

– Você perguntou?

– Sim. Uma vez. Eles dizem que não sabem.

– Você acredita neles?

– Acho que é melhor não perguntarmos mais.

– O que ela estava tentando fazer?

– Mudar de lado. De novo. Ela realmente queria aquele cargo em Londres, e disse a eles que ainda continuaria trabalhando para eles também. O que eu já havia discutido com ela, claro. Mas quando o seu e-mail chegou até Stella Volkova, e Stella respondeu, isso fez com que uma série de coisas acontecessem muito rápido. Todo o tráfego da armaz.ru é monitorado pela segurança de Volkov, claro. Eles contataram Dorotea imediatamente, que, no decorrer do que deve ter sido uma conversa muito séria, percebeu pela primeira vez para quem estava trabalhando, no fim das contas; e a quem ela estava no processo de trair, ao passar para o meu lado. Ela também deve ter compreendido que se conseguisse pegar você primeiro, e descobrir como obteve aquele endereço, teria alguma coisa muito importante para oferecer a eles. Ela poderia até mesmo ser recompensada, e talvez conservar seu emprego na Blue Ant também.

– Mas como ela sabia que eu havia ido para Moscou?

– Imagino que na mesma hora ela tenha contratado substitutos para aqueles dois, ou talvez já os tivesse, para começar. Duvido que ela tenha deixado de vigiar você, mesmo depois de Tóquio. Ela teria precisado continuar a fazer relatórios sobre você. De qualquer maneira, não é uma mulher de muita imaginação. Se viram você fazer o check-in em Heathrow, sabiam que estaria pousando em Moscou. Não há outros destinos para a Aeroflot naquela hora da noite. Ela poderia facilmente ter providenciado para que você fosse seguida aqui. Mas não pelo pessoal de Volkov. Ela ainda tem contatos de seu emprego anterior. – Ele dá de ombros. – Ela andou postando no seu website, como outra pessoa. Você sabia disso?

– Sabia.

– Incrível. Ela também não tinha a menor idéia de quem era o criador, até que eles revelaram isso a ela num esforço para facilitar que ela impedisse você. Mas você está morta de cansaço, não é? Te vejo pela manhã.

– Hubertus? Boone conseguiu obter alguma informação em Ohio?

– Não. Ele conseguiu o nome de domínio através do seu e-mail para Stella. Ele tinha o endereço inteiro, claro, mas não podia fazer nada com aquilo. Dizendo a você que pelo menos havia descoberto o domínio, em Ohio, ele achava que poderia conseguir um crédito parcial comigo, depois do fato consumado. Mas para andar tão depressa quanto ele sabia que precisávamos, ele teve que me contar a verdade, toda a verdade. – Ele dá de ombros. – Você também não estava querendo me dizer o que estava planejando, mas pelo menos não mentiu para mim. Como foi que conseguiu o endereço, a propósito?

– Com uma pessoa que tem contatos com a NSA. Não tenho a menor idéia de como ele conseguiu, e nenhum jeito de descobrir isso.

– Eu sabia que tinha descoberto uma vencedora, no instante em que conheci você.

– Você sabe para onde Boone foi?

– Imagino que tenha ido para Tóquio. Para aquela namorada designer, aquela com quem ele estava ficando quando você esteve lá. Você chegou a conhecê-la?

– Eu vi o apartamento dela – ela diz, depois de uma pausa.

– Acho que, para ele, tudo se resumia a dinheiro. – Ele fez uma careta. – Tenho descoberto ultimamente que esse era todo o problema com a maioria do pessoal das pontocom. Boa noite.

Ele sai.

Ela se senta na cama com cobertas cor de laranja dos anos sessenta e abre o envelope branco de Wiktor Marchwinska-Wyrwal.

Ele contém, em três pedaços de papel bond azul, uma coisa que parece ser o sumário ou relatório final de algum documento mais extenso. Ela o lê rapidamente, lutando contra as peculiaridades de sintaxe da tradução, mas de algum modo não consegue registrar aquilo.

Um relato da última manhã de seu pai em Nova York.

Ela lê tudo de novo.

Da terceira vez, tudo começa a fazer sentido para ela.

Win tinha ido a Nova York para se encontrar com uma empresa rival de segurança de multidões. As patentes dele em breve estariam garantidas, e ele não estava satisfeito com a empresa que o ajudou a desenvolvê-las. Uma mudança acarretaria complicações jurídicas potenciais inerentes, e ele providenciou então uma reunião com o presidente da empresa rival, em seus escritórios na 90 West Street, na manhã de 11 de setembro, para discutir isso.

Ele apanhara, como o porteiro do Mayflower sempre afirmou, um táxi.

Cayce fica ali sentada, olhando para o número da placa daquele táxi agora, para o nome do motorista cambojano, o número de sua licença, de seu telefone.

A colisão havia acontecido no Village, quando o táxi estava virando na Christopher para seguir na direção sul.

Poucos estragos no táxi, mais danos no outro veículo, a van de um bufê. O motorista do táxi, que falava apenas um mínimo de inglês, era o culpado.

E ela própria, que estava indo para o centro da cidade de trem, para chegar cedo em sua própria reunião; será que ela havia passado perto dele? E será que ele havia visto as torres, ao descer do táxi, naquela manhã bonita e límpida?

Ele deu cinco dólares ao motorista do táxi e entrou numa limusine fora de serviço. O cambojano anotou ansioso o número da placa da limusine. Ele sabia que Win, seu passageiro, sabia que a culpa havia sido dele.

No tribunal, o motorista havia conseguido mentir com sucesso e escapado, e depois tornou a mentir para a polícia quando entrevistaram taxistas, procurando por Win, e mais uma vez para os detetives que Cayce havia contratado. Ele não havia apanhado nenhum passageiro no Mayflower. Ele não havia visto o homem da foto.

Cayce olha o nome do motorista dominicano da limusine. Mais números. Nome, endereço e telefone da viúva dele, no Bronx.

A limusine havia sido escavada dentre os escombros, três dias depois, junto com o motorista.

Ele estava sozinho.

Ainda não havia provas, concluía o desconhecido e estranhamente traduzido escritor, de que Win estivesse morto, mas havia evidências de sobra que o colocavam na região ou próximo a ela. Investigações adicionais indicaram que ele jamais chegou ao 90 West.

A pétala caindo da rosa seca.

Alguém bate de leve à porta.

Ela se levanta toda dura, sem pensar, e abre, os papéis azuis na mão.

– É hora de uma festinha – diz Parkaboy, segurando uma garrafa de água de um litro. – Lembre-se de que eu te falei que a água da torneira aqui não é uma boa opção. – O sorriso dele se apaga. – O que foi?

– Estou lendo uma coisa sobre meu pai. Me dá um pouco de água, por favor?

– Eles o encontraram? – ele conhece a história do desaparecimento de Win pela correspondência entre ambos. Entra no banheiro e ela o ouve colocando água num copo. Ele sai do banheiro e dá o copo a ela.

– Não – ela bebe, se engasga, começa a chorar, se controla. – O pessoal de Volkov tentou encontrá-lo, e foi muito mais longe do que nós jamais conseguimos. Mas ele não está aqui – ela segura as folhas azuis. – E também não está aqui. – E aí ela começa a chorar de novo, e Parkaboy a abraça.

– Você vai me odiar – ele diz, quando ela pára de chorar.

Ela levanta a cabeça e olha para ele. – Por quê?

– Porque eu quero saber o que o faz-tudo polonês do Volkov te deu de souvenir. Achei que podia ser um conjunto de facas para churrasco.

– Babaca – ela diz. Funga.

– Você não vai abrir?

Ela coloca o relatório azul amassado de lado e explora a aba do envelope bege, que ela descobre que está presa com dois pequenos fechos folheados a ouro. Ela levanta a aba e retira o objeto.

Uma pasta para documentos Louis Vuitton, de espessura muito fina, os fechos folheados a ouro reluzindo.

Ela fica olhando para ela.

– É melhor abrir – diz Parkaboy.

É o que ela faz, expondo, em fileiras bem empilhadas e presas por elásticos brancos, maços de notas estalando de novas.

– O que é isso?

– Centenas. Novas em folha, numeradas em série. Provavelmente cinco mil delas.

– Por quê?

– Eles gostam de números redondos.

– Quero dizer: por que isso está aqui?

– É para você.

– Não gostei.

– Podemos colocar para leilão no eBay. Pode ser que alguém em Miami queira.

– Do que é que você está falando?

– Da pasta. Não faz seu gênero.

– Não sei o que fazer com ela.

– Vamos falar disso de manhã. Você precisa dormir um pouco.

– Isto é absurdo.

– É a Rússia. – Ele dá um sorriso sacana para ela. – Quem se importa? Nós encontramos o criador.

Ela olha para ele. – Encontramos mesmo, não foi?

Ele deixa a água para ela.

Ela usa a ponta do dedo para fechar desajeitada a pasta, e em seguida a cobre com sua capa bege. Leva a água para dentro do banheiro para enxaguar depois que escovar os dentes.

Sentada na cama, ela tira os chinelos, vendo que o pé esquerdo sangrou de leve por entre as bandagens. Os tornozelos parecem inchados. Ela tira o cardigã, enrola a Coisa-Saia por cima da cabeça e joga tudo em cima da bolsa e de sua obscena bandeja de dinheiro.

Ela desce da cama, apaga a luz e volta mancando, subindo na cama e puxando a coberta laranja e os lençóis grossos até o pescoço. Eles têm o cheiro que os lençóis costumam ter quando você os tira do armário da casa de campo se ninguém os tiver posto para pegar sol.

Ela fica ali deitada, olhando para a escuridão, ouvindo o ruído distante de um avião.

– Eles nunca pegaram você, pegaram? Mas eu sei que você se foi.

A própria falta que ele faz, de algum modo, torna-se ele.

Sua mãe um dia lhe disse que, quando o segundo avião bateu, a tristeza de Win, sua mortificação pessoal e profissional por aquilo ter acontecido, pelo fato de o perímetro ter sido tão facilmente, tão terrivelmente violado, teria sido tamanha que ele poderia simplesmente ter cessado, em protesto, de existir. Ela não acredita, mas agora ela descobre que isso a faz sorrir.

– Boa noite – ela diz para a escuridão.

43.

CORRESPONDÊNCIA

Meu irmão, metido até os joelhos em tubos velhos e sujos na galeria de Prion, manda um grande e um tanto surpreso obrigado. Eu disse a ele que você me disse que ganhou isso de gângsteres russos e não queria ficar com eles, e ele ficou simplesmente olhando para mim de queixo caído. (Depois ele ficou preocupado, achando que não era verdade, mas Ngemi freqüentemente aceita dinheiro de colecionadores americanos e o ajudou com isso.) Mas, realmente, é absurdamente generoso da sua parte, porque as coisas estavam de um jeito tal que ele ia acabar tendo que desistir do seu "estúdio" (ugh) e vir morar comigo, para poder pagar os andaimes, e ele é sujo, um porco, deixa pêlos por toda parte. É claro que é muito mais que o custo dos andaimes, mas ele está usando o resto para alugar uma imensa tela de plasma para o show. Estamos acertando a data de abertura com Prion agora e você precisa vir. Prion tem agora um contato com uma bebida russa de iogurte que vai ser lançada aqui, comprada, acho, pelos japoneses. Eu sei disso porque faz parte do meu briefing de trabalho agora, essa bebida. E também porque ele tem um cooler na galeria; revoltante! Acho que ele vai tentar servir essa bebida na abertura, mas absolutamente NÃO! Então o filme misterioso da Internet agora é out, a bebida de iogurte é in, e também algum magnata de petróleo russo: ele é surpreendentemente culto, "alternativo", uma espécie de patrono das artes tipo Saatchi, sem nada de nouveau riche, máfia, ou alguma coisa ruim dessas. É o que estão me pagando para espalhar nas casas noturnas agora. Pois é. Durante o dia, ainda faço chapéus. Aproveite Paris! Magda

FRANCAMENTE, meu amor. Tenho certeza de que isso é ilegal. Está na caixa da FedEx que você não deve enviar dinheiro. Mas acabou chegando, muito obrigada. E bem na hora, porque os advogados disseram que agora podemos provar a presença de Win lá na hora do ataque, e a declaração jurídica de morte será automática, o que significa que não teremos mais problemas com seguros ou com a pensão. Mas pode levar um mês, então fico contente de ter esse dinheiro nesse meio tempo. Eles disseram que cada coisa que você contou a eles provou estar absolutamente certa, e ficaram muito curiosos para saber como você descobriu isso tudo, depois que a polícia e a agência de detetives não conseguiram. Eu expliquei nosso trabalho aqui na Rose of the World para eles. Obviamente você deve ter tido ajuda de seu pai para obter um relato tão detalhado de seus últimos instantes de vida, mas vou respeitar sua necessidade, seja ela qual for, de não me dizer isso, embora espero que venha a fazer isso um dia. Sua mãe que muito te ama, Cynthia

Olá, Cayce Pollard! Lamento não termos tido uma chance de nos conhecer pessoalmente quando você esteve aqui, mas estou escrevendo para agradecer por nos indicar Judy Tsuzuki. Ela teve uma reunião conosco aqui hoje, seguindo a sugestão de HB depois de saber notícias suas, e naturalmente vamos ser capazes de encontrar alguma coisa para ela. O entusiasmo que ela tem pela cidade (e pelo namorado!) é completamente cativante, e tenho certeza de que ela trará um novo frescor ao que quer que venha a fazer para nós. Atenciosamente, Jennifer Brossard, Blue Ant Tóquio (cc para HB)

Eu me lembro dele: você costumava dizer o quanto ele era engraçado, naquele website. E ele não é gay? Produtor musical de Chicago? E não é, pelo que suponho, um Lombard? (Se ele não é um Lombard, só pra ser enxerida, como é que você está podendo pagar as coisas em Paris?) Preciso te contar que vi ontem o Lombard dos Lombards na CNN. Ele estava entre um zilionário russo e o Secretário do Interior, e estava com cara de quem havia acabado de devorar as entranhas de algum animalzinho fraco e inocente: inteiramente satisfeito consigo mesmo. Quando é que você vem pra casa, afinal? Deixa pra lá! Divirta-se! Margot

Cara Cayce, na literatura, existem definitivamente exemplos de distúrbios de pânico sendo aliviados por meio da incidência de estresse por acontecimentos críticos, embora o mecanismo ainda esteja longe de ser compreendido. Quanto a "drogas psiquiátricas soviéticas", não faço idéia. Perguntei a um amigo na Alemanha que trabalhou como voluntário com vítimas de radiação de Chernobyl; ele disse que quaisquer substâncias assim descritas eram provavelmente usadas como instrumentos de tortura, e normalmente consistiam de combinações de substâncias químicas industriais que, caso contrário, jamais teriam sido consideradas adequadas para uso em seres humanos. Um tanto sombrio. Seja o que for, espero que você não tenha ingerido em grande quantidade. Quanto à cessação das reações de pânico, meu conselho seria simplesmente de ver até onde isso vai. Se você sentir mais necessidade de falar a respeito, tenho algumas datas em aberto para consultas no outono. Sinceramente, Katherine McNally

TUDO PRONTO aqui, malas prontas para partir. Foi brilhante conhecer você, e eu realmente gostei de Peter, e vocês dois foram muito bons em agüentar Marina, que em momento algum chegou a se mancar de como é um pé-no-saco. Você, especialmente, foi ótima, porque sabia que eu já tinha mandado ela se foder depois do Stuka, mas não tinha jogado isso na minha cara. Como ficou provavelmente mais óbvio para você assim que chegou ao sítio, simplesmente não havia como eu continuar filmando sem blat. Tenho certeza de que jamais teríamos conseguido tirar a fita do país se eu não tivesse usado as minhas armas. Eu me sinto mais desleixado que o normal, mas por outro lado sei que devo algo à história, conforme revelado aqui para nossa gravação. Vou resolver as coisas aqui em Londres, imagino, quando começar a trabalhar numa primeira edição. Você vai voltar pra cá depois de Paris, não vai? Seu polaco vai abrir uma mostra numa galeria cujo dono é o Billy de Tal da BSE, e ele e a irmã dele estão malucos pra ver você aqui no dia. Você já conheceu a irmã dele? Henna e enfeites de cabeça, bem divertida, uma coisa assim meio pós-muro de Berlim nos primeiros tempos. Acho que estou ficando interessado nela! Beijos, Damien

Olá! Quando você está vindo nos ver de novo? O segmento que você viu aqui vai ficar completo em breve. Ele vai para a academia e volta muitas vezes. Nora nunca irá dizer, mas acho que ele vai ficar pronto logo. Esperamos que você goste! Stella

ELA AINDA tem o iBook, mas nunca o usa para e-mails. Ela o guarda embaixo da cama do hotel, junto com a pasta Louis Vuitton, que, embora ela jamais tivesse pensado em comprar ou carregar uma, agora não lhe causa o menor desconforto. Nem mesmo uma seção cheia de Tommy Hilfiger nas Galleries Lafayette na semana anterior, e até mesmo o boneco da Michelin agora obtém um registro de neutralidade. Ela se pergunta se essa mudança, seja lá o que for, irá afetar sua habilidade de saber se uma determinada marca registrada irá funcionar ou não, mas não há maneira de testar isso, a não ser voltando ao trabalho, coisa que ela não tem pressa nenhuma em fazer.

Peter diz que eles estão de férias, e ele próprio não tirava férias, diz ele, há anos. Diversas gravadoras e grupos têm tentado entrar em contato com ele ali, mas ele simplesmente os ignora. Ele adora Paris e diz que não visita a cidade desde que ele era outra pessoa, e muito burro.

Ela duvida que ele algum dia tenha sido muito burro.

Ela vai sozinha até um café com Internet dia sim, dia não, e checa a nova conta do Hotmail que adquiriu com seu novo endereço de e-mail, um endereço .uk que Voytek arrumou para ela.

Fica se perguntando sobre Bigend, e Volkov, e se Bigend poderia de algum modo ter sabido desde o início que o criador, criadoras na verdade, eram as sobrinhas de Volkov, mas ela sempre volta ao ditado de Win, de que é preciso sempre dar espaço para coincidências.

Ela havia ido visitar Stella e Nora com Peter no squat em Moscou, e depois foram até a escavação, onde a filmagem de Damien estava acabando, e onde ela se viu, por alguma necessidade que ela mesma não compreendeu, dentro de uma das trincheiras, cavando furiosamente lama cinza e ossos, seu rosto molhado de lágrimas. Nem Peter nem Damien lhe perguntaram por que, mas ela acha agora que se tivessem perguntado, ela teria respondido que estava chorando por seu século, mas se era o século passado ou o presente, ela não sabe.

E agora é tarde, está chegando perto da hora do lobo da falta de alma. Mas ela sabe, deitada ali enroscada atrás dele, na escuridão daquele quartinho, com os sons de fundo de algum modo líquidos de Paris, que a alma dela retornou, pelo menos por enquanto, seu fio prateado inteiramente rebobinado e bem guardado no seu lugar.

Ela beija as costas dele, que dorme, e também adormece.

MEUS AGRADECIMENTOS aos muitos amigos que me incentivaram e me deram apoio durante o decorrer mais do que normalmente atribulado do manuscrito. Jack Womack, a quem o dediquei, o resgatou incontáveis vezes, e com a maior paciência, da habitual falta de fé de seu autor. Susan Allison e Tony Lacey, respectivamente da Penguin Putnam e Penguin UK, foram novamente maravilhosos ao longo de todo o processo, assim como Martha Millard, minha agente literária. Obrigado a Douglas Coupland pelo café tão alto acima de Shinjuku, e por novos insights sobre Tóquio de modo geral, a Eileen Gunn por compartilhar em detalhes fractais suas lembranças de Moscou, a James Dowling por me apresentar à calculadora Curta, a OCD pela história do pato na cara, a Alan Nazerian pela caravana de Baranov, e a John e Judith Clute, cuja hospitalidade ao longo de muitos anos tem sido de longe minha melhor chave para Londres.

E a Deborah, Graeme e Claire, que continuam a agüentar o processo, com amor, sempre.

—Vancouver, 17 de agosto de 2002

TIPOLOGIA:	Minion [texto]
	Interstate Black [entretítulos]
PAPEL:	Pólen Soft 80 gr/m² [miolo]
	Supremo 250 gr/m² [capa]
IMPRESSÃO:	Orgrafic Gráfica e Editora [maio de 2011]
1ª EDIÇÃO:	novembro de 2004
2ª EDIÇÃO:	abril de 2008 [2 reimpressões]